范仲淹

下册

何辉 著

重慶出版集團 重慶出版社

范希文像

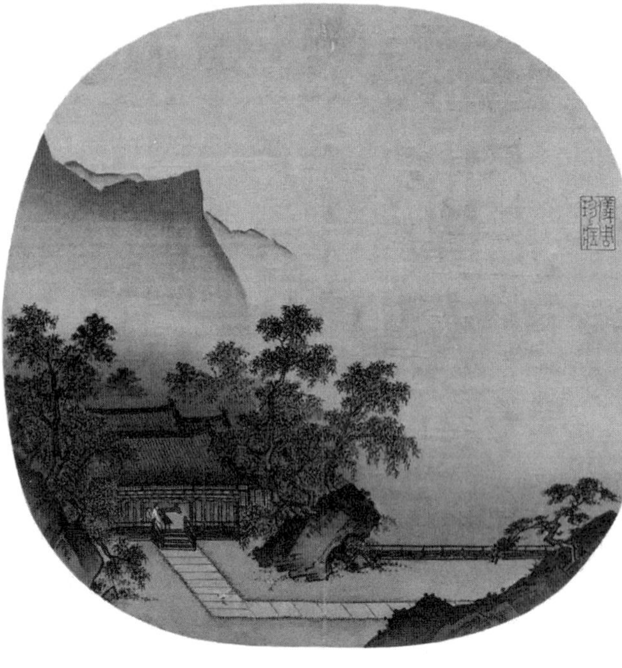

第三十四章
三让观察使

1

四月时，资政殿学士、给事中晁宗悫去世了。朝廷追赠封他为工部尚书，谥文庄。消息传到庆阳，范仲淹想起昔日晁宗悫出巡陕西时的情景，恍若昨日，不禁大为伤感。

没过几天，一道诰书，一道敕书，一并被送到范仲淹手中。在诰书中，赵祯特授范仲淹为邠州观察使。在敕书中，赵祯则令范仲淹继续履行好环庆路马步军都部署兼经略招讨安抚使的职责。

使者宣读的诰敕内容，很快在经略府内传开了。这观察使之职，乃是武官中的高级职务。观察使之上，便是节度观察留后，最高的武官职务是节度使。当时，文臣也可授观察使，官品随本官官品，但是文臣加授观察使，俸禄很高，月俸禄高达二百千。周德宝、李金铬等人听闻范仲淹被授观察使，怎能不为他感到高兴！不过，范仲淹却似乎并没有因此而高兴，反而眉头紧锁，心事重重。

"爹爹，你没事吧？为何近日如此心事重重呢？还在因晁学士去世而难过，还是因为富弼伯伯的事情？"范纯祐看出父亲心中有事，终于忍不住询问。

"不用为爹爹担心。爹爹只是在想一些事情应该如何应对。"范仲淹对纯祐的提问不置可否。不过，尽管他这么说，心里却不得不承认，富弼的安危，一直也是困扰他多时的事情。

在接到诰敕前，范仲淹正因为北面契丹的动静和富弼的安危而感到忧虑。富弼在二月份时离开了京城，前往雄州，接待契丹使者。范仲淹听说富弼前往雄州，一方面为富弼的安危感到担心，一方面也担忧契丹趁火打劫，与元昊勾结起来侵略大宋。他想给富弼写信询问近况，却不知写往哪里才好。

范仲淹是通过邸报、友人书信等诸多渠道知道富弼近况的。

究竟发生了什么事情呢？这还得从庆历元年夏季说起。当时，朝廷因为得到了情报，对元昊进攻麟州有了一定的准备，所以在初期进行了有效的抵抗。但是，元昊旋即转攻丰州并将其占领，在秋天又在麟州和府州挫败了宋军。事态的发展，终于应了范仲淹的担忧——北面契丹在庆历元年年末时，以出兵南下相威胁，要求宋朝归还关南十县。

庆历二年正月，正当范仲淹开始加强庆州防务时，契丹开始在宋边境大量集结军队。边境更传回情报，说契丹很快会派出使者前往大宋。朝廷得了消息，赵祯大急，立刻召开朝会，商议确定可去接待契丹使者的人选。这不是一件好干的差事，弄得不好，可能损了国威或招来战祸。朝会开了许久，群臣皆有怯意，不敢去做接伴。

因富弼数次出言冒犯宰相吕夷简，吕夷简早就对富弼怀恨在心。不久前，吕夷简手下的一名堂吏伪署僧侣度牒，富弼上疏要求严办。那名堂吏因此被法办处以死刑，吕夷简便寻摸着择机要报一箭之仇。此时，吕夷简觉得报复富弼的机会来了，便向赵祯推荐富弼前往边境做契丹使者的接伴。这样一来，他就可以将富弼支出朝廷，同时也给富弼出了个大难题——谈判不成，便是误国大罪。

欧阳修听说朝廷要派富弼出使，大急之下匆匆写了一份奏书，呈给中书。欧阳修认为，这个时候派人去契丹，无异于唐朝派大臣颜真卿出朝去劝谕淮宁节度使李希烈。颜真卿被李希烈扣押，终被杀害。颜真卿是因为得罪宰相卢杞，被卢排挤出朝的。吕夷简看了欧阳修的奏书，心中大怒，将其奏书扣在中书，并不报给赵祯。赵祯倒没有想到此节。他心里一直觉得富弼是个人才，现在既然宰相举荐，又何乐而不为呢！于是，赵祯召时任右正言、知制诰的富弼入对延和殿。富弼见了赵祯，亦不推辞，接了使命便叩头道："主忧臣辱，臣不敢贪生！"赵祯见富弼忠心耿耿，不惧凶险，大为感动，旋即任其为接伴。

富弼在二月丙子这天从汴京出发，到雄州多日之后，契丹使者——宣徽南院使、归义节度使萧英和翰林学士、右谏议大夫、知制诰、同修国史刘六符等方才入宋。于是富弼等去驿馆迎接萧英、刘六符。

富弼等到了驿馆，却不见萧英等出来迎接。

"契丹使者呢？"富弼问驿馆官员。

"你去传话，就说中使曾经出使贵国，当时病卧车中，但是依然按照礼仪拜会贵国官员。如今中使至，而君不起，此何礼也？"富弼不动声色地说道。

855

驿馆官员不敢多言，慌忙进去传话了。

不多时，只见萧英、刘六符带着几个随从匆匆出了驿馆门。萧英戴着契丹朝廷官员的黑色官帽，穿着绣黑色花纹的貂领橙色锦袍，腰间系着镶嵌绿玉的金带。刘六符也戴着黑色官帽，身上穿高领左衽绿色窄袖锦袍，锦袍里是貂领紫衣，腰间系着金带。

"吾脚上有伤病，未能及时拜见，中使见谅，中使见谅！"萧英一脸羞愧地说。

当下富弼也不多言，寒暄一番后，众人一同进了驿馆，在议事厅坐定。

交谈之间，富弼严词指出，是契丹先行违背了盟约。他注意到契丹使者及其随从都有畏惧之态，故用坦率入理的话语打动了萧英等人。萧英等人最终被富弼的气节和辩能所折服，对他推诚无隐，私下将契丹主的诉求告诉了富弼，并且说，如果大宋方面可以接受就接受，若是接受不了，就找理由搪塞亦可，唯有旧好不可失。

经过一番初步协商后，富弼将情况汇报给了赵祯。赵祯下诏，许契丹使者到汴京觐见。三月，契丹使者萧英、刘六符携带契丹国书入汴京。

书曰：

弟大契丹皇帝谨致书兄大宋皇帝，粤自世修欢契，时遣使轺，封圻殊两国之名，方册纪一家之美。盖欲洽于绵永，固将有以披陈。窃缘瓦桥关南是石晋所割，迄至柴氏，以代郭周，兴一旦之狂谋，掠十县之故壤，人神共怒，庙社不延。至于贵国祖先肇创基业，寻与敝境继为善邻。暨乎太宗绍登宝位，于有征之地，才定并汾，以无名之师，直抵燕蓟，羽召精锐，御而获退，遂至移镇国强兵、南北王府并内外诸军，弥年有戍境之劳，继日备渝盟之事，始终反覆，前后谙尝。窃审专命将臣，往平河右，炎凉屡易，胜负未闻。兼李元昊于北朝久已称藩，累曾尚主，克保君臣之道，实为甥舅之亲，设罪合加诛，亦宜垂报。迩者郭稹特至，杜防又回，虽具音题，而但虞诈谍。已举残民之伐，曾无忌器之嫌，营筑长堤，填塞隘路，开决塘水，添置边军。既潜稔于猜嫌，虑难敦于信睦。傥或思久好，共遣疑怀，曷若以晋阳旧附之区，关南元割之县，俱归当国，用康黎人。如此，则益深兄弟之怀，长守子孙之计。缅惟英悟，深达悃悰。适届春阳，善绥冲裕。[1]

此书中，契丹虽然以兄称大宋皇帝，却指责大宋不同契丹打招呼便攻击契丹的藩臣元昊。在这之前，因为大宋不能在军事上挫败西夏，刘六符以为大宋怯懦并且厌兵，便建议契丹主聚兵幽、涿，声言欲南下攻宋。但是，宋辽之间曾经有澶渊之盟，契丹主虽有心南下，却不敢轻举妄动，心里琢磨着通过施压来要回当年丢掉的关南之地，于是，才有了契丹主令刘六符及萧英带国书入宋来求归还关南十县之事。这么看，元昊和张元心里打的小算盘——通过攻击麟州、府州，借契丹给大宋施压，终于算是得逞了。

契丹使者萧英、刘六符到了汴京后，赵祯便命御史中丞贾昌朝作为馆伴。赵祯根据富弼的建议，决定满足契丹对财物的索取，但不许割地，并同意以信安僖简王允宁女与契丹主大弟的儿子梁王洪

---

[1] 《续资治通鉴长编》卷一百三十五庆历二年二月己巳条。

基结婚。在这一点上，富弼坚决反对。富弼暗中将契丹国内部的复杂局势向赵祯作了禀报，赵祯令贾昌朝当着契丹使者的面点出契丹国内部的矛盾，由此打消了契丹的请婚。原来，契丹主的大弟宗元在契丹国内挟太后之势，横行于契丹国中。赵祯令贾昌朝向刘六符质问大弟之事，刘六符回答说："梁王与大宋联姻，与太后则善，然于本朝则不便也。"贾昌朝说："既如此，如果为梁王求和亲，契丹主岂能安心？"刘六符不能对，旋即罢请婚之议。

不过，契丹方面索要关南之地的理由是——关南之地是宋太宗师出无名夺下的，这令赵祯和两府大臣们大为头痛。于是赵祯请百官进言，出谋划策。

翰林学士王拱辰私下上奏说："太宗发动的河东之役，本来就是为了诛灭僭伪，契丹遣使来表达善意，背地里却进攻石岭关，这是假兵以援贼。太宗怒其反复，所以才在灭了继元后下令北征，怎么能说是师出无名！"

赵祯闻言大喜，对吕夷简说："事情的本末，原来如此。如果不是拱辰详识故事，还真难以应对契丹。"

吕夷简听了，只是连连点头。

一日，契丹使者刘六符对贾昌朝说："南朝在边境挖了很多人工湖和池塘，又有什么用呢？我契丹大军南下，一苇可航，投箠可平。或者，决其堤，填十万土囊，很快就可越过。"

当时，大宋内部也有请朝廷放尽湖水池塘用地养兵的议论。赵祯问王拱辰怎么看，王拱辰说："兵事尚诡，若是契丹人真有这方面的打算，就不应告诉我们。那刘六符的话，不过是吹牛罢了，不必认真对待。况且，设险守国，先王不废，这是祖宗用来阻挡胡骑的巧妙安排，不该废除。"

赵祯听了，深以为是。

赵祯想派富弼出使契丹，并授其礼部员外郎、枢密直学士之职。富弼听闻，大怒说："国家有急，我富弼当唯命是从，不会惧怕劳苦，这乃是臣之职责，奈何要以官爵贿赂我！"于是，坚决不接受官职。

朝廷最终决定以右正言、知制诰富弼为回谢契丹国信使，由西上阁门使符惟忠担任副使。

赵祯给契丹主复书曰：

昔我烈考章圣皇帝保有基图，惠养黎庶，与大契丹昭圣皇帝弭兵讲好，通聘着盟，肆余纂承，共遵谟训，边民安堵，垂四十年。兹者专致使臣，特诒缄问。且以瓦桥内地，晋阳故封，援石氏之割城，述周朝之复境，系于异代，安及本朝！粤自景德之初，始敦邻宝之信，凡诸细故，咸不寘怀。况太宗皇帝亲驾并郊，匪图燕壤，当时贵国亟发援兵，既交石岭之锋，遂举蓟门之役，义非反覆，理有因缘。元昊赐姓称藩，禀朔受禄，忽谋狂僭，傲扰边陲。向议讨除，已尝闻达，杜防、郭稹传道备详，及此西征，岂云无报。聘轺旁午，屡闻嫉恶之谈，庆问交驰，未喻联亲之故，忽窥异论，良用悯然！谓将辂于在原，反致讥于忌器。复云营筑堤埭，开决陂塘，昨缘霖潦之余，大为衍溢之患，既非疏导，当稍缮防，岂蕴猜嫌，以亏信睦。至于备塞隘路，阅集兵夫，盖边臣谨职之常，乃乡兵充籍之旧，在于贵境，宁彻戍兵。一皆示以坦夷，两何形于疑阻。顾惟欢契，方保悠长，遽兴请地之言，殊匪载书之约。信辞至悉，灵鉴孔昭，两地不得相侵，缘边各守疆界。誓书之外，一无所求，期在久要，勿违先志。谅惟聪达，应切感思。甫属清和，妙臻戬谷。自余令富弼口陈。[1]

这份复书，是赵祯令翰林学士王拱辰撰写的。自此，赵祯对王拱辰愈加器重。

在富弼出使契丹之前，大宋对西夏的攻防又取得一些进展。

庞籍负责修建的桥子谷寨完工了。之前，元昊攻陷过金明、承平、塞门、安远、栲栳等寨，又攻入五龙川，在当地烧杀抢掠。庞籍到了后，在被西夏兵毁掉的废墟上重建营寨，在鄜延路的驻兵一度达到十余万。营寨尚未建好时，驻兵在城中分散屯驻。庞籍治军甚严，士卒们畏惧庞籍的严厉，都不敢犯法。在金明的西北，有条浑州川，河流沿岸，土地平沃。河流发端的地方，叫桥子谷，是西夏军出入的要隘。庞籍派狄青带领万余人，在桥子谷旁边筑造招安寨。元昊发兵数万前来攻击，但被狄青击退。狄青同时在浑州川边募民耕作，收获的粮食用来补给军需。庞籍麾下猛将周美率军袭取了承平寨，王信筑造了龙安寨。于是宋军将之前的失地一一收复。庞籍随后又令人陆续修筑十一处新寨，名曰清水、安定、黑水、佛堂、北横山、乾谷、土明、柳谷、雕窠、虞儿、原安寨，又开辟了皈名、平戎道，连通了永和、乌仁关。庞籍在鄜延路施行的一系列攻防举措，正是范仲淹之前向朝廷上奏所呈的方案。

---

[1] 《续资治通鉴长编》卷一百三十五庆历二年夏四月庚辰条。

周美在收复承平寨后，又取得了一系列的胜利。庞籍和范仲淹爱其忠勇，交相向朝廷举荐他。当初收复承平寨之前，洛苑副使种世衡向庞籍请求三日军粮以直捣贼穴。周美说："彼知吾来，一定会设伏待我。不如间道掩其不意。"世衡不听。于是周美独自带兵出击，西出芙蓉谷，大破西夏军。而种世衡的出击却没有收到成效。随后，西夏军再次前来攻击，周美率军逆击于野家店，往北追击至托拔谷，杀得西夏军丢盔弃甲，亡命奔逃。周美因而升迁为右骐骥使。后来，周美率军屯永平寨，又在鳏梅官道谷筑营寨，以扼贼路。他还令士卒开垦营田，一年收谷六千斛，又率军由厅子部西出，到大理河，屠了札万多移二百营帐人马，火焚他们的积聚地后返回。在安定之役中，谍报西夏军数万前来攻击，庞籍遣管勾机宜楚建中分诸将兵，前往黑水迎战。诸将害怕与夏军接战，都不肯发兵。周美却说："军当以寡击众，没什么可怕的！"旋即以兵二千拨给楚建中。西夏军听闻周美发兵，便自行撤去了。面对西夏军，周美从不畏惧，几乎每战必胜，诸将因此对他心服口服。因为范仲淹和庞籍的举荐，周美很快被朝廷任命为鄜延都监，迁贺州刺史。

庞籍及部将狄青、周美等在鄜延路取得一系列胜利，使元昊渐渐感到来自大宋的压力。与此同时，元昊也听从张元的劝告，加大了对河东边境的用兵，以此迫使大宋在当地增兵并作出一系列反应，其意图就是进一步刺激契丹对大宋的警惕，想要彻底破除契丹与大宋数十年前订下的澶渊之盟。

契丹想要撕毁盟约的意图，引起了大宋很多士大夫的担忧。右正言田况谏言，请朝廷选择将帅，防备契丹可能发起的进攻。赵祯下诏起用杨崇勋、夏守赟、高化等人，前往镇守镇州、定州、瀛洲、沧州、河阳等地。但是，这一系列任命却引发了大臣们的非议。不少人认为，朝廷这次所用非人，恐怕会误了大事。赵祯无奈，于是又下诏选通判、幕僚前往，辅佐杨、夏、高诸帅。知谏院张方平认为，这也不是好办法。他建议从陕西调几个像狄青、范全这样的名将前往北边防备契丹。等富弼出使回来，如果契丹不曾背盟，那时再将狄青、范全等调回陕西也不迟。假若契丹发兵南下，便可直接令狄青、范全等率兵抗击契丹。张方平将自己的想法，写了一份上疏，直接呈给了皇帝。然而，张方平的建议并未得到认可。赵祯刚刚任命了杨崇勋、夏守赟、高化等为帅，并不想如此快就推翻自己的决定。

契丹方面的压力，令赵祯感到有必要进一步稳定陕西缘边的局面。他召集吕夷简、章得象、晏殊等重臣商议，决定封韩琦、范仲淹、王沿和庞籍为观察使，去其文官之职，授他们以武官之职，扩大他们的军权。于是，在四月底，任命韩、范、王、庞为观察使的诰书便送到了四位帅臣的手中。

2

范仲淹接到诰书和一并送来的敕书，思索了许久，写就《让观察使表》，派人呈给朝廷。

表云：

> 臣某言：马递降到诰敕各一道，特授臣邠州管内观察使，仍依前邠宁环庆路马步军都部署兼经略招讨安抚等使。非常之命，既出于丝纶；未尽之诚，敢逃于斧钺？臣中谢。

臣闻先王爵以尚德，禄以报功。诸侯之失德者降其爵，诸侯之有功者增其禄。此百代不易之典也。臣又闻贵贵者，为其近于君也。汉遣御史绣衣持斧出按二千石，唐御史之出，节度使以军礼见，所以表朝廷之重也。学士丞郎，出则居廉察刺史之任，入则复其位。自五代之乱，措置乖失，廉察刺史之位遂为武官。学士丞郎一出为之，谓之换过，入朝则不复其位。故士大夫宁甘薄禄，而不乐换之者久矣。况今用兵之际，事系安危。今日之命，理有利害。臣傥默默而受，一则失朝廷之重势，二则减议论之风采，三则发将佐之怒，四则鼓军旅之怨，五则取夷狄之轻，六则贻国家之患。

何以言之？臣与韩琦并命陕西，初为经略安抚副使，次则分领秦庆二州，兼本路都部署司兵马公事，次则进秩为本路都部署兼领经略安抚招讨等使，皆以学士之职，行都统之权。是用内朝近臣，出临戎阃，以节制诸将，孰不以朝廷之势而望风禀律？臣辈亦以内朝之职，每睹诏令之下，或有非便，必极力议论，覆奏不已，期于必正，自以近臣当弥缝其阙而无嫌矣。今一旦落内朝之职而补外帅，前在左右丞、诸行侍郎、节度留后之上，今降于知制诰、待制之下，使居方荣、刘兴之下列，以外官而行都统之权。此则失朝廷之重势，一也。

又既为外帅，则今而后朝廷诏令之出，或不便于军中，或有害于边事，岂敢区别是非，与朝廷抗论？自非近臣，无弥缝其阙之理。纵降诏丁宁，须令奏覆，而臣辈岂不鉴前代将帅骄亢之祸，存国家内外指踪之体？此则减议论之风采，二也。

臣又自至边上，常责将佐当图实效，上报国家，勿树虚声，妄求恩奖。故得岁年以来，所奏边效稍稍得实，不至矫诬。臣方经制补葺，以救边防之阙。而西贼猖炽，枝叶愈大。臣则一年之中三换宠数，将何面目责诸将之实效？此则发将佐之怒，三也。

又，臣闻自古将帅与士旅同其安乐，则可共忧患，而为国家之用。故士未饮而不敢言渴，士未食而不敢言饥。而今边兵请给粗供樵爨醋盐之费，食必粗粝，经逾岁年，不沾肉味。至有军行之时，羸不胜甲，弃而埋之，负罪以逋，未能远去，皆捕而斩之。臣虽痛而不忍，岂敢慢法？或有危逼，欲使此等之心同其忧患，为国家之用，不亦难哉？昔禄山之乱，河北三十余城俱归于贼者，非皆攻而下之，由众心无恩。当未危之时，勉以从事，及既危之后，翻然改图，劫长吏以应贼，皆此类也。臣每思之，则常寒心。古之方侯获其厚禄，养敢死之士以备寇患。今之战士，养有常廪，赏有常格。臣得千钟之禄、千金之赐，岂敢私与死士哉？徒聚之于家，使彼目而衔之，以待其衅尔。臣恐此辈一日仓卒乘怒而发，劫长吏以应贼，不能为国家之用，而能为国家之患矣。此则鼓军旅之怨，四也。

又，臣闻内列三公九卿，外分五侯九伯，所以安天下威四夷也。臣自到边上，其熟户蕃部皆呼臣为"龙图老子"。至于贼界，亦传而呼之，且不测其品位之高下也。今贼界沿边小可首领，并伪署观察团练使之名。臣若受兹新命，使蕃部闻之，适足取夷狄之轻，五也。

臣谓国家此举，使四路首帅失朝廷之重势，减议论之风采，发将佐之怒，鼓军旅之怨，取夷狄之轻。由斯以往，必败乃事，宁不贻国家之后患哉？此六者，臣上为国体而辞之也。

再念臣世专儒素，遭逢盛时，以文艺登科。陛下擢于秘馆，处之谏司，历天章龙图之职，可谓清切矣。寒士至此，大逾本望。儒者报国，以言为先。如臣曩者不能练事，效贾生恸哭长太息之说，黩于圣聪，以中外共弃，屡经贬放，亦已塞朝廷之薄责矣。然今之狂士，效唐人肆言朝市，往往甚于臣者，而朝廷容之。直以臣于无事之秋，先为之言，故天下指之为狂矣。而臣自追其咎，未尝怏怏，此缙绅之所谅也。前春延安之战，主将不利，大挫国威。朝廷有使愚使过之议，遂及于臣。逮臣至于延安，竭心悉力，而处置之间，不合朝廷之意，既废复用，无所逃遁。

臣颠沛十载，灰而又燃者数四矣。臣自知孑孑惴惴，非将相之才，岂了大事？但国家急难之际，边鄙乏人。臣以事君之心，虽知屡困，日勉一日，俟将帅得人，臣即引退丘园，咏歌太平。虽多难之夫，有全归之乐，此臣之所期也。臣粗守廉隅，朝廷岂以贪夫畜臣？落近职而增厚禄，将令长，居边鄙，永谢丘园，非臣之所期也。臣本有风眩之疾，闻命以来，心堕气索，不知其涯。缘臣夙夜乃事，精爽已乏，量臣之力，岂堪武帅，长为荷戈之事乎？此臣下为私心而辞之也。

伏望皇帝陛下垂日月之明，发于独断，追还新恩，许存旧职，则是以内朝近臣经略边事，节制诸将，其体重矣，而况儒臣武士，所习不同，所志亦异。臣辈不愿去清列而就廉察之厚禄者，如方荣、刘兴辈必不愿减厚禄以就学士之清列矣。如使四路之帅，上失其势，下挠其志，沮丧不乐，意衰神瘁，则事有隳堕，岂复能振谋发策，为国家长城之倚哉？恐非陛下推委，使人人尽心之意也。

一昨宰臣坚让三公，虽已行之命，蒙陛下特俞其请。臣今冒犯天威，为国体而辞之者六，为私心而辞之者一。苟不获命，臣当系身庆州之狱，自劾无功冒赏之咎，又劾违制不受之罪，以听于朝廷。假使朝廷极怒，臣得死于君父之命，犹胜贪此厚禄，败名速祸，死于寇乱之手。此臣之所以知其退而不知进也，惟天鉴处之。臣无任。[1]

在这份上表中，范仲淹说，如果朝廷落其文职，特改授其武臣观察使一职，一则可能失去朝廷委派内官节制边将的优势；二则改为外官后遇到朝廷政策不利于防边之时，将不再如内官近臣那样便于向朝廷谏言补缺，减少了议论的风采；三则容易引发将佐之怒；四来独厚禄必然招来士卒的怨恨；五则观察使之名容易同伪署蕃部中观察使、团练使之名混淆，会被夷狄轻视。他说，自从他到了延州治边事，当地熟户蕃部都叫他"龙图老子"，这个称呼已经传到了西夏，西夏人也这么称呼他，而且不知这个官品品位的高下。如果改观察使之名，同蕃部中观察使、团练使难以区分，必为西夏人所轻而不利于边事。六则，可能给国家造成隐患。

这份上表呈送朝廷后，朝廷照旧下诏书一道，授其为观察使，

---

[1] 《范仲淹全集》之《范文正公文集卷第十七·让观察使第一表》。

并且说朝廷之所以授其为观察使，乃是优待边臣之廪秩，以此激励缘边将帅为国效命。于是，范仲淹又上一表，推辞观察使之职。

其第二表云：

> 臣某言：马递降到诏书一道，伏蒙圣慈，谕臣所除观察使，且从廪秩之优，益慰戎行之望者。祗膺宠异，载被屏愚。心戴云天，足临渊谷。臣中谢。
>
> 窃念臣器业无取，误荷圣知。国有急难，固宜自效。臣奔走塞下首尾三年，曾无寸功以称上意。伏蒙体天法道钦文聪武圣神孝德皇帝陛下，曲敦宽宥，未即严诛，今又擢居廉察，享千钟之厚禄，加千金之重赐，于臣何少哉？臣固上表陈让者，盖为于国家未便。
>
> 何则？落内朝之职，改为外官，使节制诸将，顿失体势；又无功进禄，发将佐之怒；积货于家，鼓军旅之怨。况庆州与贼界相接，其逐族首领管三五百人者，便伪署观察团练之名，本司常时行移边上文字及招安榜示，若署臣新衔，彼则相轻，此皆未便之端也。
>
> 又四路文帅，自来带内朝之职而行节制，凡百将佐，无不禀服。方且力修边备，坚御贼锋，赖其协心，将图成效。一旦迁改，人情大惑，知者谓去此近职，改为外官，非美也；其不知者，谓有何奇功，加此厚禄，非宜也。经略使既无功迁改，则经略副使岂得无望？兼钤辖、都监等出入暴露，冲冒矢石，比臣处任尤更重难，见此迁改，必有不平之意。若朝廷不待有功，例皆进秩，则诸将骄堕，谁复自奋？国家边事，为之奈何？此又未便之大也。

伏望陛下发于独断，追还此恩，臣得带内朝职名节制边事，其体且重。副使、钤辖、都监等即无不平之意，各思自奋，以求功名。又得经略招讨衔位，与伪署蕃部之名不相交错，免生轻易。此事体大，乞垂圣鉴，特降中旨。如不获命，臣当践言，系狱上请，不敢逃罪。

臣亦知本朝李维、陈尧咨俱自学士换观察使，当时四方无事，非领节制，但享厚禄，为优贤之命，与今事体不同。臣昨罢陕西经略安抚副使日，便乞落职守员外郎，知一小郡，而朝廷不从。今却坚辞廉察之位，请存学士之职者，盖居节制之任，藉朝廷之势，以重其体也。且儒生后进，换入武帅，或居于上，则多憎愤，必有怨言；或处于下，则多见抑，亦无成功。惟异其品流，隆其委注，彼则望风怀畏，靡敢不从，此为得其体也。

况臣孤立明时，无结托之迹；远居极塞，非进用之地。如朝廷疑臣不就右职，别怀过望，即乞圣慈依杨偕、张存例，特许解去边任，仍乞落学士之职，换一刺史；或守郎官，于随郢间知一小郡。臣死生幸甚！死生幸甚！非领重寄，固不敢借内朝之职矣。如受命之日，却有翻言，甘俟鼎镬。惟圣鉴裁之。臣无任。[1]

在这一表中，范仲淹再次提醒，如果免去内朝学士之职而改为外官，使节制诸将，顿失体势；加之自己无功晋禄，必然引发将佐的嫉怒；把大量财富积聚于家，必然招来士卒的怨恨，而且如果改

---

[1] 《范仲淹全集》之《范文正公文集卷第十七·让观察使第二表》。

成观察使，和伪署蕃部中的观察使、团练使之名很难区分，将为敌所轻视。

范仲淹辞让观察使第二表呈送朝廷后，赵祯并未同意，而是依照原先的决定，改授他为邠州观察使，并下御前札子，令使者快马加鞭送到陕西，劝慰他要体谅朝廷初衷，不要拘泥于小节。范仲淹接到御前札子，再写一表，辞让观察使一职。其第三表云：

> 臣某言：马递降到御前札子，伏奉圣旨，以臣上表陈让，就除邠州观察使事，当体深衷，勿循小节，前来成命，即宜祗受者。天语重临，莫非敦奖；臣心再剖，合尽恳私。臣中谢。
>
> 臣闻虞舜以舍己从人而称至德，此圣人感人之要也。又闻"陈力就列，不能者止"，此人臣事君之分也。窃念臣世为文吏，拳拳素风。国家以西事之急，用臣过次，俾预经略，三年于兹。进不能行讨伐之威，非勇也；退不能宣怀柔之化，非智也。非智非勇，岂主帅之材？固当自劾，听于有司。岂期睿恩，骤进宠禄，臣退省无状，深所未安。
>
> 况臣前表所陈，谓落内朝之职，则失朝廷之重势；既为外帅，则减议论之风采；独受宠名，发将佐之怒；积货于私，鼓军旅之怨；与伪署蕃部同其官号，取夷狄之轻。述斯以往，必有败事，以贻国家之患。此物情可见，朝廷必已照之，非臣之敢诬也。况臣懦怯之质，宿患风眩，近加疾毒，复多鼻衄，肤发衰变，精力减竭，岂堪专为武帅，以图矢石之功？此臣量力之所不能也明矣。且如刘

平，本是文臣，众推忠勇，尚不能当将帅之任。朝廷察臣之材，能如刘平之武力乎？昔唐用房琯虚名，将兵拒贼，一战而溃，危困社稷。此前人之明验，微臣之深戒也。

重念臣出处穷困，忧思深远，民之疾苦，物之情伪，臣粗知之。而天赋褊心，遇事辄发，故居其外则寡悔，处于内则多咎。臣自知非朝廷进用之器，如未获退，则愿久守一藩，奉行条诏，庶几为圣朝之循吏，亦足托青史之末光，垂于来代。

今以边鄙方艰，承乏于此，御寇之力，赖诸将佐。臣则日夜思省，救其阙漏而已。众知儒臣，固不责其勇力，及改武帅，则取笑于三军。其诸路有不辞者，或当壮岁，或负雄才，非臣之所及也。如裴德舆、张可久并命阁门使，一受一免，朝廷各从其志，斯有以见虞舜舍己从人，足以感群下之心矣。臣久荷圣知，叨居近列，何独未获其请？臣窃自疑。

今边上新有事宜，已发走马承受张翔赴阙敷奏。本州全阙部署、钤辖，臣未敢下狱待罪。再沥肝胆，上冒斧钺，伏望皇帝陛下垂至明之察，推广生之造，许臣依旧带内朝之职，经画边方，节制诸将，小事行之，大事言之，为朝廷之耳目。其体甚重，臣尚可力疾为国尽心。其武帅之难，宠禄之过，臣敢不揆度？固以死请。干冒天宪。臣无任。[1]

---

[1] 《范仲淹全集》之《范文正公文集卷第十七·让观察使第三表》。

范仲淹在表中，再次说明自己本是文臣，改授武职，将取笑于三军。他还解释说，诸路中有不辞观察使者，或是因为正当壮年，或是负有雄才，不是他所能企及的。在范仲淹上表辞观察使的同时，王沿、庞籍也上表辞让观察使之职，韩琦倒是没有推辞，坦然接受了。范仲淹因考虑到这一情况，才有此一说。

在范仲淹一再辞让之下，朝廷终于同意他以龙图阁直学士之职担任观察使。于是，范仲淹写了一份《谢许让观察使守旧官表》感谢朝廷。

该表云：

> 臣某言：准枢密院札子，奉圣旨，令臣却守旧官者。宠禄固辞，涉邀君之大谷；圣言惟允，推舍己之至仁。臣中谢。
>
> 臣闻进人以礼，退人以礼，哲王之体也；大让如慢，小让如伪，儒臣之行也。上得其体，足以宁家邦；下兴其行，可以导风俗。臣亲逢盛美，得不手之舞之，足之蹈之，与天下称庆哉？
>
> 窃念臣少游庠序，长登科级，周旋孤宦，了无闻达。伏遇皇帝陛下金鉴临御，多士骏奔，于千官百辟之中，擢臣谏诤之列，置臣图书之府，扬历中外，恩常异等。自西陲用兵，朝廷旰食，遣臣经略边事，岁月无状。亦尝得请示以招纳之意，期于平定。而物议喧然，祸在不测，上赖日月垂照，保全微生。暨再委方面，专此一路，又无出奇之策，惟知守御而已。日常自讼，以待来者。陛下浚发宸谋，思欲崇诸路之寄，例改廉车，且从廪禄之优，兼贵称

呼之重，濡然渥泽，被于弱质。臣以今之观察使列为武帅，书生何力，可堪此任？幸以内朝之职，为国家心腹耳目，权节制之任，其体甚重，不烦改作，愿回宠异，少宽忧栗。三黩天听，义不容诛。伏蒙陛下念进人退人之礼，察如慢如伪之情，特降俞旨，许存旧秩，臣且惧且喜，不知所为。惧者有不即从制之罪，而尚屈彝典；喜者以不夺稽古之志，而复被儒绅。臣敢不竭力悉心，夙宵乃职？谨疆场之细事，伫于羽之大猷，退作颂声，仰答圣造。臣无任。[1]

宰相吕夷简对范仲淹等连连上表谢绝加封感到颇为不悦。封韩、范、王、庞四人为观察使的主意，正是他向皇帝提出的。他的

---

1 《范仲淹全集》之《范文正公文集卷第十七·谢许让观察使守旧官表》。

意图很明显，想通过这样的任命一石三鸟，一来可以收买这几位帅臣之心，二来可以用观察使的职务牵住几位帅臣回京的步伐，巩固自己的相位，三来可以发挥四位帅臣的作用，抵抗西夏。如今，范仲淹、庞籍和王沿反复推辞，使他的小算盘就要落空了。"这个范仲淹，为了邀名，竟然如此轻视朝廷的任命，这不是大大贬损皇威吗？这又将我两府大臣置于何地！"吕夷简心里揣着这样的想法，几次想在赵祯面前数落范仲淹，可是他终究还是忍住了。"鉴于西北的局势，此时正是用人之际，怎能因为范仲淹等推辞加封而深责他们呢？更何况，陛下对范仲淹正愈加看重，此时我到陛下面前说其长短，那不是搬起石头砸自己的脚嘛！"于是他反复提醒自己，千万不要因小失大。

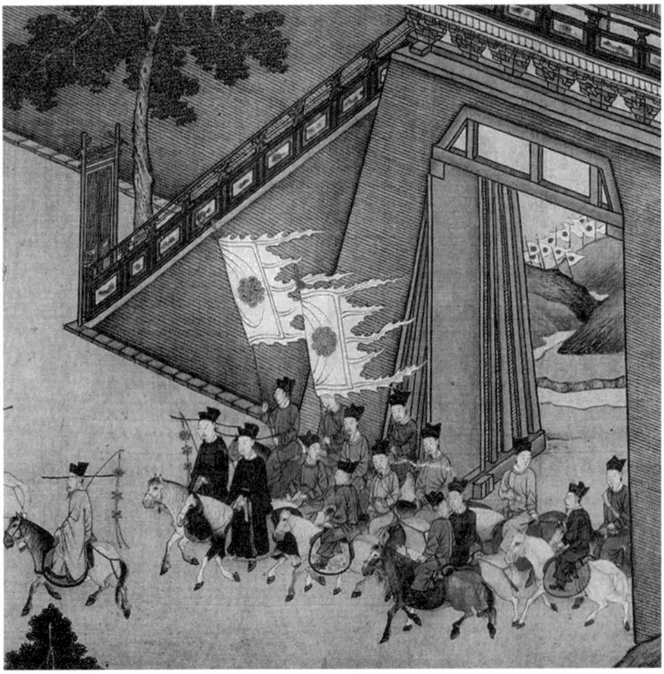

第三十五章
富弼出使契丹

1

庆历二年五月初，大宋朝野上下开始渐渐弥漫起紧张的气氛。曾经在麟州以少胜多击退西夏军的张亢被调往高阳，以西上阁门使、忠州刺史、并代钤辖、专管勾麟府军马改领果州团练使、高阳关钤辖。将张亢调往高阳关，乃是朝廷担心契丹背盟突然派兵南下。

在朝堂上，殿中丞郭谘上言，为了防备契丹背盟南侵，建议决御河、交水、葫芦、新河、唐河五条河，使水北出，从而使冀州、瀛洲、莫州等州处于这些河水的东面或南面，这样便足以挡住契丹的铁骑。宰相吕夷简认为郭谘的建议可以采用。

五月乙巳，赵祯下诏，换授郭谘为崇仪副使，提举黄河等处堤岸。紧接着，赵祯又下诏，令内藏库使、带御器械邓保信，洛苑使、普州刺史杨怀敏协同郭谘规划五河之事。

正在郭谘等准备决黎阳大河之堤以使大水连接葫芦、后唐河，并注水入边界塘泊和界河时，赵祯考虑到富弼、符惟忠正随契丹使者作回谢之行出使契丹，便急令郭谘等人将决堤计划搁置下来。皇帝在这个时候倒还惦记着富弼、符惟忠。

自澶渊之盟以来，因天下太平，澶州北城年久失修，已经颓缺多处。城头的垛口和敌楼也已经残缺破败。在澶州的北面，有一段黄河水决堤，也迟迟未能修好。五月庚戌日，河北都转运使李昭述心忧契丹铁骑南下，颓败的澶州城恐怕难以防守，便上奏请修澶州北城。赵祯采纳了李昭述的意见。于是，李昭述以修黄河堤为名，调农兵八万前往澶州，迅速抢修澶州北城。过了十多天，澶州北城焕然一新，加高的敌楼也在城头耸然立起。

契丹使者萧英、刘六符来大宋京城开封时，曾经过澶州城，当时见到澶州城年久失修，对大宋颇有轻视之意。此时，他们带着大宋方面提出的条件回契丹复命，再次经过澶州城后，回头望见修葺一新的高耸的澶州北城，不觉大惊失色。"在如此短的时间内，不动声色便修好了澶州城，看来大宋确乃上国，不可小觑！"刘六符不觉轻声对萧英感叹道。

富弼将萧英、刘六符的神色变化看在眼里，却不出言点破。

烈日，风沙，长路。

符惟忠在出使的路上病倒了。

到了武强，一名亲随急匆匆从队伍后面赶了上来，隔着马车的窗棂向富弼禀报："富大人，符副使快不行了，让属下请大人去一下。"

富弼听了，慌忙令队伍停下。

下了马车，富弼跟着那名亲随跑向符惟忠乘坐的马车，只见符惟忠闭着双眼横躺在马车的座位上，一个亲随半蹲在他面前。

符惟忠见富弼来了，缓缓睁开眼睛，微微抬了一下手，示意亲随将自己扶起。待费力坐起后，他喘着气，靠在了马车的车壁上。只这么稍稍一动，他的额头上已经冒出了一片豆大的冷汗。

富弼在符惟忠那张苍白的脸上，看到的是极度的虚弱。

"符副使，你早知自己有病，为何还硬撑着接受出使之命啊？"

"富大人，皇命怎可违？更何况，此次出使，关系我大宋的命运，我符惟忠岂能因为一点小病而拒绝出使？你也不用说我，富大人自己不也是刚添了千金，还来不及见，便接了皇命出使了嘛！唉，我也不承想，这小病竟然……"符惟忠说到这里，连连咳嗽了几声。他抬手往嘴上一接，手心里赫然多了一小口鲜血。

"符副使，你休要再多说了，到了武强，便在驿馆好好休养，一定会好起来的。"

符惟忠惨然一笑，说道："不，我还得说几句。若是我无法再北行，请奏请陛下，以张茂实代替微臣出使。此人可用！"

富弼心头一热，泪水便从双眼中滚了出来。

"张茂实，我知道此人，我知道此人……"他点点头，却再不忍心往下说了。

"富大人，你赶紧下令队伍继续北行吧，别让契丹使者小觑了。我就当向富大人告别过了。"

符惟忠眼中泪光闪闪，气若游丝，微微垂下了眼皮，两行泪水顺着惨白的脸颊滑落，却闭上嘴再也不说话了。

大宋出使契丹的队伍行至武强时，副使符惟忠已经于马车上病逝了。

877

富弼紧急上奏，请以贝州、供备库使、恩州团练使张茂实代符惟忠为回谢契丹国信副使，同时分出人手，护送符惟忠的灵柩回汴京。

2

一缕檀香烟从铜香炉中升起，淡淡的香气弥漫在御书房中。夏日的午后有些闷热。

赵祯感觉到自己的内衣已经被汗水濡湿了。他面前，摊着几本奏书和札子。他忍不住微微放松了一下挺得笔直的腰板，同时拿起手边一本已经看过的奏书来扇风，只扇了一下，便微微一呆，又郑重地将那本奏书好好放在桌案上。

他朝垂下的竹帘外瞥了一眼，说道："传朕口谕，请吕相来御书房议事。"

竹帘外的内侍蓝元震应了一声，出了御书房，将皇帝口谕传给门外的内侍，旋即又回到御书房，垂手立于竹帘之外。

赵祯忍住闷热，拿起书案上另一份尚未阅读的上疏看起来。这份上疏，乃是知谏院欧阳修直接呈到他手中的。

约莫过了一盏茶的工夫，宰相吕夷简来了。

"将帘子卷起，把外面那张绣墩搬进来。"

内侍蓝元震应了一声，轻手轻脚卷起帘子，又搬了个绣墩放在赵祯书案前六七步远的地方。

"吕卿，坐下说话。"赵祯朝那绣墩指了指。

"臣还是站吧。"吕夷简向皇帝稽首说道。

"休要与朕推辞，大热天的，坐下议事。"

"是，臣遵命。"吕夷简作了揖，挨着绣墩的边儿坐了下来。

"朕记得范仲淹知开封府时，曾经上疏建议重修洛阳城，以备急难，如今，契丹有背盟之意，有好几位大臣重提范仲淹昔日之论，建议重修洛阳城。你怎么看？"

吕夷简抬眼看着赵祯，沉默了一会儿，说道："如今契丹索要关南之地，我朝如急匆匆去修洛阳城，倒是显得我大宋对其有畏惧之心，如此必长敌势。"

赵祯的手指动了动，在眼前的一份书札上笃笃敲了两下，却不说话。

吕夷简见赵祯面无表情，便继续说道："景德之役，若不是先帝乘舆济河，契丹恐怕不会臣服。如今，不如建都大名，示将亲征，在战略上打压契丹。"

皇帝沉默不语。

檀香的青烟。沉闷的空气。没有表情的面容。

过了片刻，赵祯终于微微点了点头。

吕夷简见皇帝点头，嘴角微微一动，最终却没有露出笑容来。因为，他瞧见皇帝的脸色稍变，正抬手从书案上拿起一本奏书。不过他不知道，那奏书正是赵祯方才想要拿来当扇子用的那本。

"这是几日前欧阳修给朕送来的奏书。吕卿你看看，现在就看。"

吕夷简慌忙起身，躬身趋步往前，隔着书案从赵祯手中接过了那本奏书。他没有坐回去，而是站在原地，不动声色地看起来。

赵祯似乎也不急，只是微微闭目养神。

欧阳修的这份奏书很长。

奏书云：

臣近准诏书，许以封章言事。臣学识愚昧，不能广引深远，以明治乱之源，谨采当今急务，为三弊、五事以应诏书所求，伏惟陛下裁择。

臣闻自古王者之治天下，虽有忧勤之心，而不知致理之要，则心愈劳而事愈乖；虽有纳谏之明，而无力行之果断，则言愈多而听愈惑。故为人君者，以细务责人，专大事而独断，此致理之要也；纳一言而可用，虽众议不得以沮之，此力行之果断也。知此二者，天下无难致理矣。臣伏见国家大兵一动，中外骚然，陛下思社稷之安危，念兵民之困弊，四五年来，忧勤可谓至矣。然兵日益老，贼日益强，并九州之力，平一西戎小者，尚无一人敢前，今又北敌大者，违盟妄作，其将何以御之？从来所患者外藩，今外藩叛矣；所患者盗贼，今盗贼起矣；所忧者水旱，今水旱作矣；所仰者民力，今民力困矣；所急者财用，今财用乏矣。陛下之心日忧于一日，天下之势岁危于一岁，此臣所谓用心虽劳，而不知求致理之要者也。近年朝廷虽广言路，献计之士不下数千，然而事绪转多，枝梧不暇。从前所采，众议纷纭，至于临事，谁策可用？此臣所谓听言虽多，不如力行之果断者也。臣伏思圣心所甚忧，即当今所最阙者，不过曰无兵也，无将也，无财用也，无御敌之策也，无可任之臣也。此五者陛下忧其未有，而臣谓今皆有之，然陛下未得而用之者，陛下未思其术也。国家创业之初，四方割据，中国地狭，兵民不多，然尚能南取荆楚，收伪唐，西平巴蜀，东下并、潞，北窥幽、蓟。当时所用兵、财、将、吏，其数几何？惟善用之，故不觉其少。岂如今日承百年祖宗之业，尽有天下之富强，人众物盛，十倍国初！故臣敢曰有兵、有将、有财用、有御敌之策、有可任之臣。然陛下皆不得而用者，何哉？由朝廷有三大弊故也。

何谓三大弊？一曰不谨号令，二曰不明赏罚，三曰不责功实。此弊因循于上，则万事弛慢废坏于下。臣闻号令者，天子之威也；赏罚者，天子之权也。若号令烦而不信，赏罚行而不当，则天下不服。故又须责臣下以功实，然后号令不虚出，而赏罚不滥行。是谨号令、明赏罚、责功实，此三者帝王之奇术也。自古人君，英雄如汉武帝，聪明如唐太宗，皆能知此三术而自执威权之柄，故所求无不得，所欲皆如意。汉武帝好用兵，则诛灭远方，立功万里，以快其心，欲求将则有卫、霍之材供其指使，欲得贤士则有公孙、董、汲之徒以称其意。唐太宗好用兵，则诛突厥，破辽东，威加四海以逞其志，欲求将则有李靖、李勣之俦入其驾驭，欲得贤士则有王、魏、房、杜之辈奉其左右。此二帝凡有所为，后世莫及，可谓所求无不得，所欲皆如意，无他术也，惟能自执威权之柄尔。伏惟陛下以圣明之资，超越二帝，又尽有汉、唐之天下，然而欲御边则常患无兵，欲破贼则常患无将，欲赡军富国则常患无财，欲威服远方则常患无策，欲任使贤才则常患无人，是所求皆不得、所欲皆不如意，其故无他，由不用威权之术也。自古帝王或为强臣所制，或为小人所惑，威权不得出于己。方今外无强臣之患，又无小人独任之惑，内外臣庶尊陛下如天，爱陛下如父，倾耳延首，愿听陛下之所为，何惮而久不为哉？若一旦赫然执威权以临之，可使万事皆办，何患五者之无，奈何为三弊之因循，而一事之不集！

臣请言三弊。夫言多变则不信，令频改则难从。今出令之初，不加详审，行之未久，寻又更张。以不信之言，行难从之令。故每有处置之事，州县知朝廷未是一定之命，则官吏咸相谓曰："且未要行，不久必须更改。"或曰："备礼行下，略与应破指挥。"旦夕之间，果然又变。至于将吏更易，道路疲于迎送，文牒纵横，上下莫能遵禀，官吏军民或闻而叹息，或闻而窃笑。号令如此，欲威天下，其可得乎！此不谨号令之弊也。古今用人之法，不过赏罚而已。然赏及无功，则恩不足劝，罚失有罪，则威无所惧，虽有人不可用矣。臣尝闻太祖时，王全斌等破蜀而归，功不细矣，犯法一贬，十年不问。盖是时方伐江南，故黜全斌与诸将立法，及江南已下，乃复其官。太祖神武英断，所以能平天下者，赏罚分明皆如此也。自关西用兵，四五年矣，赏罚之际，是非不分，大将以无功而依旧居官，军中见无功者不妨居好官，则诸将谁肯立功矣！偏裨畏懦逗遛，法皆当斩，或暂贬而寻迁，或不贬而依旧，军中见有罪者不诛，则诸将谁肯用命矣？所谓赏不足劝，罚无所惧。赏罚如此，而欲用人，其可得乎？此不明赏罚之弊也。自兵动以来，处置之事不少。然多有名无实，请略举其一二，则其他可知。数年以来，点兵不绝，诸路之民，半为兵矣，其间老弱病患短小怯懦者，不可胜数。兵额空多，可用者少，此有点兵之虚名而无得兵之实效也。新集之兵，所在教习，追呼上下，民不安居。主教者非将领之才，所教者无旗鼓之法，往来州县，怨叹嗷嗷。既多是老弱小懦之人，又无训齐精练之术，此有教兵之虚名而无训兵之实效也。诸州所造器械，数不少矣，工作之际，已劳民力，运辇搬送，又苦道路。然而铁刃不钢，筋胶不固，长短小大，多不中度。盖造作之所但务充数而速了，不计所用之不堪，经历官司，又无检责，此有器械之虚名而无器械之实用也。以草草之法，教老怯之兵，执钝折不堪之器械，百战百败，理在不疑，临事而惧，何可及乎！故事无大小，悉皆卤莽，此不责功实之弊也。

万事不可尽言，臣请直言其大者五事：

其一曰兵。臣闻攻人以谋不以力，用兵斗智不斗多。前代用兵之人多者常败，少者常胜。汉王寻等以百万之师遇光武六千人而败，是多者败而少者胜也。苻坚以百万之众遇东晋二三万人而败，是多者败而少者胜也。曹操以三十万青州兵败于吕布，退而归许，复以二万人破袁绍十四五万，是用兵多则败而少则胜之明验也。况于边鄙尤难以力争，只可以计取。李靖破突厥于定襄，只用兵三千人，其后破颉利于阴山，亦不过万人，其他以五千人立功塞外者不可悉数，盖兵不在多，能用计耳。故善用兵者以少而为多，不善用兵者虽多愈少。臣谓方今添兵则耗国，减兵则破敌。今沿边之兵不下七八十万，可谓多矣，然训练不精，又有老弱虚数，十人不当一人，是七八十万之兵不得七八万人之用。加之军中统制支离，分多为寡，兵法所忌。此所谓不善用兵者虽多而愈少，故常战而常败。臣愿陛下赫然奋威，饬励诸将，精加训练，去其老弱，

883

七八十万中可得四五十万。古人用兵，一以当百，今既未能，但能以一当十，则五十万数可当五百万兵之用。此所谓善用兵者，以少而为多，古人所以少而常胜者以此也。今不思实效，但务添多，耗国耗民，迁延月日，贼虽不至，天下已困矣。此一事也。

其二曰将。臣又闻古语曰："将相无种。"故或出于卒伍，或出于奴仆，或出于盗贼，唯能不次而用之，乃为名将耳。今国家求将之意虽切，选将之路太狭。今诏近臣举将而限以资品，则英豪之士在下位者不可得矣；试将材者限以弓马一夫之勇，则智略万人之敌皆遗之矣；山林奇杰之士召而至者，以其贫贱而薄之，不过与一主簿、借职，使之怏怏而去，则古之屠钓饭牛之杰皆激怒而失之矣。以至无人可用，则宁用癃钟跛躄庸懦暗劣之人，皆委之要地，授以兵柄，天下三尺童子，皆为朝廷危之。前日澶州之卒，几为国生事，澶卒几生事，盖郭承祐在澶时。此可见也。议者不知取将之无术，但云当今之无将。臣愿陛下革去旧弊，奋然精求英豪之士，不须限以下位；知略之人，不必试以弓马；山林之杰，不必薄其贫贱。唯陛下以非常之礼待人，人臣亦将以非常之效报国，又何患于无将哉。此二事也。

其三曰财用。臣又闻善治病者必医其受病之处，善救弊者必塞其起弊之原。今天下财用困乏，其弊安在？起于兵兴而费大也。昔汉武帝好穷兵，用尽累世之财。当时耀兵单于台不过十八万，尚能困其国力，况今日七八十万，连四年而不解，所以罄天地之所生，竭万民之膏血，而用不足也。今虽有智者，物不能增而计无所出矣。唯有减冗卒之虚费，练精兵而速战，功成兵罢，自然足矣。今兵有可减之理而无人敢当其事，贼有速击之便而无人敢奋其勇，后时败事，徒耗国而耗民，惟陛下以威权督责之，乃有期耳。此三事也。

其四曰御敌之策。臣又闻兵法曰："上兵伐谋，其次伐交。"敌人通好仅四十年，不敢妄动，今一旦发其狂谋者，其意何在？盖见中国频为元昊所败，故敢启其贪心，伺隙而动尔。今督励诸将，选兵秣马，疾入西界，但能痛攻昊贼一阵，则吾军威大振，而敌计沮矣。此所谓"上兵伐谋"者也。今论事者，皆知西、北欲并二国之力，窥我河北、陕西，若使西北并入，则难以力支。今若我先击败一处，则敌势减半，不能独举。此兵法所谓"伐交"者也。元昊地狭，贼兵不多，向来攻我，传闻北敌常有助兵。今若敌中自有点集之谋，而元昊骤然被击，必求助于北敌，北敌分兵助昊，则可牵其南下之力，若不助昊，则二国有隙，自相疑贰，此亦"伐交"之策也。假令二国刻期分路并入，我能先期大举，则元昊仓皇，自救不暇，岂能与北敌相为表里？是破其素定之约，乖其刻日之期，此兵法所谓"亲而离之"者，亦"伐交"之策也。昊贼叛逆以来，幸而屡胜，长有轻视诸将之心，今又见朝廷北忧契丹，方经营于河朔，必谓我师不能西出。今乘其骄怠，正是疾驱急击之时，此兵法所谓"出其不意"者，取胜之上策也。前年西将有请出攻者，当时贼气方盛，我兵未练，朝廷尚许其出师，况今元昊有可攻之势，此不可失之时。彼方幸吾忧河北，而不虞我能西征，出其不意，此可攻之势也。自四路分帅，今已半年，训练恩信，兵已可用，故近日屡奏小捷，是我师渐振，贼气渐衄，此可攻之势也。苟失此时而使二敌先来，则吾无策矣。臣愿陛下不以臣言为狂，密诏四路之帅协议而行之。此四事也。

其五曰可任之臣。臣又闻语曰："十室之邑，必有忠信。"况今文武常选之官，盈于朝廷，遍于天下，其间非无材智之人。陛下总治万几之大，既不暇尽识其人，固不能躬自进贤而退不肖；执政大臣动循旧例，又不敢进贤而退不肖；审官、吏部、三班之职，但掌文簿差除而已，又不敢越次进贤而退不肖。是上自天子，下至有司，无一人得进贤而退不肖。所以贤愚混杂，侥幸兼容，三载一迁，更无精别。平居无事，常患太多而差除不行，但临事要人，常曰无人使用。自古任人之法，无如今日之谬也。今议者或谓以举主转官为进贤，犯罪即黜为退不肖，此不知其弊之深也。大凡善恶之人各以类聚，故好赃滥者各举贪浊之人，好财利者各举诛求之人，性庸懦者各举不才之人，守廉节者乃举公干之人。朝廷不问是非，但见举主数足，便与迁官，则公干者进矣，贪浊者亦进矣，诛求者亦进矣，不才者亦进矣。混淆如此，便可为进贤之法乎？方今黜责官吏，岂有澄清纠按之法哉？唯犯赃之人，因民论诉者，乃能黜之耳。夫能舞弄文法而求财贿者，亦强黠之吏，政事必由己出，故虽诛剥豪民，尚或不及贫弱；至于不才之人，不能主事，众胥群吏，共为奸欺，则民无贫富，一时受弊。以此而言，则赃吏与不才之人为害等耳。今赃吏因事自败者十不去一二，至于不才之人，上下共知而不问，宽纵容奸，其弊如此，便可为退不肖之法乎？贤不肖既无别，则宜乎设官虽多而无人可用也。臣愿陛下明赏罚，责功实，则才不才皆列于前矣。

臣故曰，五者皆有，然陛下不得而用者，为有弊也。三弊、五事，臣既详言之矣，唯陛下择之。天下之务，不过此也。

方今天文变于上，地理逆于下，人心怨于内，敌国攻于外，事势如此，殆非迟疑宽缓之时，惟陛下留意。[1]

吕夷简看完奏书，脸上表情依然没有变化，只是淡淡说了一句："欧阳修此文，多为宏论。"

赵祯眉头微微皱了一下，说道："欧阳修说朕固不能躬自进贤而退不肖，执政大臣动循旧例，又不敢进贤而退不肖；审官、吏部、三班之职，但掌文簿差除而已，又不敢越次进贤而退不肖。这样一来，上自天子，下至有司，无一人能够进贤而退不肖啊。吕卿，你就没有点看法吗？"

"欧阳修以宏文大论遍责众人，看似向陛下尽忠，实乃欲诛人心。陛下圣明，不应被欧阳修之言所惑。"

赵祯眼皮抬了一下，眼中光芒一闪，缓缓说道："吕卿辛苦了，天甚闷热，你先退下，回去歇息吧。"

吕夷简的肩背微微一颤，愣了一下，方才躬身道："是，谢陛下眷顾，臣告退。"

---

[1] 《续资治通鉴长编》卷一百三十六庆历二年五月条。

次日，赵祯下诏，建大名府为北京，同时降德音，将河北诸州军牢狱中的囚犯罪减一等，并将罪行低于杖刑的囚犯都释放了。

范仲淹在庆阳看到邸报，得知建大名府为北京的消息，匆忙写了一份《乞修京城札子》，令人飞马递往京城。

札子云：

> 臣危言孤立，久荷圣知。当此旰昃之忧，岂可循默自守？虽言而无取，亦以尽臣子之心。臣先于景祐三年五月初在开封府，曾进札子，言西洛帝王之宅，绝无储蓄，乞圣慈以将有朝陵为名，使东道有余则运而西上，西道有余则运而东下，数年之间，庶几有备。太平则居东京舟车辐凑之地，以便天下，急难则守西洛山河之宅，以保中原。当时臣言西洛可营者，以备急难也。今北事既动，营洛已晚，臣今别有愚见，请一二以陈之。
>
> 臣窃闻修建北京，以御大敌。以臣料之，可张虚声，未可为倚。何哉？河朔地平，去边千里，胡马豪健，昼夜兼驰，不十数日可及澶渊。陛下乘舆一动，千乘万骑，非数日可办。仓卒之间，胡马已近，欲进北京，其可及乎？此未可一也。又承平已久，人不知战，闻寇大至，群情忧恐。陛下引忧恐之师，进涉危地，或有惊溃，在爪牙之臣，谁能制之？此未可二也。又北京四面尽平，绝无险扼之地，傥乘舆安然到彼，而胡马旁过，直趋河南，于澶渊四向乘冻而渡，京师无备，将何以支？宗庙社稷，宫禁府库，皇宗戚里之属，千官百辟之家，六军万民，血属尽在，无金城汤池可倚，无坚甲利兵可御，陛下行在河朔，

心存京师，岂无回顾之大忧乎？此未可三也。假使大河未冻，寇不得渡，而直围守澶渊，声言向阙，以割地会盟为请，当此之时，京师无备，胡尘俯逼，陛下能坚守不动而拒其请乎？

唐明皇时，禄山为乱，旧将哥舒翰引四十万兵屯守潼关，请不出战，且以困贼，杨国忠促令讨贼，一战大败，遂陷长安。今京师无备，寇或南牧，朝廷必促河朔诸将出兵截战，万一不胜，则有天宝之患，朝廷将安往乎？昔炀帝盘游淮甸，违远关中，唐祖据之，隋室遂倾。明皇出幸西蜀，非肃宗立于朔方，天下岂复为唐矣？德宗欲幸益部，李晟累表乞且幸山南，以系人心。乃知朝廷，万邦之根本。今陕西、河北聚天下之重兵，如京师摇动，违远重兵，则奸雄奋飞，祸乱四起。

臣闻天有九阊，帝居九重，是王者法天设险，以安万国也。《易》曰："天险不可升，地险山川丘陵，王公设险，以守其国。"正在今日矣。臣请陛下速修东京，高城深池，军民百万，足以为九重之备，乘舆不出，则圣人坐镇四海，而无顺动之劳；銮舆或出，则大臣居守九重，而无回顾之忧矣。彼或谋曰：边城坚牢，不可卒攻，京师坦平，而可深犯。我若修完京师，使不可犯，则是伐彼之谋，而沮南牧之志矣。寇入之浅，则边垒已坚；寇入之深，则都城已固。彼请割地，我可弗许也；彼请决战，我可勿出也。进不能为患，退不能急归，然后因而挠之，返则追之，纵有抄掠，可邀可夺，彼衰我振，未必不大胜也。此陛下保社稷、安四海之全策矣。

或曰：京师王者之居，高城深池，恐失其体。臣闻后唐末，契丹以四十万众送石高祖入朝，而京城无备，闵宗遂亡。石晋时，叛臣张彦泽引契丹犯阙，而京城无备，少主乃陷。此皆无备而亡，何言其体哉？臣但忧国家之患，而不暇顾其体也。若以修完城隍为失体，不犹愈于播迁之祸哉？朝廷大臣百辟必晓此事，但惧议者谓其失体而不敢言。臣任在西陲，非当清问，而辄言此事，诚罪人也。然臣子之心，岂敢忘君亲之忧。况臣素来愚拙，惟知报国，而不知其受谤矣。昔奉春君负贩之夫，劝高祖都关中，而张良赞之，翌日命驾。臣叨预近列，而辄建言，比之奉春之僭，未甚为过。

至于西洛帝王之宅，太祖营修，盖意在子孙表里山河，接应东京之事势，连属关陕之形胜。又河阳据大川之险，当河朔、河东会要，为西洛之北门；又长安自古兴王之都，天下胜地，皆愿朝廷留意，常委才谋重臣，预为大备，天下幸甚。干犯圣威，臣无任云云。[1]

在此札子中，范仲淹说建大名府为北京，靠此虚张声势是可以的，但不能真正靠此来抵御契丹。如果来不及修复洛阳城，那么就请速速抢修京城。朝中大臣很多都赞同范仲淹的意见。吕夷简却说，范仲淹的办法，不过是囊瓦城郢之计，假使契丹渡过黄河，则天下都危殆了。正因如此，才要在河北设防。

---

[1] 《范仲淹全集》之《范文正公文集卷第二十·乞修京城札子》。

自从往朝廷呈送《乞修京城札子》后，范仲淹接连数日紧锁眉头。

这日傍晚，范仲淹在赵圭南、李金辂和周德宝的陪同下，在庆阳城头镇戎楼上巡察。一个念头在他脑海中萦绕不休："大名府建北京，确也有用，但京城若得不到重修，一旦北方的铁蹄兵临城下，朝廷危在旦夕。富弼勇担大任，出使契丹，若是元昊怂恿契丹渝盟南下，富弼恐也有性命之忧。这可如何是好？"

此时，夕阳在西边的山背后缓缓下沉。一队宋军将士正在城外巡逻，夕阳的光芒在骑兵的枪旗上渲染出一层金色，原本红色的旗帜变成了金红色。队伍后面，有一骑手勒马而立，被夕阳勾勒出一个剪影。

"队伍后面那个，可是原郭京？"范仲淹抬手一指，问道。

"贫道可是老眼昏花了，看那架势便是他。"周德宝抬起一只手，遮挡着夕阳射过来的光。

"应该是他。"赵圭南道。

"圭南，辛苦你一趟，去请他来，一会儿我与你俩说点事，有要事托付你们。"

赵圭南答应一声，急忙向城楼下奔去。

不到半炷香的工夫，赵圭南已经带着原郭京纵马奔到庆阳城楼下。两人下了马，急急奔上镇戎楼拜见范仲淹。

"郭京，圭南，富弼大人出使契丹的事，你们都知道吧？"

原郭京、赵圭南对视一眼，都点了点头。

"此次契丹借我朝在河东增兵之际乘机发难，意欲背盟。元昊已经向契丹称臣，其进攻麟府之意，便是迫使我朝在河东增兵，从而挑起我朝与契丹的战事。如果我朝同契丹、西夏两线作战，便可能陷入长期战争,时间久了,不仅边疆生灵涂炭,而且国力也将殚竭。富弼大人此次出使,使命重大,实在是关系我朝社稷安危。他在契丹期间,元昊那边极可能背地里挑拨、怂恿契丹对富弼大人施压,亦不排除暗中伤害富弼大人,以挑起我朝与契丹的战事。我令你们二人前往契丹境内,找到富弼大人,以亲随身份跟在他身边,保护他的安全。"

"得令!"原郭京和赵圭南答道。

"范公,我有一个问题。"赵圭南说。

"说。"

"方才范大人的意思是,元昊贼子可能派刺客刺杀富弼大人?"

范仲淹点点头,道:"正是有此担忧。你们想,若是富弼大人在契丹境内被杀,即便不是契丹人干的,要自证清白也是难事;而若是国使被害,我朝岂能就此罢休!所以,富弼大人的安危,实际上关系到我朝与契丹的命运。明白了吗?"

"明白了!"赵圭南点点头。

"圭南,你可知我为何要派你同郭京一起去?"

赵圭南愣了一下,摇摇头。

范仲淹微微一笑,说道:"圭南,我记得你之前说过,你听得懂契丹语。更重要的是,因为你听得懂党项语。"

"范帅,圭南明白了,谢范帅信任!"

"好,明白就好。有个既懂契丹语又懂党项语的人在富弼身边,我就更加放心了。"

"请范帅放心,圭南舍了性命也要与原兄一起护富弼大人安全。"

"嗯,你们此行,与富弼大人一样,关系着大宋、契丹、西夏黎民百姓的性命。如果契丹与大宋再起战事，将会血流成河啊！"

"范帅，不知使团的队伍行至何处了，我担心我们可能无法在他们入契丹边境前追上他们。"

"尽力而为吧。实在不行，就设法潜入契丹边境，然后再设法找到使团。你们赶紧收拾一下，事不宜迟，尽快动身。"

原郭京和赵圭南应喏，匆匆下镇戎楼去准备了。

周德宝望着两人走下镇戎楼，扭头问道："范帅，元昊野心勃勃，加之有张元为助，其心绝不仅在我边疆，而意在天下。"

范仲淹往西北方望去，说道："正是。契丹欲渝盟，元昊必会借机以谋中原。只是缘边千里，不知元昊下一次进攻又会在何处。"

周德宝神色肃然，定睛看范仲淹，只见他已经渐花白的须发被金色的阳光照得看上去像是透明一样。

"希文啊，你看你，头发快都白了！"

范仲淹一呆，哈哈一笑道："老哥的头发比我更白！时光不饶人啊！"

3

"富大人，前面就是契丹地界了。"一名军校禀报道。

富弼背着手站在马车前，听了军校的禀报，微微点头，说道："都小心一点，继续前进吧。"说完，便转身准备登车。

这时，队伍前面的响动引起了富弼的注意。他停下脚步，扭头往前面看去。只见队伍的前方，突然出现了一群羊。这群羊少说有两三百只，如同白花花的潮水，迎着队伍涌过来。

富弼盯着那群羊，总觉得有些不对劲，却一时间说不出来究竟是哪里不对劲。

没有羊倌！羊倌呢？

便是在这一瞬间，一个身影突然从前面一只羊的羊腹下冒了出来。只见那身影翻身骑上羊背，身形一动，手中已经多了把弩。

富弼暗叫不好。

这时，寒光一闪，羊背上那人惨叫一声，翻身滚入羊群。与此同时，一支弩箭嗖地射出，不过没有射向富弼，而是飞向了天空。

富弼这时才意识到，身旁不知何时多出了两骑。

马背上的两人都头戴斗笠，身穿褐色的窄袖长袍，其中一人手中持着一柄剑，另一人却是两手空空。

"富弼大人！"手中执剑的那人扭头对富弼喊道。那个空着手的人眼睛却始终没有离开羊群。

"你们是什么人？"富弼问道。

"在下叫原郭京，方才出手救大人的叫赵圭南，我俩受环庆经略使范帅之命，赶来保护大人。"

"范帅派你们来的！？"富弼又惊又喜。

"正是，我俩刚刚赶上大人的队伍，没想到一来便碰上了刺客，也真是巧了。"原郭京说话间，警惕地朝羊群看了看，这才将手中的剑收入鞘中，又从怀中掏出一封书信。

富弼接过那封信，急急打开来看。那是一封短笺。在短笺中，范仲淹表达了对富弼安危的担忧，同时将派原、赵二人前来的安排简单说了说。

"赵圭南拜见富弼大人！"这时，赵圭南转过头来拜见富弼。

"好好好！谢壮士救命之恩。"富弼连说三声好，向赵圭南一抱拳。

"大人，请吩咐您的手下，赶紧赶走羊群，看看那刺客是否死了。"赵圭南说道。

富弼当即下令随行卫兵将羊群都赶开去。两三百只羊，卫兵们花了好一阵子才都赶开了。

羊群散开后，众人发现方才那个刺客跌落的地方，只有一小片鲜血，人却不见了。

"那刺客可能在受伤后抱着羊身子，乘机逃脱了。"赵圭南说。

"也可能还有同伙，从羊腹下将那刺客的尸体带走了。"原郭京说道。

"只是可惜了原兄赠我的那柄短剑。方才我一急，随手便拔出那短剑掷了出去。"赵圭南眉头皱了起来，露出懊恼的神色。

"那短剑能够救下富弼大人，也算值了。"原郭京笑道。

富弼方才一直将范仲淹的短笺捏在手里，这时才好好折起，放进信封，收入了怀中。

"我派人去追那群羊，须得抓住那刺客才是。"富弼道。

"大人，不必追了，那刺客必然已经跑了，现在追已经太晚了。"原郭京说道。

"倒是便宜了那刺客！"

富弼扭头，朝羊群远去的地方看了看，又道："范公真是料事如神，那刺客，八成便是元昊贼子派来的。前面就是没打河了，按照约定，契丹官员会在那里迎接使团。两位先换上使团人员的服装，免得引起契丹人怀疑。"

富弼说完，令人给两人取来两套使者亲随的衣服换上。

使团队伍在原地稍事休整了一番，便朝着没打河方向继续前进。

到了契丹地界，契丹国派了官员前来迎接大宋使团。受命做接伴官的正是之前出访大宋的刘六符。刘六符戴着官帽，身穿大红绣花锦袍，腰系褐色皮带，看上去甚是雍容华贵。

"富弼大人，别来无恙！"刘六符见了富弼甚是高兴。

看到这张长着大胡子的脸，富弼心中暗想："若他不是契丹人，说不定可以成为好友。"对于刘六符爽直的性格，他颇有几分欣赏。

双方寒暄一番后，刘六符便将富弼等迎入了驿馆。

待收拾停当，富弼拉住刘六符，只留张茂实、原郭京及赵圭南在旁。

"刘翰林，不瞒你说，我快到没打河时，险些丢了性命啊！"

"啊，怎么回事？"

"遇到了刺客。"

"刺客？"刘六符一脸惊惶。

"对，一名刺客，险些用弓弩取了我的性命。刘翰林，这不会是贵国安排的吧？"

"这怎么可能？若是伤了富中使，我朝岂不被天下取笑！"

"我想也是，刺客必不是贵国所派。那刺客究竟是哪里来的呢？"

"这……莫不是夏国派来的？"

"那倒是很可能。若是我大宋与契丹继续结盟，最为不利的便是夏国。若是刺杀了我，大宋与贵国反目成仇，元昊一定会偷偷地乐。对吧？"

刘六符若有所思地点点头。

"只是……我朝皇帝坚持想要大宋割地啊。这可如何是好？"

"北朝若欲割地，那么肯定就是事先便打算败盟，不过是以此为借口罢了！我大宋是不可能接受的。如想割地，我大宋便只好横戈相待！"富弼说着，重重拍了一下手边的方形木茶几。

刘六符一惊，瞥了一眼站在一旁护卫的原郭京，但见他眼神犀利，透着寒光，不觉心里暗暗嘀咕："看来，这回南朝使者出使，底线是很明确的。"

他犹豫了一下，继续说道："若是南朝坚执己见，那新盟约如何能够谈成呢？"

富弼冷笑道："北朝无故要求割地，我大宋没有立刻发兵拒却，而是先派遣使者好辞约盟，更商嫁女、增岁币，这怎么能说我大宋没有约盟的诚意呢？"

"富中使，你也知我心，我是一心想要我朝与大宋订盟的，奈何我朝皇帝便是放不下求地的愿望。不如富中使见了我朝皇帝再说。"

"也好！"富弼也不再为难刘六符。

次日，刘六符接富弼、张茂实去面君，原郭京、赵圭南便作为使者亲随，一同入殿。

"两朝人主，父子继好，已经四十年了，北朝突然要求割地，这是为何？"富弼面对契丹国主，语气冷静地质问。

"为何？那是因为南朝违约在先。"契丹国主笑道。

"此话怎讲？"

"南朝塞雁门，增塘水，治城隍，组织民兵，是什么意思？面对南朝的挑衅，寡人的文武百官竞相上奏疏要求发兵南下，而寡人不欲动兵，以为动兵不若派使者南下求关南之地。求而不得，举兵未晚！"

富弼淡淡一笑，说道："北朝难道忘记了我大宋章圣皇帝的大德了吗？澶渊之役，若是从诸将之言，北兵恐怕会全军覆没。况且，北朝与我朝通好，则国主专享其利，而臣下无所获。若是用兵，则利归臣下，而国主却要承受灾祸啊！因此，北朝诸臣争着劝国主动兵，说白了，不过都是为了谋取他们各自的利益，而不是为国家打算。"

契丹国主一惊，问道："中使，此话怎讲？"

富弼又是淡淡一笑，说道："国主请听我言。晋高祖欺天叛君，而求助于北，末帝混乱，而神人弃之。当时，中国狭小，上下离叛，所以契丹能够一战而克。不过，打完仗，契丹虽然俘获甚多，但金银财宝不过流向诸臣之家，而契丹国则壮士健马损失大半。这样的祸端，难道不是得由国主承受吗？如今，我大宋提封万里，所在精兵数以万计，法令修明，上下一心，北朝欲用兵，难道能保证一定取胜吗？"

契丹国主一愣，道："不能。"

"胜负未可知，就算北朝打胜了，壮士与马匹的损失，是由群臣承受呢，还是国主承受呢？若是两国通好，岁币尽归人主，群臣岂能得利？"

契丹国主听了富弼这通话，垂着眼皮沉默片刻后，接连点了几下头。

富弼察觉到契丹国主的神色变化，继续说道："至于阻塞塞门，那是为了防备元昊。"

"那增塘水呢？"

"塘水之聚，始自我太祖朝名将何承矩，那还是在我朝与北朝通好之前。凡塘水处，都是因为地卑水聚，势不得不增罢了。"

"修城隍呢？"

"那不过是修复成原来的样子。假如国主所居之宫殿年久失修，修复成原来的样子，这有什么奇怪的吗？"

"那增民兵呢？"

"所增民兵，不过是旧籍上本来就有的名额。这些都不算是违约啊。"

"中使这么说，寡人不得其详。但寡人所想要的，乃是祖宗的土地。"

"晋高祖以卢龙一道赂契丹，周世宗复伐关南，那都是前代之事了。我大宋开国至今已经八十多年，如果北朝、我朝都要求前代故地，难道真的有利于北朝吗？"

契丹国主皱起眉，抿起了嘴。

过了片刻，契丹国主道："元昊已经向我朝称蕃，南朝出兵夏国，为何不先知会寡人呢？"

"北朝曾经出兵高丽、黑水，难道知会我大宋了吗？"

"这……"

"微臣出使之前，天子曾令微臣转告陛下：'之前不知元昊已经与弟有通姻，因为他忘恩负义，不停骚扰边疆，所以才发兵讨伐。如今弟有怨言，我大宋再击元昊，则伤兄弟之情，但是，不反击元昊，难道能眼睁睁看着我大宋子民死在夏兵手中吗？如果弟遇到侵略的情况，又会如何做呢？'"

契丹国主脸皮绷紧了，微微低头，一言不发，过了一会儿，用胡语同左右大臣交谈起来。

富弼见契丹国主与大臣们用胡语商议，心想："看来，契丹朝廷内部意见很不统一啊。"他扭头看了看自己身后数步外的赵圭南。

从富弼的眼神中，赵圭南自然有所领悟。他倾听着契丹国主和大臣们的交谈，随后从容走到富弼身后，低声道："大人，契丹人打算接受大宋讨伐元昊贼子之说了。不过，听他们的意思，还要安排一场狩猎活动，试图迫使大人让步。"

富弼听赵圭南这么说，微微点头。

果然，过了一会儿，契丹国主说道："元昊先动兵侵袭南朝，寡人又怎可让南朝不出兵讨伐呢？"

不过，因为不断的妥协，契丹国主已经变得甚是不悦。他很快宣布，今日的会谈就此结束，至于订盟之事，改日再谈。

富弼在刘六符等人的陪同下，退出了大殿。

出了大殿，刘六符摸着络腮胡须问富弼："当年，宋太宗平定河东后，接着便偷袭幽燕之地，如今大宋对夏国用兵，不会又想乘机偷袭燕蓟吧？"

"太宗时，北朝先派遣拽刺梅里来聘，随后出兵石岭以助河东，太宗怒其反复，所以讨伐燕蓟，这完全是北朝自取啊！"

刘六符大大的眼珠子一转，又道："如果吾主以接受金帛为耻，一定要索地，那该如何？"

富弼一笑，道："我大宋天子圣明，早有口谕让富弼带来。天子说：'朕为人子孙，岂敢妄以祖宗故地与人！昔澶渊白刃相向，章圣尚不与昭圣关南，难道今日便可割地了？况且北朝欲得十县，不过想要获得这块土地上的租赋罢了，如今以金帛代之，亦足以资国用。朕念两国生民，不欲使之肝脑涂地，不爱金帛，以金帛来满足北朝的要求。若北朝先发兵端，朕不愧于心，亦不愧天地神祇也！'"

这段话，富弼转述得从容而坚定。

刘六符自然从中听出了大宋先礼后兵的意思，慌忙说道："南朝皇帝存心如此，大善。我刘六符一定上奏国主，使两朝皇帝心意相通。"

富弼点点头，说道："如此甚好。"

次日，契丹国主召富弼一同到山中狩猎。

"到朕身边来。"契丹国主扭头对富弼说道。

富弼正与刘六符交谈，听契丹国主召唤，用马镫轻碰了一下胯下的马儿。马儿仿佛明白了富弼的意思，慢慢踱步到契丹国主的身边。

"过会儿恐无工夫议事，关于盟约，中使可还有话想说？"

"我大宋唯一的愿望，便是与北朝永结同盟。"

"我得地则欢好可久。"

"大宋皇帝派遣臣前来，让臣转告陛下说：'北朝想要祖宗故地，南朝难道便肯失去祖宗的故地吗？况且北朝既然以得地为荣，则南朝必然以失地为辱。兄弟之国，岂可使一荣一辱哉？'"

契丹国主闻言不语，大喝一声，纵马往前方奔去。

刘六符等见国主催马速奔，一时间不及多想，都呼喝着催马跟了上去。

张茂实、原郭京和赵圭南本跟在富弼身后，正欲纵马奔向富弼。

"三位且住。"

三人闻言勒住了马。

张茂实道："富大人，咱们不跟上去？"

富弼道："不急，给契丹人一点时间。契丹国主或会同大臣们商议。"

于是四人骑着马，缓缓朝着契丹君臣骑行方向行去。随行的契丹卫士见宋使只是催马缓行，也只好留下一部分跟在他们身后。

大约过了一盏茶工夫，刘六符纵马奔了回来。

"富中使，吾主听了你所说的荣辱之言，颇有感悟。但是，吾主认为，金帛还是不宜取，唯有结婚可议。"

"夫妻可以情好一时，人命也有长短，两国通过联姻实现盟约，恐怕盟约不坚啊。不如增加金帛为便。"

"南朝一再拒绝联姻，莫非是南朝皇帝没有公主？"

"大宋皇帝的公主才四岁，如要成亲，至少得十年之后。若允许迎女成婚，又得再过四五年。如今两国要解除猜忌，岂能等待这么多年？"

刘六符听富弼这么说，不禁抬起手在络腮胡上来回摩挲。

富弼见刘六符的神色，心里暗想，契丹人反复提联姻的事情，恐怕是想借此事多要点金帛。当下，他笑道："退一步说，按照南朝嫁长公主的先例，资送不过也就十万缗尔。不过，南朝皇帝的意思是，这次订盟，议婚则无金帛。若是北朝能令夏国重新臣服，不再侵略南朝，则南朝可岁增金帛二十万给北朝，否则十万。哪种方式有利于北朝，刘翰林想来应该很清楚。"

这么一说，似乎起了作用。刘六符眼皮一抬，露出些许意外的神色。

"中使，待我再去奏报吾主。"说着，他不待富弼答应，一抖马缰，脚下一紧，再次纵马往契丹国主骑行方向奔去。

过了许久，刘六符再次纵马前来。

"我朝皇帝说，那就暂缓结婚之议吧，中使也可以回国去了。"

"二论未决，我安敢回国？我愿意留下将事情议定。"

这次，刘六符摸了摸络腮胡，又挠了挠头，说道："中使，不如你随我来吧，我刘六符也豁出去了，冒死带你去见吾主直说吧。"

富弼向刘六符一抱拳，道："刘翰林真乃爽快之人，富弼代两国生民谢你！"

刘六符哈哈一笑，凭空一挥手，呼喝一声，纵马奔去。富弼将手中缰绳一抖，跟了上去。

两人骑行到契丹国主近前。

刘六符勒住了马缰，向契丹皇帝禀报："陛下，南朝使者乞与陛下议定盟约。"

契丹国主面露不悦之色，却也不发作。

"卿还有什么话，说吧。"

"如今两国彼此猜忌，应速速达成盟约，以成永好，如何能够一拖再拖呢？我揣度国主之意，结婚之议可搁置，可增金帛订盟约，不知然否，还请国主明示。"

契丹国主沉默片刻，终于点点头，说道："正有此意。"

"好！富弼可否解释为，陛下已经同意我大宋建议，议婚则无金帛，若北朝能令夏国复纳款，则我朝给北朝岁增金帛二十万，否则十万？"

契丹国主被富弼逼问得紧，绷着脸说道："卿请先回南朝，待卿再至，寡人当于两者中择一事授之，然后再最后议定誓书。还有，南朝须不再展开塘淀，不得于边境增加屯兵，不得扣押欲逃亡到北朝的人。"

富弼一笑，说道："既然如此，富弼另提三点建议，请陛下听一听。一是北朝南朝边界两边的塘淀，两边都不得展开；二是双方不得无故在边境增加屯兵；三是双方不得扣押逃亡的各色人等。若能约定三条，则南朝北朝可修永好，两国生民可长安也。陛下以为如何？"

契丹国主沉思良久，说道："卿三条建议倒是公平，便先口头约定吧。卿可以回国，带天子誓书来最后订盟。"

富弼见契丹国主如此说，翻身下了马，朝他深深一揖，道："陛下圣明，两国生民之福也！"

契丹国主露出淡淡的笑容，说道："卿一心为国，念及苍生，朕岂能无好生之德？明日，朕令六符为卿等饯行。"

"谢陛下！"

契丹使朝聘

第三十六章
三条约定

1

庆历二年秋七月戊午，大宋右仆射兼门下侍郎、平章事吕夷简兼判枢密院，户部侍郎、平章事章得象兼枢密使，枢密使晏殊同平章事。

宣布吕夷简判枢密院那日，气候骤变，天地之间黄雾四塞，大风雾霾持续了整整一天。朝野上下不满吕夷简之人纷纷议论，认为吕夷简权势太甚，黄雾与风霾乃是上天发出的警示。参知政事王举正更是上疏说二府体均，判名太重，不可不避。右正言田况也上疏表达了类似的意见。吕夷简见形势对自己不利，慌忙推辞判枢密院一职。不过，皇帝并没有改变这一任命。

之前，富弼曾建议宰相兼枢密使。当时赵祯说："军国之务，当悉归中书，枢密非古官。"但是，赵祯没有马上废除枢密院，只是令中书同议枢密院事。等到后来张方平请废枢密院，赵祯才追用富弼的建议，特降制命吕夷简判院事，而用章得象兼枢密使，晏殊加同平章事，为枢密使如故。这是在富弼出使时朝内发生的大事。

很快就要到宫城南门了。

为了抢时间，富弼、张茂实回来时并未坐马车，而是快马加鞭赶回京城的。原郭京、赵圭南为了保护富弼的安全，也随着他一同来到了汴京。

眼看便要入宫，富弼的神色却更加凝重，没有丝毫出使成功的喜悦。张茂实也是一副忧心忡忡的模样。

"两位大人，为何都这般满是心事的样子，莫非与契丹订盟还有问题？"赵圭南在进入汴京宫城时问道。

富弼看了一眼张茂实，张茂实苦笑了一下。

"圭南，事情没有这么简单。"张茂实说道。

"为什么？"

"接下去就看朝廷这边了。"张茂实道。

"……"赵圭南露出迷惘的神色。

"出使之前，陛下曾对富大人口谕，见机而行，便宜行事。此次在契丹国主面前，富弼大人提出三条口头约定，虽然契丹人已经答应了，但还要看陛下和两府大臣能不能最终肯定了。"

"富弼大人提出的条件，不是对大宋很有利吗？"

"可是朝中情况复杂，并不一定都这么想。"张茂实说到这里，打住了话头。

赵圭南听张茂实这么说，似懂非懂，看了看富弼，只见他正低着头沉思。

这时，原郭京说道："富大人，这次入宫，恐怕我同圭南就不能随行了。之前陛下见过我与圭南。此次范大人私下命我们护送富大人，若是让陛下知道，恐怕对范大人和富大人不利。"

富弼一惊，点点头道："原参事所言甚是。待会儿我与张大人入皇宫，你俩且在客栈歇息，待朝廷写定国书、誓书，你俩再随我们一同赴契丹。"

"是！"原郭京应喏。

富弼、张茂实觐见后，赵祯将两府大臣召集到御书房密商起草给契丹的国书和誓书之事。

"陛下，这与契丹的誓书，与其交由翰林起草，不如交由富弼来起草。"吕夷简眼珠子转了转，进言道。

"为何？"赵祯微微一愣，问道。

"富弼出使契丹，对契丹所欲必然有更深之体会。"

赵祯略一沉思，说道："甚好。"

于是，吕夷简传赵祯圣旨，令富弼撰写答契丹书及誓书草案。

富弼未及多想，爽快地答应了。

就具体盟约条款，宋朝之前提出的条件是只要契丹能令夏国复纳款，则岁增金帛二十万，否则十万；议婚则无金帛。

富弼于是上奏，根据与契丹国主的口头协定，请求在誓书草案内创增三条：第一，两界塘淀毋得开展；第二，各不得无故添屯兵马；第三，双方不得扣押逃亡的各色人等。

赵祯对于富弼的建议并无意见，征询两府的意见时，吕夷简只是点头，却没说话。

于是赵祯令富弼将口头约定的三条写入誓书草案。

富弼得令，写完国书和誓书草案，呈交给赵祯过目。赵祯阅后，便交给宰相吕夷简，由其亲自把关，并着翰林誊抄。

"富弼，宰相建议，你与茂实先出发出使契丹，待国书、誓书誊抄后，再派中使乘驿马追递与你，如此便可抢出一些时间，免得契丹变卦。"

"是，陛下。"

"关于盟约，你还有什么要与朕说的吗？"

"臣请国书、誓书写成后，请誊录备份，以备赴契丹后便于交涉、磋商。"

"这是自然。"

为了彰显富弼的出使之功，赵祯再次提出要授富弼吏部郎中、枢密直学士。富弼又是坚决辞谢。

富弼知赵祯心里急着与契丹签就新盟约，便与张茂实出了宫，带上原郭京和赵圭南，再次踏上了出使契丹的路。

2

武强有个小驿馆，在一条十分静谧的街道的拐角。

富弼一行到达此处时，天已经黑了。他们放下行李，稍微安顿了一下，便到驿馆的膳堂吃晚饭。膳堂临街。

富弼、张茂实自挑了一张挨着窗的桌子坐下。原郭京和赵圭南在旁边一桌落座，那张桌子也挨着窗。使团其他随从各自在堂内围桌而坐。

饭菜还没上来。窗户外面的街道上洒下冰冷的月光，交错成一些奇形怪状的影子。

一个年轻的伙计用木托盘端着菜蔬上来了。这时，外面街上传来了马蹄声。

年轻的伙计将菜蔬一盘盘从木托盘里端到桌上，不时朝窗外瞥上一眼。

幽暗的街道上，从黑黢黢的夜色中慢慢现出三四个影子。那是几个骑马的人。赵圭南腾的一下站了起来，趴在窗棂上往外看。原郭京坐在座位上没动，手却按在了宝剑上。

富弼和张茂实也扭头看向窗外。

马蹄声仿佛变得更急了。

"富大人，我俩去门口看一下。"赵圭南说道。

富弼点点头，说道："那几骑直接朝着这驿馆而来，应该是中使送国书誓书追来了。"

赵圭南和原郭京离了座位，往驿馆门口走去。此时，马蹄声已经很近了。

过了一会儿，赵圭南、原郭京领了四个人进来。四个人当中，一个穿着中使官服，背上背着一个包裹。另外三人却是全副武装的军校。

果然是中使到了。

富弼和张茂实起身迎接中使，将中使请入驿馆的会客厅。

中使这时方从背上卸下包袱，从中取出十个金丝楠木函盒。其中五个函盒所装，正是两份国书、三份誓书，另外五个函盒，则是国书和誓书的副本。富弼又问皇帝可有另外的口谕，中使说并没有口谕，只令将国书誓书送到后便回京复命。富弼不再多问，将中使安顿好后，便与张茂实各自回房歇息。

次日，中使由三名军校护卫着，自回京复命去了。富弼、张茂实一行，继续往北进发。富弼令原郭京背着装有国书、誓书的函盒，跟在自己身旁。

自从中使离去后，富弼眼前总是浮现出昨夜的情景。"我这是怎么了？为什么总是心神不宁呢？为什么总觉得哪里有些不对劲呢？"富弼心下暗暗琢磨着。

黑影，语焉不详的中使，似乎都是不祥的预兆。

一行人不久到了乐寿。

"富大人，下官有一言，不知当不当讲。"张茂实引马靠到富弼一侧。

"有何不可，说来便是。"

"富大人，你有没有觉得，陛下令你带使团先行，而令国书、誓书后至，这里面有些蹊跷？"

富弼感觉自己的心脏突地跳了一下。

"此话怎讲？"

"订盟之事确实不可拖延，可是那国书、誓书是至重之物，即便誓书是草案，也非一般文书，交由中使驿马快送，似并不妥当。退一步说，即便是陛下急于订盟，待国书、誓书草案写好，交由富大人快马加鞭赶路，也不比中使驿马递送慢多少。可是，吕相为何要向陛下建议，令富大人先行一步呢？"

"你的意思是……"

"有没有可能，宰执对富大人同契丹谈好的三个条件有所不满呢？"

"可是，吕相并未表示不同意啊。"

"可能，富大人，难道你当时没有注意到，吕相只是点头，并未明说同意吗？"

"你是说，吕相可能反对那三条？"

"难道没有可能吗？"

"这……陛下之前口谕，允我在契丹见机行事，况且，三个条件于双方都是公平的。"

"话虽如此，那陛下同意，是因为陛下有话在先，许富大人便宜行事。至于吕相，可能会认为富大人擅自做主，侵犯了两府的职权。以吕相的性格，他完全有可能在最后一关，借着陛下授权他对文稿润色把关之机，略去富大人擅自议定的三个条件，以此来显示他宰执的权力。"

"这么说来，他向陛下建议令我先行之时，便已有了在誓书中略去三条的想法？令我先行一步，以封函快递与我，不过是为了寻机改定文稿，也免去我在朝阻挠？"

张茂实不再说话，只是微微点点头。

"我所增三事，皆与契丹约定，万一书词有异，则敌必疑。契丹疑我，取了我性命也罢，但是盟约不成，契丹便可借口发兵南下！"富弼惊道。

"富大人，此不可不虑！"

富弼略一沉吟，喝令使团停止前进，将马儿都拉到路边，就地休息。他则同张茂实走到路边一棵大旱柳之下，原郭京、赵圭南也依令跟了过去。

富弼令原郭京取出装有誓书副本的函盒，略一犹豫，取匕首撬落封函的火漆，取出了誓书副本。

这一看，富弼脸色大变。原来，誓书的条款果然与他同契丹商定的不同。如今的誓书之中，并无那三条。

富弼将誓书副本重新收入函中，当即令人在旱柳下支起一张便携式木案，取来笔墨纸砚，很快写了一封奏书，请求回京重新议定与契丹的誓书。

奏书写就，富弼派随团的陵州团练推官宋城人蔡挺先带着奏书回京。自己则带领使团到乐寿的驿馆，等待圣旨传召。

赵祯没有想到富弼会派蔡挺回京要求重议誓书，无奈之下急令蔡挺入殿觐见。

蔡挺回京时，不巧其老父突然去世了。于是，赵祯特许蔡挺穿着服丧期间的衫帽在延和殿觐见。

蔡挺见了皇帝，按照富弼的吩咐，提出了与契丹约定的三事，并说誓书如果与前议有出入，恐怕不仅盟约难成，还会招来契丹铁骑。

"这么说，誓书中没有写入三条约定？"赵祯脸色微变，露出惊诧的神色。

"正是，富大人说，现在的誓书，与他之前起草的不同。"

"这国书、誓书都是由吕相派人誊抄的，莫非……"赵祯眼皮微微一翻，右手在龙椅的扶手上轻轻拍了一下，说道："卿且退下，朕召宰执问清楚后再说。"

蔡挺听皇帝这么说，不敢多言，便告退了。

赵祯召来吕夷简质问："吕相，富弼行到乐寿，开函盒检查誓书，发现誓书与他之前起草的不同。富弼起草的文稿，朕已经看过，有与契丹口头约定的三个条件。最后写定的誓书里面，却没有这三条约定，这是怎么回事？"

吕夷简微微一愣，问道："富弼未到契丹，竟敢在半路开启函封？"

"他是出于谨慎，故开封检视，此事不提。吕相你说说，这誓书没有写入富弼与契丹口头约定的三条，究竟是怎么回事？"

吕夷简慌忙躬身道："陛下，恐是王翰林抄写时一时疏忽，漏写了。"

赵祯嘴角微微一动，旋即淡淡说道："富弼如今在乐寿止步不进，要回京重新议定誓书。吕卿说，这如何是好？"

"陛下不如下诏，请富弼继续北行，可与契丹口头约定三事，如此细小之事，也不是非得写入大国间的誓书。那三条写入誓书，颇丢我大宋的颜面啊。"

赵祯微微沉吟一下，道："说得也有道理。吕相，朕看你是故意让王翰林略去这三条的吧？"

"臣不敢。"

"朕念你是为了我大宋的国威，且不追究。这次便权且按照你的建议，诏令富弼依计而行。"

"陛下圣明。"

于是，赵祯派中使送去了一份诏书，诏富弼到契丹后将之前约定的三事，口陈于契丹国主。

富弼心想："口陈约定契丹国主如何能信？此建议必然是吕夷简所出。"

一番苦苦思索后，富弼召来张茂实，说道："我拟回京一趟。带给契丹国的礼物，便留在乐寿，责你看护。如何？"

"请富大人放心，大人回京路上也务必小心！"张茂实说道。

"我会让原郭京、赵圭南陪着，不必为我担心。"富弼说道。

交代一番事情后，富弼由原郭京、赵圭南护送，纵马疾驰赶回汴京。

这日傍晚，富弼同原郭京、赵圭南赶到京城。入城后，三人急忙赶往宫城。富弼在阁门求皇帝召见。

"什么人，太阳下山了还想入宫？"一个阁门使挡住了富弼。阁门使其实认得富弼，却装作不认识。

"臣富弼，有十万火急之事求见陛下。"

阁门使装模作样地查验了富弼的身份腰牌，说道："按照皇朝制度，不论何人，可以先报上名，等待明日陛下召见。"

"事关国家安危，如何能够等到明日？误了事情，你可担待得起？"

那圆脸阁门使鼻翼上顿时渗出汗珠子。"行行行，休要动怒，我给大人现在报入便是了。"说罢开门放三人进了阁门，这才转身回去报奏。

过了多时，那阁门使从内里出来，传富弼一人前往内东门小殿觐见。

富弼进了内东门小殿，见赵祯穿着一件金色的龙袍，戴着软翅黑幞头，正坐在小殿的龙椅上。吕夷简穿着宰相官服，阴沉着脸站在墀阶之下。吕夷简旁边，立着晏殊。看吕夷简和晏殊的样子，似乎也是刚刚才进殿。另有几个翰林学士、经筵官倒是气定神闲地立在墀阶另一侧。

赵祯见富弼进来，便让翰林学士、经筵官们都先退下了。

富弼拜过皇帝后，不客气地说道："陛下，誓书中没有写入之前臣与契丹约定的三事，这恐怕是执政故意这么安排，想要借契丹之手取我性命吧。臣死不足惜，可国事如何收拾？"

赵祯装作不知道，朝吕夷简一瞥，说道："吕相，你说说，这究竟是怎么回事？"

吕夷简从容答道："当是翰林誊抄时漏写了。"

富弼见吕夷简装模作样，心里有气，厉声道："吕相这是假装糊涂。我看吕相是看富弼不顺眼，想借刀杀人。"

富弼的老丈人晏殊见富弼这么说，心突突直跳，暗叫不好。他担心这个心直口快的女婿吃亏。吕夷简这个老狐狸的脾性，晏殊是知道的。

"富弼，不得无礼！吕相怎么可能故意为此？恐怕真是王翰林的失误。"晏殊喝道。

富弼眉毛都竖了起来，露出凌厉的眼神，扭头不顾晏殊，冲赵祯说道："晏殊奸邪，与夷简沆瀣一气，想要欺骗陛下。"

晏殊被富弼的话气得直瞪眼。

"好了好了，朕知富卿的忠心，但也不必为此如此动气。这样吧，朕下诏，令王拱辰易书，将卿与契丹约定的三条写入誓书，如何？"

"陛下……"吕夷简想要插口说话。

"吕卿，就这样办吧！你休要多说了。"

吕夷简只好低头不语。

富弼听赵祯皇帝这么说，方才绷着脸作罢。

晏殊见状，一边向吕夷简赔不是，一边故意唉声叹气。

富弼请求赵祯允许他当天晚上夜宿学士院，赵祯拗不过这个犟脾气的忠臣，便准了他的请求。翰林王拱辰心底十万个不痛快。那三个条件，原是吕夷简暗示他不要写入的。可是，他没有想到富弼竟然会在半路上检视誓书，而且竟然还回京与皇帝理论。"富弼这一番折腾，陛下必然对我和吕相心生疑窦。"王拱辰如此一想，心里忐忑不安，暗暗对富弼怀恨在心。

富弼却想不了这么多，他实在是太累了。次日醒来，他坚持要亲眼看了重新誊抄好的誓书，才同意将誓书封函。

待准备停当，富弼向皇帝请辞，再次踏上了出使契丹之路。

泰山北斗

韓一范

第三十七章
中流砥柱

1

镇朔楼在庆阳城北门之上，是不久前刚刚建成的。这日一早，天还未亮，范仲淹在范纯祐、李金辂和周德宝等人的陪同下，登楼巡视值守情况。众人刚上城楼不久，只见朦胧的晨曦中，城楼下几匹快马飞奔而来。从马背上之人的装束看，来人乃是宋军的军校。

"我等受泾原滕知州之命，前来通报紧急军情。请快快开门！"那几匹马到了城下，马背上的一人高呼着。

"莫非滕子京出了什么事？"范仲淹听到城下喊声，心里一惊，下令速速开门，并让李金辂赶紧下去将几个军校带到城楼上来。

不多时，李金辂带着几个军校奔上城楼。

"这便是范大人，有何军情，可以速速禀报。"李金辂对那几个军校说道。

"禀报范帅，葛怀敏将军在定川寨战败了！葛帅和裨将曹英等十六员大将战没，九千多战士阵亡了！"其中一个军校气喘吁吁地说道。

"什么，九千多战士阵亡？"范仲淹脑袋嗡的一声响。

"贼军主力正杀向渭州，滕知州令我等前来搬救兵，请范帅发兵救助。范帅若不发兵，泾原和渭州便都保不住了。"那军校说着便跪倒在地磕起头来。

"先别急，慢慢说。现在滕知州怎样了？"

"我等出发时，滕知州开城门接纳了许多从定川寨逃回来的残兵，还花钱备了酒肉，祭奠了牺牲的将士，犒劳那些逃回来的人。滕知州随后率领城内守军，组织起残兵，还动员了城内百姓，上城楼准备死守。可是，城内本没有多少守军，加上百姓，也挡不住贼军主力啊！滕知州已下定决心死守，只令我等火速前往庆阳来找范帅搬救兵。此时滕知州生死未卜，还请范帅速速发兵救援啊！"

有那么一瞬间，范仲淹感到有些恍惚。

"救！一定得救！"范仲淹回过神来，对那几个前来搬救兵的军校说道。

"谢范大帅！"几个军校一时间喜极而泣。

"金辂，你带他们几个先下去吃点东西，稍事歇息一下。"范仲淹吩咐李金辂。"半个时辰后，你们负责带路。"范仲淹又对那几个滕宗谅派来的军校说道。

"是！范帅，我等誓死效命！"几个军校大声说道。

李金辂带着几个军校下去后，范仲淹当即在镇朔楼上召集庆阳城中诸位将领，下达了救援泾原和渭州的命令。

"张去惑率五百人守城，其余人马立即备粮，半个时辰后，城口集结，随我救援泾州！"范仲淹同时传令在环州的种世衡、在大顺城的赵明及环庆蕃部各酋长一并发兵向渭州驰援。

天明时分，庆阳城守军六千余人在范仲淹亲自率领下向泾州方向进发。不久后，种世衡、赵明及环庆蕃部各酋长也联合发兵两万余人，疾速杀向渭州。

范仲淹大军还未到泾州，元昊得知庆州等地发兵来援，便率南侵之军火速撤去。

"元昊和张元谙熟兵法，进退有度，果然是难以对付的对手！"范仲淹暗自感叹。于是，他令骑兵全部上了枪旗，令步兵执盾持枪，继续进军到关铺地区，列开大阵，屯兵数日。待观西夏军再无进军意图，他方才率兵返回庆州。

自葛怀敏在定川寨大败后，大宋朝野震惊。长安一带，军民更是惶恐不安，就怕元昊大军乘势直下长安。

吕夷简听说葛怀敏等兵败战没，又是惊恐，又是无奈，再次叹道："真是一战不如一战啊！"

吕夷简是从七月份开始兼判枢密院事的，章得象则兼枢密使。晏殊加平章事，也成为宰执之一。葛怀敏败亡，宰执与枢密院长官都负有责任。吕夷简身为宰相又兼枢密院判官，对官军如此糟糕的表现提出指责，一方面是为了表现其宰相的责任，一方面则是借机打击身为枢密院长官的章得象。毕竟，作为枢密使，章得象对葛怀敏败亡负有最直接的责任。果然，到了九月份，赵祯下诏，改吕夷简兼枢密使。

对范仲淹，吕夷简在心底又是忌惮，又想用他来安定西北局面。这次范仲淹率兵支援泾州和渭州的表现，令吕夷简更加不敢小觑他。

待西夏军撤去，长安城终于重新安定下来。

赵祯闻知范仲淹率兵逼退元昊，稳定了泾州和渭州一带的局面，大喜过望，于朝堂上称赞范仲淹果是善于用兵的儒帅。

2

前头不远的山坡上，突然升起了一股浓浓的青黑色烟雾。

张茂实心头一惊。

富弼也微微一惊，心想："既然与契丹就誓书内容已经基本达成认同，契丹方面应该不会在这个时候生事。难道又是元昊派了间谍在前面设伏？可是看来不像啊，若是设伏，怎会大肆升起狼烟？"他颇感困惑，但是紧张的情绪却消退了不少。

"队伍原地停下。"富弼冷静地下令。

"富大人，我与圭南兄去看看。"原郭京说道。

"好！那就劳烦两位了。"

原郭京与赵圭南应了一声，便纵马向前疾驰而去。过了一盏茶工夫，两人骑马返了回来。

"前头山坡上究竟出了何事？"

"大人，不必担心。我和圭南兄去前头山坡上查看了，原来是一家契丹人在举行葬礼。"

"葬礼？"富弼有些吃惊。

"不错。当地的契丹人有个风俗，父母去世后，将其尸身用布帛裹好，置于山树之上，三年之后，再取下来焚烧。前头正是在举行最后的仪式。"

"契丹人竟有此习俗，先前倒是不知，惭愧！"富弼叹道。

"这倒是与吐蕃的天葬风俗有些相似。"赵圭南说道。

"嗯，如此看来，真是一方水土养一方人，天下风俗各异啊！这治理天下，还得因地制宜，方能令百姓安居乐业。原参事，圭南，你们方才问了没有，咱们这使团队伍现下可以通行吗？前面不远处就是清泉淀，契丹馆伴使应该在那里迎候我等。"

"可以通行，只令队伍不得喧哗即可。"原郭京说道。

富弼听了，当即传下令去，务必安静肃穆地通过前面那段山路。

使团又行一程，碰到契丹馆伴使耶律仁先、刘六符前来迎接。耶律仁先时任契丹枢密副使、保大节度使，刘六符时任契丹枢密使礼部侍郎同修国史。

于是，富弼、张茂实带着使团，随耶律仁先、刘六符在这天傍晚时分到达了清泉淀，下榻于当地的金毯馆。

当晚，耶律仁先、刘六符在金毯馆设宴款待富弼一行。

"富大人，此行怎的花费了这么多天？"晚宴后，刘六符将富弼拉到一边，问道。

"朝廷极重视盟约之事，故颇费了一些时日。"

刘六符用手抚摸着自己的络腮胡，说道："南朝皇帝可同意了？"

"正如富弼之前所言，姻合则以姻事订盟。若不以姻事订盟，而能够使夏国归顺，则增金帛二十万，否则十万。"

"如此说来，南朝皇帝心意已决？"

"正是。"

刘六符手抚胡须，沉吟不语。

"若北朝与大宋结盟，南北和好，刘翰林不仅为北朝皇帝立下大功，也能福泽契丹百姓，必留名青史，缘边百姓将世代感念大人之德！"

"如是北朝皇帝又反悔了呢？"

富弼一愣，旋即厉色道："若盟约不成，只恐北朝缘边之地，山树悬尸千万，焚尸之烟遮天！"

刘六符听富弼如此一说，身子微微一颤，眼睛一瞪，道："谢富大人一语点醒梦中人，六符必力谏北朝皇帝订盟！"

说罢，刘六符朝富弼深深一拜，转身匆匆去了。

次日，耶律仁先和刘六符带富弼、张茂实去见契丹国主。契丹国主此时正在秋猎，于是耶律仁先和刘六符带着两人前往猎场的契丹国主大帐。原郭京、赵圭南作为使者贴身护卫，跟着一同前往。

到了大帐外，只见外面立着数名衣着华丽的契丹高官，富弼等在其中看到有契丹太弟宗元的儿子梁王耶律洪基，还有萧孝思、萧孝穆、马保忠、杜防等官员。

富弼和张茂实入了契丹国主大帐，原郭京、赵圭南则于帐外侍立。

富弼将国书两函和誓书三函呈给了契丹国主。契丹国主令人启函，阅了国书、誓书后，说道："寡人寻思再三，以婚姻订盟，确实有些不妥。姻事使南朝骨肉分离，况且公主若是与梁王两相不悦，以后确实比较难办。不如岁增金帛为宜。"

富弼道："陛下圣明。"

"不过，寡人还有一个要求。"

富弼心里一跳，脸上却不露声色，也不立即询问。

契丹国主见富弼不说话，便只好继续说道："寡人认为，应该在誓书中加一'献'字。"

"'献'乃是下奉上之辞，况且，南朝为兄，北朝为弟，岂有兄献于弟乎？"

"南朝以大量金帛馈赠于我，是惧怕我契丹，为什么还舍不得用个'献'字呢？"契丹国主神情倨傲地说。

"南朝将大量金帛馈赠给北朝，乃是南朝皇帝想要守卫祖宗开辟的疆土，想要继承先皇与北朝订下的友好盟约，是为化干戈为玉帛，是怜悯天下苍生，怎么能说是惧怕北朝呢？"

"嗯……那么，改为'纳'字如何？"

"也不行！"

契丹国主皱起了眉毛，厉声说道："必须给寡人加入一'纳'字。卿再坚持，恐怕会败事。我若是拥兵南下，岂不是马上就可给南朝带去大祸吗？"

富弼冷冷一笑，说道："陛下用兵，能保证一定胜利吗？"

契丹国主的脸抽搐了一下，呆了片刻，从牙缝中挤出两个字："不能。"

"无法保证胜利，又怎能知道一定不会失败呢？"

"南朝既已同意厚币于我，为何还要惜一个'纳'字呢？而且，用'纳'字，古已有之。"

"古代只有唐高祖向突厥借兵时才以臣事之，当时所赠之物，国书中用的字是'献'还是'纳'，其实也说不清楚。不过，后来颉利可汗被唐太宗所擒，哪里还有再用'献'或'纳'字的情况出现呢？"

契丹国主听富弼说起唐太宗故事，不觉脸色苍白，抬眼看富弼目光凌厉，心知不可能令富弼屈服，便道："卿不过是个使者，寡人决定派遣使者直接去与南朝皇帝商议，若是南朝皇帝同意寡人意见，卿又有什么办法呢？"

富弼淡淡一笑，说道："若是南朝朝廷同意，请陛下给南朝皇帝写封回文，就说臣等在此与陛下妄有争议，请南朝治臣之罪，臣不敢辞。张大人，你呢？"

"臣亦不敢辞！"张茂实斩钉截铁地答道。

契丹国主无奈，叹道："卿等忠孝为国之事，怎可加罪啊！卿等先去歇息吧。"

富弼、张茂实不再多言，拜辞出帐。

到了帐外，刘六符扯住富弼衣袖，说道："富大人，昨夜我好说歹说，说服了陛下，富大人为何还如此坚持呢？"

富弼笑了，抬手指着前方的一座山说道："你看那大山，它是可以翻越的。但是，要想用'献'或'纳'字，便如登上那山之后再想去登上青天。富弼作为大宋使臣，头可以断，用这两字，是决不会同意的。"

刘六符心底暗暗佩服富弼的气节，当下不敢多言，陪同着富弼、张茂实等回到了金毯馆。

契丹国主终于还是没有立刻同意大宋的誓书，而是派了耶律仁先、刘六符带着契丹国誓书，前往大宋求"纳"字。那份誓书中，要求契丹说服夏国归顺，然后可得二十万馈赠的条款，契丹国主也提出了异议，想令富弼修改。富弼坚持不改。契丹国主坚持不把说服夏国归顺的条件写入誓书，只同意在国书中提及。

九月乙巳，富弼、张茂实等回到了大宋境内的雄州。赵祯下诏，令富弼为契丹使者接伴使，如果有什么需令朝廷知道的事情，可以用驿马疾驰报知朝廷。富弼上奏说："契丹求'献''纳'两字，臣以死拒之，敌气已折，可以不许。"

然而，事情最终的结果却大出富弼意料。赵祯召两府大臣商议后，为了尽快与契丹订盟，竟然接受了吕夷简和晏殊等人的奏议，同意契丹在誓书中使用"纳"字。

九月乙丑，契丹使者耶律仁先、刘六符带着双方认可的誓书觐见大宋赵祯皇帝。

誓书云：

维重熙十一年，岁次壬午，八月壬申朔，二十九日庚子，弟大契丹皇帝谨致书于兄大宋皇帝阙下：来书云：谨按景德元年十二月七日，章圣皇帝与昭圣皇帝誓曰："共遵成约，虔守欢盟，以风土之仪物，备军旅之费用，每岁以绢二十万匹、银一十万两，更不差使臣专往北朝，只令三司差人般送至雄州交割。沿边州军各守疆界，两地人户不得交侵，或有盗贼逋逃，彼此勿令停匿。至于陇亩稼穑，南北勿纵骚扰。所有两朝城池，并各依旧存守，淘壕完葺，一切如常，即不得创筑城隍，开决河道。誓书之外，一无所求，各务协心，庶同悠久。自此保安黎庶，谨守封疆，质于天地神祇，告于宗庙社稷，子孙共守，传之无穷，有渝此盟，不克享国，昭昭天鉴，当共殛之。"昭圣皇帝复答云："孤虽不才，敢遵此约。谨当告于天地，誓之子孙，神明具知。呜呼！此盟可改，后嗣何述！"

窃以两朝修睦，三纪于兹，边鄙用宁，干戈载偃，追怀先约，炳若日星。今绵祀已深，敦好如故，如关南县邑，本朝传守，惧难依从，别纳金帛之仪，用代赋税之物，每年增绢一十万匹，银一十万两。前来银绢，般至雄州白沟交割。两界溏淀已前开畎者并依旧外，自今已后不得添展。其见堤堰水口，逐时决泄壅塞，量差兵夫取便修垒疏导，非时霖潦别至，大段涨溢，并不在关报之限。南朝河北沿边州军，北朝自古北口以南沿边军民，除见管数目依常教阅，无故不得大段添屯兵马。如有事故添屯，即令逐州军移牒关报。两界所属之处，其自来乘例更替及本路移易，并不在关报之限。两界逃走作过诸色人并依先朝誓书外，更不得似日前停留容纵。恭惟二圣威灵在天，顾兹纂承，各当遵奉，共循大体，无介小嫌。且夫守约为信，善邻为义，二者缺一，罔以守国，皇天厚地，实闻此盟。文藏宗庙，副在有司。余并依景德、统和两朝盟书。顾惟不德，必敦大信，苟有食言，必如前誓。[1]

3

解除泾州和渭州的危机后，范仲淹回到庆阳。泾原路主帅王沿却因定川之战官军败绩，被降知虢州。

王拱辰对富弼怀恨在心，上密奏说富弼出使契丹，不经朝廷同意便与契丹国主私下定约，这是目无朝廷，乞皇帝将富弼问斩。赵祯心里清楚，自己在富弼出使前曾经私下授予富弼见机行事的权力，王拱辰只是不知而已。赵祯却也不对王拱辰言明，只是将他的密奏放在一边搁置起来。王拱辰不仅上密奏欲置富弼于死地，还暗

---

[1] 《续资治通鉴长编》卷一百三十七九月条。

暗散布谣言，说富弼目无朝廷，与契丹人勾结，出卖大宋。富弼听到风声，心中惊怒交加。

十月丙午，赵祯授右正言、知制诰、史馆修撰富弼为翰林学士。富弼上疏说："增金帛与契丹谈和，不是臣的本志，因为朝廷正在征讨元昊，无暇与契丹再进行战争。如今虽然盟约谈成了，可是臣又有什么功劳敢接受这样的赐封呢？臣只愿陛下能够进一步加强武备，不要忘记国耻。"

还是在这个月内，赵祯因为范仲淹率兵援助渭州并逼退西夏军，决定再封其为枢密直学士、右谏议大夫，同时，也再封秦凤路都部署、经略安抚招讨使、秦州观察使、知秦州韩琦为枢密直学士、右谏议大夫。鄜延路都部署、经略安抚招讨使、龙图阁直学士、吏部郎中兼知延州庞籍则被再封左谏议大夫。

范仲淹认为自己久为西帅，却无进击之功，上密奏乞求赐贬降。赵祯接了密奏，一笑置之，并不接受范仲淹自贬的建议。当初，赵祯封四帅为观察使，唯有韩琦没有推辞，并且说："陛下忧虑边疆的安危，岂是臣子挑拣官职的时候？"待到范仲淹、庞籍、王沿屡次推辞，皇帝没有听纳建议，韩琦也便上奏推辞所受观察使的加封，并且说："臣害怕不知臣者会认为他路推辞观察使一职是合适的，而认为臣因在壮年不推辞观察使一职，乃是贪受禄位。"朝廷后来又下诏韩琦按照枢密直学士立位系衔，韩琦上奏说朝廷有既定的规矩，不可以乱。对于范、韩等推辞封授观察使的请求，赵祯皇帝都没有同意。到了这时，赵祯才下诏还封四帅旧职，又升迁了他们的官位。韩琦上奏辞所升迁之官说："臣得还旧职固然荣耀，但是西贼犯境，臣虽然督遣援兵，实无毫发之助，陛下不当再升迁臣的官位。"赵祯不听。

这一次，范仲淹依然没有接受加官晋职。他写了《让枢密直学士右谏议大夫表》呈给朝廷。

表云：

臣某言：三班借职刘仲颜赍降官诰一通、敕牒以道，伏蒙圣恩，特授臣右谏议大夫，充枢密直学士，差遣依旧者。在物之情，向荣必喜；自命之天，遇宠则惊。臣中谢。

窃念臣齐鲁诸生，本无荣望，素乏佐王之术，岂期遇主之知？伏蒙皇帝陛下采自孤平，擢于侍从，无似之迹，每玷圣造。前年以羌戎负德，官军失利，朝廷特命韩琦与臣同二经略。岁时之间，琦以节制不行而免，臣以招纳非宜而罢。寻分四路，复领中权，二年于兹，一功未立，屡叨进攻，深负愧羞。虽朝廷忧劳，且务姑息，而其下将佐睹臣忝冒，必思侥幸，岂复有实效之心？臣亦何面目以责率其下？今边略未固，兵力未强，威令不扬，战斗多覆，因循以甚，平定无期。一昨寇逼三川，其势可困，而葛怀敏等入贼伏中，一战大溃，杀伤满野，驱掠无算。臣以本路多虞，救援不早，臣方痛心疾首，日夜悲忧，发变成丝，血化为泪，殒殁无地，荣耀何心？今日之恩，非臣所望。臣昨蒙朝廷特除邠州观察使，累章获让，已烦圣聪，三黜之诛，岂当再冒？然臣有愚心不敢不尽，有谬策不敢不陈。虽属边臣，实叨近职，敢不议论，少裨圣明？《传》曰："事君如事亲。"又曰："君臣同体。"当此安危之际，岂敢事形迹、避嫌疑而不尽心于君亲乎？魏元成曰："隋以事形迹而亡。"唐太宗深然之。今愿陛下恕臣万死，采臣一言，天下幸甚！天下幸甚！

臣观《易·震卦》曰："震，亨。"谓圣人因震恐而致亨大也。禹汤罪己，其兴也勃焉。是皆得《易》之旨，畏天之威，而致其亨矣，陛下其舍诸？昨者镇戎兵败之后，天色阴晦，十日不解，木冰地震，群心忧伤。此将帅失人，生灵致陷，天地震怒之意也。冬至后一日申时，庆州又地震，此阴阳战而致动。占书曰："四夷威中国之阴，是夷夏交争，未宁之象也。"

自西事以来，延安东路、北路，官军伤折万余人；并金明、承平诸寨杀虏过蕃部万余户，约四五万口；及麟府丧陷，镇戎三败，杀者伤者前后仅二十万人矣。死者为鱼肉，生者为犬羊，臣仰测陛下之心必震动。而天下莫知，但见爵赏颁行，疑朝廷高枕，负兹生灵。愿陛下因其震动，过崇谦让，以柔远未至，选将有差之辞，告谢于皇天后土、五岳四渎，以哀痛之旨，诞告多方，下感人心，上答天戒。陛下既已罪己，两府大臣必有逊谢之请，小损勋爵，而复其位。臣等则宿兵困民，讨伐未效，罪之大者请落近职，左降一官，带责授二字，仍削除经略招讨等使名，只管勾部署司公事，以谢边陲，以警将佐，以励军旅。如此则天下闻朝廷罪己，知陛下之心不负生灵。将佐军旅等见主帅负责，知天子必欲破贼，即皆震惧，甘为艰辛，更无侥幸之望。臣等得以严率其下，日夜聚谋，上赖威灵，可期平定。仍请诏下部署以下非大功不录，钤辖、都监非奇功不赏。其班行将校军士等所得功劳，依旧量大小酬奖。此救弊之端也。

今西贼渐炽，恐谋深入，陛下诚能与大臣密议，行臣之策，天下幸甚！如失此机会，行恐后时。倘朝廷不取臣言，则边上终无大功，浸有大患，其势然矣。愿陛下以《大易》之旨，取古圣人之用心，则震而后亨，受景福于无穷，庇苍生于大费。臣之愚心谬策，尽于此矣。所降到诰敕等，臣有此一策，未敢拜受。臣无任。[1]

为了更好地应对元昊，朝廷决定，重新设置陕西四路都部署、经略安抚兼招讨使，命韩琦、范仲淹和庞籍分领。十一月时，皇帝下诏，调整了陕西四路的帅臣。范仲淹上奏建议将滕宗谅从泾州调到庆州，担任环庆路都部署兼知庆州，将文彦博从渭州调任秦凤路都部署兼知秦州。赵祯与两府大臣商议后，同意了范仲淹的建议。

鄜延路帅臣庞籍继续留任，但同时与韩琦、范仲淹分领陕西四路都部署、经略安抚沿边招讨使。

---

[1] 《范仲淹全集》之《范文正公文集卷第十八·让枢密直学士右谏议大夫表》。

为了加强四路的统一行动，范仲淹、韩琦一同驻泾州，将四路都部署司设在了泾州。经得朝廷特许，四路都部署司可以在遇到紧急军情时"便宜从事"，不必上报朝廷再作决定。关于允许四路都部署司"便宜从事"的特许，朝廷是听取了文彦博的建议。朝廷对四路都部署司的赋权，极大地加强了陕西四路都部署司调度兵马的机动性。随着文彦博被调往秦州，张亢受命知渭州，任泾原路都部署。

自范仲淹、韩琦开府泾州协力对付元昊，宋军陆续收复了灵州、夏州。宋夏的博弈，慢慢发生了有利于大宋的变化。同时，由于富弼出使契丹促使契丹与大宋和好，元昊失去依凭，渐渐陷入孤立境地。由于韩琦和范仲淹在宋夏陕西边境取得的成功，宋军也日渐取得优势，民间传唱道：

军中有一韩，西贼闻之心骨寒。
军中有一范，西贼闻之惊破胆。[1]

---

[1] 《五朝名臣言行录》卷七之二引用《名臣传》之文。

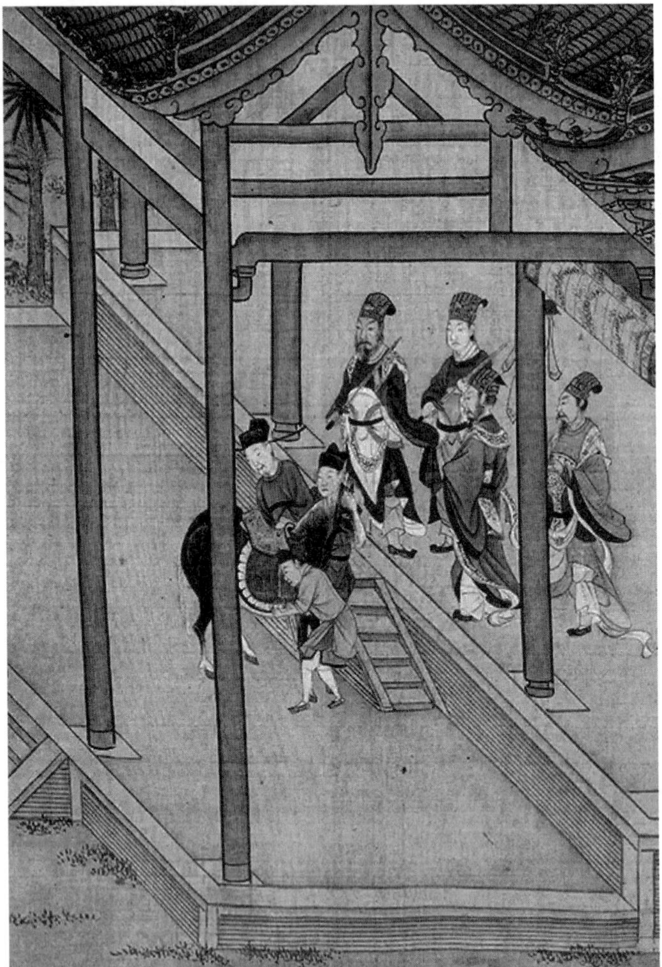

第三十八章
两府重臣

1

鹅毛大雪纷纷扬扬地下着。范仲淹透过书房的窗棂,看着窗外的大雪,眼前不知不觉浮现出张棠儿少女时与纯祐、纯仁在雪地里一块玩耍的情景。他怎么也想不到,张棠儿如今竟然成了自己的继室。此刻,张棠儿正在卧室里熟睡,她刚刚为范仲淹生下了一位千金。

范仲淹每次抱着那个孩子,看着孩子粉嫩娇柔的脸庞,便舍不得放下。从孩子的脸上,他体会到了久违的平静。"如果大宋与西夏永无战争该多好!孩子啊,爹爹乞求上天能够赐给你永远的平安,也乞求上天能够把平安赐给普天下的百姓!"有好多次将这个孩子抱在怀里时,他便会在心底暗暗祈祷。

有人轻轻地敲了敲门,是李金辂前来禀报。

"范帅,韩帅来了。"

"哦，在前厅吗？你去让韩帅稍等，我马上就去。"

"是！"

不多时，范仲淹匆匆赶到了前堂。

见了韩琦，范仲淹一番寒暄后，问道："今日的雪不小啊。韩帅冒雪前来，可是因元昊派人前来议和之事？"

"这雪真够大的。韩琦冒雪前来，正是想同范公商议西夏派使议和之事。"

元昊派使者前往鄜延路请求议和的消息，此前范仲淹也已有耳闻，因此对韩琦的来访并不感到特别吃惊。

范仲淹说道："元昊派使者求和之细节，韩帅若知道，还请说来听听。"

"倒是略知一二。据庞帅的说法，西夏与我大宋久不通市，饮无茶，衣无帛，想来这次求和是有诚意的。之前庞帅因李文贵来，再答旺荣书，约以元昊自奉表削僭号，才敢上报朝廷。于是，李文贵与贺从勖持元昊书到了保安军。庞帅令保安军签书判官事邵良佐检视元昊来书，在来书中，元昊自称'男邦泥定国兀卒曩霄上书父大宋皇帝'。贺从勖又言：'契丹派人至本国，称南朝遣梁适侍郎来言，南北修好已如旧，只有西界未宁，因为知道北朝与夏国有联姻，便谕令早议通和。所以，本国遣从勖上书。但是，本国自有国号，却无奉表体式。至于请称兀卒，只是仿照古代单于、可汗的称号。若南朝使人至本国，可坐蕃宰相上。兀卒见使人时，问圣躬万福。'"

"庞帅那时怎么答复的？"

"那贺从勖自请诣阙，庞帅派使者对他说：'天子至尊，荆王是其叔父，犹奉表称臣。今名体未正，我不敢上报朝廷。'从勖说：

'子事父，犹臣事君。假如从勖能够到京师，而天子不许，从勖一定回去请求重新商议。'庞帅听他这么说，便同意上报朝廷，并且说：'敌自背叛以来，虽屡得胜，然而丧和市之利，民甚愁困。今其辞稍顺，定是有改事中国之心。愿听从勖诣阙，更选使者往其国申谕之，彼必称臣。凡名称礼数及求乞之物，当力加裁损，必不得已时则少许之；若是要求过分，那就是豺狼之心，是不易满足的。'"

"庞帅说得有道理。以范某之见，元昊此刻必然野心未死，求和不过是缓兵之计。"

"韩某也有此担心。"

"听说使者贺从勖带到汴京的条件里，乞求朝廷准元昊不改僭号。若是有这条，范某可以确定那元昊并无诚意。韩帅，你的看法呢？"

"是，我赞同范公的看法。"

"允许元昊保留僭号，便是一个隐患。即便是元昊卑词厚礼乞和，即便是改称兀卒，我朝的边备也不能松懈。观元昊其人，野心勃勃，如果不彻底使他臣服，他绝不会甘心。"

"我完全赞同范公的看法。兀卒也有天子之意，即便元昊在夏改称兀卒，我朝也不该与他议和。"

"韩帅，咱们须上奏朝廷，提醒陛下才是！"

"好！不如你我联名上奏如何？"

"好！"

数日后，韩、范合作联署的一份奏书被送往朝廷。

奏书云：

937

臣等久分戎寄，未议策勋，上玷朝廷，俯渐边鄙。然心究利害，目击胜负，三年于兹，备详本末。今元昊遣人赴阙，将议纳和。其来人已称六宅使、伊州刺史，观其命官之意，欲与朝廷抗礼。窃恐不改僭号，意朝廷开许为鼎峙之国，又虑尚怀阴谋，卑词厚礼，请称兀卒，以缓国家之计，臣等敢不为朝廷思经久之策，防生灵之患哉。臣等谓继迁当时用诈脱身，窃弄凶器，德明外示纳款，内实养谋。至元昊则悖慢侮常，大为边患，以累世奸雄之志，而屡战屡胜，未有挫屈，何故乞和？虽朝廷示招纳之意，契丹邀通好之功，以臣等料之，实因累年用兵，蕃界劳扰，交锋之下，伤折亦多，所获器械鞍马，皆归元昊，其下胥怨，无所厚获，其横山界蕃部点集最苦。但汉兵未胜，戎人重土，不敢背贼，勉为驱驰尔。今元昊知众之疲，闻下之怨，乃求息肩养锐，以逞凶志，非心服中国而来也。臣等谓元昊如大言过望，为不改僭号之请，则有不可许者三。如卑词厚礼，从兀卒之称，亦有大可防者三。

何谓不可许者三？自古四夷在荒服之外，圣帝明王恤其边患，柔而格之，不吝赐与，未有假天王之号者也。何则？与之金帛，可节俭而补也。鸿名大号，天下之神器，岂私假于人哉？惟石晋藉契丹援立之功，又中国逼小，才数十州，偷生一时，无卜世卜年之意，故僭号于彼，坏中国大法，而终不能厌其心，遂为吞噬，遽成亡国，一代君臣，为千古之罪人。自契丹称帝灭晋之后，参用汉之礼乐，故事势强盛，常有轻中国之心。我国家富有四海，非石晋逼小偷生之时，元昊世受朝廷爵命，非有契丹开晋之功，此不可许之一也。又诸处公家文字并军民语言皆呼昊贼，人知逆顺去就之分，尚或逋亡，未有禁止。今元昊于天都山营造，所居已逼汉界，如更许以大号，此后公家文字并军民语言当有西朝、西帝之称，天都山必有建都郊祀之僭，其陕西戍兵边人负过必逃，盖有所归矣。至于四方豪士，稍不得志，则攘臂而去，无有逆顺去就之分。彼多得汉人，则礼乐事势，与契丹并立，交困中国，岂复有太平之望邪？此不可许之二也。又议者皆谓元昊蕃人也，无居中国之心，欲自尊于诸蕃尔。臣等谓拓跋珪、石勒、刘聪、苻坚、赫连勃勃之徒，皆从异域徙居中原。近则李克用父子，沙陀人也，进居太原，后都西洛，皆汉人进谋诱而致之。昨定川事后，元昊有作伪诏谕镇戎兵民，有定关辅之言，此其验也。盖汉家之叛人，不乐处于外域，必谋侵据汉地，所得城垒必使汉人守之，如契丹得山后诸州，皆令汉人为之官守，或朝廷假元昊僭号，是将启之，斯为叛人之助甚矣，此不可许之三也。

何谓大可防者三？元昊以累世奸雄之资，一旦僭逆，初遣人至，犹称臣奉表，及刘平之陷，贼气乃骄，再遣贺九言至，上书朝廷，便不称臣，其辞顿慢。而后屡胜，当有大言过望，乃人情之常也。若卑词厚礼，便肯从兀卒之称，皆阴谋也。是果以山界之困，暂求息肩，使中国解兵，三四年间，将帅懈慢，士伍骄惰，边备不严，戎政渐弛，却如前来暴发，则中国不能枝梧，此大可防之一也。又从德明纳款之后，经谋不息，西击吐蕃、回鹘，拓疆数千里。至元昊事势稍盛，乃称尊悖礼，背负朝廷，结连北

939

敌，情迹尽见，大为边患，偶未深入。今复起诈端，以款我兵，而休息其众，又欲并力专志，西吞唃厮啰等诸蕃，去秦州一带篱落，为将来再举之利。缘元昊初叛之时，亲攻延州，是本有侵陷郡国之志，今复强盛，岂便息心？且朝廷四十年恩信所被，一朝反侧，岂有发既叛之谋，畜未挫之锐，而能久守盟信者乎？此大可防之二也。又从德明纳款后，来使蕃汉之人，入京师贾贩，憧憧道路，百货所归，获中国之利，充于窟穴，贼因其事力，乃兴兵为乱。今兹五年，用度必困，乃卑词厚礼，迎合我意，欲复图中国之利，待其给用，必却求衅兴兵，以快本意。狼子野心，固难驯伏，今若通和，或再许灵、夏，蕃汉之人依前出入京师，深为不便。缘自前往来，叛状未彰，情无蠹害，今既为强敌，稔祸未已，必窥伺国家及夹带亡命入蕃，或与奸人别有结连，或使刺客窃发，惊扰朝廷。又此类必所在恣纵，甚于昔时，有事何以处置？此大可防之三也。

　　臣等欲乞朝廷俟元昊所遣人至，观其所请，彼如大言过望，坚求僭称，则乞朝廷答云："上畏天地宗庙，不可私许大号，坏中国之法。"彼卑词厚礼，止是求兀卒之称，则按唐单于、可汗故事，有可许之理，亦豫防其阴谋，严饬边臣修完城寨，训练军马，储蓄粮草，以备虚诈。俟一二年间，见其表里，及边备牢固，方可那减戍兵于近里屯泊。缘西戎自古蹟覆，朝廷不可休兵，以启不虞之变。如求割属户，则乞答云："灵、夏甚有汉户，能割归朝廷否？"况横山蕃部安于内附，一旦驱之，则惊扰生事，必不为西界之用。彼如求至京师，依前来出入贾贩，则乞答云："昨来战斗之后，甚有军民没阵，其子孙骨肉，衔怨至深，必恐道途之中，多有仇杀，致西界相疑，更却生事。只于边上建置榷场，交易有无，各得其所。"彼如邀我自今而后罢修城寨，则乞答云："边界熟户、生户多有绚怨，常相侵害，须藉城寨驻兵，方能镇静，使各安居尔。"若自余更有非礼之求，朝廷或难应副，则且款之，不必从也。但厚遣来人，善词回答，使迁延往来，即逾四月，贼不能举矣。至秋则无足畏也。何以言之？臣等观朝廷信赏必罚，今已明白，帅臣奉诏，得以便宜，又旧将渐去，新将渐升，前弊稍除，将责实效，约束将佐，不令轻出，训练军马率多变法。但今极边城寨，或未坚完，新集之兵，未可大战。若贼今春便来，以臣等计之，尚可忧虑。然大军持重，奇兵夜击，宜无定川之负也。如候秋而来，则城寨多固，军马已练，或坚壁而守，或据险而战，无足畏矣。臣等已议一二年间训兵三四万，使号令齐一，阵伍精熟，又能使熟户蕃兵与正军参用，则横山一带族帐，可以图之。降我者使之纳质，厚其官赏，各令安居，籍为熟户。拒我者以精兵加之，不从则戮。我军鼓行山界，不为朝去暮还之计。元昊闻之，若举国而来，我则退守边寨，足以困彼之众；若遣偏师而来，我则据险以待之。蕃兵无粮，不能久聚，退散之后，我兵复进，使彼复集。每岁三五出，元昊诸厢之兵，多在河外，频来应敌，疲于奔命，则山界蕃部，势穷援弱，且近于我，自求内附，因选酋豪以镇之，足以断元昊之手足矣。然乞朝廷以平定大计为念，当军行之时，不以小胜小衄，黜陟将帅，则三五年间，可集大功。仍诏中外臣僚，不得辄言边事，以沮永图。我太祖、太宗统辟四海，创万世之基业，今以三五年之劳，再定西陲，岂为晚邪？契丹闻国家深长之谋，必惧而保盟，不复轻动，然后中国有太平之期矣。臣等所以言彼贼非礼之求不必从者，盖有此议也。

或曰："今王师不利者数四，而未思戢兵，何也？"臣等谓不然，国家太平日久，将不知兵，兵不习战，而致不利也。非中国事力不敌四夷，非今之军士不逮古者，盖太平忘战之弊尔。今边臣中有心力之人，鉴其覆辙，各思更张，将有胜贼之计。昔汉、楚之战，不以多负罢兵而终有天下。安禄山之乱，所向无前，郭子仪等日夜谋虑，王师复振而终灭大盗。今国家以天下全盛之势，岂以偶胜偶负，而自谓中国不可振，而边患不可御邪？斯惑之甚矣。或曰："兵不可久，久则民困而财匮。"臣等谓不然，争胜逐利之师，则有巧迟拙速之异，如其外御四夷，则自古未尝废兵，是以山海之利皆归边用，抑为此也。况即目边上城垒，经今春修完，渐以险固，兵民力役，自当减罢。又每岁夏秋之交，军马甚可抽退于数百里间就食刍粮，亦足省入中之费，减馈运之劳，庶乎民不困而财不匮。非如西事之初，人人畏惧，未测虏情，所屯军马，不敢少退。臣等更思兴利减费之算，以为之助。

臣等早蒙圣奖，擢预清班，西事以来，供国粗使，三年塞下，日劳月忧，岂不愿闻纳和，少图休息？非乐职于矢石之间，盖见西贼强梗未衰，挟以变诈，若朝廷处置失宜，他时悖乱，为中原大祸，岂止今日之边患哉。臣等是以不敢念身世之安，忘国家之忧，须罄刍荛，少期补助。其元昊来人到阙，伏望圣慈于纳和御侮之间，审其处置，为圣朝长久之虑，则天下幸甚！[1]

几乎在韩琦、范仲淹联名上书的同时，集贤校理余靖也上疏反对仓促与西夏议和。余靖认为，在大宋与契丹盟约过程中，契丹国主曾经信誓旦旦说只要一句话便可令夏国俯首称臣，今大宋契丹盟约初订，元昊便前来议和，如果大宋仓促答应，主动权便落在了契丹那边，日后大宋面临契丹和夏国的联合算计，将处于非常被动的地位。为了维护国威，掌握主动，余靖在上疏中深言仓促与夏国议和的危害，其上疏云：

> 臣窃闻昊贼差私署官入境，相次到阙，欲与朝廷通和事。伏以息兵减费，外域顺命，国家大臣至于边将，咸欲息肩以休士卒。臣愚料之，以谓挫北敌之气，折西羌之锐，不如不和，最为得策。假如元昊贪我财货，甘心臣伏，此之为祸大于今日，臣请别白言之：伏自国家用兵以来，五年之间，三经大战，军覆将死，财用空虚，天下嗷嗷，困于供给。今乃因契丹入一介之使，驰其号令，遂使二国通好，君臣如初，吾数年之辱，而契丹一言解之。若契丹又遣一介有求于我，以为之谢，其将何词以拒之？若国家又有所惜，必将兴师责我，谓之背惠，则北鄙生患，

---

[1] 《续资治通鉴长编》卷一百三十九庆历三年二月乙卯条。

二境受敌矣。矧西戎自僭名号,未尝挫折,何肯悔祸,轻屈于人?今若因其官属初来,未有定约,但少许之物,无满其意,坚守名分,以抑其僭。虽赐以甘言,彼必不屈,则吾虽西鄙受敌,而契丹未敢动也。何以知之?昨梁适使契丹之时,国主面对行人,遣使西迈,意气自若,自言指呼之间,便令元昊依旧称臣。今来贼昊不肯称臣,则是契丹之威不能使西羌屈伏,彼自丧气,岂能来责?故臣谓今之不和,则吾虽西鄙受敌,而契丹未敢动也。若便与西戎结盟,则我之和好,权在敌国,中国之威于是尽矣。契丹责我,则二鄙受敌,其忧深矣。伏愿陛下与执政大臣密谋而深思之,无令陷敌计中。必不得已而与货财,须作料钱、公使名目,便将灵、盐、银、夏作两镇,则赐与倍于往时,而君臣名分不改矣。或欲速成和好而屈名分,则天下共耻之,虽强兵在境,有血战而已矣。若他年贼自有衅来求和者,权在于我,则不必拒之也,惟陛下裁之。[1]

2

大宋皇宫后苑,有几树桃花。此时正值庆历三年春三月,这几树桃花当春而开,枝头上缀满了粉色的花朵。桃花旁,还有几株旱柳,此时亦是枝头挂绿,与旁边粉色的桃花相映成趣。赵祯一早起来心情甚好,恰逢没有朝会,便由内侍陪着,在皇宫后苑内信步而行,待走到桃花树前,不由得停住了脚步,背着手欣赏起桃花来。

---

[1] 《续资治通鉴长编》卷一百三十九庆历三年三月条。

这时，一个内侍匆匆跑来禀报，说是右正言、直集贤院田况求见。

赵祯一笑，摇头道："真是不让朕歇息一下。这样吧，就传田况到延和殿去。"

那内侍应喏，飞步去传田况。赵祯则由几个内侍陪着，缓步走向延和殿。

过了一会儿，赵祯到了延和殿外，见田况已经在殿前垂手候立。

"进殿再说。"赵祯说着便步入殿内，在宝座上坐了下来。

田况冲赵祯皇帝行大礼后，说道："陛下，微臣听说陛下将要让西贼元昊派遣的贺从勖入宫进觐。微臣以为万万不可！"

"哦？两府大臣都无异议了，你倒有了看法？为何不可，你说来听听。"

"陛下，那元昊贼子自反叛以来，屡次与朝廷通书，然而如今名分未定，假如陛下同意称贺从勖是元昊的使者，那贺从勖未必肯服从我朝提出的条件；若是同意他带上伪官名觐见，则是我大宋朝廷自己开了不臣之礼的先例。让从勖入朝，很可能使我大宋左右为难啊。陛下，此事万万不可。"

赵祯听了，眼皮一抬，眸子亮了一下，说道："卿家所言有理。你有何应对之策？"

"这个简单，只要令贺从勖在驿馆等待，待时机成熟，陛下派大臣前往驿馆就问即可。"

赵祯微微点头，正要开口说话，忽见之前那个内侍又匆匆赶来禀报。

"陛下，吕相说有急事求见。"

"传吕相到这里来吧。"

那内侍领了命，疾步向殿外退去。

"等等！"赵祯忽然抬高声音说道。

正要去传人的内侍听了，赶紧停住脚步。

"最近吕相有病在身，传朕之敕令，许吕相乘马至殿门，你们取杌子舆，将吕相抬到殿上来。"

"是！"那内侍得令，匆匆退出殿去。

过了许久，两名内侍抬着杌子舆进入延和殿。杌子舆上，吕夷简躬身而坐。两名内侍将杌子舆轻轻放下，其中一个内侍走到杌子舆旁边，将吕夷简搀扶了下来。

吕夷简下了杌子舆，眼神有些呆滞，颤颤巍巍地便要给皇帝行大礼。

"吕相免礼。"赵祯此时见到吕夷简，但觉数日之间这位老宰相又苍老了许多，甚至他那原本白了的须发，也仿佛变得更白了。

"谢陛下。"吕夷简说着，还是颤巍巍地深深作了揖。

"吕相有病在身，为何不在府中歇息，又急着见朕？"

"陛下，老臣是来再辞相位的！还请陛下念老臣年老多病，免去老臣的宰相之位。"

赵祯听吕夷简这么说，长长叹了口气，陷入沉思……

朕怎么没能早点发现吕相的病症呢？若是早点发现，或能让他多加休息，也不至于得了风眩之疾。去年冬天的时候，他得了风眩，多次不能上朝。这位老相，为国事操劳多年，尤其是当年朕尚年少，他在朕与太后之间回转平衡，对朕多有顾惜。这么多年来，虽不能说他完全没有私心，但毕竟一直忠于国事。他生了重病，当时朕也确实感到担心，觉得悲伤，因此还特意下诏，拜他为司空、平章军国重事，又令他等病稍好后，三五日入中书上班即可。当时，他也曾一味辞谢。朕记得当时看了他的辞谢，甚是感动，当场剪下几缕髭须赐给他，并且写手诏云："古谓髭可疗病，今剪以赐卿。"记得当时朕问他，群臣中谁可以胜任两府重职，他却闭口不言。难道他的心里，有很多顾忌吗？难道，他认为朕不会一直眷顾他、保护他吗？

朕怎么没能早点发现吕相的病症呢！现在回想起来，去年秋天的时候便已经出现了症状。那一天，他在朝会上行大礼，忘记了一拜而起，一瞬间出现恍惚之态。一直以来，他出入进止，皆有常处，不差尺寸。那天朝会他忘了一拜而起，外间议论纷纷，都说吕相失仪。当时朕以为他是因为脑子中想着所议之事，故才在朝会上失态。现在回想起来，当时便已经露出症状了。朕也记得，当时有个正在京城参加制科考试的汉州人。他叫什么来着？对了，叫张纮。那个张纮说吕夷简为相很久，在朝会上突然失仪，是上天夺了他的魂魄，离死不远了。当时朕听到这种说法，还甚是生气。如今看来，那张纮也非完全胡说八道。难道，那张纮之说，竟是要一语成谶？

对吕相打击最大的恐怕还是今年正月转运使孙沔自陕西给朕的上奏吧。在那份奏书里，孙沔直斥吕相的字句简直就是诛心之语啊。朕看了奏书，也不怪罪吕相。吕相看了奏书，口头虽然说孙沔说的都是苦口良言，他恨闻此迟了十年。不过在他的心里，想来定然是十万分不好受啊。重病加上同僚的打击，恐怕令他是真的撑不下去了！

朕虽然念及吕相的恩情，也希望他能够终于相位，可是如今天下多事，看来这次是不能不罢去他的相位了……

赵祯沉思多时，回过神来，又沉吟许久，方才微微点头，同意了吕夷简的请求。

吕夷简听赵祯同意自己辞去相位，脸上微微抽搐，半张脸上露出一种不完整的微笑。他右手下意识往上一举，想要抱拳感谢，左手却是使不上劲，依旧垂在身子一边。于是，他身子一躬，又想下跪，赵祯慌忙令人将他扶住。

看着吕夷简颤巍巍的样子，赵祯心头一酸，竟然落下泪来。

田况平日对吕夷简多有不满，此时见吕夷简在短短数月间，已然露出风烛残年之相，不禁也是心下恻然。

吕夷简向赵祯告辞。坐上杌子舆时，吕夷简扭头往旁边的桃树望了望，叹了口气，喃喃道："这桃花，倒是年年粉红；这柳条，倒是年年新绿啊。好啊，好啊……"

赵祯和田况望着内侍抬着杌子舆远去，望着吕夷简在杌子舆上佝偻着的身子，一时间都是呆呆无语。

三月戊子，赵祯皇帝罢去吕夷简相位，但仍然以他为司徒、监修国史，允许他就军国大事与中书、枢密院同议。

在赵祯皇帝看来那份可能对吕夷简产生极大冲击的孙沔的奏书，是这样写的：

> 祖宗有天下，垂八十余载，未尝以言废人。景祐以前，纲纪未甚废，犹有感激进说之士。观今之政，是可恸哭，无一人为陛下言者，臣诚痛之，愿陛下留听。夫州郡承风者刺史也，皆猥懦老耄；县邑禀令者牧守也，多昏懿罢软。制敕之下，人以为不足信；奏请已行，人以为不能久，未几而果罢。利权反覆，民力殚竭，师老于边，夷

狄争长。事至危而陛下以为安，人皆忧而臣下惟缄口，何也？由宰相多忌而不用正人也。

往者庄献总政，陛下恭默，有王曾、张知白、鲁宗道、李迪、薛奎、蔡齐以正直迭居两府，曹修古、李纮、刘随、鞠咏、孔道辅以亮节更任论列。于时斜封侥幸、阉寺威福，虽未悉去，然十余年间，中外无大故。

自吕夷简当国，黜忠言，废直道，及以使相出镇许昌，乃荐王随、陈尧佐代己。才庸负重，谋议不协，忿争中堂，取笑多士，政事浸废，即岁罢免。又以张士逊冠台席，士逊本乏远识，致斁国事，戎马渐起于边陲，卒伍窃发于辇毂。舍辔徒行，灭烛逃遁，损威失体，殊不愧羞，尚得三师居第。此盖夷简不进贤为社稷远图，但引不若己者为自固之计，欲使陛下知辅相之位非己不可，冀复思己而召用也。陛下果召夷简还，自大名入秉朝政，于兹三年，不更一事，以姑息为安，以避谤为知。西州将帅，累以败闻，北敌无厌，乘此求赂，兵歼货悖，天下空竭，刺史牧守，十不得一，法令变易，士民怨咨，隆盛之基，忽至于此。今夷简以病求退，陛下手和御药，亲写德音，乃谓"恨不移卿之疾在于朕躬"。四方义士，传闻诏语，有泣下者。夷简在中书二十年，三冠辅相，所言无不听，所请无不行，有宋得君，一人而已，未知何以为陛下报？

今天下皆称贤而陛下不用者，左右毁之也；皆谓纤邪而陛下不知者，朋党庇之也。契丹复盟，西贼款塞，公卿忻忻，日望和平。若因此振纪纲，修废坠，选贤任能，节用养兵，则景德、祥符之风复见于今矣。若恬然不顾，遂以为安，臣恐土崩瓦解，不可复救。而夷简意谓四方已宁，百度已正，欲因病默默而去，无一言启沃上心，别白贤不肖，虽尽南山之竹，不足书其罪也。若荐贤材，合公议，虽失之于始而得之于终，犹可宽天下万世之责。苟遂容身，不救前过，以柔而易制者，升为腹心，以奸而可使者，任为羽翼，以谄佞为君子，以庸懦为长者，使之在廊庙，布台阁，上惑圣明，下害生灵，为宗社计则必危，为子孙计亦未可保终吉。是张禹不独生于汉，李林甫复见于今也。在陛下察之而已。[1]

3

吕夷简罢相，大宋朝廷的政坛仿佛发生了一次地震，并且很快产生了一系列反应。

户部侍郎、平章事兼枢密使章得象被加封为工部尚书、枢密使。刑部尚书、同平章事晏殊则依前官平章事，兼枢密使。宣徽南院使、忠武节度使、判蔡州夏竦为户部尚书，充枢密使。右谏议大夫、权御史中丞贾昌朝为参知政事。右正言、知制诰、史馆修撰富弼为右谏议大夫、枢密副使。之前，赵祯派富弼出使契丹，贾昌朝为馆伴，两人都有功劳，因此都给予了晋升。然而，向赵祯请对后，富弼上了札子，请辞加封给他的官位。富弼在札子中称，契丹虽然和大宋议和，但是亦有可能毁盟，如果真出现这种情况，他恐怕不仅愧对朝廷，而且将成为天下舆论的靶子。作为臣子，他畏公

---

[1] 《续资治通鉴长编》卷一百三十九庆历三年正月条。

论甚于斧钺，愿朝廷收回新命。这样一来，则天下之人必然会说，使臣没有受赏，是因为事情结果尚未可知，边疆的守备决不可懈弛。他谢绝加封，不是追求廉洁之名，实在是恐怕因此耽误国事。赵祯看了富弼的札子，心想："朕本以为你是为了名声而不领朕的情。不过，细细一想，你所说的亦有道理。此刻给你加封，确实可能对天下人产生误导，亦可能使边疆守备松懈下来。如此看来，你确在为社稷着想啊。"他这般一寻思，便暂时没有对富弼之请作出回应。

赵祯皇帝还加封枢密副使、保庆节度使王贻永为宣徽南院使，加封枢密副使、刑部侍郎杜衍为吏部侍郎。右谏议大夫、参知政事王举正，枢密副使、右谏议大夫任中师，也一起加封为给事中。

这样一来，因为吕夷简罢相，一大批辅臣都升了官。

可是，有人不乐意了。侍御史沈邈上奏说："爵禄是用来勉励臣下的，不是因为立了功而加封就是滥用。如今，戎马屡警，尚未听到可以用来折服外辱的庙堂之谋，而多有官员无端获得加封，对臣下又有什么激励作用呢？"

赵祯看了沈邈的上奏，不过淡淡一笑，不以为意。

过了些日子，赵祯又加封侍御史鱼周询为起居舍人，职方员外郎王素为兵部员外郎，太子中允、集贤校理欧阳修为太常丞，并知谏院。鱼周询坚决推辞加封。赵祯又以太常博士、集贤校理余靖为右正言，谏院供职。

经过此次加封，范仲淹的老朋友欧阳修、余靖都成了谏官。谏官可以直接面圣提出谏言，也可直接向皇帝呈送上疏，由此可见赵祯皇帝对欧阳修、余靖的信任。

赵祯作出这一系列决定，意在趁吕夷简罢相之机，起用一批能臣来改革朝政的弊端。以欧阳修、余靖为谏官，更是表现了他欲革新政治的决心。

但是，赵祯听取吕夷简建议，下诏加夏竦为枢密使，令其即日回朝任职。这一决定，瞬间掀起了台谏进言的狂潮。御史中丞王拱辰，御史席平、沈邈，谏官欧阳修、余靖纷纷上疏，前后共十八疏请求赵祯收回成命。

刚开始接到两份上疏的时候，赵祯也只是淡淡一笑，可是没有想到奏疏雪片般飞来，即便他耐得住性子，也不禁暗暗生起闷气。谏官们上疏说，夏竦在陕西，畏懦苟且，不肯尽力，每论边事，便只是将陕西诸将之言一一罗列，等到朝廷遣敕使监督，夏竦才上陈十策；又说夏竦曾有一次外出巡边，在中军帐内置侍婢，这一做法几乎引发军变；又说元昊曾经在边塞只以铜钱三千悬赏夏竦人头，可见夏竦极其被西贼轻视。谏官们认为，官兵数败于元昊，夏竦罪责难逃，如今大用之，必将使边疆将士士气大丧。更有谏官指出，夏竦挟诈任数，奸邪阴险，与宰相吕夷简不协。吕夷简畏其为人，不肯引为同列，所以等到自己罢相之后才举荐他。谏官们质问，如今陛下谋求振兴国家，首用怀诈不尽忠之臣，何以求治？侍御史沈邈又言，夏竦私下结交内侍刘从愿，勾结起来狼狈为奸，刘从愿在内暗藏险谲，夏竦在外专主机务，如果重用夏竦，奸党必然得计，人主之权必受侵损。

再说夏竦，接诏后便火急火燎地往京城赶。听说夏竦将到京城，谏官进言更急，一个个都请求赵祯不要召见夏竦。

一日上朝，谏官余靖向赵祯进言说："夏竦数次上表要求以病求辞，可是一听到召用，便乘驿马连夜回京，如果皇帝不早作决断，夏竦必坚求面对。到时他在陛下面前叙恩感泣，再加上陛下左右之人为之解释，心志必然被他动摇啊！"

御史中丞王拱辰跟着便站出来弹劾夏竦，请求皇帝收回成命。

赵祯听了这些话，脸色一黑，从宝座上立起，宣布退朝。

王拱辰见状，追出殿外，拉住赵祯的衣袖，继续诉说不可用夏竦为枢密副使的理由。赵祯无奈，只得说："朕会再考虑，卿家退下吧。"

王拱辰刚离开，不料王素又追上来拉住了赵祯，进言道："王德用私下征年轻女子送入宫中，陛下可知？"

赵祯一愣，强笑道："夏竦的事情朕还正烦着呢，你又要用宫禁之事烦扰朕吗？这宫禁之事，卿又是从哪里知道的？"

"这个陛下没有必要知道。"

"好吧，朕乃真宗之子，卿乃王旦之子，有世旧，岂他人可比？德用确实向宫内进奉了宫女。这些宫女，如今已服侍在朕左右。那又怎样呢？"

王素瞪大眼睛，说道："陛下，臣之忧，正恐这些女子在陛下左右啊。"

赵祯听了，心头一震，一时无语。

过了数日，赵祯命宫臣赐王德用所进宫女每人钱三百千，押出内东门。押送宫女离去后，赵祯暗自神伤。

王素听说皇帝已经让那批宫女离宫，心中暗道："陛下动作倒是很快。"待到觐见皇帝时，王素问道："臣谢陛下不弃臣言，只是，陛下又为何如此着急送出宫女呢？"

赵祯叹道："若是日子久了，朕若见这些宫女留恋不肯去，恐怕就舍不得让她们离开了啊！"

王素听赵祯这么说，忙下跪，口中道："陛下真乃仁君也！"

这些天来，赵祯见富弼谢绝加封之意很坚定，终于决定改变之前的任命。"一个夏竦，一个富弼，如此一比，哪个忠诚无私，哪个急于谋位，一目了然！"他于心底暗暗感叹。三月甲午，赵祯下诏，枢密副使、右谏议大夫富弼，改封为资政殿学士兼翰林侍读学士。

"富弼真乃相才！"范仲淹将邸报放在茶几上，笑着对周德宝说道。

"范公为何突发此言？"周德宝笑问。

范仲淹微微一笑，将邸报递给了周德宝，抬手往邸报上指了指。

周德宝接过邸报，看了一会儿，抬头道："富弼以国事为重，辞谢枢密副使，不贪功名，深谋远虑，果然不一般啊。范公真是识人啊！"

"这是在赞哪一个啊？"一个洪亮的声音突然从前堂门口传来。

范仲淹和周德宝抬头一看，前堂门口站着两人，前面一人是陕西转运使孙沔，他的身旁站着李金辂。孙沔之前来拜访过多次，周德宝自然也认得他。

"哎呀，原来是孙大人！来来来，快请进！"范仲淹慌忙站起身来迎接。周德宝也站起身来。

孙沔哈哈一笑，迈步进来，口中道："范公好啊！"

范仲淹拉住孙沔的手，请他落座。周德宝自换了位置，坐到对面的一张椅子上。

孙沔与范仲淹、周德宝寒暄一番，便又拾起话头，问道："方才德宝道长称赞的是何人啊？"

"贫道方才正在说富弼大人呢。"

"富大人,嗯,年轻有为!孙沔我也对他甚是佩服!范公,富大人还是你举荐的,前途无量啊。如今,吕夷简已经罢相,我大宋朝廷有望气象一新!范公,我看陛下很有可能会令范公回京,就职两府。"

"孙大人,这话可不能乱说。两府大臣乃是国家重臣,陛下自有圣断,孙沔兄可千万不能乱行猜测。"

"哈,范公真是谨慎。此处无外人,说说无妨。说真的,范公啊,如今朝廷真的需要像范公一样的人!如今章相和晏相兼枢密,夏竦为枢密使,以我看,问题多多。章相做事略缺谋断,晏相是个大好人、和事佬,实际都非枢密之材。至于夏竦,为人奸诈,私心极重,实不宜为枢密使。"

"孙沔兄且住,休要轻下论断。章相如今兼枢密,举措如何,尚不得知。晏殊大人向来稳健,自然有他做事的方法。"

"嘿嘿,范公这不也在下论断吗?还有夏竦,范公怎么不评两句?"

"孙沔兄,我倒是着了你的道了!得了,咱不评几位大人了。如今陕西初定,要做的事情还多着呢。孙沔兄,范某还恳请你多向圣上进言,休要因为陕西初定,就以节省经费为由,减少拨给缘边诸军的军饷与物资啊!"

"范公放心,这个我明白。不过,今日我前来拜访,乃是要向范公说一个想法。我打算写份札子,建议陛下移范公入枢密。"

"不可!孙沔兄,我方才刚刚说过,陕西初定,我岂能在这个时候离开边疆?你那个奏书,决不可写!"

范仲淹说着站起来,双眉皱起,继续说道:"如今,我与韩帅开府泾州,边疆初定,决不能前功尽弃。孙沔兄的好意范某领了,但是入枢密之事，决不可向陛下提起。"

孙沔见范仲淹说话间神色凝重，知他是认真的，当下沉默了一会儿，然后说道："范公以国事为重，孙沔甚是钦佩。不过，如果能够入两府，岂不是更易于为国谋事吗？我的奏书现在可以不写，但范公若真以国事为重，当择机回京，入两府，谋大事，此君子之道，岂能避之！"

范仲淹听孙沔这么说，嘴唇紧抿，缓缓低下了头。

正在这时，只听范纯祐的声音从前堂外传来："父帅，朝廷特使到了。"

范仲淹与诸人一惊，都抬起头往前堂门口看去。范纯祐身边站着一个人，面皮白净，一双丹凤眼，脸上挂着一丝淡淡的笑容。

内侍陈舜封。范仲淹马上想起了这个人。他曾经在宫内觐见赵祯皇帝时见过此人。孙沔也立刻认出了陈舜封。

"范帅！"陈舜封进入前堂，向范仲淹打了招呼。

"特使驾到，范某有失远迎了，得罪得罪！"范仲淹从容向陈舜封施礼。

陈舜封却不说话，只是微笑着看了看孙沔、周德宝，又侧身看了范纯祐一眼。

范仲淹、孙沔都知道陈舜封是皇帝身边的人，见陈舜封不说话，顿时明白了他的意思。

孙沔立刻冲范仲淹说道："范帅，特使前来，必有上谕。孙某便先行告辞了。"

范仲淹会意，当下点点头，道："也好，仲淹与孙大人改日再叙。纯祐，你送一下孙大人。"

范纯祐答应了一声。

孙沔向范仲淹作了一揖，道了声"告辞"，便转身拉住周德宝，说道："德宝道长，你我好久不见，我与你说几句话。"

周德宝笑道："好好好！范帅，我也去送送孙大人。"

范仲淹微笑着点点头。于是，周德宝、范纯祐与孙沔又一起向陈舜封施了礼，告辞而去。

待三人离去，陈舜封才口中呼道："圣上口谕。范仲淹接旨！"

范仲淹听了，忙下跪接旨。

只听陈舜封模仿皇帝口吻，肃然说道："范卿，候边事稍宁，当用卿等在两府，已诏中书札记。此特出朕意，非臣僚荐举。"

说了"非臣僚荐举"一句，陈舜封停顿一会儿，换了口吻说道："范大人，方才所传便是皇帝口谕。快起身吧，恭喜范大人啊！"

范仲淹立起，却是面有忧色。

陈舜封见范仲淹不喜反忧，暗暗纳闷，问道："范帅，能入两府，可是天下士人梦寐以求的好事，你怎的反而变得忧心忡忡呢？"

范仲淹抿了一下嘴，略一沉吟，说道："如今缘边稍定，范某如何能够在这个时候离开啊！"

"范帅，你入了两府，陛下自然会调任其他官员，何须烦忧？"

"话是这么说，可是如今的局面，是韩琦、庞籍等与范某齐心协力好不容易才开创的。西贼的威胁并没有消除，轻易换帅，于边事不利啊。"

"范帅多虑了。不瞒范帅，陛下也派特使同时去向韩琦、庞籍传口谕了。范帅与韩、庞两位边帅，有望一同入两府就任啊！"

范仲淹一愣，沉吟半晌，说道："范某有一事恳请特使。"

"请说。"

"恳请特使回京向陛下转达范某方才所说的意思。范某随后会另上表辞谢。"

"这……"陈舜封想说点什么，但见范仲淹一脸肃然，便道，"好说好说，范公的话我一定带到。"

4

庆历三年夏四月甲辰，大宋赵祯皇帝下诏，以陕西四路马步军都部署兼经略安抚招讨等使、枢密直学士、右谏议大夫韩琦和范仲淹，一同担任枢密副使；以知永兴军、资政殿学士、给事中郑戬为陕西四路马步军都部署兼经略安抚招讨等使，驻军泾州。

韩琦、范仲淹在泾州接到诏书，联名五次上奏推让枢密副使之职，赵祯只是不许。

朝中有些嫉恨或不满韩琦、范仲淹的官员于是乘机提出意见，认为枢密副使不可委以外任官员，一旦授予韩琦、范仲淹，恐怕以后外任武官会以此为例争当枢密。这样的意见，用心很深。原来，自宋太祖时便立下规矩，武官不可以为枢密。这一规矩，宋太祖乃是为了防止再出现五代之乱作的决定。宋太宗、宋真宗不敢变动祖宗家法，因循至今。赵祯虽然锐意革新，但是一提到祖宗家法，心里便不得不多有顾虑，也便开始犹豫是否要授予韩琦、范仲淹枢密副使之职。

资政殿学士兼翰林侍读学士富弼察觉到赵祯的疑虑，便上疏提出建议，敦促赵祯皇帝坚守之前的决定，授予韩、范二人枢密副使之职。富弼参考众议，提出了一个变通之策，他认为，可以将韩琦、范仲淹两人中的一个召回朝廷，就任枢密副使，另一个在授枢密副使之职后，可令其在边疆主持边事，或二人一岁一更换入朝主事。在奏书中，富弼尖锐地指出，那些称枢密副使不可令带出外任的说法，乃是奸邪用心，是在惑乱君听。

其上疏云：

> 臣伏闻近降敕命，韩琦、范仲淹并受枢密副使，仰认圣意，只从公论，不听谗毁，擢用孤远。天下之人皆谓朝廷进用大臣，常如此日，则太平不难致也。然议者惟云进用大臣虽则美矣，其西寇未殄，亦须籍材，若二人俱来，或恐阙事。群论皆愿一名召来，使处于内，一名就授枢密副使之命，且令在边，表里相应，事无不集。以臣愚虑，亦谓群众所说，甚得允当。然近日或闻有异议者，谓枢密副使不可令带出外任，恐他时武官援此为例，深不稳便。此乃横生所见，巧为其说，沮陛下独断之明，害天下至公之论。自谓立此异议者，必知韩琦、范仲淹以西事方急，坚辞此职，既未肯从命而来，又不令带出外任，是欲惑君听，抑贤才。奸邪用心，一至于此。况先朝累曾有大臣带两府职任，应急出外，事毕还朝，不闻后来有武臣援此为例。臣愿陛下无信异说，专采公论，一名召来，使处于内，一名就授枢副之职，且令在边。或二人一岁一更，均其劳逸，亦甚稳便。内外协济，无善于此。如闻韩琦、范仲淹已有奏报，以西事未了，恳辞恩命，朝廷乘此处分，深合事宜。臣不胜恳切之至。[1]

---

[1] 《续资治通鉴长编》卷一百三十九庆历三年四月甲辰条。

因为任命韩琦、范仲淹为枢密副使的事情，大宋的官员们进行了激烈的争论。赵祯只是任诸位官员纷纷上疏上奏，不置可否。他随后又下诏，令陕西都转运使、龙图阁直学士、兵部郎中吴遵路知永兴军，陕西转运使、起居舍人孙沔为天章阁待制、本路都转运使。

同时，台谏们还继续弹劾夏竦，不断恳请赵祯不要任用夏竦为枢密使。终于，赵祯被台谏说服了，下诏令枢密副使、吏部侍郎杜衍依前官充枢密使，令宣徽南院使、忠武节度使夏竦从京城返回本镇。

因夏竦之事，谏官们在皇帝面前赢下一个回合。当初，王素、余靖、欧阳修被任命为谏官，蔡襄作诗祝贺，诗句中多有激劝。王素、余靖、欧阳修等便向赵祯举荐蔡襄。这时，赵祯希望谏官中有新的面孔，便任命著作佐郎、馆阁校勘蔡襄为秘书丞、知谏院谏官。

吕夷简罢相后，赵祯命其子工部员外郎、直集贤院吕公绰为史馆修撰。吕公绰说，其父虽不担任宰相，但依然监修国史，于是坚决推辞修撰之职。赵祯觉得他说得有理，便命他依然直集贤院。吕夷简虽罢相，犹以司徒之职参议军国大事，赵祯对他的宠遇丝毫不见减弱。

于是谏官蔡襄疏言：

> 夷简被病以来，两府大臣，累至夷简家谘事。又闻夷简病时，陛下于禁中为之祈禳，赐与致多，眷注无比。臣窃谓两府大臣，辅陛下以治天下者，今乃并笏受事于夷简之门，里巷之人，指点窃笑。

案夷简谋身忘公，养成天下今日之患。陛下即位之初，夷简即为参知政事，遂至宰相，首尾二十余年，所言之事，陛下一皆听信而施行之，固当敦风教、正庶官、镇敌国、安百姓，而乃功业无闻，但为私计。执政以来，屡贬言者，如曹修古、段少连、孔道辅、杨偕、孙沔、范仲淹、余靖、尹洙、欧阳修等，或谪千里，或抑数年，或缘私恨，假托人主威权以逐忠贤，以泄己怒，殊不念虚受恶名。立性不臧，欲人附己，见为介特而自立者，皆以好名、希求富贵污之。善人耻此，往往退缩，以避好名、干进之毁。是以二十年来，人人不肯尚廉隅、厉名节。浅者因循阘茸，深者靡恶不为，都无愧耻。但能阿附，夷简悉力护之，使奸邪不败，浸成此风，天下习以为俗。以逐利为知能，远势为愚钝，废廉耻之节，成奔竞之风。一恩之施，皆须出我门下，或先漏露其事，使人豫知；或先抑其事，后与行之。若不可行者，小则归怨同列，大则称奉圣旨。文武铨院，冗官至多，而曾不裁损，奇材异绩，不闻奖拔。贪墨昏耄之人，曾经免罢责罚，乃为雪理，务施小惠，多与收录。贪廉混淆，善恶无别。

自关陕兵兴以来，修完城垒，馈运刍粟，科配百端，悉出州郡。内则帑藏空虚，外则民财殚竭，嗟怨嗷嗷，闻于道路。不幸有水旱之灾，其变不可量也。盖由不选材贤，充三司使副，发运、转运，使非其人，但务收取人情，用为资历，才至数月，即又迁移，循环奔走，日求升进。欲以兴财利、宽民力，其可得乎？

夷简当国之后，山外之败，任福以下，死者数万人。

丰州之战，失地丧师。镇戎之役，葛怀敏以下，死者又数万人。庙堂之上，成算安在？西师败没之后，契丹乘隙，遣使入朝，辄违先帝之盟，妄请关南之地，岁增金帛竟二十万，而犹勒兵压境，坚求"纳"字，凌胁中国，大为耻辱。度其祸患，譬若疽疮，但未溃尔。

夷简出入中书，且二十年，不为陛下兴利除害，苟且姑息，万事隳坏如此。今以疾归，尚贪权势，不能力辞。或闻乞只令政府一两人至家商议大事，足验夷简退而不止之心也。伏乞特罢商量军国大事，庶使两府大臣专当责任，无所推避。[1]

赵祯读了蔡襄的上疏，久久不发一言。他心里知道，以后恐怕是无法再起用吕夷简了。过了几天，吕夷简主动上疏，请求不再参议军国大事。这一次，赵祯没有再坚持，很快答应了吕夷简的请求。

可是，蔡襄继续上疏说：

伏见陕西路招讨使韩琦、范仲淹等各除枢密副使，并以西寇未宁，恳辞恩命，朝廷再赐手诏，督令赴阙。臣窃料琦等必再有陈论，辞让于未决之间，而异同之说有三焉：曰使琦、仲淹偕来也；曰一处乎内，一处乎外也；曰皆留在边也。使之偕来，此朝廷之本意。盖陛下推独断之明，采至公之论，以二人久处边陲，详知本末，致之宥密，思有变更，将以求破贼之计尔。

---

[1] 《续资治通鉴长编》卷一百三十九庆历三年四月条。

然论者之说曰，边臣最苦者奏报文字，或有稽缓，或即裁制，动不如意，所以久无成功。今得边臣而任之，则细大可知，表里相应也。用兵不胜，由军制未立，无部分统辖之法，若不更变，未见可胜之期。今得边臣而任之，可责以更变之术，所以宜一处乎内也。西寇虽已请盟，而戎心不可倚信，琦等素习兵事，上下之情通浃，今尽还朝，新帅郑戬，山川之险易未知，军旅之部伍未练，若贼乘我机便，忽有奔突，必难制御。此所以宜一留于外也。

曰皆留在边者，此沮抑之论也。恶琦、仲淹者，若于陛下前百般毁短之，陛下必不信矣。若称其材德而言之，陛下不得而疑也。必谓仲淹等威名已著，羌戎甚畏，今将去边，必有侵扰。臣谓不然，仲淹作招讨使，羌戎既畏其威名，今在枢府，正议兵谋，其畏必甚。若谓关中民情素所倚赖，今既还朝，众失所望，臣又谓不然。在陕西，民既倚赖，今在枢府，必陈利病而行之，所赖者愈大。以是校之，情伪甚明。然或者谓二人孰宜处于内外，以物议言之，二臣之忠勇，其心一也。若以材谋人望，则仲淹出韩琦之右。处内者谋之，而处外者行之，故仲淹宜来，琦当留边，于理甚当。其韩琦、范仲淹，伏乞朝廷不听辞让，各授恩命。上以明陛下任贤之坚意，下以协众庶之公论也。[1]

在这份上疏中，蔡襄主张，先召范仲淹回朝担任枢密副使，而留韩琦主边事。他认为以材谋人望，范仲淹在韩琦之上。赵祯看了

---

[1] 《续资治通鉴长编》卷一百三十九庆历三年四月条。

蔡襄的上疏，不觉被蔡襄之论打动，心中暗道，这蔡襄倒是个人才，方方面面考虑得颇为周全。不过，是否召回范仲淹而留韩琦在边，他并没有立刻作出决定。几天后，赵祯决定，还是要将韩琦、范仲淹先一同召回朝中，然后再作进一步安排。

在这年四月己未那天，赵祯以翰林学士兼龙图阁学士、兵部员外郎王尧臣为户部郎中，权三司使事。

王尧臣接受任命，上疏说，如今国家与百姓面临重重困难，请允许他自择僚属，以便更好地解决当下的难题。赵祯同意了他的建议。经过一番努力，王尧臣果然干出一番成绩。

到了这年年底，王尧臣取陕西、河北、河东三路未用兵前及用兵后岁出入财用之数，经过会计统计，上报朝廷。根据王尧臣的报告，大宋王朝宝元元年未用兵时，三路出入钱帛粮草为：陕西入一千九百七十八万，出一千五百五十一万；河北入二千一十四万，出一千八百二十三万；河东入一千三十八万，出八百五十九万。用兵后：陕西入三千三百九十万，出三千三百六十三万；河北入二千七百四十五万，出二千五百五十二万；河东入一千一百七十六万，出一千三百三万。王尧臣又计算出京畿出入金帛：宝元元年，入一千九百五十万，出二千一百八十五万。这一年有郊祀，因此出入之数比往年要多。庆历二年的时候，京畿入二千九百二十九万，出二千六百一十七万。由此可知，陕西用兵，朝廷的开支大大增加了。

5

近傍晚的时候，在偏西的天空中，一个圆盘状的黑影慢慢向太阳移去。灰蓝色的天空逐渐暗了下来。随着太阳被黑影挡住的部分越来越大，天色也越来越暗。

"天狗要吞日了！"

"别盯着看，那样眼会瞎的。"

"恐怕有大事要发生了！"

"别乱说！"

范纯祐和赵圭南站在街边，都眯起眼睛，微微垂着头，不敢直视西边天空渐渐被黑影挡住的太阳。护送富弼出使契丹回京后，赵圭南和原郭京便辞别富弼，又回到了范仲淹的身边。

"太可怕了！这究竟是怎么回事？"赵圭南喃喃说道。

"没什么可怕的。今日是五月丁卯朔，天上发生的事情，叫作日食。"范纯祐笑着说。

"日食？"

"对。"

"怎么会发生日食的？"

"我也不太清楚，只知道日食一般发生在朔日。"

"你可真不简单啊！你怎么会知道得那么多？"

"我爹有很多书，我从小就爱读书，史书里有不少日食的记载啊。"

"原来如此。"

"天色越来越暗，咱不如到前面那家脚店喝两杯再回去。"

"成啊。"

两人说着话，便往前面不远处那家脚店走去。进了店门，赵圭南径直走向一张临窗的桌子，范纯祐便跟了过去。两人挨着窗棂坐下，赵圭南正要抬手招呼店小二上酒，范纯祐突然一把按住他的手臂。

"等等。"范纯祐轻声说道。

"怎么?"

"听。"

赵圭南一愣,见范纯祐往旁边微微一瞥,便顺着他的眼光往旁边看了一眼,只见窗棂外靠着两个人。只听得一人说道:"听说了没,司徒吕夷简请罢监修国史?"

"哦,陛下同意了吗?"

"没有。当今圣上心地仁慈,念着他旧日的好呢。那吕夷简见圣上不许,假惺惺又请罢所给俸料,听说陛下下诏继续发给他宰臣俸料的一半。"

"陛下果然仁厚啊。还有啥消息?"

"河阳三城节度使、同平章事杨崇勋以左卫上将军致仕了。"

"真的?那敢情好,听说他特别霸道。可是究竟出了什么事情?"

"他儿子犯罪了,被别人告了。他想要保他儿子,据说还对朝廷使者颇为骄横,所以被监察御史弹劾了。还有一事,倒是热闹。"

"啥?"

"太子中允、国子监直讲石介作了一首庆历圣德诗。这诗可不得了,如今天下很多士人都在传呢!"

"兄台可会背诵?"

"那是自然!"

"那便背来听听呗!"

"好啊,你听着啊——石介诗云:

于维庆历,三年三月。皇帝龙兴,徐出闱闼。

晨坐太极，昼开阊阖。躬揽英贤，手锄奸枿。
大声汹汹，震摇六合。如干之动，如雷之发。
昆虫蹢躅，妖怪藏灭。同明道初，天地嘉吉。
初闻皇帝，戚然言曰。予父予祖，付予大业。
予恐失坠，实赖辅弼。汝得象殊，重慎徽密。
君相予久，予嘉君伐。君仍相予，笙镛斯协。
昌朝儒者，学问该洽。与予论政，傅以经术。
汝贰二相，庶绩咸秩。惟汝仲淹，汝诚予察。
太后乘势，汤沸火热。汝时小臣，危言業業。
为予司谏，正予门阃。为予京兆，垫予谆说。
贼叛于夏，为予式遏。六月酷日，大冬积雪。
汝暑汝寒，同于士卒。予闻辛酸，汝不告乏。
予晚得弼，予心弼悦。弼每见予，无有私谒。
以道辅予，弼言深切。予不尧舜，弼自答罚。
谏官一年，奏书满箧。侍从周岁，忠力尽竭。
契丹亡义，梼杌饕餮。敢侮大国，其辞慢悖。
弼将予命，不畏不慑。卒复旧好，民得食褐。
沙碛万里，死生一节。视弼之肤，霜剥风裂。
观弼之心，炼金锻铁。宠名大官，以酬劳渴。
弼辞不受，其志莫夺。惟仲淹弼，一夔一契。
天实赉予，予其敢忽。并来弼予，民无瘥札。
日衍汝来，汝予黄发。事予二纪，毛秃齿豁。
心如一兮，率履弗越。遂长枢府，兵政毋蹶。
予早识琦，琦有奇骨。其器魁櫑，岂视居楔。
其人浑朴，不施刮劂。可属大事，敦厚如勃。

琦汝副衍，知人予哲。惟修惟靖，立朝巚巚。
言论礌硐，忠诚特达。禄微身贱，其志不怯。
尝诋大臣，亟遭贬黜。万里归来，刚气不折。
屡进直言，以补予阙。素相之后，含忠履洁。
昔为御史，几叩予榻。至今谏疏，在予箱匣。
襄虽小臣，名闻予彻。亦尝献言，箴予之失。
刚守粹悫，与修侪匹。并为谏官，正色在列。
予过汝言，无钳汝舌。皇帝明圣，忠邪辨别。
举擢俊良，扫除妖魃。众贤之进，如茅斯拔。
大奸之去，如距斯脱。上倚辅弼，司予调燮。
下赖谏诤，维予纪法。左右正人，无有邪孽。
予望太平，日不逾浃。皇帝嗣位，二十二年。
神武不杀，其默如渊。圣人不测，其动如天。
赏罚在予，不失其权。恭己南面，退奸进贤。
知贤不易，非明不得。去邪惟难，惟断乃克。
明则不贰，断则不惑。既明且断，惟皇之德。
群下踧踏，重足屏息。交相告语，曰惟正直。
毋作侧僻，皇帝汝殛。诸侯危栗，坠玉失舄。
交相告语，皇帝神明。四时朝觐，谨修臣职。
四夷走马，坠镫遗策。交相告语，皇帝神武。
解兵修贡，永为属国。皇帝一举，群臣慑焉。
诸侯畏焉，四夷服焉。臣愿陛下，寿万千年。"

"哎呀，兄台记性太好了！"
"这诗如何？"

"果然写得好！酣畅淋漓啊！"

"倒确实是酣畅淋漓。不过，以弟之见，这个石介可真是个愣头青啊！他这诗，把范仲淹、韩琦、富弼等都盛赞了一番，又暗指去位的吕夷简和在陕西败绩的夏竦为奸邪，这不是一下把吕夷简和夏竦等都给得罪了吗？"

"兄台见识深啊，听兄台这么一说，弟可真为石介捏把汗！"

"何止是石介，恐怕范仲淹、韩琦、富弼等人都得吃不了兜着走！"

"至于吗？兄台也有点夸张了吧！"

"夸张！哼，还真不知道将来如何呢！你还是不知朝堂的险恶。"

"兄台未上过朝堂，如何便说朝廷险恶？"

"没吃过猪肉还没见过猪跑嘛！况且，弟也是熟读史书之人，多少也悟得一些道理。弟是早就看破了，所以才懒得参加科举哦。"

"没看出来，兄台真是高人啊！"

"哼，高人倒是谈不上。"

"走，咱进店喝两口去，这天狗吞日，天要放亮，还得好一会儿。"

"好，喝两口去！"

两人说着，往旁边店门方向走去。

这时，范纯祐说道："圭南，咱得赶紧回去，我得赶快把方才听到的事情告诉爹爹。"

"这么着急？"

"对，石介写诗一事，估计已经在朝中掀起了轩然大波，得赶紧让爹爹知道。"

"好，那马上走！"

赵圭南说着，同范纯祐一起站起。两人出了店门，匆匆往下榻的驿站赶去。原来，范仲淹带着家眷，在周德宝、李金铬、原郭京的陪同下，正在赶往京城就职的路上，此刻经过河中府，正在驿站中歇息。原郭京因有参军事之职，暂时只能留在泾州。但是，原郭京本无意为官，这次范仲淹要赴京担任枢密副使，他便给皇帝写了辞职书，只待赵祯批复后，便赶往京城去追随范仲淹。

范纯祐同赵圭南赶到驿站，直奔父亲的房间。

因为日食，天色昏暗，屋子里点着羊脂蜡烛。

"爹爹！"范纯祐敲了敲房门，口中呼道。

"进来！"

范纯祐推开房门，便感觉到里面气氛有些紧张。他看到自己的父亲一脸肃然地端坐着，韩琦正侧着身子，似乎刚刚说完一句话。

"父亲！"范纯祐进了屋，又喊了一声。

范仲淹仿佛吃了一惊，抬起头盯着范纯祐，问道："纯祐，瞧你这么急匆匆的，出了什么事？"说着，又看了跟着进来的赵圭南一眼。

"听说朝中出了几件大事，特前来向父帅禀报。"范纯祐说道。

"哦？你说来便是。"

于是范纯祐将方才在脚店里无意听到的话说了一遍，范仲淹和韩琦听了，扭头对视了一眼。

"范公，看来石介的诗已经传开了。"韩琦冷峻的眼眸中，反射着微微晃动的羊脂蜡烛的光。韩琦也在进京路上，这天他是专程改道，来到河中府找范仲淹商议的。

"嗯，事情恐怕要坏在石介的这首诗上啊！再行几日便到京城了，石介的诗已经流传开来，吕夷简、夏竦等必然也已经听说了，杜枢密自然也听到了。摆在你我之前的枢密副使之职，必不好担任啊！"范仲淹沉声叹道。

"范公，在韩琦看来，石介之诗虽可能得罪吕夷简、夏竦等人，但亦不至于影响圣上的决策。"

"但愿如韩帅所说！"

"范公，你我须得力促圣上整顿吏治、加强军队训练，一定要尽快争取章相、晏相、杜枢密的支持。石介那边，还有劳范公多多提醒，千万别一片好心却捅了马蜂窝，欲成大事，不能光凭热情。"

"韩帅说得是。"

"石介也算范公的门生，范公去与他说，他必然听。"

"唉，这可不一定。石介心气高，特立独行，脾气也倔。不过我会尽量劝他收敛一些。"

"既然圣上决意让你我任枢密副使，你我决不可辜负了圣上！范公要快马加鞭，尽快赶到京城，以免生变。"

"这是自然！"

"范公，那说好了，咱们到京城后再见！"

"范某必同韩帅齐心协力助今上改革军政。韩帅放心！"

"好！"

"纯祐、圭南，到了京城，你们记得去大相国寺转转，也去勾栏瓦肆中转转，听听坊间是如何议论石介那诗的。"范仲淹朝范纯祐和赵圭南看了看，专门提醒了一句。

"明白！"范纯祐知道自己的父亲向来小心谨慎，心知他对石介之诗的影响满怀忧虑，当下慎重地答应了一声。

此刻，韩琦却在低眉沉思，仿佛并没有听到范仲淹的这句话。

971

歐文忠

第三十九章
和议之争

1

范仲淹、韩琦进京后，除了按时参加朝会发表各自的主张，并未得到皇帝单独召见、当面进言的机会。虽然未能被单独召见，两人倒并不在意，依然尽职尽责试图改善王朝的治理现状。没用多久，范仲淹便通过推荐国子博士许元办理京师漕运事务，很快解决了京师粮食储备匮乏的问题。

谏官欧阳修早就对吏治不满，在范仲淹任枢密副使之前，便向皇帝建议特立按察之法。他建议朝廷于内外朝官中，自三丞以上至郎中官，选强干廉明者为诸路按察使，并提出一个建议，令进奏官各录一州官吏姓名，朝廷发给他们空行簿，由使者至州县遍见官吏，发现公廉勤干的官吏，要写明实状；发现老病不才的官吏，则要写明不治之迹，并且用朱书写在名字之下。对于中材之人，没有突出业绩，亦不致耽误公事的官员，则用一般的墨书写其实状。对于虽然是常材，但能专长于事，也用朱书书写加以区别。欧阳修认为，这样一来，朝廷就可以坐见官吏贤愚善恶，不遗一人。欧阳修同时建议改革黜陟之法，以澄清天下，并认为按照他的办法执行，半岁之间可望致治。他还建议朝廷精选二十人左右作为特使。但是，赵祯召集两府重臣商议后，认为特使不可轻授，按照欧阳修的办法施行，恐怕朝野震动，引发不测，因此将欧阳修的建议搁置了。

参知政事贾昌朝在做御史中丞的时候，曾经建议让转运使兼按察官吏，朝廷一直没有定论。于是赵祯借商议欧阳修的建议之机，下诏令诸路转运使副并兼按察使、副使，令将辖下州、府、军、监、县、镇官吏的姓名进行登录，责成他们亲自掌录辖下官吏的功过，定期向朝廷汇报；朝廷根据官吏业绩表现，严行黜降。提点刑狱虽不带使名，也兼按察使之职务。这一措施，实际在一定程度上肯定了欧阳修改革吏治的建议。

不过，欧阳修对朝廷的诏令并不满意，再次上言说：

> 转运使自合按察本部官吏，今若特置使名，更加约束，则于常行之制，颇为得宜，必欲救弊于时，则未尽善。且臣初乞差按察使者，盖欲朝廷精选强明之员，窃闻朝廷以所选非人，故不遣使。今所委转运使，岂尽得人乎？其间昏老病患者有之，贪赃失职者有之，此等之人，自当被劾，岂可劾人？其间纵有材能之吏，又以斡运财赋有米盐之繁，供给军需有星火之急，既不暇遍走州县，专心察视，则稽迟卤莽，不得无之。故臣谓转运使兼按察使，不才者既不能举职，又不暇尽心，徒见空文，恐无实

效。在于事体，不若专遣使人。

伏念兵兴累年，天下困弊。饥荒疲瘵，既无力以振救，调敛科率，又无由而减省，徒有爱民之意，绝无施惠之方。若但能逐去冗官，不令贪暴，选用良吏，各使抚绥，惟此一事，及民最切。苟可为人之利，何惮选使之劳？况自近年累遣安抚，岂于今日顿以为难？今必恐三丞至郎中内难得其人，既乞且依前后安抚，于侍从臣寮、台官馆职中，选差十数人，小处路分兼察两路，其侍从臣寮，仍各令自辟判官，分行采访，用臣前来起请事件施行。其转运兼按察使，若能精选其人，亦乞着为今后常行之制。

臣伏思侍从臣寮非不言事，朝廷非不施行，患在但着空文，不责实效。故改更虽数，号令虽烦，上下因循，了无所益。今必欲日新求治，革弊救时，则须在力行，方能济务。臣所言者，生民之急务也，天下之利也，不但略言一二分以塞言责而已。伏望留意详择。[1]

这次上疏之后，朝廷没有作出什么反应。欧阳修志不得伸，颇为郁闷。一日，没有朝会，午后欧阳修带了一个书童，出了宅子，往大相国寺方向行去。

天气颇为炎热，已经多日没有下雨了。

"大人，天太热了，要不咱们去旁边茶肆喝口水去？"书童说。

"好啊！"欧阳修摇着手中蒲扇说道。

于是，欧阳修便带着书童，进了街边的一家茶肆。他在临窗的

---

[1] 《续资治通鉴长编》卷一百四十一庆历三年五月条。

一张桌子边坐下，书童便站在一边伺候。

点了一壶茶，欧阳修品了两口后，见书童还站着，便用蒲扇在肩头拍了拍，说道："你也坐下来喝茶。"

"小人不敢。"

"这里又不是官署，坐下就是了。"

书童这才嘻嘻一笑，浅浅坐在桌边的一张椅子上。

这时，欧阳修扭头往窗外看去，只见外面街上远远走来三个人，当先一人长着一张国字脸，脸膛晒得黑黑的，头发花白，留着同样已经花白的长须，身上穿着一件红褐色的圆领大袍，头上戴着一顶黑色桶帽。这人的左边，是一个穿着黑色道袍的老道人，右后侧跟着的人，腰间挂着佩刀，生着一张瘦脸，一看便知是名贴身护卫。

"这不是范公吗！"欧阳修惊喜地自言自语。他立刻起身，对书童说道："看到没有？那便是鼎鼎大名的范仲淹大人，你在这里守着位子，我出去请范公进来喝茶！"不等书童答应，他已小跑着出了茶肆。

"范公！范公！"欧阳修老远就挥着手中的蒲扇向范仲淹打招呼。

"永叔兄，你怎么在这里？"范仲淹见到欧阳修，颇觉惊喜。

"我想去大相国寺转转，天气热，刚进路边那家茶肆喝口茶。这不，刚喝两口，便瞧见范公了。范公，你们这是要去哪里？若是不急，进茶肆一叙如何？"

"这么巧，我们也正想去大相国寺看看。"

"那太好了，范公，那就一起喝口茶，然后再同往如何？这位道长是……"

"范某给你引介一下，这位是周德宝道长。这位是李金铬。"

欧阳修向周德宝和李金铬抱拳施了礼，三人寒暄了几句。

范仲淹冲周德宝说道："道长，你看，永叔兄诚意相邀，咱们一起进去坐坐可好？"

"这有何不可，贫道向来随缘，今日得见欧阳大人，也是一件幸事。走，贫道便随两位大人一起喝茶去。"

欧阳修哈哈一笑，拉起范仲淹的袖子便往茶肆行去。欧阳修的书童已然早早立在座位旁边等候。欧阳修请范仲淹和周德宝道长坐下，添了两个茶杯，又安排李金铬和书童在旁边一张桌子边坐了，为他俩也点了茶水和点心。

坐定后，欧阳修说道："范公，你如今是朝廷枢密副使，当多多向陛下谏言啊。兵兴已然累年，如今天下困弊，不少地方出现了饥荒，有些流民、兵卒为谋生计，做了强盗，朝廷再不下力整治吏治，去除冗官，恐怕天下大乱啊！"

范仲淹端着茶杯，静静听欧阳修说着，一时没回应。

欧阳修见范仲淹不说话，喝了口茶，继续说道："我最近已经两次上疏圣上，可是，圣上虽有改革之心，但似乎并不坚决。到了这紧要关头，还有赖范公上疏进谏，以坚圣上改革之心啊！"

范仲淹轻轻放下茶杯，说道："这段时间京畿干旱，圣上的心思应该在舒缓灾情上。这是迫在眉睫的事情。这不，前两日，圣上还去相国寺、会灵观祈雨。整顿吏治等改革之事，确实大有必要，不过永叔兄不能操之过急了。"

"范公，大家都说你太过谨慎，天下困弊如此，还能不急嘛！范公莫不是担心章相、晏相等大臣反对改革？"

范仲淹微微摇头，眉头皱了一下，旋即说道："章相、晏相倒不至于反对。只是如今吕相刚刚去位，若改革之事操之过急，可能引发一些意想不到的问题。不瞒永叔兄，范某也正在准备一份上疏，想借灾异之事，向今上进谏，劝今上修德及民，谨省刑法。"

"范公的意思是，不仅要整顿吏治，还要改革刑法？好啊，这个好啊！范公能否说得详细一些？"欧阳修眼睛发亮，声音也提高了一些。

"范某打算给圣上提五六条建议：其一，斋戒发诚，特降诏命，向天下百姓说明，灾眚屡见，身为一国之主岂敢不罪己祇畏，并激励朝内朝外的臣子们同心修省？其二，遣使四方，疏决刑狱，如不是杀人害命，都从宽处理；其三，诏告天下州县长吏，令他们访闻民间孤寡老人、生活困难的人，特行赈恤；其四，诏各处籍出阵亡之家，察其寡弱，朝廷出资存养；其五，边陲之民被戎马驱掳者，由官家量支官物赎还本家。还有一两条建议，尚在考虑中。永叔兄，这几条建议，你以为如何？"

"好，甚好！圣上如能力行此数事，必能顺应民心。"

"是啊，如能顺民心、合天意，我大宋必能中兴。昔日，商中宗时桑谷共生于朝，惧而修德，抚绥百姓，三年而归者十六国，号为中兴。陛下今日如能因灾修德，必将福及兆人，道光千载！"

"听说圣上这些日子于禁中蔬食、精祷、引咎，应该是诚心求雨的。范公在这个时候上疏请求圣上宽刑法，确实是很好的时机，想来章相应该会大力支持。只是……"

"只是什么？"

"我还是担心吕夷简背后的那帮人，恐怕因范公上书疏宽刑法，寻机发起事端。"

"此话怎讲？"

"我是担心那帮人暗中说范公借吕相去职时以宽疏刑法邀名天下啊！"

"哼，那就由他们说去便是。范某心里坦荡，也不怕他们说。"

"好！范公如此坚决，我一定附议！"

范仲淹哈哈一笑，道："喝茶喝茶。这茶真是不错，入口甘甜，回味甚久啊。"

欧阳修亦一笑，端起茶杯喝了一小口。

几天后，范仲淹果然向皇帝上疏，提出了疏宽刑法的建议。这次上疏，赵祯也没有立刻给出回应。

戊子这天夜里，京城上空突然响起了雷声，刮起大风。赵祯恍惚中听到雷声，手忙脚乱地披起衣服，匆匆奔出寝殿，来到殿外，立于露天之下。

不一会儿，天上竟然掉下稀疏的雨滴。几个内侍不禁大声欢呼起来："下雨啦！下雨啦！"

赵祯张开双手，仰面向天，让雨一滴一滴地落在脸上。这场及时雨，他可等待太久了。

次日朝会上，大臣们纷纷向皇帝称贺。

赵祯缓缓立起身，说道："天久不雨，将害民田，朕每焚香，上祷于天。昨夕中，忽闻微雷，遽起冠带，露立殿下，须臾雨至，衣皆沾湿。移刻雨霁，再拜以谢，方敢升阶。但愿那些枯槁之苗，尚可以救活啊。"

宰相章得象穿着紫色公服，腰系玉带，挂着金鱼袋，足蹬黑皮履，双手持象牙笏板，垂手说道："若非陛下至诚，上天又怎会下这场及时雨啊！"他身形有些消瘦，生了一张长脸，三绺短须已然花白，不粗不细的眉毛像卧蚕一样横在两眼之上，一副喜怒不形于色的样子。

"朕原先想要下诏罪己，撤乐减膳，又恐近于崇饰虚名，所以便夙夜精心密祷，可见至诚对天，天必回应啊。"

众臣见皇帝这么说，都纷纷再次上前称贺。

于是，赵祯又说，近日要去相国寺、会灵观谢雨，令有司作好安排。说完谢雨之事，赵祯便下令退朝。

赵祯在内侍的陪同下刚要迈步出殿，谏官余靖急匆匆追了上去，扯住赵祯的袖子说道："春夏以来，旱势至广，陛下忧勤劳恤，躬行祷祈，现在虽然下了一场雨，但夏田已经被大旱损害了。臣以为，古者三年耕，必有九年之蓄，国无九年之蓄，曰国非其国。故虽尧水汤旱，而民无菜色，是因为有备灾的办法。如今官多冗费，民无私蓄，一岁不登，逃亡满道，这是因为朝野上下，皆无储积之故啊。臣以为，当今备灾之术，最为紧要的，是要宽租赋、防盗贼。确实，国家边甲未解，经费日广，不宜再次减民赋自窘财用。但农收有限，朝廷应当量民力而取之。即使有所差减，尚有部分收入。如今若全取，一旦不堪其求，必然导致流亡之患，那样就永远失去了常赋的来源。今天府之民，离京城不远，入京来哭诉旱灾的，一半得到召见，一半却被抑退，那些远方之人，恐怕更是无处诉苦啊！陛下，陕关以西的百姓，尤其需要安抚啊。臣恳求朝廷特降诏命，遭旱州军，委派清强官前往巡抚，确实旱损夏苗的地区，减免部分夏税，这乃是惠民之法啊。若待有逃亡，然后赈济，那就为时已晚了。臣又闻，如果衣食不足，即便有尧、舜这样的明君在上，也不能使民不为贼盗。水旱之后，盗贼滋长，这是常有的事情。最近听说解州、邓州有群贼入城，劫掠人户，此乃都监、监押、巡检用人不当所致。这种情况，决不能任由其滋蔓，恳乞朝廷下令捕捉盗贼，严行赏罚之典。地方官员如果不能抓捕这些强盗的，应该下诏勒停、冲替、降资，敦促他们勠力同心，打击盗贼的气焰。"

赵祯听了余靖的进言，连连点头。这时，他瞥见欧阳修也凑了过来，便问道："欧阳修，你似也有话要说？"

欧阳修微微一愣，上前两步，说道："臣确有话向陛下说。臣前些日子呈了一份上疏，陛下看了吗？"

"朕前几日因大旱而烦恼，尚未看卿家的上疏。你现在就当面说说吧。"

"是。在那份上疏中臣说，自从西北用兵以来，陛下圣心忧念，每当有臣僚言及那边的事，都是倾心听纳。韩琦、范仲淹已经久在陕西，对于边事了如指掌，是朝廷可以信赖委任之人。何况韩、范二臣才识不类常人，不同那些按照惯例来办事的人，臣以为，陛下对于韩、范二臣最应该加意访问。可是，自从二人到阙以来，只是逐日与两府随例上殿，呈奏寻常公事，对于一些重大事宜，并没有听闻他们有所建议。这恐怕是二臣碍于殿仪，不能尽言。而且，陛下亦未曾特赐召对，以便向二臣从容问策。况且现在西事未和，边陲必有警急，另外，风闻契丹国主如今正在凉甸与其大臣议事。北疆之地，担心契丹南侵，已经人心忧恐。臣诚望陛下在无事之时，御便坐殿，特召韩琦、范仲淹等从容问计，使其尽陈西边事宜，探讨如何处置。韩琦、范仲淹等数年在外，一旦归阙，必有所陈。但是，陛下未赐召问，此二人可能不敢自请独见。对于两府大臣，每次遇到边防急事，陛下或临时召见聚议，或令他们先行商讨，然后只召一两人商量。这样的做法，乃是帝王常事，祖宗之朝，也是可以这样处置的,陛下也不必拘守常例啊。"

赵祯听了,两耳微微发红,迟疑了一下,道:"卿家所言甚是,朕晓得了。"

"陛下,臣在那份上疏里还说了另外一些事。臣见朝廷刚遣使与西贼议通和之约,可是,近日却听说边臣频频收到来自契丹的文书,这些文书都是问我大宋与西夏约和之事到底完成了没有。如果真是如此,臣以为朝廷不可不为此忧虑啊。"

"为何?"

"以臣之见,天下之患,不在西戎,而在北敌。"

"此话怎讲?"

"陛下,我大宋与契丹通好才四十年,没有纤芥之隙,那契丹便开始萌发奸计,妄有请求。臣以为,契丹的习性,乃是遇强则伏,见弱便欺。他见我大宋无谋,稍微一施压,便会屈就,所以以为我大宋柔弱可欺。之前,我朝诚心维护两国和好,增加了给他们的金帛,他们却贪得无厌,还提出要名分。契丹无事而来,尚犹如此,假如他们将我朝与西贼谈和成功视为他们的功劳,再次向我朝提出要求,我大宋又当如何呢?"

赵祯听欧阳修这么说,两耳红到了耳根。

欧阳修看了皇帝一眼,张口正想说下去时,宰相章得象走了过来。

"欧阳谏院,你怎么将陛下堵在这里说话了?"章得象抓住欧阳修的手说道,"便坐殿那边还有几位官员等着呢。陛下,还请速速移步便坐殿啊。"

欧阳修张口想要再说,赵祯抬了抬手,说道:"卿家的上疏,朕一定会看的。"

"陛下，臣今日未尽之言，都在之前那份上疏中了，还望陛下尽快细读臣的上疏。"欧阳修抢上前两步，扯住了赵祯的袖子。

"卿家放心。走，章相！"说完，赵祯便转过身子，匆匆往前行去。章得象看了欧阳修一眼，轻轻拍了拍欧阳修的手臂，口中轻轻说道："唉，永叔啊，你还是这么个急性子。"说完，扭头跟在皇帝身后匆匆往延和殿去了。

"也不知你我的话，陛下能不能听进去。"这时，站在一边的余靖呆呆望着赵祯的背影，口中喃喃说道。

欧阳修抬起右手，轻轻挠了挠头，望着赵祯和章得象的背影，说道："我觉得，陛下心底是想要干一番大事的，应该会采纳你我之见的。"

余靖微微点头，嘴角动了动，扭头看了欧阳修一眼，说道："永叔兄，你听说了吗？"

"什么？"

"听说夏竦四处传言，说石介乃是圣上身边的佞臣。"

"什么？"

"我已经提醒石介兄要小心了。"

欧阳修瞪大眼睛，灰色的瞳孔微微放大了……

赵祯在延和殿见完觐见之臣后，便匆匆回到御书房。他从书案上翻出了欧阳修不久前的那份上疏。上疏的前半部分，正是欧阳修当面同他说过的一些话，上疏的后半部分写道：

> 今若果有文字来督通和之事，则臣谓敌之狂计，其迹已萌。不和则诘我违言，既和则论功求报，不出年岁，恐须动作，苟难曲就，必致交兵。至于选将练师，既难卒

办；御戎制胜，当在机先。然臣窃怪在朝之臣尚偷安静，自河以北，绝无处置，因循弛慢，谁复挂意？岂可待敌使在廷，寇兵压境，然后计无所出，空务仓皇而已哉？今国家必谓两意虽乖，尚牵盟誓，边防处置，未敢张皇。以臣思之，莫若精选材臣，付与边郡，使其各图御备，密务修完，此最为得也。况今北边要害诸郡，不过十有余处，于文武臣僚中选择十余人，不为难得。各以一州付之，使其各得便宜，如理家事。完城垒，训兵戎，习山川，畜粮食，凡百自办，不烦朝廷经度。以兹预备，尚可支吾。

至如镇定一路，最为要害。张存昔在延州，以不了事罢去，今乃委以镇府，王克基凡庸轻巧，非将臣之材，而在定州。其余州郡，多非其人。臣欲乞陛下特诏两府大臣，取见在边郡守臣，可以御敌捍城、训兵待敌者留之；其余中常之材，不堪边任者，悉行换易。若使秋风渐劲，敌隙有端，陛下试思边鄙之臣，谁堪力战，朝廷之将，谁可出师？当臣初授谏职之时，见朝廷进退大臣，陛下锐意求治，必谓群臣自此震慑，百事自此修举，西、北二事最为大者，自当处置，不待人言。及就职以来，已数十日，而政令之目渐循旧弊，惟言事之臣拾遗补阙者，勉强施行其一二。至如讲大利害，正大纪纲，外制四夷，内纾百姓，凡庙堂帷幄之谋，未有一事施行于外者。臣忝司谏诤，岂敢不言。伏望陛下不忘社稷之深耻，无使夷狄之交侵，骏发天威，督励臣下。仍乞询问两府大臣，西鄙议和能保契丹别无辞说否？苟有所说，能以庙谋奇算沮止之否？苟无谋以止之，则练兵、选将、备边、待寇贼至而后图,能不败事否?臣愿陛下勿谓去岁六符之来,可以贿解,今而有请,则事难从矣。勿谓累年西贼为患,习以为常,若此事一动,则天下摇矣。臣所言者社稷之大计也。愿陛下留意而行之。[1]

赵祯看完此疏,两耳绯红。他缓缓合上疏奏,背脊往后重重靠在了椅背上。

2

范仲淹、韩琦被召回京城后,朝廷以郑戬担任陕西四路马步军都部署、经略安抚招讨使。郑戬到达泾州后,便开始按照自己的思路来经营边疆。当时,滕宗谅知庆州,张亢知渭州,文彦博知秦州,庞籍知延州。郑戬任陕西四路马步军都部署,少不了与这四位打交道。

郑戬娶了李昌言第四女为妻,乃是范仲淹的连襟。平日里,郑戬与范仲淹关系也甚是不错。两人性格上有一些相似处,但是,郑戬比范仲淹更加苛严,为人更加强硬。办起事来,郑戬只认法度规矩,即便是熟人也不留情面,到泾州不久后,便很快同滕宗谅、张亢等发生了龃龉。

庆历三年七月甲戌,赵祯以太常丞、直集贤院、知泾州尹洙,为右司谏、知渭州兼管勾泾原路安抚都部署司事。考虑到郑戬与张亢不和,赵祯便调任四方馆使、果州团练使、知渭州张亢为引进

---

[1] 《续资治通鉴长编》卷一百四十一庆历三年五月条。

使、并代州副都部署。

郑戬发现，抗击元昊期间滕宗谅在泾州动用公使钱，为从环庆路来的援兵供给酒食粮草，于是向朝廷揭发滕宗谅滥用公使钱。监察御史梁坚对滕宗谅进行了弹劾。郑戬随即又揭发张亢在渭州用过公使钱，梁坚则劾奏张亢出库银给牙吏往成都市易，以利自入。

所谓公使钱，是当时朝廷设的一种特有的官给经费，在中央机关和地方州军都有。公使钱中的大部分是公用的，不可由官员个人支用。这类官给经费，一般用于修建设施、接待来往官员、犒赏士卒，对如何使用经费有非常具体细致的要求。但是，当时缘边的州军由于经费缺乏，有些官员便常常利用公使钱做买卖来获利，以此补贴公用。这种情况，如果不涉及"私入"，朝廷通常是默许的。

范仲淹得知郑戬揭发滕宗谅、张亢，对自己的这位连襟大为恼火。梁坚弹劾滕宗谅和张亢，更让他着急。

"郑戬啊郑戬，真是死脑筋，如何便因这等小事而揭发宗谅和张亢呢！边疆用事，多有机动，怎可如此呆板处理！"范仲淹暗自嘀咕。

范仲淹暗暗令人前往滕宗谅和张亢处询问情况，以期了解详情，择机为滕宗谅和张亢辩护。

赵祯近来对韩琦、范仲淹可谓言听计从。他听从韩琦、范仲淹的建议，遣使陕西、河东检阅诸军。

范仲淹、韩琦发现，当初在陕西兴置营田，发展到现在，已经渐渐走了样，很多州县官吏以营田为由，不能体朝廷之意，将早年瘠薄无人请佃的逃田，也勒令近邻人户分种，或者令民户送纳租课，致贫户无力输纳，州县追扰，无时暂停。于是，他们上疏建议朝廷特降指挥，将陕西近里州军营田，一切废罢。赵祯皇帝听了他们的建议，很快下诏，废罢陕西内地州军营田。

范仲淹又称，河东亦当为备。考虑到任中师曾经守并州，表现甚佳，于是赵祯便令枢密副使任中师为河东宣抚使，以范仲淹为陕西宣抚使。

赵祯皇帝的信任，让范仲淹心底埋藏多年的革新王朝政治的雄心渐渐滋长。

正当范仲淹想要大力推进政治革新的时候，西夏方面再次出现了动静。七月乙酉，元昊派遣吕你如定、幸舍寮黎等随同邵良佐来到京城，欲称男而不称臣。

西夏使者方入宋境之时，京城内已经议论纷纷。朝中大臣们关于是否议和以及议和的利弊，各执己见。欧阳修向皇帝进言，认为参照汉唐故事、祖宗旧制，大事必须集议，建议朝廷在西夏使者至京城之前，先集百官廷议。欧阳修这样的建议，是针对皇帝越来越倾向于用两府大臣密议军国大事而提的。赵祯听了欧阳修的建议，倒是没说什么。章得象、晏殊却心生不悦。

这一日，赵祯将两府大臣并谏官们召集到延和殿，商议应对西夏使者及新近要处置的事要。让谏官们随两府大臣到延和殿一起商议军国大事，这是赵祯有意安排的。鉴于目前谏官们锐意革新的意愿正合其意，赵祯决定进一步提升谏官们的地位。

欧阳修率先在殿上陈述了自己的建议，认为应该先集议，然后再定应对西夏使者之策。

余靖似乎觉得欧阳修的建议尚不够犀利，跟着便进言，毫不客气地指出，今柄臣密议，外不得闻，一虑或失，救之不及。他请求皇帝宣谕大臣，关系国家安危的，都应该让侍从谏官知晓，让他们陈述利害。传云："谋之欲多，断之欲多。"这是治国的关键，请陛下裁择。

赵祯听了余靖的进言，笑了笑，看了一眼欧阳修，说道："如何处置西夏使者之事且先不说。朕先说一事。朕打算用知保州、东染院使、封州刺史康德舆为真定府、定州路兵马钤辖。"

"陛下的意思是，朝议将罢郭承祐都部署？"欧阳修问道。

赵祯微微点头，说道："对！不过，暂时难找到替代的人，故暂以兵事付之德舆。"

"圣上英明。"欧阳修见赵祯听了自己之前的建议，心下大喜。

"当然，今日召集诸卿，是要听听你们对元昊遣使的看法。欧阳修，既然你提出集议，想来已经有了自己的看法，那你先说说吧。"

"是！陛下。先前臣说过，元昊所遣来人，向我朝索要待遇，要求甚是过分。元昊最初只请用'兀卒'之号，等到我朝使者邵良佐还朝，竟然要求更号为'吾祖'，可见其意极不逊。臣以为，朝廷一定要先令臣服，方许通和。若想要达到这个目的，则必须挫其锐气，抑其骄慢，才能有利于我朝。今若于礼数之间过加优厚，则他以为我朝怕他，知我可欺，一旦进行和议谈判，如何能够使之屈服？若果能得其心，则待议定之后稍加礼数，也不算迟。陛下，所谓杜渐防微，对于西贼，应常为挫抑之计，岂可一事未成，先亏国体？因此，对于元昊一行来人，臣请陛下降低对他们的待遇，更不要对他们加以优厚。"

"嗯。朕打算用殿中丞任颛馆待元昊使者一行，你有何看法？"

"陛下，前次元昊派来的使者很少，朝廷只以一班行待之即可。如今，使者越派越多，朝廷于是开始派出朝士接待。以后若是派出更多的使者，岂非要派近侍大臣去接待？这样子，是彼转强，我转弱啊。听说邵良佐到了西贼那边，仅是免屈辱而还。这样看来，元昊虽是羌戎，却不是无谋。如今，其来人必然会以强词来压制我朝，我朝若能先薄其礼，则可折其傲气，于之后的谈判有利。所以，臣再次恳请，对于西贼使者，不需派朝廷官员管待，只要将他们送置驿中，不需急问。至于监视馈犒、传道言语，派一了事班行足矣。臣料想，朝廷是担心若不能曲从元昊之意，元昊不免出兵攻击我朝。只是若要自亏事体，屈大国事小国，不若急修边备，以图胜算！"

"章相，你以为如何？"

"挫西贼傲气，倒是应该的。然我大宋乃上朝，岂可与西贼一般见识！"

欧阳修嘴角动了动，想要辩驳，终于还是忍住了。

这时，余靖开口了："陛下，朝廷含育西戎，恩过天地，然而西戎累世翻覆，性同禽兽，主要原因，就是从前朝廷对其豢养过厚，以致今日跋扈难制。这不是朝廷的恩意不足啊。之前，契丹使者贺从勖来，朝廷赉赐逾礼，按理说，应该对朝廷感恩。如今，元昊派如定等前来，带着割地之词，由此可知，贼意轻侮中国，已经甚于前时。朝廷接待如定的规格，应该低于对待贺从勖的，这样方才算合事体。假如今日恣令其买物过于契丹使者，而这次谋议又未成，元昊再派使者来，朝廷又将以何礼待之呢？臣请朝廷对于元昊使者如定，每事裁损，存朝廷之大体，则国家之幸！"余靖情绪激昂地发言，说得口沫横飞。

赵祯眯着眼睛，一边听余靖说话，一边观察章得象、晏殊等人的表情，只见两位宰相都是面如秋水，看上去没有任何反应。赵祯

989

暗想，两位宰臣倒是沉得住气。这个余靖，同欧阳修一唱一和，倒是敢说话。

待余靖说完，赵祯没有再问章得象、晏殊的意见，而是将眼光投向了富弼。

"富弼，你如何看？"

"臣同意欧阳修和余靖的意见。"富弼语气坚定，毫不犹豫地说道。

"范仲淹，你也说说。"

"臣以为，不必与西贼争是非，只要名体和顺，便可议和。"

"韩琦，你的意见呢？"

"元昊狼子野心，陛下不可令其得意。对使者如定，决不可厚。元昊上书中所请'吾祖'，决不能同意。"韩琦说完，朝范仲淹看了一眼。

晏殊在旁边看着，神色凝重。

晏殊的反应赵祯也看在眼里。他沉吟不语，过了片刻，说道："此事卿等回去后再作商议，改日朕再问你们意见。对了，朕打算重用知陕州、刑部郎中、直史馆张沔，以其为河北转运按察使。这样一来，陕州知州就空缺了。朕拟任祠部员外郎、集贤校理李昭遘为直史馆、知陕州。诸卿以为如何？"

张沔是范仲淹经略陕西时向朝廷举荐的。当时，梁适奉使延州，闻知张沔事迹，也上奏称其权宜合变，消乱止祸，当厚赏。之前，葛怀敏兵败，关中震惊，兵少不足自守。朝廷经过廷议，诏中使于崤、渑之间，召集从四路败退的兵马归守陕州。那些士卒久出塞外，刚刚得了生机，以为朝廷要再次令他们出战，人人以言相激，拔刀张弩，打算发动兵变。当时朝廷派出的中使吓得慌忙逃向陕州，以诏书交付张沔便匆匆离去。于是，陕州吏民大骇，准备逃亡。危急之时，张沔纵马前往郊外乱兵集结之处，称西贼已出境，有诏令诸军还营，毋得差池。众士卒看了张沔修改过的诏书，方才渐渐平息下来，在张沔的命令下，返回了军营。正是张沔在危难之际的沉着表现，化解了一场危机，因此范仲淹对其器重有加。

皇帝话音刚落，欧阳修再次站出班列，振声道："陛下，陕州乃关中要地，昭邈无治，不宜遣。"

"章相，你怎么看？"

"陛下，臣以为，昭邈确实不是最佳人选。"

"既然如此，可有更合适之人？"

"提点陕西刑狱、祠部郎中王君白可也。"

"君白？朕若没有记错，乃是王珪的九世孙吧。"

"正是，陛下好记性。"

"章相，那就依你之见，用君白知陕州吧。"

定下陕州知州的人选后，赵祯又令诸臣商议如何奖赏著作佐郎邵良佐。经过一番讨论，赵祯升其官为著作郎，并赐五品服，以奖励其出使夏州的功劳。

3

数日后，韩琦、范仲淹一同上言："陕西、河东缘边州军及城寨主兵武臣，按照惯例都是五年磨勘，这种规制与内地劳逸不均，所以武臣多不愿就边任。正是出于这个原因，将佐而下，常患乏人。臣以为，战守之地，当责其死节，苟循常规，将何以劝？"两人建议朝廷，令陕西、河东缘边州军及城寨主兵武臣在任满三年者，特转一资，如经改官而举留再任者，期满后，可转一资，并不隔磨勘。赵祯欣然听从了两人的建议。

因为之前关于如何接待元昊使者如定的意见不统一，赵祯令两府大臣和谏官们先行商议。

这日，赵祯传两府大臣召对。章得象、晏殊两位宰相都坚持认为，议和是主要目的，不能争一时气起。之前，范仲淹上奏书《奏元昊求和所争疆界乞更不问》，主张名体已顺便可言和，让边疆人民和士兵能够喘息休养，加强边防，实际上已经赞成了两位宰相的意见。

"诸卿意见都统一了？"

晏殊说道："众议已同，唯韩琦独异。"

"可是如此？"

赵祯扭头看向韩琦，但见韩琦皱着眉，两只眼睛精光闪闪，似有话要说。

"晏相没有说错，臣以为不可。"

"你且说说为何不可。"

韩琦道："元昊欲令朝廷同意其自称'吾祖'及自称年号，于朝廷乃大失国体之事。如朝廷答应元昊的条件，契丹知道了，必然提出更加过分的要求。此时议和，万万不可！"接着，他又历陈其提出反对议和的种种理由。

赵祯听了韩琦的话，举棋不定，说道："这样吧，韩琦，范仲淹，你们随章得象、晏殊回政事堂，再议议，务必商讨充分，考虑周全。"

两位宰相见皇帝这么说，也只好带着韩琦、范仲淹等退下，前往政事堂商议。

没有想到，到了政事堂内，韩琦的态度反而变得更加坚决了。

晏殊终于忍无可忍，脸色变成了绛紫色，从座位上倏然立了起来，说道："你们商讨，我出去走走。"

范仲淹见状，慌忙立起，上前拉住晏殊的衣袖。

"晏相息怒，韩枢密不过是谈论自己的看法罢了。正所谓集思广益，兼听则明啊。"

晏殊见范仲淹来劝，颜色稍缓，口中道："这个我知道。没事，我就是想出去透透气，你们继续商议吧。"

富弼这时也立起身，走到老岳父的身旁，说道："晏相，韩枢密说得也不是没有道理，他只不过比我等更加担忧。"

这时，韩琦也走到了晏殊身后，抱拳鞠躬道："晏相，方才韩琦无礼，望晏相息怒。为社稷长远考虑，韩琦打算上奏朝廷细论此事，望晏相见谅。"

晏殊气未全消，冷冷说道："这样也好。"

韩琦道了声谢，向章得象、范仲淹、富弼等人抱抱拳，先行离去了。

"唉，韩琦就是这个脾气，晏相不必在意。这不正是晏相一直以来看重韩琦的原因吗，晏相怎的自己承受不了了？"范仲淹笑道。

晏殊听范仲淹这么一说，方才释怀，哈哈一笑，摇了摇头，道："唉，这个韩琦，牛脾气一点没有改。"

"是啊，在圣上面前，他都敢以身家性命为范某担保，这牛脾气能改得了吗？"范仲淹哈哈大笑。

次日，韩琦上疏朝廷。

疏曰：

今西界遣人议和，其患有三：昨朝廷曾达意契丹，欲

993

令元昊纳款，其答书云："梁适口陈夏台之事，已差右金吾卫上将军耶律祥、彰武军节度使王惟吉，赍诏谕元昊令息兵。况其先臣德昭，北朝曾封夏国主，仍许自置官属，至元昊亦容袭爵。自来遣人进奉，每辞见燕会，并升坐于矮殿。今两朝事同一家，若元昊请罪，其封册礼待，亦宜一如北朝。"臣观邵良佐贼中语录，乃云贼言朝廷议和，必往问契丹。昨昊贼先遣人至保安军，言为朝廷差梁谏议适往北朝令本国议和，北朝亦差耶律祥等至本国，故遣贺从勖等持书而来盟。是昊贼因契丹达意而来，及与良佐语，反不承纳，又所求称号，即与契丹书中事体相违，此事固有可疑。若朝廷且务休兵，许其不臣，契丹闻之，必然别索名分，既不可屈，则恐因此为名，再隳誓约，此一患也。若只许册为国主，略增良佐所许岁遗之数，朝廷更不差人，只令来人赍诏而回，恐贼未副所望，则谓朝廷已与之绝，必忿而兴兵，契丹亦谓阻其来意，缘此生事。此二患也。若再使人赍诏，谕以封册之礼不可异于北朝，更优增良佐所许之数，贼既从命，则契丹以为己功，遣使来贺，或过自尊大，或频有邀求，久则难从。此三患也。朝廷始欲假契丹以制元昊，事未可知，而三患已形。势不得已，则莫若择其轻者行之。其欲呼为"吾祖"及自称年号，又遣使到彼，参于殿上，与陪臣为列，此岂终为便？望且令中书、枢密院再三论难，使朝廷得大体，契丹无争端，以此议和，庶为得策。[1]

---

[1] 《续资治通鉴长编》卷一百四十二秋七月条。

这日，元昊派来的使者如定等在紫宸殿朝见大宋赵祯皇帝。这次朝见，赵祯有意只安排两府大臣出席，其余官员一律未让入殿。如定等果然带来了元昊的上书，提出了强硬要求——向大宋朝廷索要"吾祖"的称号。

赵祯心下恼怒，最终决定隔日于大殿上廷议，广泛听取谏官们的应对之策。

廷议一开始，谏官蔡襄便进言道："元昊始以'兀卒'之号为请，及邵良佐还，乃欲更号'吾祖'，足见羌贼悖慢之意也。'吾祖'犹言吾父也。假如朝廷接受了他的议和之请，纵使元昊称臣，而上书于朝廷自称曰'吾祖'，朝廷赐之诏书，亦曰'吾祖'，这成何体统？"

蔡襄说完后，余靖立刻站出班列，说道："元昊这次派来的使者如定等，陛下已于紫宸殿朝见。窃闻元昊所上书中有'吾祖'之称，如今又派使者前来朝见索要名号。臣初虑朝廷之意，乃是厌苦用兵，所以才尽量屈从元昊的要求，只说不足与争，得其称臣，则不惜呼为'吾祖'。但是，臣朝夕思之，这种无礼的要求，乃是西贼故意侮辱朝廷。古代，中朝称外域首领为单于、可汗，这都是中外共知的。若其能够遵循古例，也无不可。但是，如今元昊无端编造名目，且其称陛下为父，却令陛下呼其为'吾祖'，这难道不是故意羞辱陛下吗？贼又说九州十三县是其故土，然而，灵、盐、绥、宥等地，其实都是朝廷旧地，若辨封域，尤其应当归之中朝。臣请求陛下留神元昊的奸计，磨以岁月，则天下幸甚！"

欧阳修也出列说道："我见如定等来，西贼欲称'吾祖'。之前听说朝议，已经决定不许其请，今日却风闻议尚未定。臣不知究竟，深感忧虑。陛下，'吾祖'两字，应对坚决拒绝，有什么可以犹豫的呢？夫吾者，我也；祖者，俗所谓父也。今匹夫、臣庶尚不肯妄呼人为父，若同意元昊称此号，则今后诏书须呼'吾祖'，是欲使朝廷呼蕃贼为我父吗？臣不知何人敢开口。而且，蕃贼杜撰此号之时，已经是在侮玩中国了。如今，自元昊以下名称、官号，皆用其蕃语，元昊为何偏偏说'兀卒'华言为'吾祖'，既然其每事自用蕃礼，为什么唯于此号独用华言而不称兀卒？且彼于我称臣，而使我呼其为祖，于礼非便。所以，我朝便以此驳斥西贼即可。朝廷自有西事以来，处置乖方，取笑于人者多矣，但未有如此事之可笑也。窃虑小人妄有议论，伏乞拒而不听。"

欧阳修越说越激动，声音也大了起来。

众人只听欧阳修继续说道："臣闻之前朝议不许贼称'吾祖'，必欲令其称臣，然后才同意谈和，此乃国家大计，庙堂得策。盖由陛下至圣至明，不苟目前之事，能虑向去之忧，断自宸衷，决定大议。然而，数日来，风闻颇有无识之人，妄陈愚见，不思远患，欲急就和。臣虽知这样的议论一定不会惑扰圣聪，然而，心里也担忧这种论调万一使陛下心生疑沮，则恐怕坏了已成之计。臣职在言责，理合辨明。臣以为，自贼请和以来，众议颇有同异。众人的议论，多谓朝廷若许贼不称臣，就应防备契丹别索中国名分。纵使西贼肯称臣，那契丹有可能又邀功责报。所以说，不论西贼对我朝臣与不臣，皆有后害。如不得已，则令西贼称臣，而与之通好，然于后患不免也。此有识之士、忧国之人，所以不愿急和者也。如今，担心若不同意西贼通和之请，是惧西贼再次进攻。不得不说，数年来，我军遭贼多败，非是贼皆善战，盖因我方无谋也。今如遣范仲淹处置边防，严加防备，则胜负尚未可知。以彼骄兵，当吾整旅，使我因而获胜，则善不可加。但得两不相伤，亦足挫贼锐气。纵仲淹不幸小败，亦所失不至如前之谬战。此善算之士、见远之人，所以知不和害小，而不惧未和也。臣以为，如今不羞屈志、急欲就和者，有五种人：一曰不忠于陛下者欲急和，二曰无识之人欲急和，三曰奸邪之人欲急和，四曰疲兵懦将欲急和，五曰陕西之民欲急和。自用兵以来，居庙堂者劳于斡运，在边鄙者劳于戎事，若有避此勤劳，苟欲陛下屈节就和，而自偷目下安逸，他时后患，任陛下独当。此臣所谓不忠之臣欲急和者也。和而偷安，利在目下；和后大患，伏而未发。此臣所谓无识之人欲急和者也。自兵兴以来，陛下忧勤庶政，今小人但欲苟和之后，宽陛下以太平无事，而望圣心怠事，因欲进其邪佞，惑乱聪明。大抵古今人主忧勤，小人所不愿也。此臣所谓奸邪之人欲急和也。屡败之军，不知得人则胜，但谓贼来常败。此臣所谓懦将疲兵欲急和也。此四者皆不足听也。唯西民困乏，意必望和，请因宣抚使告以朝廷非不欲和，而是因为西贼没有真正归顺的意思。然后深戒有司，放宽西北边境之民的力役。其余一切小人无识之论，伏愿圣慈绝而不听，使大议不沮，而善算有成，则社稷之福也。"

蔡襄听欧阳修这么说，心里暗暗着急。待欧阳修说完退回班列，蔡襄用胳膊肘轻轻捅了捅欧阳修，低声说道："永叔兄，方才你的话，有点过了。"

"怎么了？"

"你那些话，把范公也装进去了。说什么急欲就和之人，不是不忠，就是无识。你可知范公写了《奏元昊求和所争疆界乞更不问》吗？范公求和，可是不忠无识？"

欧阳修一愣，道："这……你也知道，我不是说范公，我是说章得象、晏殊、杨偕等人。等退朝了，我去向范公解释便是。"

赵祯见韩琦和谏官们激烈反对议和，便决定暂时搁置了议和之事。

七月甲午日，枢密副使韩琦上疏曰：

> 臣闻汉文帝袭高、惠承平之后，躬行节俭，国治民富，刑措不用。时贾谊上书言事，尚以为可恸哭太息，岂其过哉？盖忧深思远，图长久之计，欲大汉之业垂千万世而无穷者也。今陛下绍三圣之休烈，仁德远被，天下大定，民乐其生者八十余载矣，而臣窃睹时事，谓可昼夜泣血，非直恸哭太息者，何哉？盖以西、北二敌，祸衅已成，而上下泰然，不知朝廷之将危，宗社之未安也。臣今不暇广有援引，请粗陈其大概。窃以契丹宅大漠，跨辽东，据全燕数十郡之雄，东服高丽，西臣元昊，自五代迄今，垂百余年，与中原抗衡，日益昌炽。至于典章文物、饮食服玩之盛，尽习汉风，故敌气愈骄，自以为昔时元魏之不若也。非如汉之匈奴，唐之突厥，本以夷狄自处，与中国好尚之异也。近者复幸朝廷西方用兵，违约遣使，求关南之地，以启争端。朝廷爱念生民，为之隐忍，岁益金币之数，且固前盟，而尚邀献纳之名，以自尊大。其轻视中国，情可见矣。
>
> 又元昊父祖以来，蓄养奸谋，招纳亡命，虽外示臣节，而内完兵力。至元昊则好乱逞志，并甘、凉诸蕃，以拓境土，自度种落强盛，故僭号背恩，北连契丹，欲成鼎峙之势，非如继迁昔年跳梁于银、夏之间尔。元昊累岁盗

边，官军屡衄，今乘定川全胜之势，而遣人约和，则知其计愈深，而其事可虞也。议者或谓昨假契丹传导之力，必事无不合，岂不思契丹既能使元昊罢兵，岂不能使元昊举兵乎？况比来辞礼骄抗，殊未屈下，契丹之言，既已无验，亦恐有合从之策，夹困中原。朝廷若轸西民之劳，暂求休养元元，且以金帛啖之，待以不臣之礼。臣恐契丹闻之，谓朝廷事力已屈，则又遣使移书，过邀尊大之称，或求朝廷不可从之事。隳其誓约，然后驱犬羊之众，直趋大河，复使元昊举兵，深寇关辅，当是时，未审朝廷以何术而御之？或西鄙称藩，专事契丹，陛下亲御六师，临澶渊以待之，即未知今之将卒事力与环卫统帅，比真宗北征时何如？如欲驻跸北京，以张军势，臣恐敌众由德、博渡河，直趋京师，则朝廷根本之地，宗庙、宫寝、府库、仓廪、百官、六军室家所在，而一无城守之略，陛下可拥北京之众却行而救之乎？臣所以谓可昼夜泣血者，诚忧及于此，冀陛下一寤，而急为拯救也。朝廷若谓今之盟约，尚可固结，则前三十年之信誓，朝廷何负于彼，而一旦违之哉？彼豺狼之心，见利而动，又可推诚以待之乎？夫得于先见，预为之防，则功逸而事集。若变生仓卒，骇而图之，虽使良、平复生，为陛下计，亦不能及矣。臣是以夙夜思之，朝廷若不大新纪律，则必不能革时弊而弭大患，臣辄画当今所宜先行者七事，条列以献其大略：

一曰清政本。夫枢密院，本兵之地，今所主多苛碎、纤末之务。中书公事虽不预闻，恐亦类此。谓宜诏中书、枢密院，事有例者着为法，可拟进者无面奏，其余微琐，可悉归有司，使得从容谋议。赐对之际，专论大事。二曰念边事。今政府循故事，才午即出，欲稍留则恐疑众，退朝食罢，匆遽签书而去，何暇议及疆事哉？谓宜须未正方出，延此一时，以专边论。三曰擢贤才。自承平以来，用人以叙迁之法，故遗才甚多。近中书、枢密院求一武臣代郭承祐，聚议累日不能得。谓宜仿祖宗旧制，于文武臣中不次超擢，以试其能。四曰备河北。自北敌通好三十余年，武备悉废，近慢书之至，骚然莫知所为。宜选转运使二员，密授经略，责以岁月，使营守御之备，则我待之有素也。五曰固河东。前岁昊贼陷丰州，掠河外属户殆尽，麟、府势孤绝。宜责本道帅度险要、建城堡、省转饷，为持久之计。六曰收民心。祖宗置内藏库，盖备水旱兵革之用，非私蓄财而充己欲也。自用兵以来，财用匮竭，宜稍出金帛以佐边用，民力可宽而众心安矣。七曰营洛邑。今帝都无城隍之固以备非常，议兴葺则为张皇劳民，不若阴葺洛都以为游幸之所，岁运太仓羡余之粟，以实其廪庾，则皇居壮矣。[1]

接着，韩琦继续上书，疏云："当今救弊之术，不过选将帅，明按察，丰财利，抑侥幸，进有能之吏，退不才之官，去冗食之人，谨入官之路。然数事之举，谤必随之。愿委信辅臣，听其措置，虽有怨谤，断在不疑。则纲纪渐振而太平可期，二敌岂足为国之患哉！"

---

[1]《续资治通鉴长编》卷一百四十一庆历三年秋七月甲午条。

韩琦这份上疏所言诸事，正好说在皇帝的心坎上。赵祯决定采纳他的建议。

同一时期，范仲淹也越来越得到赵祯的信任。丙申，赵祯以右正言、知制诰田况为陕西宣抚副使。这是听取了范仲淹的建议。

之前，知制诰田况上言："在唐代，两省自谏议大夫至拾遗、补阙共二十人，每当宰相奏事，谏官随入，有遗漏时，及时规正。那时谏官们实际上是中书、门下的属官。如今，司谏、正言、知谏院都有遗补之任。但是，地势不亲，位序不正，他们在朝中与众人同进退，没有显示出他们谏官的身份。如今，冗散之吏尚可赴内朝，难道谏诤之臣就不能日奉朝请吗？臣前在谏院，每闻一事，都是诸处采问，等到要建言时，往往已经晚了。如果谏官得奉内朝，则可以日闻朝廷之事。王素、欧阳修、蔡襄都以他官知谏院，居两省之职，而不能入两省之列，在朝礼方面甚为不便。臣恳请陛下今后令谏官缀两省班次，所贵名体相称，副陛下选求之意。"

赵祯当时看了田况的上书，曾下诏送两制详定。如今，赵祯心中革新政治的想法日益强烈。他知谏官们也意在革新，正好可用，便决定想办法增加谏官们在朝中说话的分量。这时，学士承旨丁度见皇帝近日屡屡召谏官随同两府大臣议事，已经知道皇帝的心意，便顺水推舟说："规谏之官，号清望之选，宴闲细绎，最为切近。欲乞今后比直龙图阁及修起居注例，令日赴内朝。"

于是，戊戌日，皇帝下诏，令谏官们日赴内朝，随宰相入内议事。这就将谏官们日赴内朝制度化了，谏官们的影响一时间达到了鼎盛。

己亥，皇帝下诏，出内藏库紬绢三百万，下三司以助经费，这是听从了韩琦的建议。

七月丙子日，赵祯又以给事中、参知政事王举正为礼部侍郎、知许州。早些时候，御史台举屯田员外郎李徽之为御史，王举正认为不合适，明确表示反对。李徽之怀恨在心，上书弹劾王举正，说在家中连悍妻都不能节制，何以谋国事？谏官欧阳修、余靖、蔡襄也认为王举正懦默不任职，借机推荐枢密副使范仲淹为参知政事。王举正无奈之下，也上书求罢。赵祯正欲大用范仲淹，因此于丁丑以枢密副使、右谏议大夫范仲淹为参知政事，资政殿学士兼翰林侍读学士、右谏议大夫富弼为枢密副使。范仲淹上书说："执政怎能因谏官上书而得位呢？"因此固辞不拜。赵祯没有同意他的辞让。富弼则直接带着诰命到皇帝面前拒绝被加封为枢密副使，并说："愿陛下坐薪尝胆，不忘修政。"赵祯无奈，于是将加封富弼的诰命送回中书。富弼又请出朝为官，数次上书，皇帝并没有答应富弼进一步的请求。

前些日子，赵祯曾经下令范仲淹近期宣抚陕西，如今突然加封其为参知政事，令不少人大感意外。

知谏院蔡襄忧心忡忡，担心这次元昊派遣使者入朝未能如愿，说不定会在天气渐寒之际再次入侵。他上言说，范仲淹久留边郡，威名在敌，如今又在朝廷为权柄之臣，是宣抚陕西的最好人选。如今朝廷发遣元昊使者回西北，使者如定等暂时尚未返程，朝廷应该早日派范仲淹出行宣抚陕西，以免错过了防备的时机。

对于蔡襄的建议，赵祯却是无心细细考虑。因为七月壬子，方才两岁的五公主薨了。赵祯悲痛欲绝，在后宫陪着五公主的生母御侍冯氏待了整整一日。

但是，韩琦听说蔡襄建议派范仲淹早日宣抚陕西，便向皇帝上疏。他认为，元昊派人请和，实在是因其也受到久战之困，一定不会在这个时候入侵，范仲淹、任中师只要遥领宣抚事足矣。假若元昊果真因为索要名号未能如愿而一怒之下侵入边境，到时速遣范仲淹去河东也来得及。韩琦说，自己正在壮年，现在可以代范仲淹先去宣抚陕西。至于任中师，乃是宿旧大臣，宣抚之事，不应该再劳动他了。赵祯听了韩琦的建议，为韩琦诚意所感，便下诏令韩琦代范仲淹宣抚陕西，而将任中师留在了京城。

欧阳修听说韩琦代范仲淹去巡边，心里便着急了。他匆匆求见皇帝，请求皇帝收回成命。赵祯让欧阳修说说理由，欧阳修便说，韩琦与范仲淹皆是国家委以重任之臣，才识也足以堪当重任，然而范仲淹于陕西军民恩信，尤为众人所推伏。如果范仲淹外捍寇兵，而韩琦居朝廷策应，必能共济大事。他说："假如陛下因为刚刚任命范仲淹为参知政事，希望其能够在新位上尽快有所作为，则应该先让范仲淹了却陕西之事，待边防稍定，三两月后，便可以召其还朝，这样一来，既可以先弭于外虞，也可渐修于阙政。不过，现在边事是急中之急，不可迟缓以失事机。故建议陛下派遣范仲淹速去，以备不虞。"赵祯听了欧阳修的建议，不置可否。

数日后，赵祯下诏，令大理寺丞张子奭为秘书丞，与右侍禁王正伦使夏州，并令二人于延州停留，观察元昊的反应，等元昊派人来迎接。欧阳修听说了，再次请求面圣。见了皇帝，欧阳修说道，如今朝廷与元昊和议未决，正是各争名分之时。元昊既然知道朝廷内部议论不合，必然认为边防没什么准备。假如元昊假装以好辞来迎子奭等，朝廷希望议和而疏于防备，则可能给元昊以可乘之机。子奭等可能被拘留，遭虐害，那就是国家永远的耻辱，到时朝廷就追悔莫及了。即便不会到这种地步，假如子奭等端坐延州，元昊不派人来迎接，朝廷那时想令子奭等回归，又虑来迎，则进退不得，岂不是自取其辱？元昊已与朝廷三次商量，必知难合，子奭之往，又不是去议论未尽之事，他必不急求相见。欧阳修对赵祯说，这二说中，必有一虑。

对于欧阳修的建议，赵祯只是默默听着，并不回应。欧阳修继续说道："臣不知朝廷是否认为依然可令昊贼臣服？若想令元昊臣服，则自当以重兵压境，仍选忠厚知谋之士，直入贼中，劝说其臣服。如果认为元昊不可能臣服，那又何必派遣使者？朝廷或许只想迁延岁月，暂时不拒绝元昊的求和，如是这样，只需等如定回去，赐以甘言，许其厚赂，告知元昊若能逊顺，朝廷再派使者往来。待朝廷摸清了西贼的想法，然后定议即可。如今决不可令天子使臣等待西贼之命，而在延州不能进退。要避免朝廷使者遭其拒绝，或被拘执。万一如此，则于事无益，空损国威。为今之计，不如速遣范仲淹严备边境，徐放如定等还，当自为谋，以求胜算。"

"卿家所虑，朕知道了。不过，朕有更重要的事情急办，需留范仲淹在朝。应付元昊，韩琦自有信心，朕亦信他能不负朕望。卿家无须多虑。"面对欧阳修的死缠烂打、不断谏言，赵祯终于忍不住透露了一点心思。

欧阳修见年轻的皇帝说这话时，眼中精光闪闪，心中不禁一动。"更重要的事情？"欧阳修暗想，"莫非今上对于朝廷政治有大动作不成？若真如此，范公留在朝内倒是更好一些。"欧阳修当下回道："陛下圣明！"说完，便拜退而去。

韩琦正要出巡陕西之日，忽然一个噩耗传到京城。

知永兴军、龙图阁直学士、兵部郎中吴遵路在永兴军任上因病去世了。据说，吴遵路得病后，犹决事不辍，还亲自上奏，请求判西京留司御史台。吴遵路事母孝，立朝敢言，病故后，朝廷使者去其家一看，却见室无长物，回朝后向赵祯禀报，赵祯不禁为之唏嘘叹息良久。

范仲淹是吴遵路好友，听说好友去世，心痛不已，又知其家无积蓄、室无长物，便分俸来供养这位好友的家人。

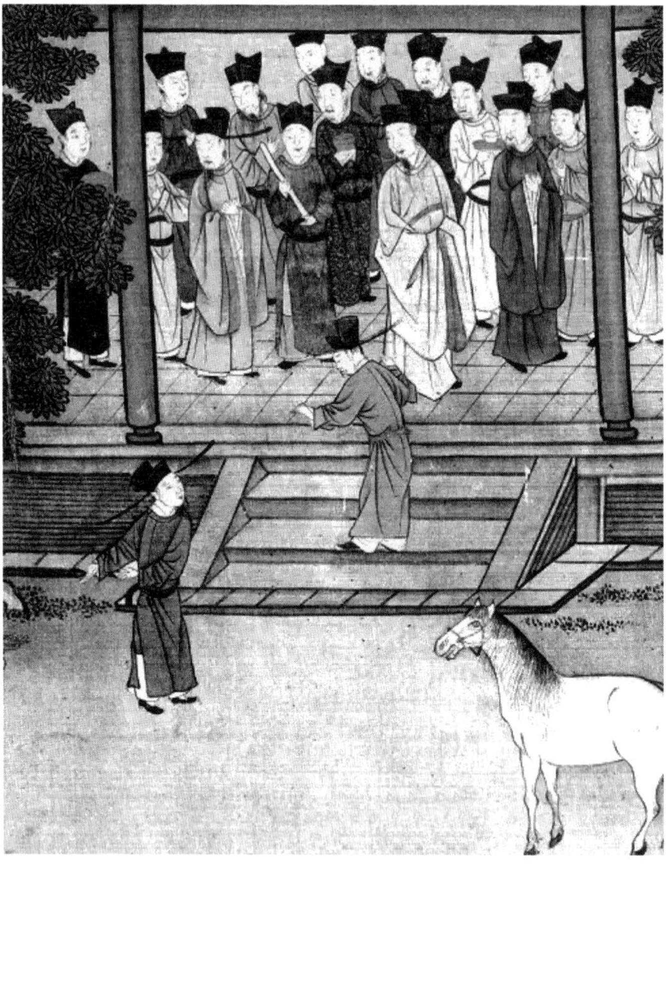

第四十章
庆历新政拉开序幕

1

天气一日比一日转凉。庆历三年七月，江淮制置发运使在和州平定了王伦的叛乱。王伦在沂州起兵，欲侵犯青州，却没有成功，随后转掠淮南，一度所向披靡。京东安抚使陈执中遣都巡检傅永吉追杀王伦，制置发运使徐的督诸道兵合击。王伦最终在历阳兵败被杀，历阳县壮丁张矩等斩获王伦的首级，献给了朝廷。

王伦起义使范仲淹意识到，大宋王朝的积弊日深，如果再不进行革新，国家的前途堪忧。

八月丁未，赵祯不顾范仲淹推辞，正式下诏以其为参知政事，又再次下诏以资政殿学士兼翰林学士、右谏议大夫富弼为枢密副使。

范仲淹被加封为参知政事，更觉责无旁贷，应该勇敢担起革新国家政治的重任。富弼依然想推辞。正巧元昊派来的使者要辞行，群臣列班于紫宸殿门，赵祯皇帝借机令富弼列于枢密院班，并令宰相章得象与富弼说："此朝廷特地任用，不是因为出使的事情。"在那种场合，富弼不得已方才接受了。晏殊因为富弼是自己的女婿，为了避嫌，请求罢相，赵祯当然不许；晏殊又求卸任枢密使，赵祯依然不许。这样一来，范仲淹、富弼进入了大宋王朝的政治核心，而改革王朝政治的重任，也自然落在了他们的肩上。

数日前，赵祯给范仲淹下了一道手诏，手诏云："比中外人望，不次用卿等，今琦暂往陕西，仲淹、弼宜与宰臣章得象尽心国事，毋或有所顾避。其当世急务有可建明者，悉为朕陈之。"[1]

范仲淹接了手诏，心中暗道："这是陛下在敦促我与富弼上书全面改革政治啊。陛下之雄心，我等岂能辜负！"

这一日，范仲淹一早起来便将自己关在书房里。虽然已经穿上了棉服，但是他依然感到有些冷。今天必须对陛下下达的手诏作出一个回应。这是一个陈述全面改革方案的极好机会。"决不能错过这个机会，一定要借这个答手诏的机会敦促陛下全面改革政治。"他坐在书桌前，提着笔，却只是凝神思索着。

数月以来，他和韩琦就朝廷的许多政策、措施不断提出建言。赵祯也因为听了欧阳修、余靖等人的谏言，数次在延和殿单独召见他和韩琦，商议国事。但是，他总摆脱不了一种强烈的感觉，朝廷一直是在"拆东墙补西墙"，他和韩琦提出的对策也多是零零碎碎，难以形成大局面。比如，如何处置同、解、干、耀等九州军公使钱的问题，西北防秋的问题，择用牧宰的问题，是否先驰茶盐之禁及减商税的问题，等等。这些问题，多是一事一议，虽然说应对了某

---

[1]《续资治通鉴长编》卷一百四十三庆历三年九月条。

些方面的问题，但是大宋王朝日益出现的积弱之弊，仅仅靠这些零碎的应对之策是无法解决的。

有一件事也让他感到担忧。上月，皇帝任夏竦为吏部尚书、知亳州。夏竦犹上书自辩，上书几万言。陛下诏付学士批答，孙抃写批答辞，其中有文云："图功效，莫若罄忠勤；弭谤言，莫若修实行。"夏竦知道了此事，对孙抃恨之入骨，对人说："吾与孙素无嫌，而批答如此诋毁我，何哉？"

此刻，在思索着如何答陛下手诏时，这件事也仿佛不受控制地从黑暗中涌出，强行挤入了范仲淹的思绪。"当初，夏竦到了宫城外，被陛下下诏还镇，心中自然不甘。韩亿大人在亳州致仕，夏竦请代之，又自请纳节还文资，仍不带职，陛下以其执掌吏部，知亳州。石介之诗，必然得罪了夏竦。以夏竦对孙抃的态度，他对石介恐怕也不会善罢甘休。石介之诗盛赞我与韩琦，那可真是添乱啊！夏竦如今重新得位，执掌吏部，而吏治改革乃是我与韩琦所主张的各项改革措施中最为肯綮之处，夏竦恐怕会因石介之诗而迁怒于我和韩琦。这一隐患，不得不防。"

但是，对于隐患的担忧，并没有遏制住范仲淹推进改革的雄心。"不管怎样，必须做一篇大文章！"这个念头，已经在他的头脑中酝酿很久了。这一刻，他感觉到自己已经做好了准备。"是时候了"这个声音在他的心底响起来，就像夏日里的闷雷，滚过云层翻滚的天空。

"大人，该用早膳了！"一个清脆的声音从门外传来。范仲淹感到有些恍惚，愣了愣，方意识到是张棠儿在门外呼唤自己。

"你们吃吧，等写完了奏书我再吃。"

"奏书再重要，也不能饿着啊！"

"饿不着，你们吃。我不想断了思路。"

"好吧，好吧，大人真是如同孩童一般。"

"又取笑我！你们快吃吧！"

"好吧，那大人写完了自己出来用膳，我帮你热着粥。"

"行了，知道啦。"

门外的脚步声渐渐远去了。

范仲淹心底生出一股暖意，仿佛身子也不觉得冷了。他将手中提了多时的毛笔，往砚台的墨池里蘸了蘸，然后开始奋笔疾书。

写了没几行字，门外忽然又响起了声音。

"大人，皇上的特使到了。"这又是张棠儿的声音。

范仲淹一惊，放下手中的笔，起身打开了书房的门。特使带了皇帝的口谕，口谕令范仲淹从速赶往天章阁。

赵祯传范仲淹前往的天章阁，是在前朝真宗皇帝时建成的，收藏着真宗皇帝的手迹、文集等。朝廷最初设有天章阁待制、侍讲，再后来，又设立学士和直学士。在此之前，皇帝似从没在此接见大臣啊！范仲淹听了皇帝的口谕，心底虽然觉得奇怪，但不敢怠慢，向张棠儿交代了几句，便匆匆赶往皇宫内的天章阁。

进了天章阁，范仲淹一眼便看到了赵祯端坐在屏风前的龙椅上。屏风上是一幅山水画，画中大山高耸，林壑幽深，颇有古意。富弼正穿着枢密副使的紫色常服，头戴硬脚黑色幞头，在赵祯左下首的椅子上端然而坐。他的身后五步之外，也有一面大屏风。屏风上是一幅高僧观棋画，画中有一棵巨大的松树，松树下两位文士在下棋；旁边是一个和尚，抻着脖子正瞪大眼睛在观棋。画中这三个人物，表情细腻，栩栩如生。

"范卿，坐！"赵祯往下首右侧的一张楠木椅子指了指。

范仲淹施了大礼后，从容落座。

赵祯问了几句家常，旋即正色道："如今，范卿，富卿，你们倒是沉得住气，朕可是着急啊。你们看，朕都为你们备好笔札了，今日，朕请两位卿家于朕前作疏建言啊。"说着，他冲旁边的几个内侍挥了挥手。

范仲淹、富弼听了，皆惶恐避席。

内侍们早有准备，见皇帝一挥手，便从富弼身后的大屏风后面搬出两张矮脚翘头长条楠木书案，置于皇帝宝座对面，旋即又于书案上摆了笔墨书札。

"陛下，臣请由范大人主笔。"

"如此甚好！"

于是，范仲淹与富弼一番商议后，在书案前坐下，奋笔疾书。有时，范仲淹会突然停下笔，与坐在旁边的富弼商量几句后，便再次埋头书写。赵祯也不着急，早拿出备好的一叠奏书，自己看了起来。待到中午，两人依然没有写完上疏。赵祯便令内侍上了菜蔬，与范、富二人一同用了膳。

午膳后，赵祯令范仲淹、富弼在天章阁主厅之侧的屋内略事休息后，便重回天章阁继续书写奏书。

待到傍晚时分，范仲淹与富弼终于完成了奏书。

赵祯接过范仲淹呈上的奏书，但见奏书云：

> 我国家革五代之乱，富有四海，垂八十年，纲纪制度，日削月侵，官壅于下，民困于外，疆场不靖，寇盗横炽，不可不更张以救之。然欲正其末，必端其本，欲清其

流，必澄其源。臣敢约前代帝王之道，求今朝祖宗之烈，采其可行者条奏。愿陛下顺天下之心，力行此事，庶几法制有立，纲纪再振，则宗社灵长，天下蒙福。

一曰明黜陟。虞书"三载考绩，三考黜陟幽明"。我祖宗朝，文武百官，皆无磨勘之例，惟政能可旌者擢以不次，无所称者至老不迁。故人人自励，以求绩效。今文资三年一迁，武职五年一迁，谓之磨勘。不限内外，不问劳逸，贤不肖并进，此岂黜陟幽明之意耶？假如庶僚中有一贤于众者，理一郡县，领一务局，思兴利去害而有为也，众皆指为生事；必嫉之、沮之、非之、笑之，稍有差失，随而挤陷，故不肖者素飡尸禄，安然而莫有为也。虽愚暗鄙猥，人莫齿之，而三年一迁，坐至卿监、丞郎者，历历皆是。谁肯为陛下兴公家之利，救生民之病，去政事之弊，葺纲纪之坏哉？在京百司，金谷浩瀚，权势子弟，长为占据，有虚食廪禄待阙一二年者，暨临事局，挟以势力，岂肯恪恭其职！使祖宗根本之地，纲纪日隳。故在京官司，有一员阙，则争夺者数人。其外任京朝官，则有私居待阙，动逾岁时，往往到职之初，便该磨勘，一无勤效，例蒙迁改。此则人人因循，不复奋励之由也。

臣请特降诏书，今后两地臣僚，有大功大善，则特加爵命；无大功大善，更不非时进秩。其理状循常而出者，祇守本官，不得更带美职。应京朝官，在台省、馆阁职任，及在审刑、大理寺、开封府、两赤县、国子监、诸王府，并因保举及选差监在京重难库务者，并须在任三周年，即与磨勘；若因陈乞，并于中书、审官院愿在京差遣者，与保举选差不同，并须勾当通计及五周年，方得磨勘。如此，则权势子弟肯就外任，各知艰难；亦有俊明之人，因此树立，可以进用。如今日已前受在京差遣已勾当者，且依旧日年限磨勘；其未曾交割勾当却求外任者，并听其外任。在京朝官到职勾当及三年者与磨勘，内前任勾当年月日及公程日限，并非因陈乞而移任在道月日，及升朝官在京朝请月日，并令通计。其远官近地劳逸不同，并在假待阙及公程外住滞，或因公事非时移替在道月日，委有司别行定夺闻奏。如任内有私罪，并公罪徒已上者，至该磨勘日，具情理轻重，别取进止。其庶僚中有高才异行，多所荐论，或异略嘉谟为上信纳者，自有特恩进改，非磨勘之可滞也。

又外任善政着闻，有补风化；或累讼之狱，能办冤沈；或五次推勘，人无翻讼；或劝课农桑，大获美利；或京城库务，能革大弊，惜费巨万者，仰本辖保明闻奏，下尚书省集议，为众所许，则列状上闻，并与改官，不隔磨勘。或有异同，各以所执取旨，出于圣断。仍请诏下审官院、流内铨、尚书考功，应京朝官选人逐任得替，明具较定考绩、结罪闻奏。内有事状猥滥，并老疾愚昧之人，不堪理民者，别取进止。已上磨勘考绩条件，该说不尽者，有司比类上闻。如此，则因循者拘考绩之限，特达者加不次之赏，然后天下公家之利必兴，生民之病必救，政事之弊必去，纲纪之坏必葺，人人自劝，天下兴治，则前王之业，祖宗之权，复振于陛下之手矣。其武臣磨勘年限，委枢密院比附文资定夺闻奏。

二曰抑侥幸。臣闻先王赏延于世，诸侯有世子袭国，公卿以德而任，有袭爵者，春秋讥之。及汉之公卿，有封爵而殁，立一子为后者，未闻余子皆有爵命。其次宠待大臣，赐一子官者有之，未闻每岁有自荐子弟者。祖宗之朝，亦不过此。自真宗皇帝以太平之乐与臣下共庆，恩意渐广，大两省至知杂御史以上，每遇南郊并圣节，各奏一子充京官，少卿、监奏一子充试衔。其正郎、带职员外郎并诸路提点刑狱以上差遣者，每遇南郊，奏一子充斋郎。其大两省等官，既奏得子充京官，优于庶僚，复更每岁奏荐，积成冗官。假有任学士以上官经二十年者，则一家兄弟子孙出京官二十人，仍接次升朝，此滥进之极也。今百姓贫困，冗官至多，授任既轻，政事不举，俸禄既广，刻剥不暇。审官院常患充塞，无阙可补。臣请特降诏书，今后两府并两省官等，遇大礼许奏一子充京官，如奏弟侄骨肉即与试衔外，每年圣节更不得陈乞。如别有勋劳着闻中外，非时赐一子官者，系自圣恩。其转运使及边任文臣初除授后，合奏得子弟职事者，并候到任二年无遗阙，方许陈乞。如二年内非次移改者，即许通计三年陈乞。三司副使、知杂御史、少卿监已上并同两省，遇大礼各奏荐子孙。其正郎、带馆职员外郎并省府推判官，外任提点刑狱已上，遇大礼合该奏荐子孙者，须在任及二周年方得陈乞。已上有该说不尽者，委有司比类闻奏。如此，则内外朝臣各务久于其职，不为苟且之政，兼抑躁动之心。亦免子弟充塞铨曹，与孤寒争路，轻忽郡县，使生民受弊。其武臣入边上差遣，并大礼合奏荐子弟者，乞下枢密院详定比类闻奏。又国家开文馆，延天下英才，使之直祕庭，览群书，以待顾问，以养器业，为大用之备。今乃登进士高等者，一任才罢，不以能否，例得召试而补之；两府、两省子弟亲戚，不以贤不肖，辄自陈乞馆阁职事者，亦得进补。太宗皇帝建崇文院、秘阁，自书碑文，重天下贤才也。陛下当思祖宗之意，不宜甚轻之。臣请特降诏书，今后进士三人内及等者，一任回日，许进陈教化、经术文字十轴，下两制看详，作五等品第，中第一第二等者，即赐召试，试入优等，即补馆阁职事。两府、两省子弟并不得陈乞馆阁职事及读书之类。御史台画时弹劾，并谏院论奏。如馆阁阙人，即委两地举文有古道、才堪大用者，进名同举，并两制列署表章，仍上殿称荐，以充其职。如此，则馆阁职事必无轻授，足以起朝廷之风采，绍祖宗之本意，副陛下慎选矣。

三曰精贡举。臣谨按周礼乡大夫之职，其废已久，今诸道学校如得明师，尚可教人六经，传治国治人之道。而国家专以词赋取进士，以墨义取诸科，士皆舍大方而趋小道，虽济济盈庭，求有才有识者十无一二；况天下危困，乏人如此，固当教以经济之业，取以经济之才，庶可救其不逮。或谓救弊之术无乃后时，臣谓四海尚完，朝谋而夕行，庶乎可济。安得晏然不救，坐俟其乱哉！臣请诸路州郡有学校处，奏举通经有道之士，专于教授，务在兴行。其取士之科，即依贾昌朝等起请，进士先策论而后诗赋，诸科墨义之外，更通经旨。使人不专辞藻，必明理道，则天下讲学必兴，浮薄知劝，最为至要。内欧阳修、蔡襄更乞逐场去留，贵文卷少而考较精。臣谓尽令逐场去留，则恐旧人捍格，不能创习策论，亦不能旋通经旨，皆忧弃遗，别无进路。臣请进士旧人三举已上者，先策论而后诗赋，许将三场文卷通考，互取其长。两举、初举者，皆是少年，足以进学，请逐场去留。诸科中有通经旨者，至终场，别问经旨十道，如不能命辞而对，则于知举官前，讲说七通者为合格。不会经旨者，三举已上，即逐场所对墨义，依自来通粗施行。两举、初举者，至于终场日，须八通者为合格。

又外郡解发进士、诸科人，本乡举里选之式，必先考其履行，然后取以艺业。今乃不求履行，惟以词藻、墨义取之，加用弥封，不见姓字，实非乡里举选之本意也。又南省考试举人，一场试诗赋，一场试策，人皆精意，尽其所能。复考较日久，实少舛谬。及御试之日，诗赋文论共为一场，既声病所拘，意思不达。或音韵中一字有差，虽生平苦辛，实时摈逐；如音韵不失，虽末学浅近，俯拾科级。既乡举之处不考履行，又御试之日更拘声病，以此士人进退，多言命运而不言行业。明君在上，固当使人以行业而进，乃言命运者，是善恶不辨而归诸天也，岂国家之美事哉？臣请重定外郡发解条约，须是履行无恶、艺业及等者，方得解荐，更不弥封试卷。其南省考试之人，已经本乡询考履行，却须弥封试卷，精考艺业。定夺等第讫，进入御前，选官覆考，重定等第讫，然后开看。南省所定等第内合同姓名偶有高下者，更不移改。若等第不同者，人数必少，却加弥封，更宣两地参较，然后御前发榜，此为至当。内三人以上，即于高等人中选择，圣意宣放。其考较进士，以策论高、词赋次者为优等，策论平、词赋优者为次等；诸科经旨通者为优等，墨义通者为次等。已上进士、诸科，并以优等及第者放选注官，次等及第者守本科选限。自唐以来，及第人皆守选限。国家以收复诸国，郡邑乏官，其新及第人，权与放选注官。今来选人壅塞，宜有改革，又足以劝学，使知圣人治身之道，则国家得人，百姓受赐。

四曰择官长。臣闻今之刺史、县令，即古之诸侯，一方舒惨、百姓休戚实系其人，故历代盛明之时，必重此任。今乃不问贤愚，不较能否，累以资考，升为方面。懦弱者不能检吏，得以蠹民；强干者惟是近名，率多害物。邦国之本，由此凋残。朝廷虽至忧勤，天下何以苏息！其转运使并提点刑狱按察列城，当得贤于众者。臣请特降诏书，委中书、枢密院且各选转运使、提点刑狱共十人，大藩知州十人；委两制共举知州十人；三司副使、判官同举知州五人；御史台中丞、知杂、三院共举知州五人；开封知府、推官共举知州五人；逐路转运使、提点刑狱各同举知州五人，知县、县令共十人；逐州知州、通判同举知县、县令共二人。得前件所举之人，举主多者先次差补。仍指挥审官院、流内铨今后所差知州、知县、县令并具合入人历任功过，举主人数闻奏，委中书看详。委得允当，然后引对。如此举择，则诸道官吏庶几得人，为陛下爱惜百姓，均其徭役，宽其赋敛，各使安宁，不召祸乱。

五曰均公田。臣闻易曰"天地养万物，圣人养贤以及万民"，此言圣人养民之时，必先养贤，养贤之方，必先厚禄，厚禄然后可以责廉隅、安职业也。皇朝初，承五代乱离之后，民庶凋敝，时物至贱，暨诸国收复，郡县之官少人除补，至有经五七年不替罢者，或才罢去，便入见阙。当物价至贱之时，俸禄不辍，士人家无不自足。咸平已后，民庶渐繁，时物遂贵，入仕多门，得官者众，至有得替守选一二年，又授官待阙一二年者。在天下物贵之后，而俸禄不继，士人家鲜不穷窘，男不得婚、女不得嫁、丧不得葬者，比比有之。复于守选、待阙之日，衣食不足，求人贷债，以苟朝夕，到官之后，必来见逼。至有冒法受赃，赊贷度日，或不耻贾贩，与民争利。既作负罪之人，不守名节，吏有奸赃而不敢发，民有豪猾而不敢制。奸吏豪民得以侵暴，于是贫弱百姓理不得直，冤不得诉，徭役不均，刑罚不正，比屋受弊，无可奈何，由乎制禄之方有所未至。真宗皇帝思深虑远，复前代职田之制，使中常之士自可守节，婚嫁以时，丧葬以礼，皆国恩也。能守节者，始可制奸赃之吏，镇豪猾之人，法乃不私，民则无枉。近日屡有臣僚乞罢职田，以其有不均之谤，有侵民之害。臣谓职田本欲养贤，缘而侵民者有矣，比之衣食不足，坏其名节，不能奉法，以直为枉，以枉为直，众怨思乱而天下受弊，岂止职田之害耶？又自古常患百官重内而轻外，唐外官月俸，尤更丰足，簿尉俸钱尚二十贯。今窘于财用，未暇增复。臣请两地同议外官职田，有不均者均之，有未给者给之，使其衣食得足，婚嫁丧葬之礼不废，然后可以责其廉节，督其善政。有不法者，可废可诛，且使英俊之流，乐于为郡为邑之任，则百姓受赐。又将来升擢，多得曾经郡县之人，深悉民隐，亦致化之本也。

六曰厚农桑。臣闻"德惟善政，政在养民"，此言圣人之德，惟在善政，善政之要，惟在养民，养民之政，必先务农。农政既修，则衣食足，衣食足则爱肤体，爱肤体则畏刑罚，畏刑罚则寇盗自息，祸乱不兴。是圣人之德发于善政，天下之化起于农亩。故诗有七月之篇，陈王业也。今国家不务农桑，粟帛常贵，江浙诸路，岁籴米二百万硕，其所籴之价与辇运之费，每岁共享钱三百余万贯。又贫弱之民困于赋敛，岁伐桑枣，鬻而为薪，劝课之方，有名无实。故粟帛常贵，府库日虚，此而不谋，将何以济？

且如五代群雄争霸之时，本国岁饥，则乞籴于邻国，故各兴农利，自至丰足。江南旧有圩田，每一圩方数十里，如大城，中有河渠，外有门闸，旱则开闸引江水之利，潦则闭闸拒江水之害，旱潦不及，为农美利。又浙西地卑，常苦水涝，虽有沟河可以通海，惟时开导，则潮泥不得而堙之。虽有堤塘可以御患，惟时修固，则无摧坏。臣知苏州日，点检簿书，一州之田，系出税者三万四千顷。中稔之利，每亩得米二硕至三硕，计出米七百余万硕。东南每岁上供之数六百万硕，乃一州所出。臣询访高年，则云曩时两浙未归朝廷，苏州有营田军四都，共七八千人，专为田事，导河筑堤，以减水患，于时民间钱五十文籴白米一硕。自皇朝一统，江南不稔则取之浙右，浙右不稔则取之淮南，故慢于农政，不复修举。江南圩田、浙西河塘，大半隳废，失东南之大利。今江、浙之米，硕不下六七百文足至一贯者，比于当时，其贵十倍，民不得不困，国不得不虚矣。又京东、西路有卑湿积潦之地，早年国家特令开决，水患大减。今罢役数年，渐已堙塞，复将为患。臣请每岁之秋，降敕下诸路转运司，令辖下州军吏民各言农桑可兴之利、可去之害，或合开河渠，或筑堤堰陂塘之类，并委本州军选官计定工料，每岁于二月间兴役，半月而罢，仍具功绩闻奏。如此不绝，数年之间，农利大兴，下少饥年，上无贵籴，则东南岁籴辇运之费大可减省。其劝课之法，宜选官讨论古制，取其简约易从之术，颁赐诸路转运使，及面赐一本，付新授知州、知县、县令等。此养民之政，富国之本也。

七曰修武备。臣闻古者天子六军，以宁邦国。唐初京师置十六军官属，亦六军之义也。诸道则开折冲、果毅府五百七十四，以储兵伍。每岁三时耕稼，一时习武。自贞观至于开元，百三十年，戎臣兵伍，无一逆乱。至开元末，听匪人之言，遂罢府兵。唐衰，兵伍皆市井之徒，无礼义之教，无忠信之心，骄蹇凶逆，至于丧亡。我祖宗以来，罢诸侯权，聚兵京师，衣粮赏赐，常须丰足，经八十年矣。虽已困生灵、虚府库，而难于改作者，所以重京师也。今西北强梗，边备未彻，京师卫兵多远戍，或有仓卒，辇毂无备，此大可忧也。远戍者防边陲之患，或缓急抽还，则外御不严，敌人进奔，便可直趋关辅。新招者聚市井之辈，而轻器易动，或财力一屈，请给不充，则必散为群盗。今民生已困，无可诛求，或连年凶饥，将何以济，赡军之策，可不预图？若因循过时，臣恐急难之际，宗社可忧。臣请密委两地以京畿见在军马，同议有无阙数，如六军未整，须议置兵，则请约唐之法，先于畿内并近辅州府，召募强壮之人充京畿卫士，得五万人以助正兵，足为强盛。使三时务农，大省给赡之费，一时教战，自可防御外患。其召募之法并将校次第，并先密切定夺闻奏。此实强兵节财之要也。候京畿近辅召募卫兵已成次第，然后诸道效此，渐可施行，惟圣慈留意。

八曰减徭役。臣观西京图经，唐会昌中，河南府有户一十九万四千七百余户，置二十县。今河南府主客户七万五千九百余户，仍置一十九县。主户五万七百，客户二万五千二百。巩县七百户，偃师一千一百户，逐县三等而堪役者，不过百家，而所要役人不下二百数。新旧循环，非鳏寡孤独，不能无役。西洛之民，最为穷困。臣请依后汉建武六年故事，遣使先往西京，并省诸邑为十县，其所废之邑，并改为镇。令本路举文资一员，董榷酤、关征之利兼人烟公事，所废公人，除归农外，有愿居公门者，送所存之邑，其所在邑中役人却可减省归农，则两不失所。候西京并，省稍成伦序，则行于大名府，然后遣使诸道，依此施行。仍先指挥诸道防团州已下，有使州两院者皆为一院，公人愿去者，各放归农。职官厅可给本城兵士七人至十人，替人力归农。其乡村耆保地里近者，亦令并合。能并一耆保管，亦减役十余户，但少徭役，人自耕作，可期富庶。明年五月己丑施行。

九曰覃恩信。臣窃睹国家三年一郊，天子斋戒、衮冕，谒见宗庙，乃祀上帝。大礼既成，还御端门，肆赦天下,曰:"赦书日行五百里,敢以赦前事言者,以其罪罪之。"欲其王泽及物之速也如此。今大赦每降,天下欢呼。一两月间,钱谷司督责如旧,桎梏老幼,籍没家产。至于宽赋敛、减徭役、存恤孤寡、振举滞淹之事,未尝施行,使天子及民之意,尽成空言,有负圣心,损伤和气。臣请特降诏书,今后赦书内宣布恩泽有所施行,而三司、转运司、州县不切遵禀者,并从违制例,徒二年断,情重者当行刺配。应天禧年以前天下欠负,不问有无侵欺盗用,并与除放。违者,仰御史台、提点刑狱司常切觉察、纠劾,无令壅遏。臣又闻易曰"先王以省方观民设教",故有巡狩之礼,察诸侯善恶,观风俗厚薄,此圣人顺动之意。今巡狩之礼不可复行,民隐无穷,天听甚远。臣请降诏中书,今后每遇南郊赦后,精选臣僚往诸路安抚,察官吏能否,求百姓疾苦,使赦书中及民之事,一一施行。天下百姓,莫不幸甚!

十曰重命令。臣闻书曰"慎乃出令,令出惟行"。准律文,诸被制书有所施行而违者,徒二年;失错者,杖一百。又监临主司受财而枉法者,十五匹,绞。盖先王重其法令,使无敢动摇,将以行天下之政也。今睹国家每降宣敕条贯,烦而无信,轻而弗禀。上失其威,下受其弊。盖由朝廷采百官起请,率尔颁行,既昧经常,实时更改,此烦而无信之验矣。又海行条贯,虽是故违,皆从失坐,全乖律意,致坏大法,此轻而弗禀之甚矣。臣请特降诏书,今后百官起请条贯,令中书、枢密院看详、会议,必可经久,方得施行。如事干刑名者,更于审刑、大理寺,勾明会法律官员参详起请之词，删去繁冗，裁为制敕，然后颁行天下，必期遵守。其冲改条贯并令缴纳，免致错乱、误有施行。仍望别降敕命，今后逐处当职官吏，亲被制书及到职后所受条贯，敢故违者，不以海行，并从违制，徒二年。未到职已前所降条贯，失于检用，情非故违者，并从本条失错科断，杖一百。余人犯海行条贯，不指定违制刑名者，并从失坐。若条贯差失，于事有害，逐处长吏别见机会，须至便宜而行者，并须具缘由闻奏，委中书、枢密院详察。如合理道，即与放罪。仍便相度，别从更改。[1]

赵祯细细看完范仲淹、富弼的奏书，拍案大喜："写得好！写得好啊！朕当依卿家所言，依策而行。"

赵祯没有食言，按照范仲淹、富弼的建言，次第颁发了一系列诏书。从庆历三年九月到次年五月间，除了关于府兵的那条建言，因为宰相坚决反对没有施行，其他的建议，赵祯都一一采用并施行了。短短半年多时间，大宋王朝朝野上下掀起一波从未有过的革新浪潮。

2

司徒吕夷简一再向朝廷请老还乡。虽然谏官们不断严词弹劾吕夷简，赵祯心里依然感念吕夷简的恩德，授他太尉致仕，仍监修国

---

[1] 《续资治通鉴长编》卷一百四十三庆历三年九月条。

史,并准许他朔望日及大朝会日可以列在中书门下班上朝。

看着皇帝念念不忘吕夷简,欧阳修心里极不痛快。他数次上疏,直言吕夷简多年为相,以致国家内外交困、贤愚倒置、纪纲大隳,二十余年间坏乱天下,认为皇帝不负吕夷简,吕夷简却上负朝廷,如今吕夷简的子弟因父侥幸,恩典已极。他愤然指出,边疆多事,外面的臣僚辛辛苦苦却很难加官晋爵,岂可使奸邪巨蠹之家、贪赃愚騃子弟不停加恩?因此建议朝廷不可再对吕夷简及其子弟加恩。

赵祯看了欧阳修的上疏,心中暗想:"欧阳修倒是咬住吕夷简不放了,当年吕夷简在朕与太后间周旋,对朕多有爱护,朕岂可在这个时候忘恩!"这样一想,便将欧阳修的上疏放在一边,不作任何回应。

欧阳修见上疏之后皇帝没有反应,便到宫内求见皇帝。赵祯无奈,只得将欧阳修宣到延和殿召对。

"卿家又想说什么?"

欧阳修神色肃然,厉声道:"国家每出诏令,常患官吏不能遵行,其实不知道真正的问题乃在朝廷自先坏法。朝廷不能自己先遵守法令,天下谁又能遵守法令呢?"

"大胆!卿家何出此言?"

"陛下,臣这样说自有来由。"

"你说。"

"陛下可记得,去年十月中曾有臣僚上言,请求今后大臣的厮仆不得奏荐班行。敕旨颁下,才三四月,朝廷却用吕夷简仆人袁宗等二人为奉职。吕夷简身为大臣,坏乱陛下朝政多矣。吕夷简其人,一旦为了私利,虽败天下事,尚无所顾,怎么可能为了陛下而惜法？"

"这……"

"如今，一法才出，而大臣先坏之。吕夷简这样干了，其他大臣的仆人是不是也可以任奉职呢？如果不与，那么法令就是对吕夷简区别对待了；如果与之，则近降敕旨实际上便是一纸空文。有司乃是为陛下守法者，如果不思国家，但徇人情，朝纲岂能不乱呢！"

赵祯听着，耳朵渐渐地变红了。

欧阳修却不罢休，继续说道："臣恳请对于袁宗等人，追回奉职之命，别赠以一军将之类闲名目，足示优恩，不可为无功之臣私宠仆奴而乱国法！"

"朕考虑一下。"

"陛下英明。陛下，臣还要启奏一事。臣风闻吕夷简近日频有密奏，通过御药院暗暗向陛下进文字，不知实有此事否？"

赵祯沉默不语。

"陛下，此事外人相传，上下疑惧。吕夷简身为大臣，久在相位，尚不能为陛下外弭兵革，内安百姓，致使二敌交结，中国忧危，兵民疲劳，上下困乏，贤愚失序，刑赏不中，凡百纪纲，几至大坏。如今筋力已衰，神识昏耗，岂能再参与国家大事？"

"他也是一片忧国之心啊！"赵祯叹息了一句。

"哼，吕夷简因病致仕，本该杜门自守，不交人事。纵有未忘报国之意，凡事应该通过与现在当国政之臣商量后共拟文字，岂可暗入文书，眩惑天听？况吕夷简患风眩，手足几乎不能举动，凡有奏书，必难自写，其子弟辈又不肖，须防作伪，或恐漏泄，于体尤为不便。虽陛下至圣至明，对于吕夷简的奸谋邪说必不听纳，但是，外人见夷简密入文书，恐非公论，若误国计，为患不轻。吕夷简所入文字，伏乞明赐止绝。臣闻任贤勿贰，去邪勿疑，如今，中外群臣各有职事，苟有阙失，自可任责，不可更令无功已退之臣，转相眩惑！"

赵祯呆了半晌，说道："卿家肺腑之言，朕知道了。你先回去吧。"

欧阳修见赵祯似有所动，便默默退了下去。

数日后，赵祯下令，命宰臣章得象监修国史。之前，吕夷简罢相为司徒，犹带监修国史，章得象仅被授予昭文馆大学士。

为了勉励谏官们，赵祯下诏赐知谏院王素三品服，赐余靖、欧阳修、蔡襄五品服，并对他们说："卿等都是朕亲自挑选的，你们数论事无所避，所以才给你们这样的恩赐。"

蔡襄数次请求补外，以便养亲。枢密副使富弼说："谏臣不当远去，给其假期迎亲却是可以的。"于是，赵祯同意蔡襄归宁，不许其辞去谏官之职务。

龙神卫四厢都指挥使、卫州防御使郭承祐被罢真定府、定州部署后，向朝廷请求知真定府。余靖坚决反对，认为郭承祐非才，不宜在镇州做知州。赵祯于是下诏郭承祐知相州。

这段时间，朝廷内一些主要官员的职务也发生了变动。枢密副使、给事中任中师数次提出去地方任职，于是赵祯接受了其请求，将其罢为礼部侍郎、资政殿学士、知永兴军。赵祯又令翰林学士吴育权知开封府。

这一日，赵祯在延和殿召谏官们奏事。

欧阳修说："端明殿学士兼翰林侍读学士李淑有奸邪阴险之

迹，陛下已经很清楚了。李淑自来朋附吕夷简，民间将他列入'三尸''五鬼'之列。朝廷今日如此清明，更要此人何用？陛下可能说他文采好，臣以为，才行者乃是人臣之本，文章者，乃其外饰尔，况今文章之士为学士者，得一两人足矣。假如全无文士，朝廷诏敕之词，直书王言以示天下，尤足以敦复古朴之美，不必雕刻之华。自古有文无行之人，多为明主所弃，只如徐铉、胡旦，皆是先朝以文章著名于天下，二人皆因为有恶行，而被废弃终身。朝廷亦不至乏人。李淑居开封，过失极多，即便如此，只不过一府之害；如今在朝廷，若有所为，少肆其志，则害及忠良，沮坏政治，是为天下之害。故臣不可不言。今虽陛下主张正人，不信谗巧，然李淑之为恶出于天性，恐怕不能悛改，依然会谗毁好人。臣恳请陛下早日给他一外任差遣，使正人端士能够安心做事，不必担忧谗毁之言。"

赵祯听了，连连点头，旋即想下诏以李淑知寿州。可是，事情却迟迟不能推进。原来，中书方面想要等到李淑自己上章求出，方敢差除。

欧阳修知道情况后，更加生气。于是他再次对赵祯说："李淑奸邪之迹，陛下既已尽知，如果能够亲自下令，则使天下之人皆知陛下明圣，辨别忠邪，黜去小人，自出圣断。如此，则今后奸邪险恶之人，可使知惧，而不敢为害。如今，若如中书之意，等待李淑自己求退，则是赏罚之柄，不由明主自行，去住之谋，一任臣下取便。如此，则今后小人，虽为奸邪险恶，天子欲力去，而中书未必肯行。若不自退，更无人敢动他。臣恐自此小人转为得计，不肯悛心。进贤退不肖者，本是宰相之职也。可是如今大臣为了规避怨谤，不肯为陛下除去奸邪，赖陛下圣明，洞分邪正，又不能完全遵照圣旨直接差除，而是曲收人情，优假群小。三四日来，外边闻陛下欲除李淑寿州，人人鼓舞，皆贺圣德，这是因为二三十年间，他出入朝廷，奸险倾邪，害人不少。所以，一旦见人主斥去左右，莫不欢欣鼓舞。哪料到中书如此迂回，自相顾避，可惜圣明之断，不尽施行。臣以为，不用等到李淑自己提出外放，陛下在两府奏事之时，特出圣旨处分，直接令李淑去外郡为官，如此，可使天下皆知此奸邪秽恶之人，是陛下亲自除去的。这样便可以彰圣明之德。"

赵祯采纳了欧阳修的建议，亲自下令李淑出京知寿州。

从吕夷简罢相、致仕，再到李淑知寿州，一系列的大动作，使朝野上下大受震动。希望革新政治的人，都感到欢欣鼓舞。

但是，那些原先把控朝廷利益，如今渐渐失势的官员，则对发生在朝廷内部的革新措施开始暗怀怨恨。欧阳修、余靖等谏官旗帜鲜明的态度，以及他们对范仲淹、韩琦、富弼等重臣的支持，使得那些失势官员将怨恨的矛头，渐渐指向了范仲淹、韩琦、富弼等人。登门造访宰相章得象和晏殊的官员越来越多，有的官员开始指责范仲淹、韩琦、富弼和欧阳修等人提出的政策与措施是闭门造车，不切实际。

与此同时，谏官蔡襄留意到执政大臣即便在非假休日也在府邸中会见宾客，便向赵祯建言，认为执政大臣非假休在私第接见宾客不合规制。赵祯正想加强自己的权力以推进政治革新，因此立刻采纳了蔡襄的建议。这样一来，更引发了一些官员的不满。有人认为，唐元和用兵时，裴度为相，在私第延见四方贤俊，以广谋虑。蔡襄却建议朝廷禁绝执政在非假休时接见宾客，这种建议真的不是谏官应该提出的。

章得象、晏殊本是不喜欢多添是非的人，莫名其妙成了事件的焦点，都心里满不是滋味。更让章得象、晏殊感到添乱的事情是盗贼四起。张海、郭邈山等数人起兵反叛朝廷，攻城略地，杀伤吏民。陕府、西京、唐、汝、均、房、金、商、襄、邓等地，均受到盗贼的侵扰。

赵祯听取范仲淹、欧阳修、余靖等人的建议，一边调兵遣将捕捉盗贼，一边制定各种措施改革吏治，修明政治以缓和危机。

因为之前郑戬举报滕宗谅此前在泾州枉费公用钱十六万缗，监察御史梁坚也上疏劾奏滕宗谅，赵祯虽然听了范仲淹的辩词，但还是将滕宗谅从知秦州改为权知凤翔府，旋即又命宣抚副使田况权知庆州。

范仲淹听到这个消息，心底为滕宗谅不平，于是在朝会时为滕宗谅辩护。赵祯正在气头上，哪里听得进去？次日清晨，范仲淹早早起来，写了一份奏书，通过中书呈送给皇帝，继续为滕宗谅辩护。奏书云：

> 臣昨日面奏滕宗谅事，当天威震怒之际，臣言不能尽。又章得象等不知彼中事理虚实，皆不敢向前，惟臣知从初仔细，又只独自陈说，显涉党庇宗谅。虽已行勘鞠，必能辨明虚实，然有未达之情，须至上烦圣听。今具画一如后：
>
> 一，梁坚元奏宗谅于泾州贱买人户牛驴，犒设军士。臣窃见去年葛怀敏败后，向西州军官员惊忧，计无所出。泾州无兵，贼已到渭州，只是一百二十里，宗谅起遣人户强壮数千人，入城防守。其时又木冰寒苦，军情愁惨，得宗谅管设环庆路节次策应军马四头项，一万五千余人，酒食柴薪并足，众心大喜。虽未有大功，显是急难可用之

人，所以举知庆州。仓卒收买牛驴犒军，纵有亏价，情亦可恕。

一，梁坚奏宗谅在邠州声乐数日，乐人弟子得银碟子三二十片者。臣与韩琦到邠州，筵会一日，其时众官射弓，各将射中，楪子散与过弓箭军人及妓乐，即非宗谅散与而罪归宗谅。又云"士卒怨嗟"，况边上筵会，是常当直军人更番祗候，因何得其日便有怨嗟？

一，梁坚奏称："宗谅到任后使过钱十六万贯，其间有数万贯不明。"今来中使体量，却称只是使过三千贯入公用，已有十五万贯是加诬，钱数物料是诸军请受，在十六万贯之内，岂可诸军请受亦作宗谅使过？臣在庆州日，亦借随军库钱回易，得利息二万余贯，充随军公用支使外，却纳足官本。今来宗谅所用钱数物料，必亦是借官本回易所得，将充公用。

一，环庆一路四州，共二十六寨，将佐数十人，兵马五万。自宗谅勾当，已及八九个月，并无旷阙。边将军民，亦无词讼。处置蕃部军马公事，又无不了。若不才之人，岂能当此一路？

一，边上主帅，若不仗朝廷威势，何以弹压将佐军民，使人出死力，御捍强敌。宗谅是都部署、经略使，一旦逐之如一小吏，后来主帅岂敢便宜行事？

一，防秋及时，主帅未有显过，而夺其事任，将令下狱，若遇贼兵寇境，未知令何人卒然处置？此路今差王元权领，况王元在河东沮怯，已曾责降，今且在边上备员，岂可便当一路委寄？恐更误事。

一，宗谅旧日疏散，又好荣进，所以招人谤议，易为取信。

一，台谏官风闻未实，朝廷即便施行。臣目击非虚，而未蒙朝廷听纳。臣若是诳妄之人，不当用在两府。既有目睹之事，岂可危人自安，误陛下赏罚。兼西北未宁，见搜求稍可边上任用之人，即加奖擢，岂宜逐旋破坏，使边臣忧惕，不敢作事！虽国家威令不可不行，须候见得实情，方可黜辱。臣欲乞朝廷指挥，宗谅止在任勾当，委范宗杰在邠州一面勘鞫干连人，并将已取到庆州钱帛文帐磨勘。如宗谅显有欺隐入己及乖违大过，即勾宗谅勘鞫。如无乖违大过，又无欺隐入己，即差人取问，分析缘由，入急递闻奏，别取进止。所有张亢亦奉圣旨令便勘鞫，臣体量得张亢不能重慎，为事率易，昨在渭州，亦无大段过犯。乞委范宗杰一就勘鞫干连人，依勘滕宗谅事行遣闻奏。仍乞以臣此奏宣示台谏官，候勘得滕宗谅、张亢却有大段乖违过犯及欺隐入己，仰台谏官便更弹劾，臣甘与二人同行贬黜。臣所以极言者，盖陛下委寄边臣，使一向外御而无内忧之祸，则边上诸路人人用心，不至解体，有误大事。[1]

在这份奏书中，范仲淹旗帜鲜明地为滕宗谅和张亢辩护。

范仲淹指出，滕宗谅在泾州使用公使钱，并不是如郑戬所说是滥用。当时葛怀敏大败后，夏军进攻渭州，距离泾州不到一百二十

---

[1] 《续资治通鉴长编》卷一百四十三庆历三年九月条。另可参见《范仲淹全集》之《范文正公政府奏议卷下·奏雪滕宗谅张亢》，文字与《长编》之文略有异。

1031

里。泾州无兵，宗谅动员当地人入城防守。那时天寒地冻，连树木也挂满了冰雪，军情愁惨，从环庆路前来支援的一万五千余人，全由滕宗谅提供酒食柴薪，仓促收买牛驴犒军，纵是当时低价从百姓那里购买的，情亦可恕。

至于说滕宗谅在邠州声乐数日，散给乐人弟子银碟子三二十片，士卒不满意，那更是不合实际情况。得到银碟子的有乐人，也有军人。当时我和韩琦到邠州时，摆了一天宴席，众官射弓，各将射中，银碟子散与军人及妓乐，散银碟子的事情，当由我们负责，罪并不在滕宗谅。

范仲淹又说，梁坚弹劾滕宗谅到任庆州后使过钱十六万贯，其间有数万贯不明所用。后来中使查证，当时滕宗谅只是使用过三千贯入公用，其他十五万贯钱数物料，乃是诸军请受，实在那十六万贯之内。这怎么能够算在滕宗谅头上呢？

他又说，自己在庆州时，也曾经借随军库钱做生意，得利二万余贯，除了归还本钱，其他都充随军公用支使了。滕宗谅所用钱数物料，也一定是借官本做买卖后，充为公用了。范仲淹认为，边上将帅用公使钱，都是在特殊情况之下权宜变通的做法，他们用公使钱，不过是用来做买卖赚取利息补贴公用，或者是馈赠官员犒劳将士，即使借用公使钱，也都如数还本，并未放入私囊。朝廷不该因这类小过，而将他们逐之如一小吏，或直接下狱。如果朝廷这么干，后来主帅岂敢便宜行事？若遇贼兵寇境，不知何人敢临危权机应对啊！

最后，范仲淹表示，如果真的查出滕宗谅、张亢有什么大过，自己甘与二人同行贬黜。

范仲淹、富弼和欧阳修等人进一步向赵祯提出用人的谏议，甚至直接为朝廷推荐人才。这段时间，赵祯大量采纳了范仲淹、富弼和欧阳修等改革派关于择长官的意见。

冬十月丁酉，赵祯下诏令步军副都指挥使、感德军留后李昭亮为真定府、定州路都部署。谏官欧阳修上疏认为李昭亮不堪为将帅，不可委兵柄。赵祯又听取富弼、范仲淹等人建议，命盐铁副使、工部郎中张昷之为天章阁待制、河北都转运按察使，以兵部员外郎、知谏院王素为天章阁待制、淮南都转运按察使，以盐铁判官、兵部员外郎沈邈为直史馆、京东转运按察使。太常博士、秘阁校理孙甫为右正言，谏院供职。范仲淹之前推荐了环州军事判官姚嗣宗，赵祯这时以姚嗣宗为著作郎、陕西四路部署司勾当公事。

1033

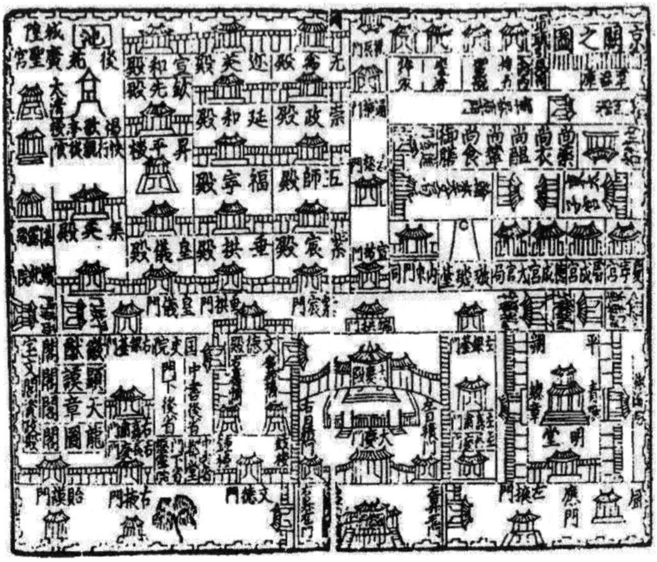
京闕之圖
後苑
崇政殿
延和殿
紫宸殿
垂拱殿
皇儀殿
集英殿
景福殿
欽先殿
宣和殿
昇平樓
紫宸門
垂拱門
皇儀門
文德殿
大慶殿
大慶門
中書後省
門下後省
文德門
右掖門
左掖門
明堂
尚食
尚衣
尚輦

第四十一章
千头万绪

1

这一日，天气甚冷，整个天空都是阴沉沉的。没有朝会，赵祯令内侍在延和殿内烧起炭炉子，不紧不慢地翻阅近期呈送来的奏书。陕西四路经略安抚招讨使郑戬的奏书引起了他的注意。

看完奏书，赵祯令人召两府大臣前来议事。待章得象、晏殊、范仲淹等人到齐后，赵祯便开口了："郑戬上言，建议在陇坻之地建水洛城，诸卿以为如何？"

过了片刻，章得象道："范仲淹在陕西经营多时，不如请他先说说。"

赵祯点点头，便将目光投向了范仲淹。

范仲淹心知章得象不愿先开口表态，其实是不愿担风险，但是自己确实经营陕西多年，对边情比较熟悉，因此章得象建议自己先说，也没有错。当下，他不及多想，便说道："陇坻之地多有生户，若是仓促建城，不免与生户发生土地纠纷。建城倒是好事，只是需从长计议。"

"晏殊，你看呢？"

"臣认为范仲淹所言甚是。"

"朕就料到你们几个会这么说。"赵祯笑道。

范仲淹一愣，抬眼盯着赵祯。

赵祯见范仲淹面露诧异，哈哈一笑，说道："这生户之虑，其实郑戬也考虑到了。不过，这建水洛城的想法，还真是要从生户说起。"

他这么一说，范仲淹等人不禁更觉诧异。

"事情是这样的。郑戬提出这个建议，是因为德顺军生户大王家族元宁等以地来献。生户大王家族元宁等所拥有的土地，西占陇坻，通秦州往来道路，陇之二水，环城西流，绕带河、渭，田地肥沃，广数百里。可是，这片地方却无所役属。于是郑戬派遣静边寨主刘沪前去接收献纳的土地，并招集其酋长议事。这些酋长都愿意以儿子为人质，求封汉官。郑戬的意思是，如果能够在他们的那片土地上筑城，便可得蓄兵三五万人及弓箭手共捍元昊，实在是封疆之大利。那个刘沪，还是韩琦与范卿一同推荐的吧。"

"原来如此。"范仲淹叹道。

赵祯提到的刘沪，范仲淹也是熟知的。刘沪先前以右侍禁、瓦亭寨监押、权静边寨主击破党留等族，斩了一骁将，获马牛橐驼万计。任福战败时，边城昼闭，居民的畜产很多都被西夏人劫掠了，只有刘沪冒险开门接纳了边民。边人以此敬称刘沪为"刘开门"。这之后，刘沪升迁左侍禁。韩琦、范仲淹推荐他，于是朝廷更授其阁门祗候。刘沪后来又带兵攻破了穆宁生氏。

"水洛一带，川平土沃，又有水轮、银、铜等矿产。刘沪带兵到了章川后，收善田数百顷，并增加屯兵。他又秘密派人游说城主铎厮那内附。正好郑戬巡边，刘沪便召铎厮那及其酋属来献结公、水洛、罗甘等地，表示愿意归附朝廷作为属户。于是，郑戬即令刘沪将兵前往受地。这期间还发生了剧变，所幸刘沪沉着应对，化解了危机。诸卿可想知道其间发生了什么？"

"陛下今天可真会卖关子。"晏殊笑道。

"且听朕慢慢道来。听郑戬说，刘沪将到水洛之地时，氐人发生兵变，聚兵数万合围官军，并且纵火呼啸，想要尽杀官兵。当时刘沪兵才千人，前后数百里无援。也亏得他异常冷静，只是令军在大营坚守不出，待到清晨，又下令晨炊缓食，随后，便令亲兵摆出胡床，自己坐在胡床上从容指挥进退。结果，官军一战将氐人击溃。刘沪立刻率军追奔至石门，于是氐酋皆拜服，尽驱其众归属刘沪麾下。如此一来，就打通了秦、渭之路。不久后，刘沪又败临洮氐于城下。"

"竟然还有这样一番故事，郑戬、刘沪果然都是镇边之才啊！"章得象赞道。

赵祯听章得象这样说，不禁哈哈大笑。当下君臣又议了一番，赵祯旋即下诏准郑戬等修建水洛城。

不论是章得象、晏殊还是范仲淹，此刻都没有想到，修水洛城一事，会在此后很长一段时间内成为大宋朝廷一件极富争议的大事。

2

这一日清晨，范仲淹正于府内向周德宝请教如何舞太极剑，欧阳修匆匆登门拜访。

范仲淹见欧阳修一脸严肃，瞪着眼，抻着脖子，便知定有事情惹恼了他。

"永叔兄，这是怎么了，满脸怒气的？"

"范公啊！你还不知道吗？"

"什么？"

"那个燕度真是混蛋！"

"究竟发生什么事情了？"

"唉！那个燕度，自以为是钦差，将滕宗谅拘禁了，又枝蔓勾追，四处查人，邠州诸县枷杻都快被他用完了。据说，他所抓之人，都是无罪之人，竟然连狄青、种世衡也受了牵连。如今边上军民将吏，已经是人人嗟怨。而且，据说那个燕度竟然还要求韩琦配合调查，这是想要将圣上的肱股之臣也扳倒啊。如此动摇人心，岂不是给元昊可乘之机！我听说，最近元昊那贼又派人入我大宋之境，如果被他们窥得韩琦、狄青、种世衡受牵连，说不定会乘机再次作乱啊！"

"燕度可真是要坏朝廷大事啊！之前我数次上疏，为滕宗谅、张亢辩解，可是圣上终是不听。圣上的意思是，如果滕宗谅真是乱用公使钱，那就应该受到惩罚。这个你是知道的，祖宗家法，就是怕武臣培养自己的势力以致生乱于外。不过，滕宗谅、张亢、狄青、种世衡等都是忠勇之人，用公使钱都是为了王事，岂能一般对待？如今，燕度又借机生事，确实不可不虑啊。"

"范公，你说怎么办？燕度小人，借追查滕宗谅博强干之名，若是圣上不下决心保滕宗谅、张亢等，这出戏恐怕会越演越烈啊。"

"永叔兄，我看这样子，你以谏官身份上疏圣上，我再去找圣上面议。田况、尹洙等，也在上奏为滕宗谅等辩护。只要我等坚持，圣上多少能够听进去一些。"

"好！既然范公依然愿意出面，我欧阳修又岂怕受牵连？这乌纱帽，不要也罢！我一定上书，力保滕宗谅等。"

"好！就这么说定了，我等一起努力。"

随后，范仲淹、欧阳修等人联合起来，一起向赵祯上疏力保滕宗谅、张亢等人。

终于，在范仲淹、欧阳修、田况、尹洙等人力谏力保之下，赵祯在庆历三年七月将张亢于渭州徙并代部署，到了庆历四年正月，又不等张亢被下狱拘押，就将他降为本路钤辖。赵祯也下诏，令燕度等不要再追查狄青。庆历四年正月，不等燕度奏狱具，赵祯又下诏将滕宗谅移知虢州。

3

庆历三年十一月丙寅，大宋上清宫着了一场大火，上清宫几乎被烧毁殆尽。

赵祯大为恼怒，严令责办有关官员并决定尽快修复上清宫。这时，有一个官员上奏章提出了反对意见。这个官员，是刚刚因御史中丞王拱辰举荐而被任命为监察御史里行的包拯。赵祯看了奏章，便找了两府大臣商量是否要重修上清宫。一番讨论后，两府认为包拯的建议有道理。赵祯于是下诏，清除上清宫的残存物，其地改建为禁军营。包拯的这次上疏，让赵祯皇帝记住了他。

范仲淹也暗暗赞叹这个监察御史里行。包拯是合肥人，对父母非常孝顺，曾知天长县，随后知端州。他做地方官期间，秉公执法，断案如神，廉洁奉公，颇得百姓的爱戴。因为包拯天生一张黑脸，百姓们便给了他一个"黑脸包公"的绰号。

这时，发生了一件事情，让范仲淹又想起了包拯。

这日没有朝会，一早，范仲淹令李金辂前往包拯府上，将他请到了自家书房。

"希仁兄，快坐下，今日请你来，范某其实有一事请教啊。"范仲淹笑道。

包拯在范仲淹指的那张椅子上从容落座，说道："不知范公所言何事？"

"希仁兄，高邮城知军晁仲约的事情你听说了吧？"

包拯听了稍稍挺直了腰背，肃然道："下官知道。不久前，王伦率叛军将过高邮，高邮城中没有守军，知军晁仲约认为这种情况下对抗叛军，等于自寻死路，再三思度，便令富民拿出金帛，杀牛备酒，犒劳叛军。王伦等于是舍高邮而去，并未抢掠当地的居民。这件事传到了京城，朝廷大怒。枢密副使富弼认为应该诛杀晁仲约以正法度。"

"听说你在天长县、端州等地断案如神，范某想请你断一断，晁仲约该如何处罚。"

"这……下官以为，论法，晁仲约当杀。"包拯斩钉截铁地说道。

"那论理呢？"

"若论理……未经调查之前，下官不敢说。"包拯犹豫了一下，方才继续说道。

"说得好，应该调查！不愧是监察御史！那如何调查呢？"范仲淹微笑着追问。

"得去高邮！"包拯斩钉截铁地说道。

"很好！范某正想请你帮忙私下调查此案，如何？"

"微臣愿往。"

"如此甚好，你回去告假几日，去高邮一趟，务必弄清楚当地百姓对晁仲约的看法。"

"范公，你为何不用手下之人去调查？"包拯露出疑惑的神色。

"我会派两个人协助你，但是，有你参与调查，相信最后作出的判断会更加公正。"范仲笑道。

说罢，范仲淹喊了一下站在门外的李金辂，令他去将原郭京和赵圭南请过来。此时，原郭京已经经过皇帝特批，辞去了参军事职务，来到京城，重新追随在范仲淹的身边。

过了一会儿，原郭京、赵圭南来到书房，拜见了包拯。

包拯见状，爽快地接受了调查任务，与原郭京、赵圭南约好，次日便前往高邮调查晁仲约一事。

数日后，包拯、原郭京、赵圭南回到京城，将调查结果禀告给范仲淹。范仲淹听了他们的汇报，不禁长叹道："幸有这一番调查啊！"

这一日，富弼、范仲淹两人在皇帝面前就如何处置知军晁仲约展开了辩论。赵祯让富弼先说。

富弼说："盗贼公然横行，守臣却不能战，不能守，而令百姓花钱备酒犒劳盗贼，论国法，应当诛杀；不诛，则郡县就没有愿意守卫的人了。听说高邮之民，对晁仲约恨之入骨，欲食其肉。陛下，不可饶恕晁仲约啊！"

范仲淹待富弼说完，缓缓步出班列，从容道："陛下，臣有不同看法。凡事都得讲个理字。郡县如果有兵械，足以战守，遇盗贼不御，而又赂之，则按国法当诛。但是，今高邮无兵无器械，即便晁仲约愿意勉力战守，恐怕也无法避免百姓遭受屠戮。现在要杀晁仲约，恐怕不是国法本意。百姓虽然花费了钱财，但免于被杀掠，按常理推断，就知道他们肯定感到万幸。"

赵祯道："你的说法，可有证据和证人？"

范仲淹道："有，臣已经派监察御史包拯带原郭京等人前往高邮调查过。当时的情形，如没有晁仲约，确实可能被屠城。所谓百姓欲食晁仲约之肉的说法，纯粹是传言。"

包拯这个人，赵祯是很相信的。至于原郭京，赵祯也对其非常信任，因此他听范仲淹这么一说，心里暗想："好一个范仲淹，原来是早有准备的啊！"

当下，赵祯沉思了片刻，说道："范卿所言有理。"于是，晁仲约由此免死。

富弼满脸不悦，对范仲淹道："今患法不举，举法而多方沮之，何以服众？"

退朝后，范仲淹将富弼拉到一边，说道："祖宗以来，没有轻杀臣下，这是盛德之事，为什么要破坏呢？况且，我与你同在朝堂，同僚之间，同心者有几人？即便是陛下宅心仁厚，但心思也难以捉摸，万一陛下身边有人诱使他诛戮臣下，他日手滑，即便是吾辈，亦不能自保！"

富弼皱着眉，哼了一声："六丈，你是想当佛吗？"

范仲淹一愣，见富弼赌气，当下也只能微微一笑。

壬午，赵祯下诏将叛军邵兴及党羽凌迟处斩。赵祯本想用此极刑来警告天下，不过，警示的作用似乎微乎其微。大宋王朝境内，依然盗贼横行。

欧阳修忧心忡忡，认为盗贼纵横，不仅仅是因为朝廷内外没有准备，主要原因是威令不行。

这日朝会，欧阳修站出班列，进言道："之前，王伦贼杀主将，自置官员称号，着黄衣，改年号，做出这些事情，乃是反贼，如果不歼灭，后患无穷！而他失败之后，也不诛灭其家族。凡小人做事，都会先算计。假若成则获大利，不成则无大祸，有利无害，谁不欲反？王伦起兵反叛后，淮南一带官吏与王伦饮宴，率民金帛献送，开门纳贼，道左参迎，如果尊重国法，岂敢如此？这是因为国法不严，遂致张海等官吏依前迎奉，顺阳县令李正己延贼饮宴，宿于县厅，恣其劫掠，鼓乐送出城外。李正己等敢这样做，是因为不奉贼则死，不奉朝廷则不死，所以畏贼过于畏国法。臣恐朝廷威令从此遂弱，盗贼凶势从此转强。臣闻刑期无刑，杀以止杀，宽猛相济，用各有时。伏望陛下勿采迂懦所说妇人女子之仁，尚行小惠，以误大事。势已如此，不可更循旧弊，武怒威断，唯陛下力行之。"

赵祯听了，只是沉吟不语。

欧阳修又道："像晁仲约等，也应该加以重刑，以正国法。"

赵祯听了，摆摆手，道："晁仲约的事情，已经过去了，不必再提。"

欧阳修沉着脸，扭头看了范仲淹一眼，不再说话。

范仲淹见欧阳修眼神中有愤怒之意，知其依然不认同朝廷对晁仲约的处置办法，不禁心底暗暗叹道："即便是同道之人，在具体事务上也是不能都意见一致啊！永叔对我的成见恐怕是日加深厚。只是大宋若没有仁政，只为王朝的利益，驱民无辜赴死，难道便是祖宗开创基业的初心吗？"

想到这里，范仲淹听到赵祯又问群臣对与西夏议和的看法。他听到谏官孙甫站出来发言：

"窃观与西人议和，其利一，而其害有四。自从西边用兵以来，国用空耗，而民力匮乏，假若约和，则边兵可减，科敛可省。这是有利的方面。但是，此时与西夏议和，为害更多。其一，契丹当初声言可以告谕元昊，使他臣服于中国；如果和议成了，契丹必然居功，进一步向朝廷提出要求，那时朝廷该如何拒绝呢？其二，自天下承平，四十年间，不修武备，待边疆有警，而用没有训练的将领和士兵，故久无成功。如今，边疆刚刚加强了武备，一旦议和，则恐怕又很快放松了武备，复如昨日。其三，元昊拒命，终不敢深入关中的原因，是沙州唃厮啰等族的牵制。如果他与朝廷通和，就可以专力对付沙州唃厮啰等族，恐怕会变得更加强大。其四，朝廷恃久安之势，法令弛而不振，纪纲坠而不修，忠邪不辨，用度不节。直到西夏起衅，朝廷始议更张法制，以救前事之弊。假如与西夏议和，又一时无事，复又陷入安逸，则他时之患，不可预料。凡利害之机、安危之计，愿陛下留神而熟图之。"

"议和与励精图治难道一定会矛盾吗？"范仲淹听了孙甫之言，心下并不认同。

赵祯也没有当即表态，只是继续问其他大臣的看法。于是范仲淹站出来说了自己对议和的看法：议和可以使边疆休养生息。他力主议和。范仲淹之后，晏殊、章得象等大臣也纷纷表态。

赵祯听了大臣们的意见，依然没表态。

随后，赵祯转换了议题，就改革朝政进行了一番议论后，说道："前范仲淹所陈十事，甚合朕心。"于是下诏：

　　自今见任，前任两府及大两省以上官，不得陈乞子弟、亲戚馆职并读书之类。进士三人以上，一任回无过犯者，许进著述召试，取优等者充，遇馆职阙，取曾有两府二人、两省三人同罪举充者，仍取著述看详试补。

这份诏书一下，朝内一片忙乱。章得象和晏殊府上一时间门庭若市，不少官员登门拜访，希望从两位宰相口中探得今后朝廷对各级官员子弟、亲戚担任官员的政策。

"某等为国出力，不就是图给子弟谋个前程吗？"

"看这样子，朝廷是要收紧名器了。只是这样子一来，谁愿意为朝廷尽心干事啊！"

一时间，议论纷纷。

数日后，谏官欧阳修上言：

伏见国家近降诏书，条制馆阁职事，有以见陛下谨于名器，渐振纪纲。然而积弊之源，其来已久，侥幸之路，非止一端。今于澄革之初，尚有未尽，其甚者，臣见比年外任发运、转运使、大藩知州等，多以馆职授之，不择人材，不由文学，但依例以为恩典。朝廷本意，以其当要剧之任，欲假此清职以为重。然而授者既多，不免冒滥，本欲取重，人反轻之。加又比来馆阁之中，大半膏粱之子，材臣干吏，羞与比肩，亦有得之以为耻者。假之既不足为重，得者又不足为荣，授受之间，徒成两失。臣欲乞今后任发运、转运使、知州等，更不依例帖职。若其果有材能，必欲重其职任，则当升拜美官，优其秩禄。况设官之法，本贵量材，随其器能，自可升擢，岂必尽由儒馆，方以为荣？

臣窃见近年风俗偷薄，士子奔竞者，至有偷窃他人文字，干谒权贵以求荐举，如邱良孙者。又有广费资财，多写文册，事业又非绝出，而惟务干求势门，日夜奔驰，无一处不到，如林槩者。此二人并是两制臣僚奏乞召试，内邱良孙近虽押出，而林槩已有召试指挥。旧来本无两省以上举馆职明文，尚犹如此奔竞，今若明许荐人，则今后荐者无数矣。臣欲于近降诏书内两省举馆职一节，添入"遇馆职阙人，即朝廷先择举主，方得荐人"。仍乞别定馆阁合存员数，以革冗滥。

又，臣窃见近降诏书，不许权贵奏子弟入馆阁。此盖朝廷为见近年贵家子弟，滥在馆阁者多，如吕公绰、钱延年之类，尤为荒滥，所以立此新规，革其甚弊。臣谓今后膏粱子弟，既不滥居清职，则前已在馆阁者，虽未能沙汰，尚须裁损。欲乞应贵家子弟入馆阁见在人中，若无行业文词为众所知，则不得以年深迁补龙图、昭文馆，并待制、修撰之类。所贵侍从清班，不至冗滥。[1]

欧阳修在这份奏书中，力劝赵祯要坚持抑侥幸、去冗滥。赵祯阅了奏书，露出了欣慰的笑容。确实，颁布新政后，他也日感压力。欧阳修这样的奏书，好比雪中送炭，为他重新树立起推行新政的信心，坚定了推行新政的决心。

---

[1] 《续资治通鉴长编》卷一百四十五庆历三年十一月条。

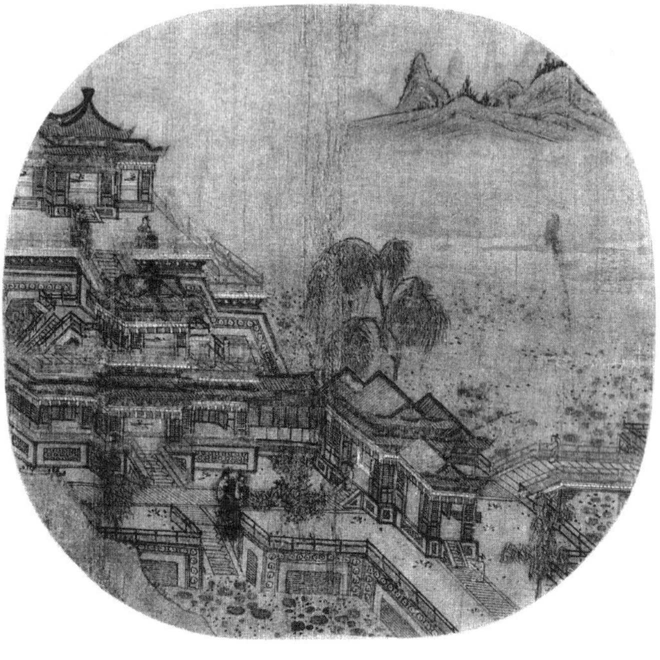

第四十二章
变局中的革新

1

近年底,天气更加寒冷了。

这一日清晨,范仲淹穿好官服,准备出发前往待漏院。原郭京急匆匆从大门奔了进来。

"范公!听说西夏出事了!"

"出什么事了?慢慢说来。"

"最近传言,元昊的心腹遇乞、刚浪嵬等叛乱,被人察觉被诛,贼国中大乱。"

"果真如此,则元昊派人前来议和,乃是其衰乱所致。而其狮子大开口,索要更高的条件,乃是虚张声势!这个消息太重要了,我需尽快赶到宫中向陛下禀报。李金辂,快备马,我马上就出发。"

李金辂闻言,冲原郭京一抱拳,匆匆跑开了。

"郭京,你赶紧去找赵圭南,向他问问遇乞、刚浪嵬的情况。"

"范公担心消息有假?"

"不,我相信是真的。我担心的是,圭南听到消息,又生刺杀元昊之心。"

"明白了,范公放心,我这就去找圭南。"

范仲淹冲原郭京点点头,又嘱咐几句,方才令其离去。

入宫后,范仲淹不待去中书,紧急求见皇帝。赵祯刚刚在福宁殿早起披览上奏,听说范仲淹紧急求见,不觉皱起眉头。他犹豫了一下,便让内侍去传范仲淹到前殿后门等候。随后,他从寝宫福宁殿出来,在内侍陪同下,不紧不慢往前殿垂拱殿走去。

赵祯到了前殿后门时,范仲淹刚刚急匆匆地赶到。赵祯便一边走,一边听范仲淹禀报。听了范仲淹的话,赵祯沉声道:"这个消息,朕已经知道了,田况从陕西十万火急送来谍报。田况认为,昊贼其势实衰,而急于款附,如果其国人当真反叛,元昊犹自倔强,向朝廷索取,朝廷不宜过于许与,自我示弱。如果是谍者所得皆诈,则元昊必蓄谋怀毒,志未可量,即便朝廷尽应所求,只不过自取其辱。田况正希望朕让二府商议此事呢。范卿,你认为田况说得可有理?"

"臣以为,元昊心腹谋反,必不是假。元昊用兵多年,虽有小胜,但劳民伤财,必然致乱。田况之言,甚是有理。望陛下明察。"

"嗯。不过,章相、晏相皆主张厚馈元昊,以促议和。这事还得从长计议啊。"

"是。"

"当务之急,乃是改革政治。今日,朕便要下一诏,以稍杀任子之恩。这正是你的建议啊。"

赵祯所说的任子之恩,乃是朝廷任用官员的一种制度。按照这种制度，官员子孙可借恩荫得官。此制度到了赵祯执政时，已经造成了明显的冗官问题。当时，台省官员六品以上，其他官员五品以上，在每三年南郊大礼的时候，都可以有一次任子的机会。最高品级的官员，最高可以任子或孙六人，最低品级的官员可以任子或孙一人。此外，当时朝廷还有致仕恩泽、遗表恩泽等等，都可以为子孙谋得官职。范仲淹认为这种制度有严重的缺陷，之前便建议正郎以下和监司须职满两年才能任子，不然，学士以上官员，不出二十年，便会出现一门二十多个京官的局面，从而大大加剧朝廷的冗官问题。范仲淹的建议，深深打动了赵祯。经过慎重考虑后，赵祯才决定采纳范仲淹的建议。

范仲淹听说皇帝准备实施他提出的这项建议，大喜道："陛下英明，此举必能稍去冗官之弊也。"

赵祯点点头，停下脚步，呆了一下，道："话虽如此，朕也预料，诏书一下，朝廷内外，必然议论纷纷。范卿要有准备啊。"

"谢陛下提醒，为社稷计，臣无所避也！"

赵祯微微叹了口气，将头微微一扬，抬脚继续向垂拱殿后门走去。范仲淹愣了一下，旋即转身，匆匆赶往垂拱殿前门。

当日朝会后，赵祯果然下一诏书，诏曰：

> 周大司乐掌学政，以六艺教国子，则官材盖本于世胄。而今之荫法，推恩太广，以致疏宗蒙泽，稚齿授官。未知立身之道、从政之方，而并阶仕进，非所以审政重民也。其着为令，使夫冢嗣先录，以笃为后之体；支子限年，以明入官之重。设考课之格，立保任之条。古不云乎，爵禄者，天下之砥石，人君所以砺世而磨钝。咨尔庶

位，体兹意焉。

宰相、使相，旧荫子为将作监丞，期亲太祝、奉礼郎，自今子、期亲悉如旧，余亲以属远近补试衔。枢密使、副使、参知政事，子为太祝、奉礼郎，期亲校书郎，今子孙及期亲、尊属如旧，余以次补试衔。仆射、尚书，子为校书郎或正字，期亲寺监主簿，今子孙并期亲、尊属如旧，余属第补试衔。三司使、翰林学士侍读侍讲、龙图阁枢密直学士、丞郎，子为正字，期亲寺监主簿，今子及期亲、尊属如旧，余属第补试衔或斋郎。龙图阁直学士、给事中、谏议、舍人、知制诰、龙图天章阁待制、卿监、三司副使、知杂，子为寺监主簿，期亲试衔，今惟长子听如旧，余属第补试衔或斋郎。郎中、省府推判官、馆阁职，旧郊恩荫补，其尝以赃抵罪，复故官至郎中及员外郎任馆阁职，止荫子孙亲属一人，尚在谪籍者弗预。转运副使、提点刑狱，悉于郊礼前到任逾一年，乃听荫补。

凡选人年二十五以上，遇郊，限半年赴铨试，命两制三员锁试于尚书省，糊名誊录。习辞业者，试论或诗赋，词理可采，不违程序为中格；习经业者，人专一经，兼试律，十道而通五为中格，听预选。以上经两试，九选以上经三试，至选满，有京朝官保任者三人，补远地判、司、簿、尉，无举者补司士参军；或不赴试、亦无举者，永不预选。

京朝官年二十五以上，岁首赴试于国子监，考法如选人，中格者调官。两任无私罪，有监司、知州、通判保举官三人，入亲民；经三试，朝臣保举者三人，与下等厘物务；两任无私犯，监司或知州、通判保举者五人，入亲民，愿易武弁者听。

其武臣：使相，子为东头供奉官，期亲左侍禁，今子及期亲如旧，余属自左班殿直第官之。枢密使副、宣徽、节度使，子为西头供奉官，期亲右侍禁，今子孙及期亲、尊属如旧，余属自右班殿直以下第官之。统军上将军、节度观察留后、观察使、内客省使，子为右侍禁，期亲右班殿直，今子孙及期亲、尊属如旧，余属自三班奉职以下第官之。客省使、引进使、防御使、团练使、四方馆使、枢密都承旨、阁门使，子为右班殿直，期亲三班奉职，今子孙及期亲如旧，余属三班借职以下第官之。正刺史，子为三班奉职，期亲借职，今子孙及期亲尊属如旧，余属为差使殿侍。诸卫大将军、内诸司使、枢密院诸房副承旨，子为三班奉职，期亲借职，今子孙并期亲尊属如旧，余属为下班殿侍。诸卫将军、内诸司副使、枢密院承旨，子为三班借职，尝以入己赃坐罪，迁至诸司副使、诸卫将军，止荫子若孙一人。初任川、广、福建七路，恩如旧。

凡三班试弓弩于军头司，力及而射有法，为中格。习书算者，三班院书家状，误才三字；算钱谷五事通三，为中格。习六韬、孙吴书，试义十而通五，为中格；兼弓弩为优等。愿试策者听之，五通三为中格。或习武艺五事，驰射娴敏，通书算者，亦为优等，补边任。武艺不群，策详而理畅，为异等，引见听旨。

荫长子孙，皆不限年，诸子孙须年过十五，若弟侄须年过二十，必五服亲乃得荫。已尝荫而物故者，无子孙禄仕，听再荫。[1]

这份诏书是庆历新政的重要内容之一。诏书颁布后，任子之恩果然稍有收敛。同时，朝野内外议论纷起，不少官员因为亲属失去荫封待遇，而将怨怒慢慢指向了范仲淹、韩琦、富弼等主张改革吏治的官员。

对于近来的朝野议论，范仲淹并不是不知道。他敏锐地嗅到了这些议论中所包含的危险。但是，改革不过刚刚开始，怎么能够因为出现了危险，便就此打住呢？这些议论，难道不是事先都已经预料到的！当然，他也不是对这些议论无动于衷。他数次求见章得象和晏殊，希望赢得两位宰相的支持。令他真正感到不安的是，不论是章得象，还是晏殊，都隐隐流露出一种微妙的态度。他感觉到了，那是一种微妙的敌意，一种埋藏在嘉许背后的冷漠。章得象这样也就罢了，为何晏大人也会有这种态度呢？他可是将晏殊视为对自己有知遇之恩的长者。他对晏殊的态度变化感到有些心痛。

2

自从张子奭出使夏州，带来元昊议和之请后，大宋朝廷就是否议和、是否满足元昊的议和条件就一直争论不下。入冬以来，元昊心腹叛乱被诛杀的消息，再次加剧了和议之争。元昊新提出的和议条件中，有一条是向大宋售卖西夏出产的青盐十万石。

章得象、晏殊召集杜衍、范仲淹、富弼等人商议后，认为可以

---

[1] 《续资治通鉴长编》卷一百四十五庆历三年十一月丁亥条。

在陕西边境开放一两州准西夏人向宋官方售卖。御史中丞王拱辰认为此法不妥。他建议，只在保安军设榷场博易青盐，然后运输到鄜州；准许商人以解盐价买青盐，然后于关东地方出卖，但不得入陕西、河东。他认为，如此办法，一来盐法不坏，二来商贾见利，参加买卖的人必多。商贾既行，就不用官方运输到鄜州，只令就保安军请算即可。

赵祯对于如何回应元昊的过分要求很是举棋不定，便想着将陕西宣抚使韩琦、副使田况召回朝廷，仔细打听边疆的情况，并听取两人的意见。召回韩、田二人的诏书刚发出，欧阳修便急了。这怎么可以呢！欧阳修向赵祯进言：韩琦之前奉命巡边，本来就是因为朝廷与西贼议和未决，为了加强边疆防备。边疆诸般防备之事，正需要韩琦在那边处理。而且，韩琦、田况各有奏状到朝廷，说边防已经加强，对于元昊的过分要求，朝廷不需怯畏、一味曲从。这说明，韩琦、田况二人对此都心里有底。如果韩琦继续留在边疆，则朝廷与贼商议，自可以持重，不需屈就。可是，如今议方未决，陛下便想将韩琦、田况中道召还，那不是让西贼以为朝廷意在必和，自己先放松了边备吗？况且，事无急切，何必召归？所以，欧阳修请赵祯速速将召韩琦等的札子，派出指挥抽回，还令韩琦等在边疆经略，等和议有定论后再说。

欧阳修的进言，让赵祯颇为为难。诏书都发出了，怎么还能追回呢？

欧阳修还有一个职务是同修起居注。他又继续上书，建议赵祯令自今后上殿臣僚退出时，在殿门外稍候，等修注官出殿门面录圣语后再行离去。赵祯想，这个欧阳修，倒是一丝不苟，不过建议倒是有理，这样一来，朕与大臣的对话，也能得到更好的记录，当下便同意了欧阳修的建议。

关于西夏请卖青盐的争论在继续，赵祯再次召集群臣集议。

关于在缘边设立榷场准西夏出售青盐的问题，范仲淹并没有急于表态。

谏官孙甫抢着发言，激烈地反对对西夏开盐禁。他认为，西夏的青盐，味胜解盐，如果开禁，就会流于民间，无以提防，西夏由此可以获得大利。元昊多年用兵，国中颇为穷蹙，如果让其得利，则大大不利于朝廷。而今，朝廷已经对西贼渐渐有备，若减冗兵，罢不材之将，做好长远计划，根本不用惧怕西夏。卖盐之请，一定不可答应。

赵祯听了孙甫的建议，一时间难以决定。章得象、晏殊见孙甫激烈反对，也都沉默无语。御史中丞王拱辰说完自己的建议后，也闭口不言。御前辩论陷入了僵局。

"欧阳修，你也说说吧。"

欧阳修早就憋了很久想发言，但是想到范仲淹今日一直没有说话，也便强忍着不说话，此时，他见陛下亲自点名，当下振声说道：

> 伏见张子奭奉使贼中，近已到阙，风闻贼意虽肯称臣受册，而尚有数事邀求，未审朝廷如何处置？臣闻善料敌者，必揣其情伪之实；能知彼者，乃可制胜负之谋。今贼非难料，但患为国计者昧于远见，苟一时之暂安，召无涯之后患，自为削弱，助贼奸谋。此《左传》所谓疾首痛心，贾谊所以太息恸哭者也。
>
> 今议贼肯和之意，不过两端而已，欺罔天下者，必

曰贼困窘而求和；稍能晓事者，皆知贼权诈而可惧。若贼实困窘，则正宜持重以裁之，若知其诈谋，则岂可厚以金缯，助成奸计？昨如定等回，但闻许与之数，不过十万，今子奭所许，乃二十万，仍闻贼意未已，更有过求。先朝与契丹通和，只用三十万，及刘六符辈来，又添二十万。今昊贼一口已许二十万，则他日更来，又须二三十万，使外域窥见中国庙谋胜算，惟以金帛告人，则邈川首领，岂不动心？一旦兴兵，又须二三十万。生民膏血有尽，彼求无厌，引之转来，何有限极？今已许之失，既不可追；分外过求，尚可抑绝。见今契丹往来，尚在沿边市易，岂可西蕃绝远，须要直至京师？只以此词，自可拒止。至如青盐弛禁，尤不可从。于我虽所损非多，在贼则为利甚博。况盐者，民间急用，既开其禁，则公私往来，奸细不分。若使贼损百万之盐以啖边民，则数年之后，皆为盗用矣。凡此三事，皆难允许。今若只为目下苟安之计，则何必爱惜，尽可曲从。若为社稷久远之谋，则不止目前，须思后患。

臣愿陛下试发五问，询于议事之臣。一问西戎不因败衄而肯通和之意，或用计困之，使就和乎？或其与北敌连谋而伪和乎？二问既和之后，边备果可彻而宽国用乎？三问北使一来与二十万，西人一去，又二十万，从今更索，又更与之，凡为国计者，止有此策而已乎？四问既和之后，使北敌不邀功责报乎？敌或一动，能使天下无事乎？五问元昊一议和许二十万，他日保不更有邀求乎？他日有求，能不更添乎？陛下赫然以此五事问之，万一能有说焉，非臣所及；若其无说，则天下之忧从此始矣。

方今急和缪议，既不可追，许物已多，必不能减。然臣窃料元昊不出三五年，必须更别猖獗以邀增添，而将相大臣，只如今日之谋，定须更与添物。若今日一顿尽与，则他日何以添之？故臣愿惜今日所求。其如西贼虽和，所利极鲜，北敌若动，其患无涯。此臣前后非不切言，今无及矣。伏望陛下留意而思之，且不可与，彼若实欲就和，虽不许此亦可，若实无和意，与之亦有后虑也。[1]

欧阳修说完，余靖拍手称好。

章得象斜了余靖一眼，露出不满之色，鼻子中哼了一声。倒是一唱一和！他心中暗道。

赵祯将章得象的神色看在眼里，眼光扫过余靖和欧阳修，然后望向范仲淹。

"范卿，你说说吧。"

范仲淹略一迟疑，说道："陛下，臣以为，关于如何应对西贼，不如先由两府再次聚厅合议，然后再向陛下禀报。"

"如此也好。"赵祯微微颔首。

"陛下，西贼向我求和，则主动在我，稍缓亦可。当务之急，需改革内政，消除内患。臣前所建议限职田之策，望陛下早日下诏施行。"范仲淹说道。

赵祯本不想见到大臣们在殿堂上争议，见范仲淹这般说，正中下怀，当即采纳了范仲淹的建议，转换了议题。

---

[1] 《续资治通鉴长编》卷一百四十五庆历三年十一月条。

经过一番议论，限职田规则终于定好了。这个月壬辰日，赵祯下诏限职田。根据限田令，凡大藩长吏可获职田二十顷，通判八顷，判官五顷，幕职官四顷。凡节镇长吏十五顷，通判七顷，判官四顷，幕职官三顷五十亩。凡防、团以下州军长吏十顷，通判六顷，判官三顷五十亩，幕职官三顷。其余军、监长吏七顷，判官、幕职官并同防、团以下州军。凡县令，万户以上六顷，五千户以上五顷，不满五千户并四顷。凡簿、尉，万户以上三顷，五千户以上二顷五十亩，不满五千户二顷。录事参军的职田数目比照判官，曹官比照倚郭簿、尉。发运制置、转运使副、武臣总管，比照节镇长吏。发运制置判官、武臣钤辖，比照防、团州长吏。诸路转运判官，比照大藩府通判。安抚都监、路分都监，比照节镇通判、大藩府判官。黄汴河、许汝石塘河都大催纲，比照节镇判官。节镇以下至军监、诸路走马承受并寨主，都同巡检；提举捉贼、提点马监、都大巡河，职田不得超过节镇判官。在州监当及催纲、拨发，巡捉私茶盐贼盗，驻泊捉贼，不得超过幕职官。巡辖马递铺，监堰，并县、镇监当，不得超过簿、尉。

自此以后，关于职田的数目便有了定制与定限。新的定制，虽然限定了不同级别官员官吏的职田数目，但是实际上新的数目是以前的三倍。

范仲淹等人的想法是，通过这种方式来养廉吏。可是，他们没有想到的是，天下不少官吏因此大肆强括农田，诸路也多误以户绝田为荒田，并将田地转给官吏。不少地区农民大受其害。

庆历四年春天，淮南、江、浙经一带少雨，麦田损失过半，而蝗蝻又复为害。京西东、荆湖南北、广南的盗贼，也一直未曾剿灭。陕西、河东地区的百姓，也因为辇运军粮而困苦。大宋王朝，外患未尽，内忧加剧。

"这样下去可不行。解铃还须系铃人！"余靖决定找范仲淹商量。

范仲淹没有想到余靖找他竟然是要反对限职田。余靖说完理由后，范仲淹大为吃惊。他没有想到自己提出的限职田措施，意在养廉，结果却给不少官吏借机强括农田提供了借口。被愚弄被利用的感觉让他心头压抑，脸色变得煞白。

"你有何好建议？"

"范公，不如你向圣上请对，再写份札子，请圣上特降指挥，旧有职田处，依庆历元年之前旧制外，其未有职田处，且等三二年，另下朝旨摽拨。"

范仲淹嘴角微微抽搐了一下，说道："不可，不能由我来写这份札子。"

"为何不可？"

"应由你向圣上请对,并写份札子说明情况。我实该被弹劾。"

"范公,这倒不必。"

"不,我身为参知政事,向陛下提的建议几误改革大事,岂能不被弹劾?"

"范公,我今日来找你,便是因为不想弹劾你,若是范公自己向圣上请对,想来圣上会听的。"

"还是由你上奏为宜,如此方能使天下官吏之法之本意在限职田,非让官吏因缘检括,强占民田!亦不能因噎废食而取消职田。"范仲淹脸上的煞白之色渐渐消退,但是因心情激动,脸色又略微涨红了。说话时,他瞪大了眼睛,盯着余靖,流露出强烈迫切的神色。

余靖深知范仲淹的脾气。这时见范仲淹涨红了脸、瞪着眼睛,心知他定然是打定了主意,当下也不多言,只是说道:"既然范公坚持,那我就恭敬不如从命,尽快上奏。"

琦再拜啟信宿不奉
儀色共惟
興寢百順琦前者輒以書錦堂記事
易上干退而自謂眇末之事不當仰煩
光筆方風使愧悔若無所處而
忽遠以記文為示雄辭醇發譬夫亡
河之決奔騰放肆勢不可禦從而視之
柱鷲驥奪魄烏能測其淺深哉
傳六
袖俊太過非愚不肖之所勝遂
之大惠為
公文之玷此又捧讀憨懼而不能自安
也重在感著未易言盡謹奉手啟
陳謝不宣
琦再拜啟

第四十三章
韩琦上奏罢修水洛城

1

当庆历五年正月里范仲淹被罢去参知政事,改为资政殿学士、知邠州的时候,他回忆起一年来的时光,有种恍惚的感觉。

自庆历三年年底以来,短短一年时间,发生了许许多多的事情。很多事情是范仲淹始料未及的。尽管在庆历三年年底之前的一段时间内,范仲淹已经察觉到朝廷里出现了对改革不利的声音,也察觉到有或明或暗针对自己及韩琦、富弼等人的势力正在慢慢积蓄,但是,让他不得不辞去参知政事的原因,绝非某个单一的事件,而是不少看似独立发生的事件,它们只是慢慢酝酿才形成的。有些事情,在范仲淹看来,新政最初的效果是积极的,为政治注入了新鲜的血液,使原来的大宋朝堂出现了一股新风。比如,在他举荐的人中,不少是当时的名士,其中包括枢密使杜衍的女婿苏舜钦,有苏舜钦的表弟王益柔——他还是真宗朝名相寇准的外孙,有他在应天府书院的同窗王洙，有他知睦州时的从事章岷，还有他的同年魏兼、王丝。他还力谏重用余靖、欧阳修、蔡襄等人。这些官员，一时间在朝中频繁发声，为推行新政创造了一种热烈的、鼓舞人心的氛围。但是，随着新政的推进，当某些政策在推行过程中出现了问题的时候，情况开始变得复杂了。

庆历三年十二月初，余靖上奏中提出的修改限田令的建议，得到了赵祯的认可。赵祯也并未因修改职田之法的事情而怪罪范仲淹。范仲淹没有想到的是，余靖没有按照他的建议，先同翰林学士张方平打个招呼。限职田的措施虽然是范仲淹提出的，但是限职田的诏书却是在赵祯召集辅臣们集议后，由翰林学士张方平起草的。张方平虽然对于余靖指出的问题表示认同，对余靖颇为鲁莽的直接上奏却暗暗不满。他认为余靖的上奏，不排除是将矛头指向他的。这点小小的不满当时也就像一粒种子掉落在一片土壤中，并没有引起任何人的注意，甚至张方平自己也没有意识到，但这粒种子实际上已经在他的心里制造了与余靖、欧阳修、范仲淹等人的微小裂痕。后来，这个微小的裂痕虽然没有对范仲淹等人构成巨大的伤害，但是在革新派与其他朝臣之间，类似的心理上的裂痕并非只此一条。在朝内出现对范仲淹等人巨大的威胁和压力的时候，许许多多小裂痕积聚在一起，却使得范仲淹、富弼等人在攻击面前显得孤立无援。

还是在这个时候，赵祯似乎意识到新政可能得罪一些元老，因此下诏枢密院安排官员详定国朝勋臣名次，若是如今本家无人食禄者，其子孙一人可享受俸禄。这一措施倒是确实得到了朝廷元老们的欢迎。随后的某一天，司天监禀告，观测到五星皆在东方，说这一征兆主中国大安。赵祯听了，流露出极其喜悦的神色。

十二月里，元昊又遣张延寿等来议事，安化州蛮又以方物入贡。一切看来都对大宋王朝很有利。朝内官员的任免情况，在这个时候，看起来也依然对新政很有利。还是在这个月内，太常丞、集贤校理、同修起居注、知谏院欧阳修被任命为右正言、知制诰。在这之前，中书召试欧阳修，欧阳修却辞而不赴。直到赵祯亲自提出任命，欧阳修才接受了。这使得章得象、晏殊两位宰相都对欧阳修的孤傲颇为不满。范仲淹知道欧阳修被晋升为知制诰的过程，暗暗认为欧阳修之前的推辞颇为不当，但是他深知欧阳修的个性，自然也在章得象、晏殊面前为欧阳修开脱。不过，欧阳修与章得象、晏殊这两位宰相之间的隔阂显然因为这次晋升又加深了。这个时候，赵祯非常信任欧阳修，两个宰相虽然对欧阳修不满，但也只能闷着头闭口不言。

渐渐近了年关，陈、楚一带出现了大雨雪，出现了木冰现象。有占卜者说，朝内有大臣恐怕要出事了。果然，这时荆王元俨得了重病。这一日，赵祯亲自到其府邸问疾。从荆王府出来的时候，赵祯因为荆王病情严重，脸上露出悲哀的神色。回到皇宫后，韩琦的一份奏报到了。在这份奏报里，韩琦陈述了修建水洛城的种种弊端。赵祯心神不定，犹豫再三，不知道能不能采纳韩琦的建议罢修水洛城。

此时赵祯皇帝没有想到，韩琦的这份奏书，将引出一番激烈的论辩与斗争。这番论辩与斗争，堪称整个大宋王朝最复杂的论辩与斗争之一。然而，是否修建水洛城之争绝不是庆历四年发生的唯一对大宋朝堂影响深远的事情，不少事件仿佛从不同的河流一起往前奔涌，有时它们还穿插交错在一起。它们的表面，有的看起来也是一番风平浪静的景象，但是其实在深水之中，却是一样的激流涌动。

欲了解其间的复杂性，就不得不从韩琦的这份奏书说起。

在奏书里，韩琦写了这样一段话：

> 今朝廷未能讨伐元昊，则为守御之计，修完城寨，遇贼至，清野以待之，当不战而自困矣。臣自至泾原路相视诸城寨，类当营葺。然镇戎军及山外弓箭手，今年差役修城，已有劳苦之嗟，来春止令增筑所居城堡，必自无辞。如闻更修生户所献水洛城，颇为未便。盖水洛城通秦州道路，自泾原路新修章川堡，至秦州床穰寨百八十里，皆生户住坐，止于其中通一径，须筑二大寨、十小堡，方可互为之援。其土功自以为百万计，仍须采山林以修敌栅、战楼、廨舍、军营及防城器用。虽即完就，又须正兵三四千人，更岁积粮草，始能屯守之。其费若此，止求一日以通秦、原之援，兼去仪州黄石河路才较近两驿。况刘沪昨已降水洛城一带生户，近李中和又屈伏陇城川蕃部，各补职名为属户。若进援兵，动不下五六千人，诸小蕃族岂敢要阻？是则虽无水洛之援，官军亦可往来。且近边城堡，切于保聚人民，尚力有未及，何暇于孤远无益之处，枉劳军民乎？请就差刘沪、李中和为泾原、秦凤路巡检，令每月互领兵于水洛、陇城川习熟所通之道，以备缓急策应。仍乞只作朝廷指挥，下陕西四路部署司、泾原路经略司，且并力修葺逐处未了堡寨，其水洛城，候别奏听旨。如朝廷未以为然，乞选差亲信中使至泾原、秦凤路，询问文彦博、尹洙、狄青等，即知修水洛城于今便与未便。盖彦

博、洙、青皆以为未便也。[1]

韩琦的主要意思是，虽然没有水洛城的援助，附近的官兵也可以往来。水洛城即便修成，但处于孤远无益之处，要保障它，就会枉费民力，因此建议朝廷下诏停止修建水洛城。最后，他还建议朝廷派亲信去泾原、秦凤路，向文彦博、尹洙、狄青征求意见，并指出此三人都认为水洛城是没有修建必要的。

赵祯让人将韩琦的这份奏书转给辅臣们传阅。

范仲淹看了这份奏书之后，立刻意识到修建水洛城一事已经开始变得复杂了。修建水洛城的动议之前是由郑戬提出的。当时赵祯召集辅臣集议过，范仲淹本人也表示了赞同。如今，韩琦——这位曾经与范仲淹同为边帅的昔日战友却提出了反对意见，而且指出文彦博、尹洙、狄青都认为没有必要修建水洛城。修建水洛城的命令，此前朝廷已经下诏，如今让皇帝再次下诏停止修建计划，一来损害朝廷的威信，二来令郑戬处于非常难堪的境地，负责修建水洛城的将士们又会怎样想呢？还有，水洛城一带的蕃族、生户又会怎么看待朝廷的反复呢？范仲淹看完韩琦的奏书，心底连连叫苦。

2

傍晚时分，范仲淹冒雪回到自己的府邸，脱下大氅交给张棠儿后，便闷着头一声不响直接进了书房。

张棠儿想着叫范仲淹用晚膳，轻轻将门推开一条缝往里看，却

---

[1] 《续资治通鉴长编》卷一百四十五庆历三年十二月条。

见范仲淹没有坐在松木书案前，而是背朝着房门，背着手立在书案前，一动不动。张棠儿想叫他一声，顿了一下，旋即轻轻掩上书房的门退了出去。过了约莫半个时辰，张棠儿再次轻轻推开书房门往里瞧。这次，她吃惊地看到，范仲淹还是立在书案前，除了右手按在了书案上，几乎与半个时辰前一模一样。张棠儿心头一紧，再次掩了门，退了下去。

张棠儿心底焦急，猜想是今日朝堂上出了什么事。可是究竟出了什么事情呢？她琢磨了一会儿，便决定将李金辂叫到前堂询问情况。李金辂负责在宫门外接大人回府，或许他能知道个究竟。张棠儿心里暗想。

"回来路上，大人可提起什么了吗？"

"没有啊。怎么了？"李金辂搓着手，哈着气问道。

"大人一直在书房呆立着，晚饭还没吃呢。"

"这……回来的路上，大人也是一言不发，好像有心事似的。想来朝廷多事，大人心里忧虑，想来是在思索重大问题。夫人还是不要太担心了。"

"你难道还不知道大人的脾气？与事情较上劲了，怎能让人不担心啊？大人这番废寝忘食的样子，迟早把身子搞坏了。"

"夫人，你瞧，大人这不是正往这边来吗？"

张棠儿一愣，扭头一看，却见范仲淹正迈步进前堂。

"大人！"张棠儿道。

"大人，夫人正担心你不吃晚饭呢。"

范仲淹朝张棠儿点点头，又看了一眼李金辂，说道："不着急吃晚饭。你去喊郭京和圭南，就说我让他们来一趟。等等，棠儿，饭菜够吗？够。好啊，李金辂，那就说让他俩一起来吃晚饭。你回来也一起吃。"

李金辂呆了一下，答道："是，大人。我这就去。"

"且慢，披上蓑衣，现在大雪中夹着冻雨了。"范仲淹说着，抬手往堂外指了指。

李金辂笑道："大人放心吧，小人长在西北苦寒之地，这点雨雪，算不得啥。"

"少废话，去伙房取件蓑衣。"

"是！"李金辂也不争辩，向范仲淹和张棠儿一抱拳，便匆匆离去。

"棠儿，让厨房再添一两个菜。"范仲淹朝张棠儿说道。张棠儿一笑，自往厨房那边去了。

大约一盏茶工夫，李金辂带着原郭京、赵圭南来到了前堂。范仲淹亲自招呼三人在前堂的八仙桌前坐了下来，原郭京、赵圭南分别坐在范仲淹的左右首，李金辂便在范仲淹对面坐了。

"不必拘礼，多吃点！"范仲淹举着筷子，朝桌上的菜肴指了指。

"大人，你是有什么事情要说吧？"原郭京笑道。

"被你说中了。今日，我确实有一事要请你们三个谈谈看法。"范仲淹笑了笑。

"大人请说！"赵圭南与原郭京一起说道。

"好。你们三个，都对西北的地理很熟悉，你们可听说过水洛之地？"

原郭京、赵圭南和李金辂都不约而同地点点头。

"你们现在把自己想成是元昊，如果想要再次进攻中原，水洛可会成为必攻之地吗？"

原郭京、赵圭南和李金辂三人彼此看了看，都露出诧异之色。

赵圭南抢先说道："大人，我不是元昊那厮，不过若是让我说，若元昊那贼子想再次进攻中原，水洛周围，居住着不少蕃部和生户，情况相当复杂，如果有更加便捷之途，何必选择从那里进攻呢？"

"我倒不同意圭南的看法，正是因为那里局面复杂，元昊恰恰可能乘虚而入，当年，元昊进攻延州塞门寨，正是收买了之前归降了大宋的蕃部，结果导致李将军被困。"李金辂想起当年战事的惨烈，脸上露出黯然之色。

"你怎么看？"范仲淹扭头问坐在左首的原郭京。

原郭京微微一笑，说道："大人，我看元昊那贼选择进攻之地，往往不是从一小处着眼的。以我看，水洛之地，地是要害，但是否是最切要之地，亦未可知！"

范仲淹听原郭京这么说，不禁长叹一声，喃喃道："是啊，是啊,未可知啊!"他心里想,仅仅是赵圭南、原郭京、李金辂三个人,对于水洛之地的重要性便有不同看法,既如此,在那里修筑水洛城的必要性,确实是很难有定论啊!

因为之前修筑水洛城的计划是经两府讨论过的。这一次,赵祯将韩琦的奏书拿给两府大臣看后,章得象、晏殊都不表态。范仲淹却说,他倒是认为郑戬修建水洛城亦无不可。赵祯看这架势,知道韩琦的奏书并没有得到两府大臣的充分认可。可是,他既然内心已经被韩琦的奏书说服,便决定采纳其意见。

庆历四年春正月戊辰,赵祯采纳了宣抚使韩琦的奏请,下诏给陕西都部署司、泾原经略司,令停止修水洛城。

但是,其时,刘沪已在水洛城兴役。郑戬还专门派遣了著作佐郎董士廉率兵助刘沪抢修水洛城。事情的发展,最终超出了赵祯的设想。

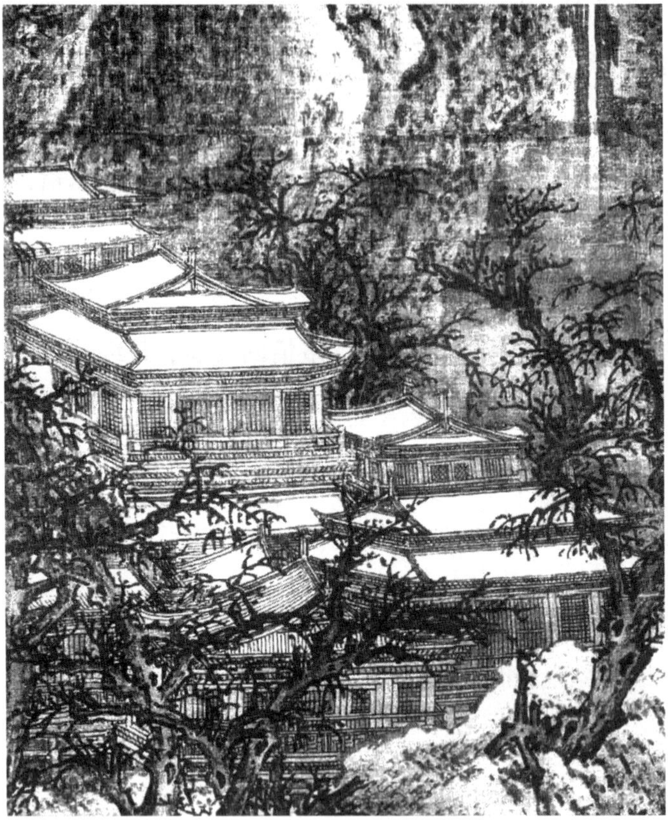

第四十四章
范仲淹力保滕子京与张亢

1

范仲淹听得见雪花落在暖轿顶盖上发出的窸窣声。除了这个声音，便是轿夫们踩在深雪中发出的声音。

"咯吱——咯吱——"

范仲淹扭头对坐在身边的张棠儿说："雪还是下个不停啊！"

张棠儿没有说话，抬手将轿窗的帘子朝外掀开了一角。

一股寒气蹿入轿内。范仲淹打个哆嗦，扭头朝张棠儿那边看去。透过帘子下露出的轿窗一角，范仲淹看到，街边几株树木的枝丫上都挂满了冰雪。

"雨成雪，木成冰，苦了天下百姓！"范仲淹喃喃道。

张棠儿此时扭过头，轻轻握住了范仲淹的手。

"唉，老天为何如此待这世间呢！我范仲淹该如何救这天下百姓啊！"

"大人休要如此心忧。"

"如何能不心忧呢？之前几日大雨雪，这两天雨倒是停了，雪却下个不停。京城四处积雪，入京之路车马艰难，百姓们急需的炭薪也难以运入京城。开封府报告，由于缺少炭薪，不少百姓家中无法开炊做饭取暖，已经死了不少人啊！我身为参知政事，推行新政，却见不到成效。现在，老天也同我作对，下如此大的雪，困京城百万之民啊！"

范仲淹说着咳嗽了几声。

"大人有恙在身，偏要出来看一看。这老天，想来也不是故意与大人作对。大人，老天就是这样子啊。妾身从前随母亲流落街头，刮风下雨时，心里也忍不住咒骂老天，可是后来我明白了，这老天从来只由着自个儿，既不会因世人而生出欢喜，也不会因世人而生出仇恨，所以，老天也不会专门与谁作对。"

范仲淹听张棠儿这么说，微微一笑，道："是啊，我的见识倒不如棠儿。"

"大人休要取笑妾身。"

"不是，这是我真心之语。你说得对，这老天不会专门与谁作对。事在人为，不能怨天尤人啊。我要建议圣上令有司减价出售米谷、炭薪，多少能救一时之需！"

"对啊，有吃的，不受冻，人就能活下来。大人这就是在救天下百姓啊。"

"夫人，你先乘轿回府，我骑备用的马赶往皇宫。"

张棠儿知道这时劝阻也没用，只能叮嘱范仲淹路上多加小心。

当下，范仲淹骑上备用的马，在李金辂的护卫下，向皇宫方向疾驰而去。

次日，庚午，赵祯在范仲淹及多位官员的建议下，诏令三司置场，减价出米谷、薪炭以救济百姓。当天，范仲淹回到府中时已经很晚了，因为皇帝听从了建议下诏救民，他心情大好，令厨房做了两个菜热了一壶酒，只让张棠儿在一旁陪着，自个人儿坐在前堂里喝酒。

两杯酒下肚，范仲淹感到身体渐渐暖和起来，心里想起了滕宗谅和张亢，不禁长叹一声。原来，在郑戬、梁坚先后弹劾宗谅、张亢后，梁坚便去世了，于是朝廷继续派了中使燕度前往调查。最近燕度已经回奏朝廷，其中提到的所谓证据，对滕宗谅、张亢相当不利。根据燕度的调查，滕、张二人皆有使用公用钱的情况，虽然这些钱他们都不是为己所用，但是燕度依然认为两人违反了大宋律法，应该治以重罪。"滕、张二人用公用钱，都是为了边事，若因此治以重罪，岂不寒了边疆劳苦将士的心！"范仲淹心中越想越是愤懑。

"大人，这是又怎么了？"

"想到了两位老友啊！"

"究竟是哪两位老友让大人如此牵肠挂肚呢？"

"一个是滕宗谅，一个是张亢。也不知朝廷最后决定如何处置他们。"

"大人之前已经为他们力辩数回，难道就一点没有用吗？"

"有点用，但是事情显然还没有完啊。"

"那大人打算怎么办？还有办法救他们吗？"

"还得找圣上为他们辩护，才能救他们啊。"

"他们真没错吗？"

"即便有错，也是小错，我深知他俩为人，我相信他们。"

张棠儿不再说话,默默点头道:"妾身相信大人。"

范仲淹微微一抬头,嘴角抽动了一下,眼眶有些发酸,于是举起酒杯,将杯中的酒一饮而尽。他随手拿起桌上的锡酒注子,往酒杯里又满了一杯。

"大人,少喝一点。"

"没事,才喝几杯呢。"

"时间不早了,我去看看小芽儿睡得好不好。"张棠儿笑着说。

"好,你去吧。我这喝了酒,就不去熏她了。"

张棠儿离桌后,范仲淹自斟自饮,心里一会儿想想滕宗谅,一会儿想想张亢,本来大好的心情竟然又渐渐沉郁下来。

2

两日后,赵祯在垂拱殿召对两府大臣。一番议事后,赵祯对诸臣说,如有他事可一一奏来。

范仲淹咬咬牙,向赵祯深深一拜,献上两份奏折。原来,范仲淹早作了准备。他担心口述不足以表达内心所想,所以专门写成了奏折。

赵祯微微一愣,心想:"范仲淹这是有备而来啊。"他冲立在墀阶下的内侍蓝元震微微一点头。

蓝元震会意,走到范仲淹跟前接过了奏折。

"念!"

"是,陛下。"蓝元震用尖厉的声音有点夸张地应了一声。

旋即,蓝元震打开范仲淹的奏折,大声念了起来:

臣闻议论太切，必取犯颜之诛；保任不明，岂逃累己之坐？彝典斯在，具僚式瞻。臣自边陲误荷奖擢，授任不次，遇事必陈。窃见故监察御史梁坚，弹奏滕宗谅于庆州用过官钱十六万贯，有数万贯不明，必是侵欺入己，及邠州宴会并泾州犒设诸军，乖越不公，致圣慈赫怒，便欲罢去。臣缘在彼目击，虽似过当，别无切害，不曾有一兵一民词讼，至于处置边事，亦无疏虞。臣遂进谏，乞圣慈差官根勘，逐一旦与辩明，未消挫辱，恐误朝廷赏罚。

又有上言张亢骄僭不公，臣亦乞根勘辩明，或无深过。如有大段乖越，侵欺入己，臣甘同受贬黜。臣所以激切而言者，非滕宗谅、张亢势力能使臣如此竭力也，盖为国家边上将帅中，未有曾立大功，可以威众者。且遣儒臣，以经略、部署之名重之，又借以生杀之权，使弹压诸军，御捍大寇，不使知其乏人也。若一旦以小过动摇，则诸军皆知帅臣非朝廷腹心之人，不足可畏，则是国家失此机事，自去爪牙之威矣。唐末藩镇，多杀害、逐去节度使，于军中自立帅臣，而当时不能治者，由帅臣望轻，易于摇动故也。

今燕度勘到滕宗谅庆州一界所用钱数分明，并无侵欺。其毁却泾州前任公用历，勘到干连人，只称有送官员等钱物，亦不显入己，又是元弹奏状外事件。所有张亢借公用钱买物，事未发前，已还纳讫。又因移任，借却公用银，却留钱物准还，皆无欺隐之情。其余罪状，多未攧实。其干连人，当盛寒之月，久在禁系，皆是非辜。若令燕度勘问二人，既事非确实，必难伏辨，或逼令认罪，又

1077

是陛下近臣，不可辱于狱吏。或至录问有辞，即须差官再勘，其干连人，当转不聊生。兼边上臣僚，见此深文，谓朝廷待将帅少恩，于支过公用钱内，搜求罪戾，欲陷边臣。且塞下州郡，风沙至恶，触目愁人，非公用丰浓，何以度日？岂同他处臣僚，优游安稳，坐享荣禄。陛下深居九重，当须察此物情，知其艰苦，岂可使狱吏为功，而劳臣抱怨？臣欲乞圣慈据燕度奏到事节，特降朝旨，差使臣二人赍去，取问滕宗谅、张亢。如实是已犯，便仰承认，当议量情亲断，如别有缘由，具分晰闻奏。候到见得别无枉抑，便可取旨断遣。如有异同，即乞朝廷别选官勘鞫，免致冤滞。其干连人，且乞指挥放出知在。

  臣则已有不合保此二人罪状，乞圣慈先次贬黜，免令臣包羞于朝，受人指笑。倘圣慈念臣不避艰辛，尚留驱使，即于河东、河北、陕西乞补一郡，臣得经画边事，一一奏论。或补三辅近州，臣得为朝廷建置府兵，作诸郡之式，以辅安京师。臣之此请，出于至诚，愿陛下不夺不疑。况臣久为外官，不知辅弼之体，本是麄材，祗堪犬马之用。若令臣待罪两府，必辱君命，且畏人言，不胜祈望激切。[1]

  章得象、晏殊两位宰相听范仲淹在奏书里这么说，不禁连连皱眉。参知政事贾昌朝看上去一脸困惑。枢密使杜衍、副枢密富弼则暗暗为范仲淹着急。

---

1 《续资治通鉴长编》一百四十六庆历四年春正月辛未条。另可参见《范仲淹全集》之《范文正公政府奏议卷下·再奏辩滕宗谅张亢》，文字与《长编》之文略有异。

赵祯却是不动声色。

只听蓝元震打开另一份奏折，皱着眉仰着头继续念道：

臣昨见枢密院进状呈张亢所奏，曾将公用钱回易到利息买马，及交钞乞与游索之人，自甘伏罪，乞不追究游索之人。取旨下燕度结案闻奏。臣伏睹编敕指挥，若将公使钱回易到别物公用，但不入己，更不坐罪。其张亢所奏二事，若未有发露，乃是自首，纵已发露，亦不入己，合该上项编敕指挥。臣昨与韩琦在泾州，同使公用钱，曾为庆州签判，秘书丞马倩身亡，本人家贫亲老，与钱一百贯文；又泾州保定知县、大理寺丞刘袭礼丁父忧，家贫起发不得，与钱一百贯文；又虢州推官、监环州入中陈叔度丁父忧，家贫无依，与钱五十贯文；又进士黄通来泾州相看，与钱五十贯文。并是一面将公使库钱回易到利息相兼使用，即不曾侵使昇系省官钱。自来边上，有公使钱处，为有前项条贯，及有回易利息，但不入己，各是从便使用。今来若依编敕施行，则张亢自首与游索人钱，不曾入己，又是燕度元勘外事节，朝廷自可指挥，不须却送入案。兼恐追寻游索之人，或在远方，何时结绝？若不用上件编敕指挥，则臣与韩琦，亦有上件与人钱物罪状，须至自劾。昔人有言曰："法者，圣人为天下画一，不以贵贱亲疏而轻重也。"伏望圣旨送枢密院依详编敕，及将臣与韩琦用钱事状，并张亢所奏二事，一处定断，以正典刑。宗谅及亢，乞免重劾。[1]

范仲淹的奏折，虽然从蓝元震的口中念出，少了些激烈之气，却也令两位宰臣瞠目结舌。晏殊暗想："范仲淹啊范仲淹，你将自己和韩琦动用公使钱的情况罗列如此之细，用此来为滕子京和张亢辩护，这不是将自己和韩琦绑在一起来威胁圣上嘛！"

富弼由于心里着急，一张圆脸肌肉紧绷，显出刚硬的线条来。他暗道："六丈这是把自己给搭上了，还拽上了韩琦。看来如不站出来帮着六丈说话，这次圣上下不来台啊。"

他抢上两步，说道："陛下，方才范仲淹所言，虽然有些过激，却是赤子之言。我大宋皇朝，也正是因有仁怀天下的陛下，才能出舍身为公的大臣，此乃我皇朝之幸！"

赵祯方才听了范仲淹的话，本来心里暗怒，听富弼这么一说，心下一松，暗想："这富弼倒是懂得朕的心思，知道范仲淹说的话有些过了。朕若是现在怪罪范仲淹，倒显得朕不是仁君了。"当下，

---

1 《续资治通鉴长编》一百四十六庆历四年春正月辛未条。另可参见《范仲淹全集》之《范文正公政府奏议卷下·再奏雪张亢》，文字与《长编》之文略有异。

他微微一笑，说道："朕晓得范仲淹一片苦心。滕宗谅、张亢的事情，朕心里有数。"

富弼听赵祯这么说，口中道："陛下圣明。"当下缓步退回班列。

范仲淹欲再开口说话，赵祯摆摆手，说道："此事朕自有考虑，随后再作处置。"

御史中丞王拱辰看了范仲淹一眼，又朝欧阳修瞧了瞧，一脸不悦。

不过，既然皇帝已经说明此事另作处置，诸大臣也只好不再议此事。

正月辛未这天，赵祯下诏，降刑部员外郎、天章阁待制、权知凤翔府滕宗谅为祠部员外郎、知虢州，职如故；引进使、并代副部署张亢为四方馆使、本路钤辖。

之前，朝廷原本已经在邠州置狱，收押了滕宗谅案、张亢案的相关人等，这道诏令下得很及时，两人因此免去了牢狱之苦。赵祯下此诏，正是听从了参知政事范仲淹的建议。

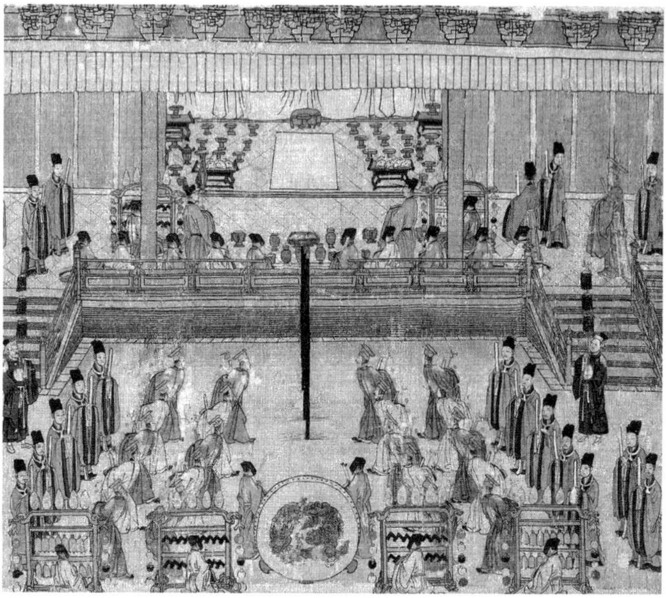

第四十五章
各执己见

1

荆王元俨病了许久，终于去世。去世前，他担心太医被怪罪，事先给皇帝留下了文书，替太医开脱。

待荆王去世，赵祯阅荆王手书，愈发悲恸，并下令中书好好商议荆王的丧事该如何办理。

范仲淹于次日上书，建议荆王的丧事既要存典礼，又要简办以减耗费。赵祯知道经过数年的战事，宫内财用拮据，觉得范仲淹的建议甚为得体，便采纳了。由此可见，此时赵祯对范仲淹还是言听计从的。

数日后，赵祯又采纳范仲淹、富弼等的建议，下诏云：

> 自今臣僚毋得以奏荐恩泽及所授命，为亲属乞赐科名及转官、升陟入通判以上差遣，其亲属尝降官、降差

遣，亦毋得乞以恩泽牵复；若因累而为别更名奏荫者，重坐之。[1]

此诏书一下，朝内外不少官员私下议论纷纷，都说皇帝在范仲淹、富弼等人的唆使下，变得越来越薄恩了。

流言传到范仲淹、富弼耳中，两人都不觉暗暗叫苦。他们都很清楚，赵祯爱惜仁君的名声，这样的流言，对于改革吏治、推行各项新政实在太不利了。不过，两人既早已下定决心改革政治振兴皇朝，并没有被这点流言吓住，虽然觉得憋屈，但还是不断在皇帝面前力陈各项新政。

这一日，富弼急匆匆来到政事堂。

"这是怎么了，这般着急？"范仲淹有些诧异，立起了身。

与范仲淹同为参知政事的贾昌朝却装作没见到富弼，眼皮也没抬一下。

富弼瞥了一眼贾昌朝，便不去看他，只朝着范仲淹走去。

"范公，韩琦和田况有上表，因为涉及边界防守之事，先送到枢密院了。"说着，将一本奏折递给范仲淹。

范仲淹一边接奏折一边问道："都说了什么？"

"范公自己看看。"

范仲淹打开奏章，奏章云：

窃知张子奭曾谕西界，令尽还前所侵延州地，而终未听从。此于朝廷所系者大。且栲栳、塞门、安远、黑水等

---

[1] 《续资治通鉴长编》卷一百四十六庆历四年春正月丙戌条。

寨，自为贼所破，直至延州更无障蔽，其承平、长宁、安南等寨，亦当时仓卒弃之。今若遂不修复，则斥堠至迫而边民不敢耕植，岂得为延州之利乎？又闻贼更欲每年入中青盐十万斛，今只以解盐半价约之，已及二十余万贯，并所许岁币，仅四十余万，此乃与北敌之数相当。议者又欲许其入中青盐，却复所侵边地，臣窃思之，亦恐未为完计也。缘青盐即于保安军入中，必难尽易，当须官自辇置别州，且疲敝之后，可复兴此劳役乎？自来缘边属户，与西界蕃部交通为常，大率以青盐价贱而味甘，故食解盐者殊少。边臣多务宽其禁以图安辑，惟汉户犯者，坐配隶之刑，曾无虚月。今若许入中青盐，其计官本已重，更须增价出卖，则恐缘边蕃汉，尽食西界所贩青盐，无由禁止；解盐之利，日渐侵削，而陕西财用不得不屈矣。是使西贼畜锐俟时，祸变不测，其势必然。今急于议和者，但徼目前苟且，而不顾贻患于国家，欲乞朝廷熟虑。今来所许岁币已厚，须是尽还延州侵地，方与纳和。其欲入中青盐，决不可许。若西贼缘此未肯纳款，即乞早议修复城寨，为一路经远保守之计。[1]

读了韩琦、田况的上表后，范仲淹一时间默不作声，过了片刻，方说道："元昊此番新提出入中青盐的要求，实为过分。只是，这议和之论，已是中书定议。韩琦、田况此奏折，提出尽还延州侵地，方可接受元昊纳和，并且说，夏国入中青盐，绝不可取。韩琦

---

[1] 《续资治通鉴长编》卷一百四十六庆历四年二月庚子条。

的态度还是甚为坚决啊。"

贾昌朝听到范仲淹这么说，眼皮往上抬了一下。

"范公，韩琦、田况认为绝不可同意元昊入中青盐的要求，而且提出要先索回延州被侵之地才可议和。这条件，元昊恐怕是不会答应的。"富弼说道。

"早日修复城寨倒是必需的，只是，关于延州被侵之地……"范仲淹说到此处，眉头紧紧皱起来。

富弼瞥了一眼贾昌朝，扭头又对范仲淹说道："范公，目下的局面，我大宋相当被动啊。"

"不管怎样，这上表得赶快呈给圣上。你且先回去，我把上表呈给两位宰执再说。"

富弼默默地点了点头，朝范仲淹一挥手，便往政事厅外行去。

"一点规矩也没有。"贾昌朝依旧低着头，低声嘀咕了一句。

范仲淹没有听到贾昌朝这句话，自顾对这位同事说道："贾大人，要不咱俩一起进去找章相、晏相？"

贾昌朝坐在位子上没动，只是缓缓扬起下巴，说道："范大人去便是，我正看一份上表。"

范仲淹略一踟蹰，笑道："成，那我先去找两位相公。"说罢，便往政事堂内堂走去。

不一会儿，章得象、晏殊两位宰相和范仲淹一起走了出来。

"贾大人，一起去见圣上吧。"章得象冲贾昌朝喊了一声。

贾昌朝听到章得象的喊声，满脸堆笑从凳子上站了起来。"好好好！昌朝这就来。"说着，贾昌朝略略弓着身子，捋了捋常服，扶了扶幞头，便往章得象这边追来。

两位宰相、两位参知政事带着韩琦、田况的上表，一起于延和殿见到了皇帝。此时，垂拱殿内，赵祯正在召对欧阳修、孙甫两位谏官。

章得象将上表呈给了皇帝。赵祯看完上表，随手递给欧阳修。"你们也看看。"赵祯说道。

欧阳修慌忙接过上表来翻阅。

赵祯不说话，只是低垂着眼皮，仿佛闭目养神一样。

章得象见状，也只好暂时立着等候皇帝发话。

过了片刻，赵祯忽然头往前一倾，眼皮一抬，双目中精光一闪。

"韩琦、田况的进言，虽然有忤中书之意，却是出于对朝廷的一片忠心。前几日余靖从北边回来，也说急和正中元昊之谋。这与元昊议和的事情，现在该如何办，诸卿家再商量商量。"

这时，欧阳修看完上表，将其合上，又递给了孙甫。孙甫一目十行，很快看完了。

"两位谏官也看完了。欧阳修，要不你先说说？"

欧阳修也不客气，张口便说道："陛下，臣自去年春，蒙恩擢在谏官之列，当时朝廷与西贼初议和好，臣那时便建议不可急于与元昊议和，前后进言十余次。然而，那时天下之士，无一人助臣言，朝廷之臣，无一人采纳臣的建议。现在和议接近完成，祸胎已成，而韩琦自西来，方言和有不便之状，余靖自北至，始知敌利急和之谋。见事何迟，虽悔无及。当臣建议之际，众人方欲急和，以臣一人，实在难以力夺众议。如今，韩琦、余靖亲见二敌事宜，中外之人亦渐知通和为患，臣之前说，稍似可采。但愿大臣不执前议，早肯回心，则于后悔之中，尚有可为之理。臣以为，西贼无故而请和，不只是与北敌通谋，共困中国，还想着通过欺诈借我大宋之力，合力去吞并唃厮啰、摩旃、瞎毡之类诸族，待到他们地大力盛之时，然后东向以攻中国。今若没有什么其他的好计策拒绝其来求和，则可以赐给元昊诏书，就说唃厮啰等皆受朝廷官爵，父子为国藩臣，今若讲和，你们不得再攻此数族。陛下，元昊攻此数族，是其本心所贪，听了我方这样的要求，必难以听从。用此为说，亦可解和。臣所以区区惟愿未和者，是因为臣愚虑知不和患轻，易为处置；和后患大，不可枝梧。臣前后奏章，论列已备，此乃天下安危大计，圣心日夜所忧。臣为言事之官，见利害甚明，若不极言，罪当诛戮。"

章得象、晏殊听了欧阳修这番话，皆是一脸不悦。

范仲淹对于欧阳修依然坚执己见不欲急和，虽然心有准备，心里依然感到非常无奈。"身处两府，处理事情，确实不如在州军啊。大臣们各执己见，即便是同道之人，也很难在任何事情上都抱着同样的想法啊。韩琦、田况、永叔不同意急和，难道就不是忠臣吗？非也，不过是所见不同而已。如此看来，吕夷简多年来在中书，也有难言之隐啊。"范仲淹此时不觉想到了已离开权力中心的前宰相吕夷简。

"圣上对韩琦信任有加，如今欧阳修又这么说，我若此刻坚持己见，恐违圣意。"章得象心底这么琢磨着，双唇紧闭，面如秋水，没有流露出任何想说话的意思。

"方才急匆匆要求见朕，怎么都不说话了？"赵祯问道。

晏殊看了章得象一眼。章得象双眉低垂，只当没看到晏殊的眼神。

晏殊见状，知道章得象不想首先表态，便看了一眼贾昌朝。贾昌朝头一低，也当没看到晏殊。

这时，范仲淹上前一步，说道："陛下，臣不同意韩琦、田况的某些意见。"

"哦？范卿说说。"赵祯腰背一挺，眼睛一亮，仿佛一下子来了兴致。

"目下与元昊议和，确有不利之处，然我边疆军民困于战事已久，短期看，议和可解边疆军民之困；从长远看，则可缓朝廷社稷之危。至于入中青盐之请，臣认可韩琦的意见，不可同意。"

"那延州被侵之地呢？"赵祯皇帝追问一句。这个问题非常犀利。

范仲淹心中一震，沉吟良久，说道："可以先议和，被侵之地，可徐图之。"

"范公，这延州被侵之地，岂可就此放下！"欧阳修瞪着眼，大声说道。

"保我之民，安我之国，此乃当下最迫切之事！若不如此，国家根本将大坏。如今盗贼纷起，其根本原因，乃百姓为生计所迫，难以为生，铤而走险！国家连年大耗军费，皆来自百姓，再拖下去，天下百姓必久困，社稷必危也！"范仲淹冲欧阳修说道。

"恕我不能赞同！"欧阳修愤愤说道。

范仲淹不再说话，举目看向赵祯。

赵祯盯着范仲淹，一言不发。

"卿等都退下吧，朕要好好想想！"赵祯对诸位大臣说道。

诸臣见状，也只好都默然退出。

2

滕宗谅、张亢两人虽被降职，却终无杀身之祸，范仲淹松了一口气，本以为两人应该没事了。不料，没过多久，风云再起。

一日，御史台接到兴元府西县的文书，文书中称滕宗谅曾经差兵士百八十七人，以驴车四十辆载茶三百余笼出引，且逐处都未收税。权御史丞王拱辰据此上奏称，赏罚乃是朝廷号令天下的权柄，此柄一失，则善恶不足以惩劝。他认为，滕宗谅盗用公使钱，没有下狱，止削一官，处罚太轻。张亢本列武臣，不知朝廷大意，朝廷不想待他过苛，这可以理解，然而滕宗谅的情况不一样，事将发时，滕宗谅曾下令将所支的文历记录悉皆焚去，这是慢忽朝廷，故意为之。

王拱辰声称："臣所以不避而固争者，诚恐来者相效，而陛下之法遂废矣。臣明日更不敢入朝，乞赐责降一小郡，以戒妄言。"

监察御史里行李京也上疏认为滕宗谅职在近侍，而乱法太甚，之前的弹劾状中没有提及贩茶之事，如今有此新证据，就应该夺去滕宗谅天章阁待制之职，以惩贪墨之人。

王拱辰和李京在朝上先后发言，言辞激烈地弹劾滕宗谅。

"这是咬住滕宗谅不放啊！"范仲淹心下暗自恼怒。但是，在朝上他忍住了怒气，只是低着头，寻思如何想法子再为滕宗谅辩护。

所幸，赵祯听了王拱辰和李京的建议，当场只是淡淡道："此事回头朕再考虑。"

范仲淹本以为，此刻赵祯会提出与元昊议和之事，未料到皇帝却似乎并未想好，对该议题只字不提。

退了朝，富弼小跑几步，拽住范仲淹的衣袖，低声说道："范公，我看王拱辰、李京的矛头，不仅仅是针对滕宗谅，乃是想要进一步刺向你我啊。"

范仲淹一愣，摇头道："不会吧。我想那倒不至于，王拱辰……不至于这样吧，我找永叔与他说说，想来也不至于没有回旋余地。他俩是连襟，应该好说话。"

富弼叹了口气道："范公，我看如今欧阳永叔与王拱辰也说不上话啊。不久前，我听欧阳永叔抱怨过，说王拱辰同他不是一路人。永叔是主张发必危言、立必危行的。这一点同范公是一样的。王拱辰也是一直主张王道正直，不必曲为的。但是，他与永叔，终究还是有些不一样的。永叔说，他好像近来大大变了，不再是从前那个王拱辰了。现在的王拱辰，他竭力想要维持的，是他的权力，不管哪个冒犯了他，可能威胁到他的权力，他都可能给予狠狠一击。这次，滕宗谅被抓住了把柄，王拱辰怎么可能放过呢？这正是他展示其权力的大好机会，在圣上面前谋直名之机会。范公，咱们都得小心现在这个王拱辰啊。现在托永叔去求他，没有用的。"

范仲淹没听富弼的话，还是坚持去找欧阳修，托他找王拱辰为滕宗谅求情。

但是，果如富弼所料，欧阳修只是连连摇头："不好办，不好办，明奖惩、严号令，本是朝廷主张。别看我和王拱辰是亲戚，但他是绝对不会退让的。况且，近日我数次上疏，要求明奖惩、严号令，此时由我去说王拱辰，那不是让他一句话就把我怼回来吗？不行，行不通！"

范仲淹见欧阳修为难，无奈之下，也只好另想办法。

当初，梁坚劾滕宗谅枉费公用十六万缗，等朝廷派遣中使检视方才查清，原来是滕宗谅刚到泾州的时候，用那些钱按照先例来犒赏诸部属羌，还有一小部分则是用来馈遗游士故人了。事发前，滕宗谅恐怕牵连他人，因此将有关钱物的支取记录及名单全部焚毁。但是之前的调查显示，滕宗谅用来犒赏馈赠的钱，一共是三千缗，而不是梁坚所说的包含了军饷在内的十六万。

范仲淹之前已经用这个证据，为滕宗谅辩护过。可是，现在又发现证据，那又该如何为其辩护呢？范仲淹绞尽脑汁，希望找出办法来。

几日后，赵祯下诏，徙知虢州滕宗谅知岳州。岳州是个洞庭湖边的小县，以滕宗谅之大才，谪居一小县，他该多么憋屈郁闷啊！范仲淹知道，这是皇帝以一种委婉的方式采纳了御史中丞王拱辰之言。

又过数日，赵祯宣召王拱辰入见，对他说："言事官当说就说，但不要因为朝廷未采纳建议，便以为是朝廷不重视自己，动不动便请解去以取直名。自今有当言者，宜力陈无避。"

王拱辰既见滕宗谅再遭贬官，又听皇帝这么说，慌忙顿首谢恩。

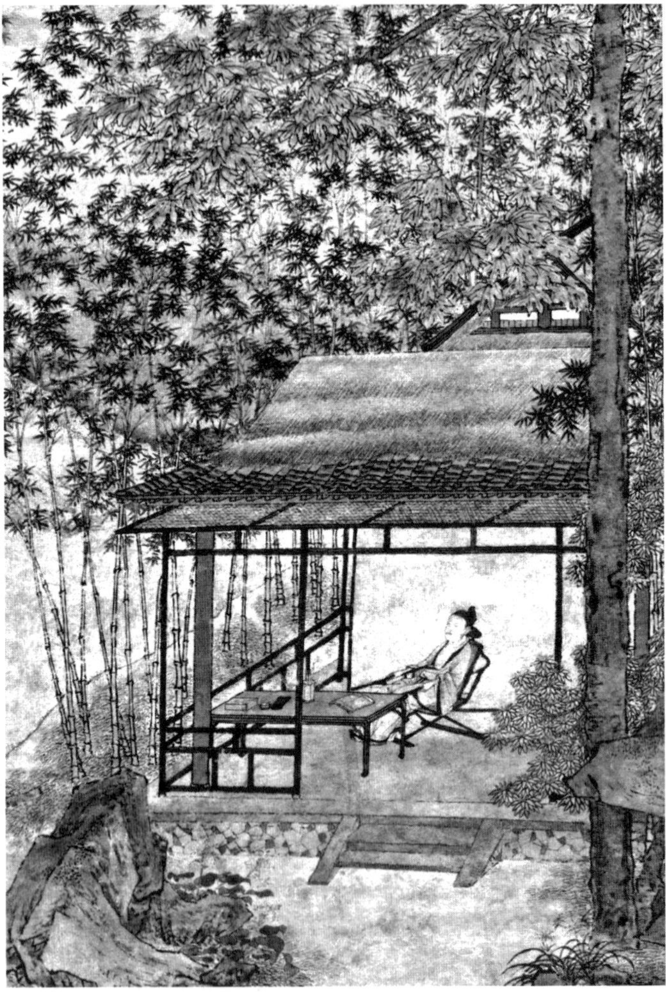

第四十六章
信任危机

1

范仲淹坐在藤椅上，望着园子里北墙边的几株竹子发愣。已经进入四月了，近两三个月来，朝廷内外发生了许多事情，让他感到日子忙忙乱乱，过得飞快。身在京城，朝夕行走于朝堂，身边虽然没有了在西北边疆常见的刀光剑影，他却感到了另一种危险，这种危险给他造成的压迫感，常常让他觉得比那真正的刀光剑影还要厉害。有时候，他心头感到厌倦，竟然会留恋起在边疆与将士们一起顶风沙冒箭矢的日子。这种时候，他会有一种冲动，想要回到边疆去。然而，他又在心里劝服自己：不行，现在不能离开朝堂，新政尚未完全推行，此刻放弃，岂不辜负了陛下，更辜负了天下百姓！不，不行，现在不能离开！

近两三个月发生的各种事情如同浪花朵朵，一件件涌上他的思想之海。

他想起，皇帝听从韩琦建议，下诏罢陕西四路都部署、经略安抚招讨使，复置逐路都部署、经略安抚招讨使，以陕西四路都部署、经略安抚招讨使、资政殿学士、礼部侍郎郑戬为永兴军都部署、知永兴军。当初朝廷任命郑戬知永兴军，仍兼四路都部署，就有很多人反对。欧阳修上疏谏言："郑戬既然不可内居永兴军，遥制四路，请求免去其虚名，只命其坐镇长安，抚民临政。关中是非常重要的地方，在任者责任重大，可以使四路各责其将，则名体皆顺，处置合宜。"赵祯正是听了韩琦和欧阳修之语，才作出这样的决定。

他想起崇政殿说书赵师民的上疏。这倒是一篇颇有见地的策论，圣上听从其见，复命讲读经史，可见圣上是有心兴儒的。兴州学，有望进一步在全国推进啊。我当择机向圣上建言，大兴州学！

他想起皇帝听从他的建议，下诏天章阁侍讲曾公亮，删定审官、三班院、流内铨条贯。虽然流言四起，攻击新政，但圣上还是信任我的啊！三月里都发生了什么呢？嗯，圣上下诏，以殿中侍御史会稽王丝为荆湖南路体量安抚、提举捉贼，以代张庚。荆湖南路的叛乱，需早日平定才是，国家财用经不起折腾啊。这王丝是我举荐的，想来可以成事。杨纮、王鼎、王绰也是我鼎力举荐，他们去江东提点刑狱，办事严格，却被视为"江东三虎"。这种绰号，对新政可不利！江、淮以南，今春大旱，至有井泉枯竭、牛畜瘴死、鸡犬不存之处，九农失业，百姓嗷嗷待哺，圣上听了欧阳修的建议，遣内侍诣两浙、江、淮祠庙祈雨，又推出赈灾政策。只是，天下百姓岂能日日依靠赈灾？振兴皇朝，富足财用，才是长远之计啊！

他想起，皇帝任职方员外郎、同判登闻鼓院张尧佐提点开封府诸县镇公事。余靖上疏反对，说尧佐识见浅近，乃是依托后宫嫔嫱之势得进，强烈建议圣上不如令张尧佐知一有职田的近郡，以表圣上屈己从公之德即可，于张尧佐资叙，亦无所损。可是，圣上没有同意。这说明，圣上还是爱惜自己仁君之名，不想亏待枕边人的亲戚啊！

他想起，三月份，水洛城事件继续发酵。郑戬知永兴后，又极言城水洛之便，役不可罢，还命刘沪、董士廉督役如故。这下好了，连尹洙、狄青也卷入了。两人相继论列，以为修城有害无利，议者纷纷不决，三月甲戌那天，圣上下诏命盐铁副使、户部员外郎鱼周询，宫苑使周惟德往陕西，同都转运使程戡协同调查铸钱及修水洛城之利害，并指令他们随时向朝廷禀报。可是，哪里知道，郑戬当初命泾原都监许迁率兵为修城之援，等到他罢统四路，尹洙立即召许迁回来，又传檄刘沪、董士廉罢役，召二人回来。由此看来，郑戬作为都部署，与身为渭州知州的尹洙并不相协啊！水洛城之营建，本来难以明辨利害，若掺杂了官员彼此间的龃龉猜忌，事情才会这般复杂。为事之难，多在内耗，由此可知。刘沪、董士廉初欲听从尹洙返回，无奈被蕃部遮留，为免于出乱子，也请自备财力修城。尹洙再召，方才不从。尹洙命瓦亭寨都监张忠往代刘沪，刘沪又不受。因此，尹洙才会发怒吧。可这时他不该让狄青率兵前往追捕刘沪、董士廉啊，更不该欲以违节度之名斩杀他俩。他俩以令修城，为避免出乱子请自备财力修城，岂能因此论斩？狄青啊狄青，你怎么这时候如此意气用事，还将两人械送德顺军狱了？这不是给朝廷出难题吗？周询等还未到，水洛城蕃部便开始争收积聚，杀吏民为乱，待周询等到了，又前往告状。周询上奏，陛下才下诏令释放刘沪、董士廉。此事还真不好处理啊！

他想起，当时他还上言为刘、董二人辩护。我必须为二人辩护啊！若二人因修水洛城被斩，尹洙、狄青二人恐皆成千古罪人。所以，我为二人辩护，也是为救尹洙、狄青啊。尹洙、狄青，你二人可知我的苦心！我必须为二人辩护，若二人被斩，连圣上恐也要背上昏君骂名！我必须为二人辩护，若二人被斩，边疆将帅寒心，天下干臣寒心，武臣今后就不能为国效死啊！他脑海里又浮现出自己奏书中的一段文字："昔陈汤矫诏命以破敌，王濬违节制以下吴，皆释罪封侯，以劝将列。伏望圣慈，特遣中使乘驿往彼，委鱼周询、周惟德取勘刘沪所犯，因依情罪闻奏，仍送邠州拘管，听候朝旨。一则惜得二人，不至因公被戮，二则惜得狄青、尹洙，免被二家骨肉称冤致讼。傥允臣所奏，事可两全，彰陛下保庇边将之恩，使武臣效死以报圣德。"[1] 陛下啊，此事你须当谨慎处置啊！

他还想起，自己在三月内再次向赵祯建言，请求兴学校、精贡举。这次，皇帝听从了他的建议，下诏令近臣议。于是翰林学士宋祁，御史中丞王拱辰，知制诰张方平、欧阳修，殿中侍御史梅挚，天章阁侍讲曾公亮、王洙，右正言孙甫、监察御史刘湜合奏兴办学校，州县保明举送之法。终于，圣上下诏建学兴善，以尊子大夫之行；更制革弊，以尽学者之才。他还下令，州县若皆立学，本道使者选属部官为教授，还下令精贡举，进士试三场，先策，次论，次诗赋，通考为去取，而罢贴经、墨义。贴经、墨义，都是让学生死记硬背经文、注释，如何选拔得出国家需要的栋梁之材呢！不行啊，必须改啊！兴办学校，教育人才，这是功在千秋啊！我范仲淹没有看错圣上，圣上未负范仲淹啊！还有，圣上还听从韩琦建

---

[1] 《续资治通鉴长编》卷一百四十七庆历四年三月甲戌条。

议，以太子中允、国子监直讲石介直集贤院兼国子监直讲，圣上还是信任石介的啊！石介啊，你可千万别再犯糊涂。余靖上书圣上，建议圣上自揽威权，大臣公行赏罚，内择百官，外择将帅，沮蛮夷之气，塞贼盗之原，宽民力，足国用，以安天下。圣上甚佳之。圣上确确实实想有一番作为啊。可是，圣上，为何我乞召尹洙赴阙令条奏边事，又不允呢？尹洙是个大才，如果能够身在台阁，可直入两制，为国所大用，即便一时不便，边疆有急，也可派其前往边疆。只是一直让他留在边疆，岂不是浪费了大才！难道关于"朋党"的流言，还是不知不觉入了圣上之心吗？唉，这几日，周德宝道长也不知云游到何处去了，倒确实羡慕他的逍遥快乐啊！

此刻范仲淹盯着那几株竹子，感到脑子有些乱。他闭上眼睛，努力想使自己平静下来。

过了片刻，他缓缓睁开眼，扭头朝旁边的藤茶几上看了看。茶几上，摆着一个天青色的瓷瓶，瓷瓶旁边放着一只之前冰冻过的天青色茶盏，茶盏下面的茶托也是天青色的。瓷瓶里装的，是张棠儿亲手为他做的紫苏饮子。"大人，紫苏叶子可是我亲手烘焙的。用烘焙过的紫苏叶子泡的饮子，可以宽胸导滞，想来大人会喜欢的。"耳边响起张棠儿的声音，范仲淹嘴角一动，微微笑了一下，抬起手来拿起瓷瓶，往尚有些冰凉的茶盏中倒了一杯。

他拿起杯子喝了一口，感受着紫苏的清香慢慢沿着舌头，顺着嗓子，浸入肺腑。

"大人，大人！"

范仲淹识出是李金辂的声音，心头一惊，从藤椅上直起身子，扭头一看，见李金辂立在身后。

"嗯？"

1099

"中使带着皇上口谕来了,在前堂等大人。"

范仲淹收敛了一下心神,低头看看身上尚穿着灰布便袍,便对李金辂说:"你且去前堂,就说我去换上官服再去接旨,请中使稍候。"

李金辂应喏,匆匆去了。

不一会儿,范仲淹换上官服,戴好幞头,前往前堂接旨。到了前堂一看,来者竟然是蓝元震,范仲淹不禁心中一凛:"皇上为何派了他来传口谕?"

"范仲淹听旨。皇上口谕,四月春意浓,牡丹当季开,请速到御花园,与朕一同赏花。"

"是,范仲淹接旨。"

蓝元震一笑,对范仲淹道:"范公,与我一同走吧,皇上已为范公备了轿子。"

皇上为我备了轿子?范仲淹感到甚是吃惊,对蓝元震抱抱拳,道:"好,便请蓝大人前边先行。"

蓝元震也不客气,大袖一摆,便往外走去。于是范仲淹跟着蓝元震出了门,乘上轿子,径直往御花园行去。

赵祯将两府重臣、谏官及御史台官员都请到御花园,一边赏花,一边谈古论今。除了范仲淹,章得象、晏殊、贾昌朝、杜衍、富弼、欧阳修、余靖、孙甫、王拱辰等人都在。

"自古以来,有小人结成朋党,难道君子们也有朋党吗?"赵祯俯下身子,眼睛盯着枝头一朵大红色的牡丹,似乎漫不经心地问道。

章得象自顾看着另一朵牡丹,并不答话。

晏殊则垂手侍立，也不答话。

赵祯扭过头，目光投向了范仲淹。

范仲淹见皇帝示意他来回答，迟疑了一下，说道："臣在边疆时，见冲锋陷阵的勇士们往往结党，而怯懦者也自结党，如此想来，在朝廷之中，正邪之党也是如此，就看圣心如何察断。如果好人结党为善，对于国家又有何害处呢？"很多年前，范仲淹就曾经给吕夷简上书谈过朋党。他一直认为，君子应该有君子之党，而且，只有君子因志于道，才可能真正结成党，而小人志于利，是不可能真正结成党的。对于小人来说，有利则党，无利则散。如今，范仲淹并没有因为皇帝的质问和怀疑，而改变自己的主张和思想。

赵祯听了，沉默不语。

过了片刻，赵祯幽幽说道："看，这几朵牡丹，开得真盛啊。可惜，就是花期太短了。"

范仲淹微微一呆，旋即笑道："不论何花，皆有其花期，陛下何须为此伤感。"

赵祯又是沉默着点点头。

过了片刻，赵祯忽然扭头对章得象道："章相，朕让你带来孙甫、余靖、欧阳修关于水洛城一事的奏章，可带来了？"

"臣带着呢。"

"好，你将三份奏章给范仲淹，让他看看。范卿，你看完后，与朕说一下。"说罢，他便背着手，绕着一丛牡丹缓缓欣赏。

章得象听了，扭身向贾昌朝一伸手。贾昌朝仿佛早有准备，一躬身便将三份奏折呈给了章得象。

范仲淹从章得象手中接过奏折，当即立在原地翻阅起来。

谏官孙甫的奏章云：

窃闻刘沪等修水洛城，而泾原副部署狄青以沪等不听令，并枷送德顺军。此狱系一方利害，但未知朝廷处置何如尔？昔曹玮尝欲修其城，以通渭、秦救援之师，会边防多事，其志未克。自西事以来，边臣亦屡有营度者，盖其城在生蕃中，未能通之。昨郑戬为四路部署，与刘沪等具上修建之利，而沪等入生蕃界，服其众，渐立城堡，朝廷已赏其功矣。近闻韩琦等宣抚回，以修城虽有利，虑生蕃难制而功莫就，乞且罢其役。戬固请城之，且言沪等招得生蕃，皆愿借耕牛以助播种，又城中有榷酤之利，可以赡军事，苟不行，沪等虽诛毋悔。缘狄青之意，元与郑戬不同，戬既罢四路，青以韩琦等所奏，便抽还水洛城援兵。沪等自谓已见功绪，止乞留兵以毕其役。若便坐以违主帅之令，则沪本以一方利害，初禀朝廷之命，领千余兵在数万生蕃中，亦尝战斗杀获，而终使之服属，亦其勇略之可尚也。今以主帅之言而罪之，不惟劳臣不劝，其招来蕃部得不惊惧乎？虽然狄青为一道帅，下有不从令而朝廷释之，青不无怏怏心。况今之将臣，如青之材勇者不可多得，此固难处置，惟朝廷两全之。[1]

余靖的奏章云：

凡不受大将节度者，谓师行之际，当进而退，可行而止，动临机会，必有胜负。如此之类，或违之者，着于

---

[1] 《续资治通鉴长编》卷一百四十八庆历四年夏四月条。

军法，以一其众。今刘沪因修城堡自有利害，与夫临阵逗留，不可同论。况水洛城据陇山之利，可以通秦、渭之援。昔曹玮在秦州，固已经营，及李纮、韩琦，相继亦欲开拓，而生户羌人或降或否，故不克就。今刘沪一战而服数百千户，因其势而城之，虽留援兵，不足为罪。狄青所执，但以筑孤垒于生羌之中，恐贼昊来攻，有难守之势，故与沪等异同，因其怨而执之尔。朝廷若欲伸大将之令而罪沪等，则沪以威信招纳戎人，戎方来归，而谋者获罪，今后立功者怠，而又失信于戎，必不可也。若以狄青倚公法肆私怨而责之，则恐今后偏裨轻于违犯，此又非朝廷之意也。二者之间，均是害焉。臣愚以为生羌利我交易，因沪招抚故献其地，非沪不可守也；沪若失职，戎将生心。古者矫制及违节度者，因其立功则可赎罪，今为朝廷计，当切责沪罪，而推恩恕之，使其城守，责以后效。仍诏青等共体此意，沪等所筑之城业已就，将军既困之矣，恕之令其自守。此边鄙安危之计，非私于沪。傥有缓急，通其策应，勿以谋之异同，幸其有急而不救也。仍乞不候奏到，沪等公案，特与疏放，无使羌戎因此疑贰。[1]

欧阳修的奏章云：

近闻狄青与刘沪等争水洛城事，枷送沪等德顺军。窃以边将不和，用兵大患。况狄青、刘沪等皆是可惜之人，

---

[1] 《续资治通鉴长编》卷一百四十八庆历四年夏四月条。

事体须要两全，利害最难处置。且水洛城自曹玮以来，心知其利，患于难得，未暇经营。今沪能得之，则于沪之功不小，于秦州之利极多。韩琦等自陕西来，非以水洛为不便，但恐难得而成。今沪能得之，又有以城之，正宜责其必成，而狄青所见不同，遂成衅隙。其间利害，臣请详言之：国家近年，边兵屡败，常患大将无权。今若沮狄青而释刘沪，则不惟于青之意不足，兼缘边诸将皆挫其威。此其不便一也。

刘沪经营水洛之初，先以夺身力战，然后诱而服从，乃是诸蕃族畏沪之威信。今忽见沪先得罪，带枷入狱，则新降生户，岂不惊疑？若使翻然复叛，则自今边将，欲以威信招诸族，谁肯听从？不惟水洛更无可成之期，兼缘边生户永无可招之理。此其不便二也。

自陕西用兵，诸将立事者少，此城不惟自曹玮以来未能得之，亦闻韩琦在秦州，尝经营而未暇，今沪奋然力取，其功垂就，而中道获罪，后谁肯于边防立事者？此其不便三也。

又闻水洛之戍，虽能援秦州，而须渭州刍粮之助。今刘沪既与狄青异议，纵使城得成，他时狄青怒沪之异己，又欲遂其偏见，缓急不为之力，则必须复失。此其不便四也。

若遂移青于别路，则是因一小将易一部署，此其不便五也。此臣所谓利害最难处置者也。

近遣鱼周询定夺利害，臣谓宜命一中使令周询密谕狄青曰："沪城水洛，非擅役众，盖初有所禀。且筑城不比行师之际,沪见利坚,执意在成功,不可以违节制加罪。今不欲直释沪以挫卿之威,宜自释之。后若出师临阵而违节制者,自当以军法从事。"然后又谕沪曰:"汝违大将命,自合有罪;今以汝城水洛有功,故使青赦尔,责尔卒事以自赎。"俟城成,则又戒青不可幸其失城以遂偏见。如此则水洛之利可固,蕃户之恩信不失,边将立事者不懈,大将之威不挫;苟不如此,未见其可也。[1]

范仲淹一目十行,很快看完三位谏官的奏章。

"陛下,臣看完了。"范仲淹朝着花丛前的赵祯欠身一拜,说道。

"好!范卿,你觉得三位谏官的建议如何?"

范仲淹见赵祯虽然脸上带笑,两耳却微微发红。他知道,这位年轻皇帝每当心情激动时,便会两耳发红。"看来,圣上今日绝不是为了赏花啊。方才有朋党之问,现在又问我对三位谏官议论的看法,莫非……"范仲淹不敢多想,略一迟疑,回答道:"臣认为孙甫、余靖、欧阳修所言,皆是忠臣深思熟虑之言。"

"嗯,三人的建议,倒是与范卿之前的建议大同,想得倒是比朕周全。"

赵祯此言一出,近旁的孙甫、余靖、欧阳修等无不脸色大变。

"谏官们殚精竭虑,皆是为陛下而谋。"范仲淹面不变色,沉声从容说道。

赵祯点点头,迟疑了一下,说道:"尤其是欧阳修,连怎么传口

---

[1] 《续资治通鉴长编》卷一百四十八庆历四年夏四月条。

谕给狄青、刘沪都替朕写好了。"

欧阳修将皇帝的话听在耳内，紧紧抿起了嘴唇。

范仲淹一惊，暗想："皇上这是要拿我们几个问罪啊！"当下，他振声回答道："陛下，欧阳修身为谏官，乃是行其之职，其赤心一片，天地可鉴，陛下何出此言？"

赵祯自知方才失言，耳朵顿时变得更红了。

"欧阳修赤心一片，朕自然知道。关于水洛城之事如何处置，朕自会集思广益，作出处置。只是，方才的朋党之论，卿等还是要细思之啊。"

"是，陛下！"范仲淹朝赵祯深深一拜。

欧阳修站在一旁，绷紧了腰，咬着牙关，两腮微微鼓了起来。

赵祯似乎无意再继续这个话题，此时已经拔腿往另外一丛牡丹走去。诸臣只好跟随其后。

次日，欧阳修作一文《朋党论》呈献给皇帝。这篇文章是欧阳修满怀愤懑之情写就的。文云：

> 臣闻朋党之说，自古有之，惟幸人君辨其君子小人而已。大凡君子与君子，以同道为朋，小人与小人，以同利为朋，此自然之理也。然臣谓小人无朋，惟君子则有之。其故何哉？小人所好者禄利也，所贪者财货也，当其同利之时，暂相党引以为朋者，伪也。及其见利而争先，或利尽而交疏，则反相贼害，虽其兄弟、亲戚，不能相保，故臣谓小人无朋，其暂为朋者，伪也。君子则不然，所守者道义，所行者忠信，所惜者名节。以之修身，则同道而相

益，以之事国，则同心而共济，终始如一，此君子之朋也。故为人君者，但当退小人之伪朋，用君子之真朋，则天下治矣。尧之时，小人共工、驩兜等四人为一朋，君子八元、八凯十六人为一朋，舜佐尧，退四凶小人之朋，而进元、凯君子之朋，尧之天下大治。及舜自为天子，而皋、夔、稷、契二十二人并列于朝，更相称美，更相推让，凡二十二人为一朋，而舜皆用之，天下亦大治。书曰："纣有臣亿万，惟亿万心。周有臣三千，惟一心。"纣之时，亿万人各异心，可谓不为朋矣，然纣以亡国。周武王之臣，三千人为一大朋，而周用以兴。后汉献帝时，尽收天下名士囚禁之，目为党人。及黄巾贼起，汉室大乱，后方悔悟，尽解党人而释之，然已无救矣。唐之晚年，渐起朋党之论，及昭宗时，尽杀朝之名士，或投之黄河，曰："此辈清流，可投浊流。"而唐遂亡矣。夫前世之主，能使人人异心不为朋，莫如纣；能禁绝善人为朋，莫如汉献帝；能诛戮清流之朋，莫如唐昭宗，然皆乱亡其国。更相称美，推让而不自疑，莫如舜之二十二臣，舜亦不疑而皆用之。然而后世不谓舜为二十二人朋党所欺，而称为聪明之圣主，以能辨君子与小人也。周武之世，举其国之臣三千人共为一朋，自古为朋之多且大，莫如周。然周用此以兴者，善人虽多，而不厌也。夫兴亡治乱之迹，为人君者可以鉴矣。[1]

---

1 《续资治通鉴长编》卷一百四十八庆历四年四月条。

2

赵祯皇帝将方吃了半碗的冰雪冷圆子重重放在了金丝楠木书案上。

"蓝元震！"

"在！"

"把这端走！"

"是！"蓝元震走近书案，俯下身子小心翼翼地端起青瓷碗。

"你说，朕可是薄恩之君？"

"陛下何出此问？陛下乃是千古少有的仁君，此天下人有目共睹。"

"有目共睹？仁君？那为何最近民间议论纷纷，说朕为政苛刻？那'江东三虎'之说又是从何而来的？"

"这——这岂能怪罪到陛下头上？那'江东三虎'，可都是范仲淹等举荐前往江东提点刑狱的。"

赵祯没好气地哼了一声。

"陛下，小人有一言，不知当不当说？"

"说！"

蓝元震眉头一动，将青瓷碗缓缓放回书案，搓了搓手，说道："陛下，范仲淹、欧阳修、尹洙、余靖这四人，前日蔡襄谓之'四贤'。陛下斥去未几，便令他们复还京师。此四人抓住机会，便引蔡襄以为同列。这难道不是以国家爵禄，作为他们几个的私惠吗？这难道不是胶固朋党，以报谢蔡襄当时的歌咏之德吗？今一人私党，止作十数，若五六人结党，门下之人便会有五六十人。假若五六十人递相提挈，不过三二年，布满要路，则误朝迷国，谁敢有言？挟恨报仇，何施不可？九重至深，万几至重，何由察知？"

"大胆！退下！"赵祯冲蓝元震喝了一声。

蓝元震身体一震，慌忙闭口，不敢再说下去。

"端出去！"

"是！"

蓝元震慌忙再次端起青瓷碗，匆匆往御书房外走去。出门的时候，他扭头偷偷一瞥，只见赵祯仰头靠在椅背上，瞪着眼望着虚空。

"看来，陛下已经对范仲淹等人起了疑心。夏竦大人的机会或许来了。我需将宫中新近发生的事情，偷偷告诉夏大人，或许能帮上他。"他这样想着，脸上露出旁人不易察觉的笑容，眼光也不觉间变得又是恶毒又是凶狠。

三日后，夏竦接到一封密函。这份密函是蓝元震从宫中偷偷派人送来的。

读完密函，夏竦不由自主地嘿嘿冷笑了几下。他抬手捏灭了嵌石书桌上的蜡烛，两只手放在嵌石书桌冰冷的桌面上，睁着眼睛坐在黑暗中，一动不动。就这样，他坐了约半个时辰，这才缓缓站了起来。此时已经是子夜，府中的其他人都早已就寝。他出了书房，来到前堂，从前堂左手边的小门穿过，静静地走上通过后堂的甬道。虽然天空挂着上弦月，但是云层很厚，院子里很黑很暗。他穿过甬道，又绕过后堂，来到后花园。后花园的东北角有个小木门。他走到小木门前站住了，一动不动地盯着小木门。过了片刻，外面传来打更的声音。他没有动，依然站着。打更声消失后，小木门那边忽然发出"笃笃——笃笃——笃笃笃"的声响。有人在外面轻轻敲门。他没有动。"笃笃——笃笃——笃笃笃"，敲门声再次响起。

这次,他麻利地取下了小木门的门闩,门开了一条缝儿。微弱的月光下探进了一张猥琐的脸,接着一个人挤了进来。

"拿到了吗?"他轻声问道。

那人眯着眼笑了笑:"这就是大人要的,友人写给富弼大人的几封书信。那人托我交给大人的。"

"拿来。"他向那人一伸手。

来人从怀中摸出一沓纸,塞在他的手中,然后将空手微微往上颠了颠。

夏竦一抬手,将一包银子放在来人手中。

"关于此事,一个字也不能泄露出去!"

"小人明白。那人也叮嘱过,大人放一百个心就是了。小人从来就没来过,大人也从没见过小人。"

"狗不会出卖主人,人却会出卖主人。好吧,就信你一回,你若漏了口风,我让人取了你性命。"

"小人比狗还忠诚!"

"得了,你走吧!"

那人嘿嘿一笑,转身从小门的门缝中挤了出去。

夏竦关了门,上了门闩,手中死死捏着那沓纸,慢慢往回走。

不多时,他回到书房,点亮了嵌石书桌上的羊脂蜡烛。他坐下来,将那沓纸放在书桌上。一张又一张,他一目十行地翻看起来。

突然,他盯着手中的信笺,全身仿佛僵了。

"天助我也!石介啊石介,这次我夏竦可得报一箭之仇了。富弼,你也休要怪我,要怪便怪石介吧!"他两眼瞪得很大,盯着信笺,喃喃自语。

次日一早,夏竦早早起来,来到西厢房。婢女紫玉正手持毛笔，端坐在桌前练字。

"紫玉，让我看看，你练字练得怎样了？"

紫玉见是夏竦，抬起头来冲夏竦莞尔一笑。

夏竦笑了笑，俯下身子，往桌上看去。

"哎呀，不错嘛！可以传神了。"

夏竦拿起桌上紫玉写的一张字，盯着它左看右看，脸上露出了一丝狞笑："石介啊，你瞧瞧，这字要是摆在你眼前，估计你也看不出来是别人写的吧！"夏竦心中暗暗得意。

他将那字放回桌上，跟着从怀中掏出一张纸，也放在了桌上。

"瞧，我今日给你带来了新的字帖。"

"还是石介先生的字啊。"

"对！他的字，写得确实好啊！你好好临摹吧。"

"好啊，太好了！"

"等等，这句话里面有一个字用得不对，'行伊周之事'中的'周'字应为'霍'字。你临摹时，务必将这字改过来，免得错讹流传。"

"贱婢不通文学，要是大人不说，还真不知道呢。"

夏竦笑了笑，道："你好好临摹练字吧。他日我若写一些文书，也好让你代笔。"说罢，他眯起眼又笑了笑，慢慢走了出去。

紫玉自又提笔练起字来。这次，她临摹的是石介写给富弼的那封书信。

一个多时辰后，夏竦又推门进来了。

"练得怎样？"他走到紫玉的桌前。

紫玉将新临摹的字递给了夏竦。夏竦看了，连连点头，将那张一折，笑道："我倒要将这字拿出去给人瞧瞧，让他们看看我夏竦的身边，也有一个女书法家。"说着不禁哈哈大笑起来。

数日后，京城内开始出现传言，国子监内也传开了。

"听说了吗？石介给富枢密写了一封信，劝其行伊霍之事啊。"

"不可能吧？汉代霍光位高权重，汉昭帝死后，他先立刘贺为帝，随后又废去刘贺，立刘询为帝。劝富弼行伊霍之事，那不是谋反嘛！"

"石介乃忠臣，怎么可能写这样的文字？一定是谣言，休要乱传！"

"说得倒是，可是，据说有人亲眼见到那封信了啊。"

"别乱说，休要多事！"

国子监内一时间议论纷纷。不少人见了石介，都以异样的眼光看着他。石介知道一定出了什么事，好不容易找到一个平时要好的朋友，那人将他拉到一边，将传言告诉了他。石介听了，顿时大惊失色。"我确实给富弼写过一封信，信中请富弼行伊周之事，学习伊公周公，辅佐圣君，何曾有什么'伊霍之事'？"他拼命向朋友解释，那人也只是无奈地摇摇头。石介被这谣言打击得失魂落魄，接连数日寝食难安。他终于还是忍不住去找了富弼。富弼也已经听到了谣言，不过，他倒是比石介要冷静得多。

"我有个习惯，议论朝政的私信，如果事涉朝廷，我会阅后即焚。那封信，我本以为让书童烧掉了。近日听到谣言，盘问书童，方知有人暗自出高价收买了他，令他偷偷出卖友人写给我的信，其中就包括你的那封。可是，即便是那封信，除了言语有些过激，亦并无大碍。"富弼道。

"这么说，有人故意改动文字，传出谣言？一定是这样，有人暗中想要陷害你我！枢密可知是谁吗？"

"依我看，恐怕与你那诗有关。"

石介眼皮一跳，大惊失色："枢密是说，很可能是吕夷简，或是夏竦？"

"你那诗锋芒太甚，直接将吕、夏之流指为小人，虽然未点名，他们是何等聪明之人，如何会不知道？"

"我可以请求面圣，在圣上面前自辩吗？"

"不可，如今圣上对于此事只字未提，也未派人追查此事，你如自辩，岂不是中了造谣人的毒计？"

"这如何是好？"

"暂且休要轻举妄动。容我想想，你且回去。"

石介无奈，只得向富弼告辞，心神不定地回到自己家中。

数日后，赵祯将范仲淹召入御书房，令蓝元震等几个内侍都退了出去。

赵祯取出一卷纸，递给了范仲淹。"范卿，你看看。"赵祯面无表情地说。

范仲淹接过纸卷展开一读，不觉脸色发青。看这封信的内容，是劝富弼谋废今上，立新君，完完全全是一封谋逆信。

"读完了？"

"是，陛下。"

"就凭这封信，朕就可以斩了石介。"

"不可。陛下，这封信绝不是石介所写。"

"嗯？"

"这封信，笔迹看起来倒真像石介的，完全可以以假乱真。但是，这行文，这句法，却比石介老到。石介其人，性情率直，文章书信，行文结构绝不会如此细密。陛下，臣敢以性命担保，这信不是石介写的。"

赵祯依然面无表情，不过两耳却已经发红了。

"之前的传闻，朕已经听说了。这封信中虽然无'行伊霍之事'的句子，然而所说之事，纯属谋逆。既是谋逆，行文结构岂能不细密？范卿仅凭行文特色与石介日常书信行文有异，就断定此信不是他所写，这岂能说得通？"

"这……陛下，臣只知道，石介赤忠之诚，绝不会谋逆。之前，他还曾写诗歌颂陛下圣德，怎么可能谋逆呢？"

"人心叵测，王莽若不称帝，人皆谓其大忠之臣！"赵祯盯着范仲淹，一字一顿地说道。

范仲淹听赵祯突然提起王莽，心中一凛，暗想："石介是国子监直讲，陛下却提起王莽，难道陛下这是借石介之事，来警醒我与富弼等？"他这么一想，不觉心头发凉。

赵祯见范仲淹神色黯然，目光闪了一下，叹了口气，道："范卿，你下去吧，朕自己待会儿。"

范仲淹心头郁闷，不再多言，拜谢后匆匆离开了延和殿。

赵祯望着范仲淹的背影，喃喃道："范仲淹啊，朕相信你不会背叛朕，只是，你、富弼等推荐的一干人，枝叶相连，盘根错节，朕岂能不留心？"他又想起"江东三虎"之一杨纮说的话——"不法之人不可宽恕，去之，只不利一家尔，岂可使郡邑千万家，具受其害？""哼，这岂不是与你范卿说的话一个意思？只是你们有没有想到，你们对任何一家，都可能误判呢！一家不保，又何以保千万家？若是你们错判一家，岂不陷朕于不义！况且，这天下乃是朕的祖宗打下的天下，岂能被尔等朋党所左右！"他心中对范仲淹等既起了猜忌,思考这一问题时,也便忘了杨纮的话里早有一个前提——那句话本是针对"不法之人"所说的。

3

麟州的周围,经常被元昊侵掠,因而四野无民,土地荒芜。为了保住麟州,不得不从河东等地运送粮草支援。有些官员认为长此以往终难以为继,建议朝廷废掉麟州。宰相章得象建议将麟州迁往靠近府州的方向。赵祯则认为麟州不可废,不如将麟州所屯兵马迁往靠近府州的地方,另置一城,这样便可节省边民之役。为了处理这件事,赵祯决定派右正言、知制诰欧阳修前往河东,与转运使张奎具体谋划。

为欧阳修送行那日,待欧阳修离了十里长亭后,富弼拉住范仲淹悄声道:"范公,此次河东之行,本不必派欧阳修。欧阳修是谏官,本该在君之侧,可圣上偏偏在这个时候让欧阳修去河东,范公啊,圣上这是开始猜忌我等了!"

范仲淹若有所思地看了富弼一眼。赵祯给他看那份假"废立诏书"的事,他还没有想好如何同富弼说。"也许这是个告诉他的机会。"范仲淹寻思。

"一会儿,你我去聚贤楼,我有一事与彦过兄说。"范仲淹肃然对富弼说。富弼见范仲淹如此郑重其事,当下默然点点头。

两人骑着马,沉默着缓缓往京城方向行去,很久都没再交谈一句,均陷入了深思。李金辂、原郭京及赵圭南骑着马,就在范仲淹和富弼身后几步远跟着,一路上谁都不敢上前去打扰。到了聚贤楼门口,李金辂负责将马儿在店门口拴马桩上拴好。范仲淹自叫店小二领着，同富弼上了二楼一个雅间。上了茶点后，范仲淹令店小二休要再送茶水与点心来。店小二会意，悄然退出雅间。此时，李金辂、原郭京和赵圭南三人已经肃立于雅间门口护卫警戒。身在京城，店小二见过的达官贵人多了，自然也懂得规矩，一句话也不问，下了二楼，也不再上来。

雅间中，范仲淹很快将皇帝得到假"废立诏书"的事说了。

"后来，我细细思之，圣上能同我说此事，说明圣上并没有真正相信那份东西。所以，琢磨着何时告诉你才合适。今日永叔离京，我看是时候与你说说此事了。圣上不会相信你与石介谋逆，但是，结合之前圣上的朋党之问，我担心你、我和韩琦力主的新政会受到影响。"范仲淹说道。

"范公，石介与我当然不可能行此谋逆之事。石介的书法精妙，一般人还写不出那般神采，照范公的说法，那文书的字极像石介所书，若不是有人刻意模仿伪造，是绝不可能以假乱真的。看来，有人是蓄意想陷害石介与我，矛头更可能进一步指向新政。用心不可谓不毒，手段不可谓不狠。所幸，圣上还不糊涂。范公，我看，你我也该考虑自请出朝了。"

"出朝？不行，新政尚未完全推行，此时怎可申请外放？不可。"范仲淹摇了摇头。

富弼叹了口气，道："范公，此时不走，恐圣上愈加猜忌啊！"

"你我赤诚为公，圣上一心革新，你我岂能在此时打退堂鼓！不可！"

富弼无奈，不再说话。

两人就此话题，断断续续又商量了半个时辰，范仲淹依然不同意申请外补为官的办法。

数日后，赵祯下诏令度支判官、太子中允、直集贤院李绚为京西转运按察使。富弼听说这个命令后，匆匆找到了范仲淹。

"范公，你难道此刻还读不出圣上的心思吗？"富弼的双目，在那张圆脸上闪闪发亮。

"又怎么了？"

"圣上此时大用李绚，恐有深意啊！"

"有何深意，你倒说来听听。"

"范公，你知道的，当时范雍知河南，王举正知许州，任中师知陈州，任布知河阳，这几个人都是二府旧臣，李绚皆以不才奏之。你想想，这不是很有意思吗？"

范仲淹心头一紧，暗想："揣度君心，权衡政治，吾不如富弼啊！"他想了一下，说道："你的猜测，也不是完全没有道理。不过，向来君心难测，我等又何必过度揣测君心，唯直道而行足矣！"

"范公，新政非一日能成，等圣上回心转意，再推不迟，急不来啊！"

"容我想想！"范仲淹不想再在这个话题上继续，便含糊其词地说道。

4

正当范仲淹听了富弼的劝导而犹豫不决之时，随后发生了一件事，又坚定了他对赵祯的信心。他相信，皇帝还是信任他的，自己怎能在此时乞请离开中枢去边郡呢？范仲淹再次决定留在朝廷，力推他主张的各项新政。

这件事乃是审刑院、大理寺呈上朝廷的陈留县移桥案。大理寺的裁决是权三司使王尧臣罚铜七斤，权户部副使郭难，知陈留县、太子右赞善大夫杜衍[1]，开封县主簿杨文仲，陈留等县催纲、右侍禁李舜举，并罚铜六斤，这几人都以公罪处罚。户部判官、国子博士慎钺罚铜七斤，提点在京仓草场、殿中丞陈荣古罚铜十斤，都官员外郎王溟追一官，卫尉寺丞卢士伦追一官，仍罚铜十斤，这几人都以私罪处罚。

陈留县移桥案究竟是怎么回事，牵连了那么多官员，竟然连权三司使王尧臣也受到了牵连呢？

原来，当初右侍禁李舜举建言，请移陈留南镇土桥于近西旧施桥处，以免除倾覆舟船之患。于是开封府派杨文仲与太子右赞善大夫杜衍商议拿出方案。杜衍等建议请按照李舜举的建言移桥。卢士伦是陈留县的大户，当时他家有邸舍在桥下，如果移桥，邸舍便保不住了。王溟之前监县税时，曾经以折扣价格租住那间邸舍。碰巧，王溟与王尧臣是同年，因此找到王尧臣，陈述移动陈留桥于官并无好处，况且目前也没有听说陈留桥桥柱子撞坏了往来的舟船。王尧臣前一日去陈留调查过，已初步认为没有必要移桥，这日又听王溟这么说，便觉得他的话有道理，更加确定了之前的判断。于是，王尧臣隔日便找到户部判官慎钺说："自上次移陈留桥，仅三十年，如今忽议将它移回故处，动费官钱不少啊。"那时，开封府已开始毁桥，而因为王尧臣和慎钺的介入，三司下帖陈留县，不得毁桥。朝廷于是遣陈荣古前去调查。陈荣古调查后，请于旧桥西展木岸五十步将水引入，同时罢移桥。权知开封府吴育坚决认为这样不可。于是，朝廷只得又命监察御史王砺再去定夺。王砺上奏，认为

---

[1] 此杜衍非枢密使杜衍。

将桥移到旧处更利于来往舟船，并且说，三司之前称桥下有官屋，但是根据其调查，其处唯有卢士伦邸舍，而无官屋，恐怕其中有私托请求。

于是，赵祯皇帝下令命工部郎中吕觉前往调查。结果发现，慎钺曾经派人到王砺处打探消息，被王砺抓住过，因此王砺对慎钺怀恨在心。而陈荣古则隐瞒了庆历二年有船曾经触桥柱被撞坏的事实。因此，两人皆以私罪论处。

等案子报到朝廷，范仲淹经过一番调查，上疏提出处置建议，得到了赵祯的认可。赵祯特诏免王溟追官，罚铜二十斤，而陈荣古和慎钺仍改从公罪论处。

范仲淹的这份上疏写得冷静分明，文云：

> 臣前日与章得象以下，亲奉德音，谓近知左右臣僚，恐上不能主张，不敢尽心言事，今后不得更事形迹，避涉朋党，须是论列，必无所疑。臣等千载遭逢，得陛下圣言及此，不胜庆幸。臣日夜发愤，愿尽其心，以副陛下待辅弼之意，虽犯雷霆，岂敢回避？今窃见审刑、大理寺奏断王尧臣以下公罪内，有情理不圆，刑名未当之处。如便降敕，恐外议纷纷，传播天下。臣忝参预大政，岂当缄默，负陛下前日之训，为天下罪人？今略指陈事节，奏陈如后。

> 陈留桥，是真宗皇帝亲诏，为损舟船，遂遣使经度而迁之。姚仲孙在三司日，杜衍乞移此桥，仲孙不行。王拱辰知开封府日，又乞移之，拱辰亦不行。昨又催纲使臣乞移此桥，本府只差一主簿相度，便具申奏。朝廷不知先朝

有诏，失于检详，遂许移之。三司为去年新曾添修，今又破材料，遂奏乞差官相度，乃是举职。今却以不应奏而奏坐罪，惟圣慈深察，方可见情。

一、据案中照勘得三司手分，已先检寻移桥文字，于初九日纳在王尧臣处，要行遣申奏。初十日，方见王洙，为本人自陈留替回，尧臣遂先发言，问当移桥利害，洙方对答，即非因洙请托而后行也。

一、经曰："贵贵，为其近于君也；贵老，为其近于亲也。"又堂高则陛高，盖言重公卿者，所以尊天子也。今三司使主天下大计，在天子股肱之列，有罪，则陛下自行贬废，不可使法吏以小过而辱之。"投鼠忌器"，正在此矣。陛下纵有轻近臣之意，不可外示于人。何哉？近臣轻则减天子之重矣，今法寺坐尧臣杖七十，公罪，其过至小。

一、王洙得替，赁卢家宅子，称每月饶减得房钱一千。其人已移辰州通判，只是暂时，即非久住，当赁宅子时，又未曾言请托桥事。量人情，只是为洙曾在本县守官，遂欲借宅与住，洙尚不肯，须用钱赁，只饶减得一千。今因王砺奏，洙受卢家请托，入狱之后，须至虚有招认。岂可一两千钱，便使得一员外郎请托此事？兼案内照勘得，因尧臣问及，遂说利害，又未尝及不移桥，此岂是请托？今独追官勒停，众议未允，望深察其情，或与罚铜、监当，亦减得外边怨说，又免本人频来理雪，紊烦朝廷。

一、陈荣古定夺桥事，据案帐上开说，所损舟船五十五只，内五十只因风并相磕撞致损，只有五只，因桥致损。又根究得元乞移桥状内，所说损却人命及陷没财物，并是虚诳，所以荣古定夺，更不移桥。今来虽依王砺所奏，移归旧处，一则违先朝诏命，二则未及月余，已闻新桥不利，损却舟船，撞折桥柱，及水势稍恶，重船过往不易。若再差人体量，必是先朝移改不错。以此荣古所定，未必不当，虽三度取状，不全招认罪名，盖有此情理。须至分疏，本因公事，别无私曲，今法寺坐为私罪，伏望特与改作公罪。

一、慎钺是三司判官，本案管移桥公事，既闻差王砺重行定夺，遂令人探问移与不移。今来勘得别无情弊，伏望特与改作公罪。

一、王砺与尧臣祖同姓名，素不相喜，因此定夺，遂诬奏乞勘三司情弊；又奏慎钺是尧臣所举，必有奸谋。今来勘劾，别无情弊，亦无奸谋，王砺亲自定夺此事，当以实言，且非风闻之失也。

右前件，王尧臣罪名，乞特出圣意，差中使传宣放罪，令依旧起居，并乞特降圣旨，王溟免追官，罚铜，与监当；陈荣古、慎钺，并与改作公罪。如此施行，则众情稍安，群议自息。王砺初奏王尧臣必有情弊及有奸谋，满朝公卿，忧尧臣祸在不测，赖陛下仁圣，特与辨明，不陷深辟。臣又近奉德音，令不避嫌疑，而况陛下越次擢用，敢不尽心，助陛下之明德。[1]

1　《续资治通鉴长编》卷一百四十八庆历四年四月条。

赵祯也不是糊涂虫,看了范仲淹的上疏,当即便同意按照他的建议,修改对有关官员的裁决。

皇帝的认可,让多日来心情沮丧的范仲淹为之一振。

此时,欧阳修已经回到京城,就监察御史王砺既奏论陈留移桥事,上疏要求重判王砺。其文云:

> 臣伏睹朝廷近为王尧臣、吴育等争陈留移桥事,互说是非,陛下欲出至公,特差台官定夺。而王砺小人,不能上副圣意,内挟私徇情,妄将小事张皇,称王尧臣与豪民有情弊;诬奏慎钺令凶吏潜行杀害,及妄称真宗皇帝朝移桥不便,致民切齿等事。及勘出事状,王尧臣元不曾受豪民请托,慎钺亦不曾令小吏潜行杀害;及据先朝日历内,真宗皇帝亲谕王旦为陈留桥损害舟船,特令修换,证验得王砺所言,悉是虚妄,上惑圣听。赖陛下圣明,谨于听断,不便轻信其言,别令吕觉根勘。今既勘出事状,方明王砺不公。伏以台宪之职,本要纠正纪纲,而砺但务挟私,欺罔天听,合行黜责,其罪有四:
>
> 一曰谤黩先朝圣政。谨按日历,书真宗皇帝亲谕王旦移桥一事,乃是先知民间利病,移得此桥为便,故史官书之,以彰圣政,为后世法。今王砺却称是真宗皇帝朝权臣受豪民献赂,移得此桥不便,民间至今切齿。若如王砺所说,即是真宗误信权臣移桥,致民怨怒,乃是当时阙政。今国史书移桥便利,彰先朝圣政,王砺言移桥不便,是先朝阙政,臣不知国朝旧史可信,为复王砺之言可凭?其虚妄谤黩之罪,可诛一也。

二曰中伤平人，使今后劳臣不劝。臣见向前三司使不能擘画钱谷，至有强借豪民二十万贯，买天下物业，至税果菜之类，细碎刻剥。自王尧臣在司，不闻过外诛求，而即今财用不至大阙。又闻南郊渐近，诸事亦稍有备，当此窘乏之时，而能使民不加赋，而国用粗足，亦可谓劳能之臣。方当责其办事，今因移一桥小事，而王砺诬其与豪民有情，致兴大狱。及至勘出，并无情弊，是王砺不恤朝廷事体，当此乏用之际，将能干事之臣，因小事妄加伤害，其罪二也。

三曰诬奏平人为杀贼。凡台官言事许风闻者，谓耳目不及之事即许风闻。今王砺目见慎钺所遣小吏，别无武勇，又无器仗，而诬其有杀害之心。及至勘出，并无迹状，其罪三也。四曰挟私希旨。初，朝廷本为省府互争，别选不干碍官定夺；王砺既吴育是举主，即合自陈乞别差官，岂可谤黩先朝，希合举主？且砺言慎钺是尧臣所举，感惠本深，今砺是吴育所举，岂不怀感？且吴育与王尧臣本无怨恨，各为论列本司公事，所见异同，乃是常事，但王砺小人，妄思迎合，张皇欺诳，其罪四也。

且王砺谤黩先朝圣政之罪，若不重责，则无以彰陛下孝治之明。中伤尧臣，若不重责，使劳能之臣，不安心展效。其诬奏慎钺遣吏杀害及挟私迎合举主之罪，若不重责，则今后小人恣情妄作，狱枉必多，事系朝廷之体。臣忝谏职，不可不言。其王砺伏乞重行贬黜。[1]

---

[1] 《续资治通鉴长编》卷一百四十八庆历四年四月条。

赵祯近来因为谣言纷起，特别是石介之事，心神不定。就其内心，他相信那封信真的不是石介所写。然而，关于范仲淹、富弼等结朋党的传言，就是另外一回事了。

真正令他心中难受的是，范仲淹竟然不否认君子之党。皇朝自祖宗时即明令禁止朋党，又何分君子之党、小人之党？你范仲淹当面说君子之党有理，岂不是目无祖宗规矩，岂不是故意给朕难堪吗？朕虽然对你们信赖有加，可是这朋党之事，乃是历代所禁，你与欧阳修等岂能不知？好！今日你欧阳修要求严办诽谤之人，这没有错，朕同意！可是，你们也该体会朕的苦心啊！他心中对造谣者更是心怀不满，于是下诏，罢去王砺御史之职，授太常博士，通判邓州。

5

判国子监王拱辰、田况、王洙、余靖等都认为现在的国子监实在太小了。于是，他们向皇帝建议："首善当自京师，汉太学二百四十房、千八百余室、生徒三万人。唐学舍亦一千二百间。今取才养士之法盛矣，而国子监才二百楹，制度狭小，不足以容学者，请以锡庆院为太学，葺讲殿，备乘舆临幸，以潞王宫为锡庆院。"赵祯听从了他们的建议。

这一日，赵祯乘舆临幸国子监，石介想要借机求见。那份"谋逆信"在赵祯心里引发的"疙瘩"并没有消除，石介此时求见，赵祯自然不愿见。石介见不愿见自己，心情沉重，怏怏而退。赵祯心中亦不快，在国子监草草转了转便乘舆离开，往垂拱殿去了。

尚未到垂拱殿，赵祯忽然想起水洛城之事尚未了结。此前，狄青将刘沪、董士廉收押，械送到德顺军的监狱。朝廷下诏，令将二人移往邠州，随后又下令释放二人，令他们前往水洛城将工程修筑完毕。至于最后如何论处，则根据调查，听候圣旨。

"这刘沪、董士廉、尹洙、狄青等人，如何处置，朝廷着实为难。"在去垂拱殿的路上，赵祯犹豫不决。他又想："尹洙与范仲淹、欧阳修、余靖等人要好，不如我让他们几个说说如何处置尹洙等人，也好再借此试探一下，看看他们是否彼此回护。"于是，他便令改道去延和殿，又让人速去中书和谏院传范仲淹、欧阳修和余靖。刚下完令，他转念一想，又改口说道："就传欧阳修、余靖到延和殿吧。"

欧阳修、余靖两人赶到延和殿时，赵祯早已在龙椅上坐定。

"水洛城之事尚未了结，刘沪、董士廉、尹洙、狄青四人，该如何处置，朕想听听你们的建议。你们谁先说说？"

欧阳修朝余靖看了一眼，说道："臣先说吧。陛下，臣听说，当初蕃族见狄青械系刘沪等，一度发生骚乱。如今周询根据陛下诏令，继续下令刘沪前往水洛城去完成修筑工程，这说明，陛下也是相信刘沪能以恩信服彼一方的。陛下也必知水洛之为利而不欲废之，欲守水洛城，非刘沪不可。然而，刘沪与狄青、尹洙既起龃龉，是很难共了此事的。因此，臣认为，事情在不得已的时候，宁移尹洙，不可移刘沪。有的人认为，不可因刘沪而动大将，今但移尹洙，而不动狄青，若只是尹洙更以恩徙他路，即不是因刘沪而屈大将矣。如此，则于尹洙无损，于刘沪得全其功，于边防之体无不便，三者皆获其利，若不然，则三者皆伤。"

"这么说，你认为刘沪并无罪？"赵祯面无表情地问道。

"陛下，大凡武臣，尝疑朝廷偏厚文臣，假如有二人相争，实是武人理曲，然终亦不服，只说执政尽是文臣，递相党助，轻沮武人。如今，刘沪与尹洙争，而刘沪实有功，又其理不曲，罪刘沪，则缘边武臣尽鼓怨怒，其害一也。自西事以来，擢用边将固多，能立功效者却很少。惟范仲淹筑大顺城，种世衡筑青涧城，刘沪筑水洛城，而刘沪尤为艰难，其功不在二人之下。今若曲加轻沮，则武臣以后恐怕无复为朝廷做事，其害二也。刘沪若不在水洛，则当地蕃户可能聚集闹事，恐他人不能绥抚，假如再生出事端，则自今蕃部更难以招辑，其害三也。今三利三害，其理甚明。伏望圣意断而行之。"

赵祯微微点头，朝余靖看去："余卿，你也说说。"

余靖说道："臣窃以为，将帅协心，乃成绩效，朝廷处法，要在公平，专听偏词，恐未为允协。"说到此处余靖停下，看着皇帝。

"继续说。"

"陛下，凡大将节度，不从者诛，如果可从之时而违背命令，则置于法。今二臣所争之事，各有奏陈。臣愚以为，若强贼在近，须兵救援，召刘沪不到，罪则当诛。今刘沪言筑城有利无害，事已复奏，乞听朝旨，狄青等知刘沪所执，自有本末，但以所议不同，辄肆私忿，一召不至，即举兵擒之。既囚刘沪之身，又围守刘沪妻与子，假若当时有他变，岂不上贻国忧？"

此时赵祯脸上的肌肉稍稍绷紧，眉头也微微皱了起来。

余靖继续说道："若刘沪及董士廉犯大将之怒，而朝廷不能保全，则今后边臣，谁肯效命？况生蕃数千帐因刘沪来附，若使刘沪守，必与此城同其存亡，他人继之，恐不能及。臣请求陛下，早降命令给鱼周询，如所筑新城确实利便，即应留刘沪等，令其专守此城，招抚蕃部。同时，仍以此意诫敕狄青、尹洙，今后行事，不可如此仓卒。朝廷若以刘沪与狄青等既有私隙，不欲令在一路，则宁移狄青等，不可移沪，以失新附之心。"

到了此刻，赵祯见余靖、欧阳修没有明显回护尹洙的意思，心底颇为满意，眉头也渐渐舒展开了。但是，他并没有说话，而是缓缓低下头，沉思起来。

欧阳修、余靖也不知皇帝此时作何想法，只好都垂手而立，不发一言。

过了片刻，赵祯仿佛从恍惚中惊醒过来，抬起头说道："朕知道了，你们退下吧。"

欧阳修、余靖见皇帝神色奇怪，似忧非忧，似喜非喜，当下拜谢后，便退出垂拱殿，一起回谏院去了。

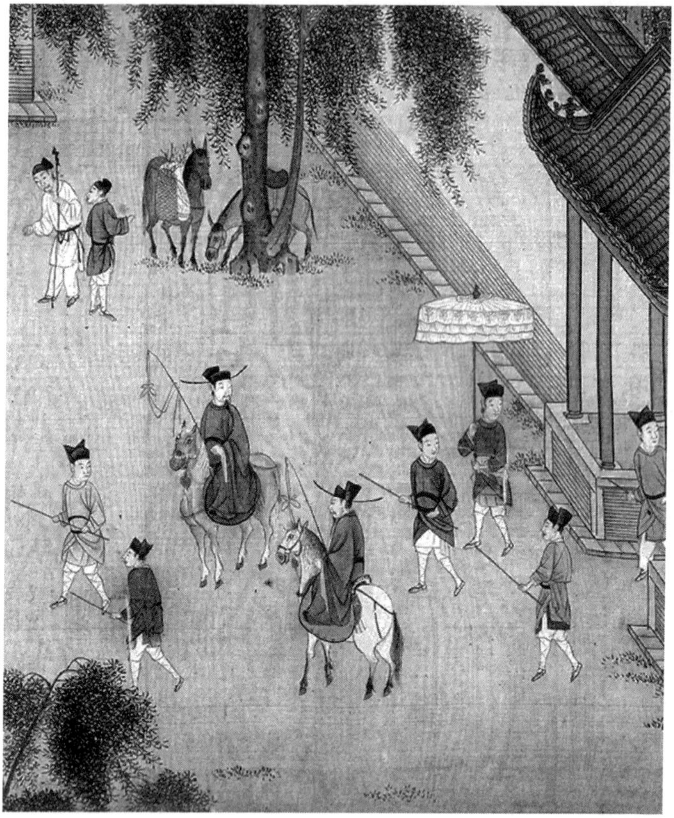

第四十七章
举棋不定

1

四月底时，知制诰田况借契丹在边境修筑天德城之机，上疏劝诫皇帝不要因人废言，要广开言路，要常在延和殿召对大臣，听取大臣们对国家大事的看法，尤其要警惕契丹再次入侵中原。田况的这份上疏，似乎对皇帝产生了很大的触动。

五月的第一天，赵祯在崇政大殿召开朝会。此时，韩琦已经回到了京城。在这次朝会上，枢密副使韩琦、参知政事范仲淹同上四策。

四策云：

> 昨元昊叛命，王师数出不利，而北敌举数十万众，谓元昊是舅甥之邦，中国不当称兵。国家以生民之故，稍增金缯，以续盟好。今元昊虽暂求通顺，后如物力稍宽，则

又有长驱深入、并吞关辅之心。何以知之？昨定川之战，彼作伪诏，诱胁边人，欲定关中。盖汉多叛人陷于穷漠，必以刘元海、苻坚、元魏故事，日夜游说元昊，使其侵取汉地，而以汉人守之，则富贵功名，衣食嗜好如其意。乃知非独元昊志在侵汉，实汉之叛人日夜为贼谋也。朝廷若从其和，则北敌要功，下视中国；若拒绝之，则元昊今秋必复大举，北敌寻亦遣使，问所以拒绝元昊之故，或便称兵塞外，张势黟我。国家必于陕西选将调兵，移于河北，河北未战而西陲已虚，元昊乘虚而来，必得志于关辅。此二敌交结之势，何以御之？臣等思和与不和，俱为大患。然则为今之谋者，莫若择帅练兵，日计用武之策，以和好为权宜，以战守为实务。彼知我有谋有备，不敢轻举，而盟约可固；如不我知，轻负盟约，我则乘彼之骄，可困可击，未必能为中国之害。试画一言之。

其一曰：臣等观西戎畜祸，积有岁年。元昊外倚北敌，屡乘战胜，而乃辄求通顺，实图休息，所获者大利，所屈者虚称，然犹干请多端，奸谋未测。国家以生灵为念，不可不纳。如唐高祖、太宗之权略，犹屈于突厥，当始毕之卒，为之举哀废朝，遣百僚诣馆吊其来使。又太宗驰六骑于渭上，见颉利与语，复亲与之盟。既退，左右劝击之，太宗谓"我击彼败，惧而修德，后患必深，周旋俯就，使之骄怠"。一旦李靖擒之，威振四极，此盛主之谋也。陛下当如唐高祖、太宗，隆礼敦信，以盟好为权宜；选将练兵，以攻守为实务。彼不背盟，我则抚纳无倦；彼将负德，我则攻守有宜，此和策之得也。

其二曰：元昊未叛时，受朝廷恩信甚厚，尚或时扰边境，今累次大举，曾无沮败，乃遽请和，实畜阴计，非屈伏之志也。今若以权宜许之，更当严作守备。然陕西减兵，则守备不足，不减则物力已困。臣等以谓缘边城寨，须日加缮完，使戎狄之心，无所窥伺。又久守之计，则莫如畜土兵，盖其众谙山川而多习战斗，比之东兵，其功相倍。然沿边、次边土兵数少，而分守不足，更当于要便城寨，益招置之。若有近里土兵愿益隶边寨者，即迁其家而团集之。向庆州创大顺城，欲置振武、保捷两指挥，乃于永兴华州、耀州土兵中召愿守寨者，而应募甚众，何则？关内诸土兵多在边上，或代归而数月之间复出远戍，岂但星霜之苦，极伤骨肉之恩，征夫不保其家，嫠妇颇多犯法，人情久则怨起，如得并迁其家于边住营，更免出军，父母妻子，乐其完聚，战则相救，守则相安，此可恃之兵也。或谓土兵携家寨下，则请给之费尤多，臣等曰不然，土兵月给差少，又素号精强，使之戍边，比之东兵，数复可减。然于逐路渐为增损，一二年间方能整集，固非一朝可骤改也。又陕西新刺保捷，其中有孱弱不堪战者，宜少汰之，使归于田亩，既省军费，复增农力。然后三分东兵，以一屯边，以助土兵之势；以一徙次边，或屯关辅，以息馈饷之劳；以一归京师，以严禁卫之势。彼如纳款未变，则东兵更可减三分之一。又沿边无税之地所招弓箭手，必使聚居险要，每一两指挥，共修一堡，以完其家，与城寨相应。彼或小至，则使属户蕃兵暨弓箭手与诸土兵，共力御之。彼或大举，则必先闻举集之期，我之次边军马，尽可驻于坚城，以待敌之进退。沿边山阪重复，彼之重兵必循大川而行，先求速战。既胜，则方敢散兵掳掠，过越险阻，更无顾虑。我若持重不战，则彼之重兵行川路中，刍粮无所继，牛羊无所获，不数日人马俱困，既不敢越险，又未能决胜，必不得已而散兵掳掠。我于山谷中，伏精锐以待之，使散无所掠，聚不得战；欲长驱而来，我则使诸将出奇以蹑其后；欲保师以归，我则使诸城并力以乘其敝。彼将进而无利，退而有祸，不三两举，势必败亡，此守策之得也。

其三曰：元昊巢穴，实在河外，河外之兵，懦而罕战。惟横山一带蕃部，东至麟、府，西至原、渭，二千余里，人马精劲，惯习战斗之事，与汉界相附，每大举入寇，必为前锋。故西戎以山界蕃部为强兵，汉家以山界属户及弓箭手为善斗。以此观之，各以边人为强。所以秦、汉驱逐西戎，必先得西界之城，彼既远遁，然后以河为限，不能深入。倘元昊归款，则请假和策以抚之，用守策以待之。或顺而翻变，则有可攻之策。窃计陕西四路之兵，几三十万，非不多也。然分守城寨，故每路战兵，大率不过二万余人，坐食刍粮，不敢轻动。盖不知贼人果犯何路，其备常如寇至。彼则不然，种落散居，衣食自给，或忽尔点集，并攻一路，故其众动号十余万。以我分守之兵，拒彼专举之势，众寡不敌，遂及于败。且彼为客，当劳而反逸，我为主，当逸而反劳。我若复用此计，使彼劳我逸，则取胜必矣。臣等请于鄜延、环庆、泾原路各选将佐三五人，使臣一二十人，步兵一万，骑兵三千，以为三军，训以新定阵法。俟其精勇，然后观贼之隙，使三军互掠于横山，降者纳质厚赏，各令安土；拒者并兵急击，必破其族。假若鄜延一军先出，贼必大举来应，我则退守边寨，或据险要，勿与之战。不越旬日，彼自困敝，势将溃归，则我复出环庆之军，彼必再点兵而来，即又有泾原之师，乘间而入，使贼奔命不暇，部落携怨。我则兵势自振，如宥、绥二州，金汤、白豹、折姜等寨，皆可就而城之。其山界蕃部去元昊且远，救援不及，又我以坚城守之，以精兵临之，彼既乐其土，复逼以威，必须归附，以图自安。三二年间，山界可以尽取。此春秋时吴用三师破楚之策也。元昊若失横山之势，可谓断其右臂矣。矧汉、唐之旧疆，岂今日之生事？此攻策之得也。

其四曰：臣等既以三策陈之，又以北敌为忧。且北敌久强，在后唐日，以兵四十万送石高祖至洛阳，立为天子，遂与石晋为父子之邦，邀求无厌，晋不能支。一旦衅起，长驱直抵京师，虏石少主暨当时公卿，尽室而去，为中原千古之耻。国家始与之结和，将休兵养民，有所待也。及天下无事，人人怀安，不复有征战之议。前年北敌骤起，诡谋称兵，有割地之请。今来元昊欲议和，又因而要功，其势愈重，苟不大为之备，祸未可量。请朝廷力行七事，以防大患。一密为经略，二再议兵屯，三专于选将，四急于教战，五训练义勇，六修京师外城，七密定讨伐之谋。

一，密为经略者，自河朔罢兵以来，几四十年，州郡因循，武事废弛，凡谋兴葺，则罪其引惹。昨朝廷选差转运使，盖欲革去旧弊，预为之防。然既有本职，则日为冗事所婴，未暇周虑。请选有材识近臣，假以都转运使之名，暂往经画，使亲视边垒，精究利害。凡边计未备者，皆条上而更置之。不出半年，归奏阙下，更令中书、枢密院仔细询访，熟议经久之计。若敌情骤变，则我有以待之矣。

二，再议兵屯者，自来真定府、定州、高阳关分为三路，其所辖兵马，未甚整齐，乃有一州兵马却属两路之处，又未晓本路将来以何处控扼，合用重兵若干，又甚处只宜固守，合屯兵若干，及三路互相应援次第。须差近臣往彼密为经略，方可预定法制，临时不至差失。或事宜未动，亦当相度兵马合那移于何处驻泊，使就刍粮，以省边费。庶免先自匮乏，至用兵之日，重困生民。

三，专于选将者，委枢密院于阁门祗候使臣以上选人，三班院于使臣中选人，殿前、马步军司于军旅中选人，或有知略，或有材武，堪边上试用者，逐旋进呈。据选到人数，以籍记之，候本路有阙，则从而差授。如此，则三二年间，得人多矣。

四，急于教战者，于陕西四路抽取曾押战队使臣十数人，更授以新议八阵之法，遣往河北阅习诸军，使各知奇正循环之术，应敌无穷。

五，训练义勇者，今河北所籍义勇，虽约唐之府兵法制，三时务农，一时教战。然未建府卫之官，而法制不行，号令不一。须别选知州、知县、县令可治兵者，并增置将校，使人人各知军中之法，应敌可用，斯则强兵制胜之本矣。

六，修京师外城者，后唐无备，契丹一举，直陷洛阳；石晋无备，契丹一举，直陷京师。故契丹之心，于今骄慢。且为边城坚而难攻，京师坦而无备，一朝称兵，必谋深入。我以京师无备，必促河朔重兵，与之力战。彼战或胜，则更无所顾，直趋澶渊，张犯阙之势，至时，遣使邀我以大河为界，将何以御之？是京师不可以无备也。若京师坚完，则戒河朔之兵勿与之战，彼不得战，则无乘胜之气。欲谋深入，前有坚城，后有重兵，必将沮而自退。退而不整，则邀之击之皆可也。故修京城者，非徒御寇，诚以伐深入之谋也。汉惠帝时，起六百里内男女城长安，二年而就；唐明皇时城长安，九十日而就。今约二年而城之，则民不劳而利大，不可不早计也。[1]

继范仲淹、韩琦上四策后，余靖上疏说：

窃闻大臣建议，内有修京城、置府兵二事者。伏以庙堂建论，天下具瞻，帝王言动，万世为法。安危所系，举措非轻，事之几微，不可不重。难与虑始，人之常情。臣愿陛下深思远虑，以安民为本。臣请缕陈二事，望陛下择其可否。臣闻西贼僭号之初，宋祁请修函谷关，此时关中动摇，谓朝廷弃关西而自守。今无故而修京城，乃是舍天下之大，而为婴城自守之计。四方闻之，岂不动摇？强弱

---

[1] 《续资治通鉴长编》卷一百四十九庆历四年五月戊朔条。

之势，正在此矣。无戎而城，春秋所讥，守在四夷，义不如此。又前岁以边鄙之警，而河北诸路拣点乡兵，天下百万农夫，皆失其业。北敌慢书，亦随而至。乃是乡兵之利未集，而先致其害也。况今北方之赂既厚，西戎之好既讲，虽知信誓不可卒保，嗷嗷苍生，咸望帖泰。而都畿之下，先自扰之，根本不宁，四方何所望哉？昔魏侯恃险，吴起以为失词；宣王料民，山甫言其害政。惟是二者，皆古今之所戒，而安危之所起，愿陛下舍此二策，别议远图之术。[1]

余靖认为，无故修京城，会令天下民心动摇，而检点乡兵，令百万农夫失业，也无益于边防，因此明确反对，请朝廷不要采纳。赵祯听从了余靖的建议，范仲淹、韩琦提出的这两条改革政策最终未能施行。

2

早些时候，郑戬奏修水洛城，请赵祯令韩琦不要参与商讨此事。韩琦对赵祯说："臣任西边及再任宣抚，首尾五年，只在泾原、秦凤两路，于水洛城事，比他人知之甚详，今若隐而不言，是臣偷安不忠，有误陛下委任之意。"于是，韩琦向赵祯皇帝献上了关于水洛城的十三条意见，大略如下：

---

[1] 《续资治通鉴长编》卷一百四十九庆历四年五月戊朔条。

水洛左右皆小小种落，不属大朝，今夺取其地，于彼置城，于元昊未有所损，于边亦无益，一也。

缘边禁军弓箭手，连年借债修葺城寨，尚未完备，今又修此城堡，大小六七，计须二年方可得成，物力转见劳敝，二也。

将来修成上件城堡，计须分屯正军不下五千人，所要粮草，并须入中和籴，所费不小，三也。

自来泾原、秦凤两路通进援兵，只为未知得仪州黄石河路，所以议者多欲修水洛城一带城寨。自近岁修成黄石河路，秦凤兵往泾原，并从腹内经过，逐程有驿舍粮草，若救静边寨，比水洛远一程，若救镇戎、德顺军，比水洛却近一程。今水洛劳费如此，又多疏虞，比于黄石河腹内之路，远近所较不多，四也。

陕西四路，自来只为城寨太多，分却兵势，每路正兵不下七八万人，及守城寨之外，不过三万人。今泾原、秦凤两路，若更分兵守水洛一带城寨，则兵势单弱。兼元昊每来入寇，不下十余万人，若分三四千人于山外静边、章山堡以来出没，则两路援兵自然阻绝。其城寨内兵力单弱，必不敢出城，不过自守而已。如此，枉费功力，临事一无所济。况自来诸路援兵，极多不过五六千人至一万人，作节次前来，只是张得虚声。若先为贼扼其来路，必应援不及。若自黄石河路，则贼隔陇山，不能钞截，五也。

自陇州入秦州，由故关路，山阪险隘，行两日方至清水县，清水北十里则床穰寨，自清水又行山路两日，方至秦州。由此观之，秦州远在陇关之外，最为孤绝。其东路隔限水洛城一带生户，道路不通，秦州恃之以为篱障，只备西路三都口一带贼马来路。今若开水洛城一带道路，其城寨之外，必渐有人烟耕种，蕃部等更不敢当道住坐，奸细之人，易来窥觇。贼若探知此路平快，将来入寇，分一道兵自床穰寨，扼断故关及水洛，则援兵断绝，秦州必危。所以秦州人闻官中开道，皆有忧虑之言，不可不知，六也。

泾原路缘边地土最为膏腴，自来常有弓箭手家人及内地浮浪之人，诣城寨官员求先刺手背，候有空闲地土摽占，谓之强人。此辈只要官中添置城寨，夺得蕃部土地耕种，又无分毫租税，缓急西贼入寇，则和家逃入内地，事过之后，却前首身，所以人数虽多，希得其力。又商贾之徒，各务求属于新城内射地土居住，取便与蕃部交易。昨来刘沪下倡和修城之人，尽是此辈，于官中未见有益，七也。

泾原一路，重兵皆在渭州，自渭州至水洛城凡六程，若将来西贼以兵围瞰水洛城，日夕告急，部署司不可不救。少发兵则不能进前，多发兵则与前来葛怀敏救定川寨覆没大军事体一般。所以泾原路患在添置城寨者，一恐分却兵马，二恐救应转难，八也。

议者言修水洛城，不唯通两路援兵，亦要弹压彼处一带蕃部。泾原、秦凤两路，除熟户外，其生户有蹉䴗者谷达谷必利城、殒家城、鸱枭城、古渭州、龛谷、洮河、兰州、叠宕州，连宗哥、青唐城一带种类，莫知其数。然族帐分散，不相君长，故不能为中国之患。又谓元昊为草贼，素相仇绚，不肯服从，今水洛城乃其一也。朝廷若欲开拓边境，须待西北无事，财力强盛之时，当今取之，实为无用，九也。

今修水洛城，本要通两路之兵，其陇城川等大寨，须藉秦凤差人修置。今秦州文彦博累有论奏，称其不便，显是妨碍，不合动移，十也。

凡边上臣僚图实效者，在于选举将校、训练兵马、修完城寨、安集蕃汉，以备寇之至而已。贪功之人则不然，唯务兴事求赏，不思国计。故昨来郑戬差许迁等部领兵马修城，又差走马承受麦知微作都大照管名目，若修城功毕，则皆是转官酬奖之人，不期与尹洙、狄青所见不同，遂致中辍，希望转官，皆不如意。今若水洛城复修，则陇城川等又须相继兴筑，其逐处所差官员将校，人人只望事了转官，岂肯更虑国家向后兵马粮草之费！十一也。

昨者泾原路抽回许迁等兵马之时，只筑得数百步，例各二尺以来。其刘沪凭恃郑戬，轻视本路主帅，一面兴工不止，及至差官交割，又不听从，此狄青等所以收捉送禁，奏告朝廷。今来若以刘沪全无过犯，只是狄青、尹洙可罪，乃是全不计修水洛城经久利害，只听郑戬等争气加诬，则边上使臣，自此节制不行，大害军事，十二也。

陕西四路，唯泾原一路所寄尤重，盖川平原阔，贼路最多，故朝廷委尹洙、狄青以经略之任。近西界虽遣人议和，自杨守素回后，又经月余，寂无消耗，环庆等路，不住有贼马入界侵掠。今已五月，去防秋不远，西贼奸计，大未可量，朝廷当劝逐路帅臣，豫作支吾。今乃欲以偏裨不受节制为无过，而却加罪主帅，实见事体未顺，十三也。[1]

赵祯阅了韩琦献上的建议，下诏将其送至鱼周询、程戡等处。

可是，在收到韩琦的建议之前，鱼周询及程戡已经先向朝廷写了份奏书，奏明修城之利，并且说水洛城即将完工，唯女墙未完，半途而废过于可惜。赵祯得到奏书，深知水洛城的建设并无回头路，只好下诏将水洛城修筑完毕。丁卯，赵祯干脆遣内殿崇班陈惟信往泾原路催修水洛城。

五月己巳，赵祯下诏，徙知庆州孙沔知渭州，原渭州知州尹洙改知庆州。这是听取了欧阳修的建议。

3

庆历四年五月，元昊又派人来到京城，继续促议和之事。

宋朝廷之前为了议和，许下只要议和便给元昊茶五万斤等条件，但是匆促之间，却没有说明是按小斤法还是以大斤法来计算。这次元昊使者到来，要求以大斤法来计算五万斤茶。宋朝三司只好取出往年赐元昊的茶作为则例，这些茶，都是以大斤来论的。

知制诰田况激烈反对，认为如果用大斤来计五万斤茶，实际相当于二十多万斤，如此一来，不仅运输将花费巨资，而且茶利将大归于元昊；另外，契丹若是知道了，恐怕也会借机向宋朝索要更多

---

[1] 《续资治通鉴长编》卷一百四十九庆历四年五月条。

的恩赐作为维持盟好的条件。欧阳修也激烈反对用大斤来计算赐给西夏的五万斤茶,并建议朝廷,借这个分歧终止与元昊推进和议。

五月丙戌,元昊始称臣,自号夏国主,又遣尹与则、杨守素赴宋朝入贡,上誓表,促和议。在派出使者之前,元昊令在所侵占的延州附近的宋朝土地上抓紧修筑城垒,显然打算在和议之前,将所侵之地牢牢占据。

一时间,宋朝廷内部关于是否立即与元昊议和又发生了争论。章得象、晏殊、杜衍、韩琦、范仲淹、富弼、欧阳修等人处于争论的中心。章得象、晏殊等两府大臣依然主张尽量议和,但是欧阳修等人却表示反对。

欧阳修上疏云:

> 臣窃闻元昊近于延州界上修筑城垒,强占侵地,欲先得地然后议和,故杨守素未来,而占地之谋先发。又闻边将不肯力争,此事所系利害甚大。臣料贼意,见朝廷累年用兵,有败无胜,一旦计无所出,厚以金帛买和,知我将相无人,便欲轻视中国,一面邀求赂遗,一面侵占边疆。不惟骄贼之心难从,实亦于国为害不细。今若纵贼侵地,立起堡寨,则延州四面更无捍蔽,便为孤垒。而贼尽据要害之地,他时有事,延州不可保守。若失延州,则关中遂为贼有。以此而言,则所侵之地,不可不争。况西贼议和,事连北敌,今人无愚智,皆知和为不便。但患国家许物已多,难为中悔,若得别因他事,即可绝和。况此侵地,是中国合争之事,岂可不争?臣谓今欲急和而不顾利害者,不过边臣外惮于御贼,而内欲邀议和之功,以希进

用耳，故不肯击逐及争侵地。盖小人无识，只苟图目前荣进之利，不思国家久远之害。是国家屈就通和，只与边臣为一时进身之计，而使社稷受无涯之患。陛下为社稷计，岂不深思？大臣为社稷谋，岂不极虑？伏望遣一使往延州，令庞籍力争，取昊贼先侵之地，不令筑城堡寨。若缘此一事，得绝议和，则社稷之福也。臣仍虑西贼来人尚有青盐之说，此事人人皆知不可许，亦虑小人无识，急于就和者，尚陈盐利，以惑圣聪。伏望圣慈，不纳浮议。[1]

赵祯阅疏后，一脸不悦，暗想："这个欧阳修，又是动不动就指称意见不同者为小人，朕身边的大臣，岂尽是小人乎！"当下，将这份奏书甩在一边。

其时，范仲淹上疏，为了减少徭役，建议将河南府颍阳、寿安、偃师、缑氏、河清五县并为镇，逐镇令转运司举幕职、州县官使臣两员监酒税，仍管勾鞭火公事，同时析王屋县隶河南府。这个建议，正是范仲淹等所上十事中的第八事减徭役的具体措施之一。

赵祯没有对范仲淹这一建议提出异议，很快采纳了他的建议并实施了。

新政似乎在继续往前推进，然而，不论范仲淹、富弼，还是欧阳修、余靖，都有一种感觉，赵祯对他们的态度，变得越来越冷淡了。

范仲淹在富弼的说服下，也终于渐渐动了外补之心。

---

[1] 《续资治通鉴长编》卷一百四十九庆历四年五月丙戌条。

4

庆历四年六月辛卯朔，辅臣列奏，答赵祯皇帝手诏所问，其文曰：

臣等各蒙奖用，待罪二府，不能燮理弥缝，致化天下，过烦圣虑，特降德音，上以宗庙为忧，下以生灵为念，臣等不任骇恐战汗，死罪！

诏旨谓："合用何人，镇彼西方？"臣等思之，今元昊遣人到阙，名体稍顺，其如戎人难信，止可权宜。如翻覆未宁，则当择节制之帅，若和好且合，亦须藉镇抚之才，经度边陲，以防来患。见选人具名闻奏次。

诏旨谓："民力困敝，财赋未强。"臣等议之，国家革五代诸侯之暴，夺其威权，以度支财用，自赡天下之兵。岁月既深，赋敛日重，边事一耸，调率百端，民力愈穷。农功愈削，水旱无备，税赋不登，减放之数，动逾百万。今方选举良吏，务本安民，修水旱之防，收天地之利。而更严着勉农之令，使天下官吏专于劝课，百姓勤于稼穑，数年之间，大利可见。又山海之货，本无穷竭，但国家轻变其法，深取于人，商贾不通，财用自困，今须朝廷集议，从长改革，使天下之财，通济无滞。又减省冗兵，量入以出，则富强之期，庶有望矣。

诏旨谓："军马尚多，何得精当？"近韩琦、范仲淹所上备边文字，内有河北五事，陕西八事，精择兵马及攻守之策，已在其中。臣等见商量施行次。

诏旨谓："将臣不和，如何制置？"枢密院先因许怀德、张亢不协，曾指挥戒励，然将佐之中，性情不类，爱恶相攻，全在主帅别白抚遇，随才任用，使各得其所，则怨恶不生。故长帅之才，不敢轻易选用。

诏旨谓："躁进之徒，宜塞奔竞。"臣等谓躁进怀贪之人，何代无之？由朝廷辩明而进退之。如责人实效，旌人静节，贪冒者废之，趋附者抑之。如此，则多士知劝，各怀廉让之心。[1]

韩琦和范仲淹又奏陕西、河北利害事，其文云：

陕西八事：一，相度缘边城寨未坚牢处，更加修完；二，陕西诸州土兵内，招愿守寨者，移为边兵；三，新刺保捷土兵内，有冗弱不堪战阵者，减放归农；四，移减东兵入次边州军驻泊，以就粮草，有事宜，则勾赴边上；五，缘边弓箭手，逐一两指挥各筑堡子居住；六，逐路差人，密切先相度下山川要害可控扼处，并可伏兵之处；七，逐路各选将佐三五人，使臣一二十人，步兵二万，骑兵三千，以备攻战；八，相度下横山一带要害之地，如进兵攻讨，则据险修寨，以夺其地，就降其众。河北五事：一，遣才臣权领河北转运使，密令经度边事；二，再议河北三路合屯兵去处；三，委枢密院于阁门祗候以上选人，三班院于使臣中选人，逐十日或一月，具选人数进呈；

---

[1] 《续资治通鉴长编》卷一百五十庆历四年六月辛卯朔条。

四，于陕西抽战队使臣十数人，授以新议八阵之法，教习诸军；五，河北州县专选知州、知县、县令可以治兵者，教习义勇，并增置将校。[1]

随后，范仲淹又奏：

> 臣近与韩琦上言陕西边画，略陈八事，须朝廷遣使，便宜处置，方可办集。又近睹手诏下问："合用何人，镇彼西方？"两府已奏见选人进呈次。今西人议和，变诈难信，成与不成，大须防将来之患。臣久居边塞下，诚无寸功，如言镇彼西方，保于无事，则臣不敢当，但稍知边情，愿任驱策。虽无奇效可平大患，惟期夙夜经画、措置兵骑财赋，及指纵诸将同心协力，以御深入之虞。今防秋事近，恐失于后时，愿圣慈早赐指挥，罢臣参知政事，知边上一郡，带安抚之名，足以照管边事。乞更不带招讨、部署职任。[2]

"以防秋事近为由，乞罢参知政事，知边上一郡，带安抚之名。"赵祯看了范仲淹的上疏，甚是不悦。他心底虽然对范仲淹力辩朋党之论不满，但是范仲淹如今自己提出罢去参知政事，却令他有一种朝廷名器被轻视的感觉。

多日来，朝中对于西夏国提出的议和条件争论不休。元昊的使

---

[1] 《续资治通鉴长编》卷一百五十庆历四年六月条。
[2] 《续资治通鉴长编》卷一百五十庆历四年六月条。另可参见《范仲淹全集》之《范文正公文政府奏议卷下·奏乞罢参知政事知边郡》，文字与《长编》略有异。

者尹与则、杨守素久久等不到消息,便向宋朝廷请辞。赵祯因和议之条件未能商定,便不想放两个使者回西夏,只令驿馆好吃好喝招待着。

一日,赵祯在延和殿单独召见余靖。

"余卿,不久前你出使契丹,对于目前契丹与西贼的关系,你有何看法?"赵祯问余靖。

余靖说道:"以臣观之,元昊遣人求和,皆出契丹之意。两国沆瀣一气,谋我中华!"

"如何这么说?"

"陛下,听杨守素之言,应知元昊对我朝的一举一动都很清楚,若不是契丹向其透露,元昊是不可能知道的。陛下,景德的时候,契丹举国兴师深入,先帝与之对垒河上,矢及乘舆,天下安危,在于刻漏。即便是那种情况,我朝只以三十万物与之通和。今元昊战虽屡胜,皆由将帅轻敌易动,故为边鄙之忧。数年来,朝廷选将练兵,始知守战之备。即便如此,陛下为天下万民计,锐意解仇,与西贼之物遂至二十多万。陛下,假如元昊还是不同意议和,难道还能给他更多吗?"余靖越说越激动,渐渐向赵祯走近。

"余卿的意思是,不必急于议和?"赵祯瞪着眼睛问道。此时正值盛夏,他已经能闻到余靖身上传来的汗臭味了。好像为了躲开这熏人的汗臭味似的,在提问的时候,他的身子使劲向远离余靖的那一边倾斜着。

余靖没有正面回答,他扬眉瞪目,口沫飞溅地说道:"陛下,戎事有机,国力有限,失之于始,虽悔何追?请陛下想一想,景德之患时,系安危于顷刻,而我朝给契丹的物数不过那么一些,今日之患,远在边鄙之外,而物数如此,臣虽愚贱,深所耻之。且元昊之书，其名虽顺，其词甚悖，自言通和之事，非其本心。如今，我朝给元昊虽然比以往更多，可是边疆的守备，岂敢撤销？又何况，契丹之力能制元昊，如果听说元昊得物之数，难道不会想着也向我朝索要更多吗？"

余靖越说越大声，赵祯只觉得他说话之间喷出的飞沫已经飘到自己的脸上，不觉连连皱眉。

余靖继续说道："元昊无厌之求，终有一日，我朝难以应付。另，若将西边的守备移往北面防守契丹，则为祸更深。"

赵祯忍不住抬起袖子抹了一下脸上的飞沫，问道："那当如何？"

"臣恳请朝廷仔细斟酌思量，务必令轻重得其所。元昊凡所过求，不宜尽许，一旦开了头再中止就难了，一定要观察利害谨慎决策。如果考虑到和与不和皆有后患，则不必曲意从之，让国家蒙羞！"

"当务之急，杨守素等使者，如何处置？"

"臣以为和好之谋、可否之报，在于元昊，而不在如何处置前来的使者。杨守素等前来，虽有商量之名，却无决定之权，若不早让他们回去，恐起怨词。"

赵祯沉思不语。

余靖继续说道："臣以为，那元昊虽然表面上服从契丹，实际上却是贪我金帛。然而，他自出师以来，未曾挫衄，势犹大盛，心亦无厌。此去不论和与未和，恐怕来日一样会大举兵甲。戎狄之性翻覆，胜则骄慢，败遂来归，此皆常情所知也。臣以为，为今之计者，不如许其岁物定数及和市之限，对其说国家各守境界，两不相侵，君臣如初，无复疑贰，并告诉元昊，朝廷已敕边守，专待使来。如此处置，就不必管杨守素等肯与不肯。此外，臣还担心，二国之好如因杨守素等而成，契丹来邀功，则势不可抑也。况且，梁适失词，敌人傒望已久。事成而谢之亦有害，事成而不报亦有害。谢之之害小，而不报之害大，此又将来之患也。若幸而元昊未满其意，则我或小胜，彼当自来。假若淹留行人，等待其在言语上服从，即便获得了要约，也不可信也。所以，尹与则、杨守素等，伏乞早赐发遣。"

余靖的意思已经很明了，那就是建议还是将尹与则、杨守素等先遣回西夏，至于元昊提出的新条件，朝廷不能同意，只要同意之前许诺过的岁物定额和和市之限额即可，并应告诉元昊，朝廷已经将这些定额数告诉边疆守备之军，只待西夏派人前来接收岁物和交易。简言之，就是宋朝要将主动权握在自己的手中。

赵祯听完余靖的建议，暂时未置可否。

六月癸卯，赵祯改新知渭州孙沔复知庆州，新知庆州尹洙知晋州。当初，朝廷决定将水洛修完，所以令尹洙与孙沔易任。不巧，孙沔正在病中，以病推辞往渭州就任。赵祯无奈别徙尹洙知晋州，于是渭州阙守。朝廷决定令狄青知渭州。

余靖听说朝廷要令狄青知渭州，坚决反对。他认为泾原乃陕西最为重要的地方，自范仲淹不敢独当，岂是狄青这样的粗暴之辈所能专任的？为此，他连连上疏四份。其奏书云：

> 臣窃以朝廷所以威天下者，刑赏二柄而已。圣人不妄赏人，亦不妄罚人，若夫同罪异罚者，明主之所不取也。今狄青、尹洙皆坐不合枷勘刘沪争修水洛城事，而洙罢路分，青领州任，非唯赏罚不明，兼亦措置失所。臣请

别白言之，始者，朝廷以狄青、尹洙虽伤于猝暴，不合枷勘沪等，又缘是朝旨不令修城，兼恐抑挫帅臣之威，遂移尹洙别路，狄青当路，欧阳修四月二十六日丙辰疏云移尹洙而不动狄青，即靖所谓当路，但不知是何职任，今既不令独守渭州，必自此徙并代也。移狄青当路，未详。八月十六日乙巳，狄青以权并代部署复为泾原部署，不知何日权并代部署，或在欲令独守渭州后。此盖朝廷爱惜帅臣之本意。今来只因孙沔称病，便忘却旧来商量。同罪异罚之外，狄青更蒙升用，其不可者六焉：

臣以为当今天下之官，最难其才者，唯是陕西四路帅府，于四路之中，当贼冲而民户残破，军中气索，泾原最甚。当择天下才智第一，授以泾原军民之政。今付狄青刚悍之夫，不可者一也。朝廷自来以武人粗暴，恐其临事不至精详，故令文臣镇抚，专其进止。今狄青不思旧来制御之意，不可者二也。初缘狄青出自行间，名为拳勇，从未逢大敌，未立奇功，朝廷奖用太过，群心未服。今专使统一路兵马，必无兼才厌服其下。且以尹洙之才与相佐，尚犹如此，若独任刚狷之人，众所未服，必致败事，不可者三也。本来选用狄青，谓其刚果堪为斗将，今兼知渭州。且夫知将以城守为能，斗将得野战为勇，各有以抚军民，今来狄青出战，则须别得守城，守城则当求知将，岂此一夫所能兼之？其不可者四也。昨日狄青、尹洙同枷勘刘沪，朝廷嫌其率暴，故移尹洙庆州，今洙当降罢，而青得进用，乃是朝廷专罪尹洙。且狄青粗率武人，岂得全无血气？枷送沪等，未必尽由尹洙，归罪于洙，事未明白，不可者五也。凡暴贵之人，不能无骄，狄青拔自行伍，位至将帅，粗豪之气，固已显露，只如昨来朝廷所差医官，身带京职，青以一怒之忿，便行鞭朴。如此恣意，岂是尹洙所使？朝廷归罪于人，亦须察访其实，不可者六也。且庆州极边帅府，非是养病之地，伏乞朝廷别选才智之人，以守渭州，兼进止一路兵马，专委狄青斗将之事。其孙沔傥或不病，则当发遣赴任渭州，如实有病，即召归京师诊理，所以示朝廷忧边谨罚之意。[1]

又言：

臣近奏狄青知渭州、尹洙知晋州不协物议，未蒙朝旨者。臣窃谓，若非大臣全无忧边之心，即是微臣当坐罔上之罪，二者之间，必有一焉。臣伏思陕西四路，惟泾原山川宽平，易为冲突。若戎马之势不遏，则为关中之忧。关中震惊，则天下之忧也。故国家自有西事以来，长以泾原为统帅之府。前岁葛怀敏丧败之后，朝廷欲差范仲淹往彼完缉，尚先遣中使谕意。其时仲淹不敢独当此任，乞差韩琦同往。朝廷委韩琦、范仲淹同共经略，又差张亢知渭州，狄青同为一路部署。琦等虽名四路招讨，其实只是营度泾原，亢领州寄，青为斗将，自是朝廷忧泾原如此之深也。及至去年，诏琦、仲淹赴阙，又令中使问仲淹何人可以为代，于是差郑戬替韩琦、仲淹充四路招讨，尹洙代张

---

[1] 《续资治通鉴长编》卷一百五十庆历四年六月癸卯条。

亢知渭州。至秋，又差韩琦、田况往彼宣抚，则固知朝廷未尝忘泾原也。今年已罢郑戬归永兴，又移尹洙知晋州，遂令狄青一身兼领三人职事。且范仲淹号为最晓边事，不敢独当，孙沔亦是朝廷精选，而托疾不行，是泾原有可忧之势，岂青匹夫独能当之！仲淹岂忘之乎？大臣必谓韩琦、仲淹二年泾原，成规可守，故专任狄青，足以了事，臣实以为不然。

伏自怀敏覆没之后，兵气沮丧，未有小胜，百姓遭劫掠之余，虽或归复，而生业未备。幸贼未至而谓完实，议和未定而早解怠，抽减将帅，军民之心，尚何所望而敢自安乎。且向来于生户界中修一城寨，尚有劫夺杀伤，不能相保，贼马若至，谁复安心？是大臣全无忧边之心明矣。初缘昨者狄青、尹洙仓猝行事，上烦朝廷，臣窃料朝廷之意，谓此二人偏见之情，以相唱和，故换孙沔在青之上，欲令庶事有所商量。今来只因孙沔称病，遂以泾原一路兵马，专令狄青进止。岂天下之广，更无一奇才可以知渭州与青共事者？是大臣不思之甚也。

况始因行事猝暴，朝廷不欲问罪，遂得专兵柄，不知是何赏罚？且缘青骤自行间，未着大功，蒙恩超擢，又其为性率暴鄙吝，偏裨不服，所以刘沪敢骂尹洙乳臭，狄青一介耳。今来以青独当一路，岂不忧偏裨不服而败国家之事？虽传闻仲淹请行，若朝廷从之，不过泾州驻札，以制大节，须别得渭州知州与青缓急商量战守之势。又况庞籍守延，犹与王信等同事，今来反不及青独任最难一路，无乃籍等羞与为伍，以怀怨望乎？朝廷乏贤，一至于此。伏乞陛下询问大臣，如或将来贼马冲突泾原，狄青果能保必胜之势，不贻朝廷之忧，则臣甘先就诛窜，以当罔上之罪。[1]

又言：

臣累具奏陈，为狄青兼知渭州不当，未蒙朝旨听从者，此盖两府大臣不顾社稷利害，唯要遂非行事。伏缘西贼僭叛以来，泾原屡遭侵扰，任福败于好水，葛怀敏败于定川，关中震惊，君臣旰食。臣谓朝廷当极选文武才杰，共守边疆。为谋未周，闻谏不听，岂非不顾社稷利害乎？泾原利害，屈指可计，且范仲淹前岁被差之日，必得韩琦然后同行，今日预政之谋，未为忧国，同此议者，亦当审细。臣料大臣强为其说，其词有二：其一谓当今文武无可差，其二谓自来武臣在边，多被文臣掣肘，不若专委武臣，责其成功。此皆护短之说，本非通论。当今天下之大，笏冠委佩，出入朝廷，列侍从者，驾肩叠迹，及求一边郡知州，则不能得之，此执政者进贤之失也。求一士而分其任，纵无奇才，比于专委一夫，不犹愈乎？况好水之败，韩琦等为招讨使，定川之败，王沿为都部署，皆号本朝精选，尚犹不免丧师，岂可狄青独能了乎？又武臣在边，文臣掣肘之议，本为不近人情，且琦、仲淹等领兵之日，自谓安边之谋臣，及其归朝，遂生掣肘之谬论。若如

---

[1] 《续资治通鉴长编》卷一百五十庆历四年六月癸卯条。

此说，则庞籍、文彦博、孙沔尽可罢去矣。

窃观狄青所为，若其决医官、擒刘沪，皆骄满之至，岂能独统其众乎？且水洛垂成而急捕刘沪，致劫掠伤杀之患，取笑夷狄，将帅之才，于此见矣。况朝廷特差鱼周询等前去体量得有过，又蒙进用，朝廷之令，于何取信？勿谓杨守素等来此讲和，便言边鄙不足忧者。今春张延寿去后，兵临秦州，平川熟户一千余帐，塌地皆尽，城中震恐，边臣不以实闻，此则目前之祸，不必引古为证。伏乞早赐选差忠勤才略之臣，以知渭州。如臣言无可采，则乞还旧官，臣之分也。若谓已行之命，难为改易，则朝廷今后一切特行，何用谏诤。[1]

又与同列言：

臣等各三上札子，论列狄青等差遣不当事。今闻大臣坚执不肯更改。臣等近共论岑守素、狄青二事，守素是陛下左右之人，只是才罢皇城司，未当再任，陛下要命令必行，立改差命。其狄青本因有过，当行责降，朝廷惜边将事体，只令依旧任使。大臣不能选择能臣，就委狄青州任，明是差失，臣等累有奏陈，利害甚显，大臣一向遂非，不肯改更初议。缘今日天下之势，最可忧者在戎狄，戎狄之患在陕西，陕西之事，安危最急者在泾原。自西事以来，贼人不过一两次犯延州等路，唯泾原自高继嵩、王

---

1 《续资治通鉴长编》卷一百五十庆历四年六月癸卯条。

规累度御捍得退外，又有好水、定川之败，则贼之意，岂须臾忘此一路也。盖泾原山川广宽，道路平易，边臣制御不住，可以直图关中，如此形势，安得轻授于人？假如贼人围守镇戎，狄青既是部署，岂得不出救援？青出之后，何人守城？贼若以一二万人与青相拒，却从间道领众直趋渭州，又使何人守备？

臣窃闻大臣之议，但欲精选通判。前日尹洙以馆职知州，关中之人，以洙气势尚轻，预忧缓急有事，不能制伏士卒，况可只委一通判小官，安能了事！以此言之，是渭州须别得能臣与狄青分职勾当，方免朝廷深忧也。陛下欲命令必行，虽左右之人已授差遣，立有改更，大臣观边上事势如此，不甚忧念，一向遂非，强有论执，是天子之意易回，大臣之偏见难改也。伏乞陛下以安危之意，直谕大臣，令选才望素着之人，委以泾原帅府。若不如此处置，恐后悔难追。[1]

余靖等列论不休，赵祯终于被说服，取消了让狄青知渭州的任命，而改徙狄青为权并代部署。

七日后，赵祯下诏令王素为泾原帅，这完全是因为听了余靖的屡次上疏才做出的决定。

甲辰日，泾原路经略安抚司上奏朝廷说水洛城修筑完毕。至此，水洛城之事基本上尘埃落定。

---

[1] 《续资治通鉴长编》卷一百五十庆历四年六月癸卯条。

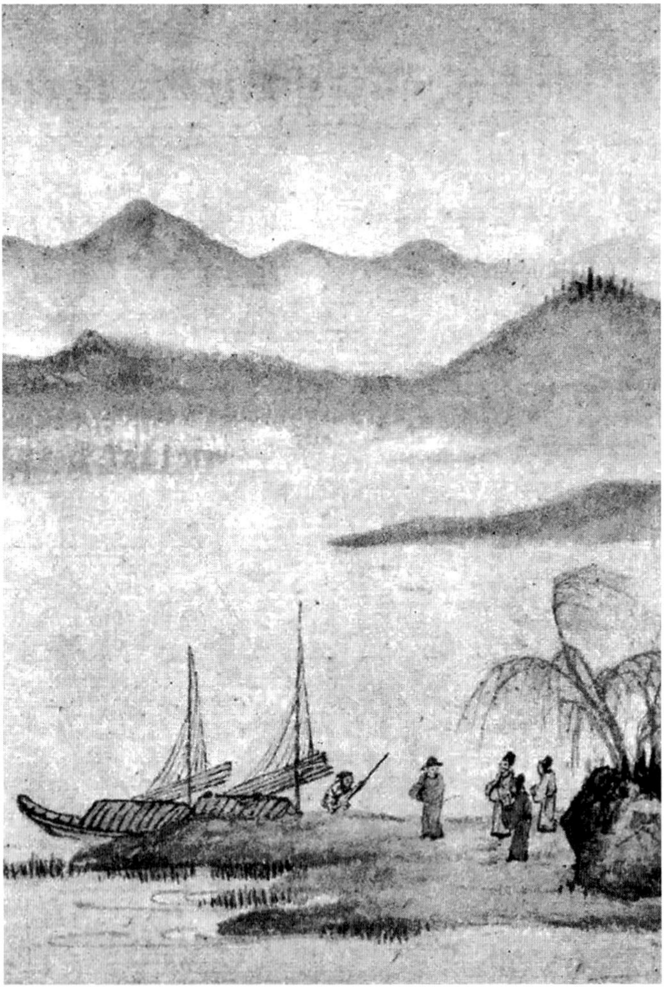

第四十八章
范仲淹请求巡边

1

六月初,大宋境内多处发生旱灾和蝗灾。六月丁未,京城开宝寺灵宝塔被大火烧毁。赵祯被接踵而来的旱灾、蝗灾和火灾弄得心烦意乱。正在这个时候,边疆又突然传来探报,说契丹大发兵马,准备讨伐反叛的呆儿族及夹山部落。同时,探报说,元昊也正在大点左厢兵马,准备大举进攻契丹。

这个消息,在宋朝廷内再次掀起了一场激烈的争论。这仗虽可能在契丹境内打,但是,若西夏和契丹果然一同大举兵,则意味着两国皆大兵陈于宋朝边境,而两国向来勾结起来侵掠宋朝,这次,是否也是借呆儿族之事,假意交兵,实则共谋协同南下入侵中原呢?

一日朝会,赵祯问大臣们如何看待西夏与契丹各点大兵发兵夹山之事。章得象、晏殊两位宰执,杜衍、韩琦、富弼三位枢密,皆认为两敌相争，乃有利于中原，朝廷无须派兵前往河东边境。

范仲淹却是忧虑满怀。近来，他虽已生出乞请外放之心，但是仍然对留在朝廷推进新政留着几分希望。可是，如今契丹和西夏集兵于河东境外，倒是让他真的对局面感到忧心了。"不能犹豫了，此时边疆正需我前往，已非全为避祸！"

他如此一想，站出班列，振声说道："西贼与北敌近来在夹山一带的军事行动，有多个疑点。夹山等区区蕃部小族，岂足以令二国尽举大兵攻讨？此可疑一也。又，元昊向来倚靠契丹侵凌中原，今无大故，何敢便与契丹相绝，而举兵相持？此可疑二也。

"自古圣贤议论，皆称敌人无信，今朝廷便欲倚凭，此可疑三也。之前，契丹邀中国进纳物帛，欲屈伏朝廷，元昊僭号扰边，屡擒将帅，如盟信可保，何至今日之举，此可疑四也。河东地震数年，占书亦说乃是城陷之预兆，今二国之兵，聚集于我边境，此大可疑五也。

"最近，边上探得契丹遣使三道，至南山宁化军、岢岚军后面，觑步谷口道路，此又大可疑，六也。

"假若二国不守盟信，最终以数十万众，乘我不备而来，河东军马不多，名将极少，众寡不敌，谁敢决战？此大可忧一也。

"契丹素善攻城，今探得契丹军点集床子弩等攻城之具，与昔时不同。况元昊界无城可攻，假如契丹攻入汉界，并攻三两城，破而屠之，则其余诸城乘风可下，此大可忧二也。万一这一次契丹并不南下偷袭，而取中国之信，使我放下疑心消除戒备，而其徐为后举之策，此大可忧三也。

"臣乞圣慈顾问大臣，如契丹可以保信，必不入寇，亦不与元昊连衡，则仲淹请各位大臣今日联名写一保证书，纳于御前，使中外安静，不更忧疑。他日或误大事，责有所归。如大臣不敢保信，则仲淹请陛下令各位大臣，今日先不要各自回官署，便在御殿上，商定河东御捍之策。抽何路军马，用何人将帅，添若干钱帛，据何处要害。如此定策，犹恐后时，不能当二敌之势。"

范仲淹说到此处，瞪眼扫了一眼章得象、晏殊和杜衍，继续说道："假若因循度日，直候大寇入境，然后为谋，则河东一倾，危逼宗社。臣待罪两府，义当极论，不敢有隐，请圣断处之。"

范仲淹这番话，令章得象、晏殊等大为不满。章得象阴沉着脸不说话，晏殊则连连摇头，心头暗暗叫苦："范仲淹啊，难道只有你说的才对吗？我等的意见难道一定就错吗？"

这时，枢密使杜衍走到范仲淹身边说道："仲淹，你方才所陈之疑点，实乃过忧了。此次西夏发兵，实在是元昊其人不甘受契丹欺辱所致。至于契丹，乃是想借这机会，消灭反叛的呆儿族和夹山族。两国这次确实是为了维护各自利益而交兵。若我朝目前增兵河东边境，一来空劳我师，二来可能给契丹借口，责我不守盟约，增兵边境啊！"

韩琦亦出列，直言不讳地大声说道："范公，这回你是多虑了！"

范仲淹听韩琦这么说，有点急了，瞪眼说道："两个虎狼之敌陈大兵于边境，岂可不防？尔等说契丹必不会发兵南下，其准备床子弩等攻城之具，又有何用？夹山一带，哪有城池？"

韩琦笑道："范公，床子弩亦可用来对付骑兵，而契丹军携带的各种攻城之具，恐亦是虚张声势，作准备大举进攻西夏国内之状！"

"难道就不可能是为南侵而备吗？"

韩琦道："范公，你这是在过度猜测了！"

"善战者，当谋于事前，岂能事发后再作准备？"

之前，范仲淹因为契丹修天德城并增兵边境，已经上书要求宣抚河东，那时，赵祯看了奏书颇为不悦。此时，因为边疆报告，西夏与契丹举大兵集结于夹山一带，皇帝心底确实是急了，真真正正担心着两国串谋，突然南侵。因此，这时范仲淹请求宣抚陕西、河东，倒是暗合其心意了。

"行了行了，两位卿家，你们不用争了。朕决定了，此次就令范仲淹宣抚陕西、河东。"赵祯说道。

"谢陛下！"范仲淹拜谢。

数日后，范仲淹又于朝上向赵祯请求，乞于京师及陕西发兵马、调钱帛，以为备御之策。

枢密副使富弼出列说道："朝廷遣参知政事范仲淹宣抚，此陛下忧劳爱民之深。仲淹闻命，夙夜在心，即乞于京师及陕西发兵马、调钱帛，为备御之策，此仲淹忠勤体国之至。然以臣愚虑，恐怕增兵河东是反应过度了。"

"为何这么说？"

"臣前岁奉使契丹，颇知契丹国内情状；又自去岁至今日，臣见得河北、河东探报契丹与呆儿族相持事宜，已经派人参验得实，契丹一定不会袭击河东，这是肯定的。彼既不来，是不宜枉有调发，空成劳费。契丹虽不会入寇，但是虚张声势，使我朝困惑，却未必是无心。如今，假若我增兵边境，劳师动众，空费钱财，则正落贼计，也容易被契丹窥见我军浅深，实在是失策啊！"

范仲淹听富弼这么说，略一沉吟，说道："若此次不增兵，万一契丹南下，谁可承担此误国之罪？"

富弼也急了，看了范仲淹一眼，又朝赵祯看看，沉声说道："臣但论今岁未必为患，若他时，则非臣所知。他时，契丹虽欲背盟自逞，必先寇河北，然后以河东为掎角之地而已。伏乞陛下，更令范仲淹相度，且往河东照管，无需调发大兵。若将来河东确有契丹入寇，是臣有罔上误国大计之罪，乞加臣身。"

两位志同道合、同心协力力推新政的战友，在是否增兵河东这一问题上进行了激烈辩论，双方都没有丝毫退让的意思。

赵祯本来想听从范仲淹之建议增兵河东，被富弼这么一说，亦觉得富弼言之有理，一时之间，沉吟不语。

杜衍见状，出列道："老臣亦以为，此次契丹必不来，兵不可妄增。"

范仲淹急趋数步，几到赵祯跟前。他深深一拜，说道："仲淹尝以父行事杜衍，然此事事关国家安危，臣请陛下休要为杜衍之语所误！"

这时，韩琦亦出列反对发兵。

范仲淹见诸大臣皆反对发兵，心下不甘，在赵祯面前力争。

韩琦急道："陛下，若范公坚持增兵才往河东宣抚，则韩琦当请行，不需朝廷增发一人一骑！"

"韩枢密，你这是何意？"范仲淹一时间眉毛倒立，勃然大怒。

"范公，韩某不欲公大动干戈！"

范仲淹终于沉默下来，过了片刻，对赵祯道："臣请陛下定夺。"

赵祯沉默良久，终于决定听从三位枢密的意见，令范仲淹出河东宣抚，但不增发兵马。

退朝后，韩琦拉住范仲淹的袖子，说道："范公，方才休要怪韩琦！"

范仲淹一笑道："方才我倒真是怒了，只是转念一想，你们也是为了国事而发公论，咱俩又是这么多年的老友与战友，仲淹岂会怪罪于你？"

韩琦闻言，欣然大笑。

2

范仲淹得了赵祯之令，准备宣抚河东。这一日，他从中书省政事厅散值后回到府邸，吃了张棠儿亲手做的晚膳，便进了书房。他突然想起那日朝堂上富弼、韩琦等关于契丹这次绝不会自河东南下的判断，心中暗想："我之前的判断难道真的错了？莫非，这次我力主宣抚河东，内心是真想要外放以避祸，因此急切之间，作出应该增兵的判断？若真是如此，富弼、韩琦等都实在是比我更加冷静啊！惭愧惭愧！"

这念头一动，范仲淹心里不禁顿感惭愧，额头也一下渗出汗珠子来。"之前，我受命主西事，富弼主北事，富弼曾经上《河北守御十二策》，说明他对河北之守备，是有极为深入之研究的，其对河东形势，亦绝非信口开河。他想起自己曾将《河北守御十二策》抄录过一份，读过后放在家中书架上。"或许，对于河东之守备也有所参考啊！"他这么一想，便来到书房，从书架上找出《河北守御十二策》来细读。富弼《河北守御十二策》文云：

> 国朝以兵得天下，震耀武威。太祖皇帝待北敌仅若一族，每与之战，未尝不克。太宗皇帝因亲征之衄，敌志遂骄，频年寇边，胜败相半。真宗皇帝嗣位之始，专

用文德，于时旧兵宿将，往往沦没，敌骑深入，直抵澶渊，河朔大骚，乘舆北幸。于是讲金帛啖之之术，以结欢好。自此河湟百姓，几四十年不识干戈。岁遗差优，然不足以当用兵之费百一二焉。则知澶渊之盟，未为失策。而所可痛者，当国大臣，论和之后，武备皆废。以边臣用心者，谓之引惹生事；以搢绅虑患者，谓之迂阔背时。大率忌人谈兵，幸时无事，谓敌不敢背约，谓边不必预防，谓世常安，谓兵永息，恬然自处，都不为忧。西北二敌，稔知朝廷作事如此之失也，于是阴相交结，乘虚有谋。边臣每奏敌中事宜，则曰探候之人妄欲希赏，未尝听也。蕃使每到朝廷悖慢，则尚曰夷狄之人无礼，是其常事，固不之恤也。但只自谩吓，佯为包容，其实偷安，不为国家任责，画长久之远经，所以纵其奸谋，养成深患。是致宝元元年，元昊窃发，数载用兵，西人困穷，未有胜算。又至庆历二年，契丹观衅而动，嫚书上闻，中外仓皇，莫知为计。不免益以金帛，苟且一时之安。二边所以敢然者何？国家向来轻敌妄战，不为预备之所致也。

臣深见二敌为患，卒未宁息，西伐则北助，北静则西动，必欲举事，不难求衅。通和则坐享重币，交战则必破官军，叛而复和，孰敢不许？擒纵自在，去住无梗，两下牵制，困我中国，有何大害而不为边患？有何后悔而长守欢盟？渝盟扰边，我则遂困。不幸凶荒相继，盗贼中起，二敌所图，又甚大矣。自契丹侵取燕、蓟以北，拓跋自得灵、夏以西，其间所生豪英，皆为其用。得中国土地，役中国人力，称中国位号，仿中国官属，任中国贤才，读中国书籍，用中国车服，行中国法令，是二敌所为，皆与中国等。而又劲兵骁将长于中国，中国所有，彼尽得之，彼之所长，中国不及。当以中国劲敌待之，庶几可御，岂可以上古之夷狄待二敌也？前既轻敌妄战，不为预备，致二敌连祸，为朝廷深忧，今又欲以苟安之势，遂为无事，二敌各获厚利，退而养勇，不数年相应而起，则无复以金帛可啗而盟谊可纳也。谨具守御策如左。

其守策：

一曰：河北三十六州军内沿边、次边北京、雄、霸、冀、祁、保、瀛、莫、沧、镇、定十一州，广信、安肃、顺安、信安、保宁、乾宁、永宁七军，北平一寨，总十九城，皆要害之地，可以控制敌寇而不使得深入。定为右臂，沧为左臂，瀛为腹心，北京为头角。此四城乃河朔之望也，余十五城为指爪支节，乃四城之所使也。定、瀛、沧各置一帅，北京置一大帅，余十五城分属定、瀛、沧三路，择善将守之。十九城都用兵三十万，定五万，瀛、沧各三万，镇二万，雄、霸、冀、保、广信、安肃各一万，祁、莫、顺安、信安、保宁、永宁、北平各五千，北京五万，为诸路救援。余二万分顿诸道，巡检游击兵。今无事时，河朔已有驻泊、屯驻、就粮兵十八万，本城五万，至用兵时，约增十万人，则战兵足矣。此三十万兵，非如景德年中闭门自守，皆使出而接战者也。当时守城不敢出，敌兵堂堂直抵澶渊，几至渡河，为京师患。今若使良将帅守十九城，分领三十万众，左右出入，纵横救应，闪误逗诱，冲陷掩袭，臣虽至愚，未信敌骑敢长驱而南也。

顷年大兵悉屯定州,然闭城不使出战者,盖恐一败涂地,无所救援,且防中渡之变也。今虽用三十万,然而分置十九城,左败则右救,纵失则横援,岂有昔时之虞邪?其外十七城不复蓄兵,只以本部乡军坚守,不使出战。

二曰:河朔州军长吏最宜得人,以备匈奴之变。自来都不选择,赃污不才、年老昏昧者,尽使为之。又移替不定,久者不过一二年,其间苟且之人,只是驱遣目前常事,其经久利害,自知不及其身,率皆不为。前后相承,积弊已甚。若不选人久任,以矫前失,则异日敌有变故,边城不守,浸淫深入,为患不细。其上件十九州军寨,在河朔尤为要害,内定、保、雄、霸、沧五州,广信、安肃、顺安、信安四军,近已得旨选人差定,见施行次。北京已有大臣,自余镇、冀、瀛、莫、祁五州,保定、干宁、永宁三军,北平一寨,亦乞差选长吏,并使久于其任。内绩效着闻,优与就迁秩禄及厚加锡赐,使乐于边计,无所怨苦,则悉心营职,自能久处。或廉勤可尚而才力不足者,罢之,与内地合入差遣。若故为乖慢因循,欲离边任,及有罪不可留而法不至死者,废之终身。如此,则人知祸福必及其身,孰能不勉?

三曰:除上件十九州军寨长吏选人久任外,其余大小文武官并十七州军长吏以下,并乞诏本路转运、提刑、安抚、部署、钤辖分擘举充,或委枢密院、三班、审官铨司选择,不许循入,并须三年一替。所贵上下得人,众职皆举,用兵之际,有可供使,与夫临时外求,得失相万也。

四曰:屯兵备边,古今常制,所患者民赋有限,军食多阙，必须广为经度，始给用度。其间岁有凶歉，谋之不获，寇至益戍，常数不足，则暴敛横取，何所不至？民由是困，盗由是起，此历代所患也。河北自石晋失燕、蓟之险，无可固守，是以畜兵愈多，积粟愈厚。国朝踵之颇久，至景德讲和之后，兵备渐弛，粟亦随减。前年敌忽生变，虽与复和，而终非悠久之计，自此边衅已兆，未有宁岁，尤宜谨备御之策，使久而不匮。臣辄得养兵二条，其一条，据守边兵合留外，驻泊、屯驻、就粮诸军，分屯于河南郓、齐、济、濮等州，以教以养。况其地富实，不营而足。率二年一代，遇有警急，发符召之，不旬月可到，岂有后期不及者邪？所以略省河朔诛敛，以宽疲民，使之安逸苏息，坐待寇至而用，庶几师有余力，可以御敌。其二，缘大河州军起敖仓，支河南民税及漕江、淮粟，实屯近边兵马，每三岁一代，亦足以宽河朔乏困之民。二者可择一焉，或兼而用之亦善。不然，恐无事时，河朔已殚竭，一旦用武，民之怨叛，则肘腋之下，皆为仇绚，岂暇御外寇哉。

五曰：河北最号劲兵处，若尽精锐，则无敌于天下，况边陲乎！顷朝廷未与戎人讲和，敌骑每入寇，惟惧北兵，视南兵轻之蔑如也。我常南北兵各为一军，凡对阵，敌必先犯南军，南军溃，北兵累之以必败。惩此，固有南北混而战者，败走益甚。是不若纯用北兵之为胜也。今河北屯南兵尚多，徒能张为声势，而实不足用。臣愿自入河北，纯募土人为禁兵，料钱不过五百文，每一指挥，即代南兵一指挥归营，不数年，三十万尽得北兵。又教之精勇，则敌人自当畏服，岂敢轻动哉！恐议者谓财匮不宜益兵，则请于别路罢招，以此益彼，无所增矣。既得土兵，勿戍他乡，粮若不足，则愿用臣前养兵二条。

六曰：北敌风俗贵亲，率以近亲为名王将相，以治国事、以掌兵柄而信任焉，所以视中国用人，亦如己国。燕王威望着于北敌，知是皇叔，又为王爵，举天下之尊无与二，朝廷庶事，皆决于王。王善用兵，天下兵皆王主之，严刑好杀，而无敢当者。北敌疑此，益所畏惧。故燕、蓟小儿夜啼，辄曰"八大王来也"，于是小儿辄止啼。每牵牛马渡河，旋拒未进，又曰"必是八大王在河里"。其畏若此。敌使每见南使，未尝不问王安否及所在，朝廷以王之故，亦见重于北敌，谓朝有如是亲贤，每欲妄动，未必不畏王而止。今春王薨，识者亦忧之。谓王之生，北敌以朝廷为重，王之薨，则北敌以朝廷为轻矣。

臣亦尝念国家将帅，既未闻于远方，而亲王素有威望为敌人所畏者，又以沦谢，且不复闻皇亲可以为朝廷屏翰者。敌必谓王室孤危，无所扶助，本根不固，易以摇动，此诚宜为敌人之窥测。臣愿陛下亲择宗室中年长知书、识道理、晓人事者数人，为王畿千里内州。虑宗室出外不达民政，或有任性为事，通判以下难以规正，宜择方严公干、近上朝臣一人为同知州。所贵势均力敌，可以共事而无所乖。俟历一两郡，决知可以独任，则罢同知州，只置通判。又择其次者数人，为千里内州郡钤辖，亦恐未练军政，职事不举，其都监、监押未可减省，宜择历事廉干之人，且令供职，乃选良守臣伺察而审处之。其年少官卑，度其堪任差遣者为畿县都监、监押，虽年少亦须择二十以上者，亦选良令长以谏正之，并限二年一替。亦用文武臣僚赏罚以劝沮之。其有勤俭好学、接僚属有礼、晓习文法、能理民事者，量高下等第，或降奖谕，或赐金帛，或迁官秩。有诸过恶者，亦量小大等第，或罚俸，或赎金，或降官，甚者还黜于宫宅，俾之省过一二年，复遣补外。凡三有过而遂不改者，终身使奉朝请。如此教育选试之，善者必赏，不善者必罚，臣知不数年，当有贤宗室如前汉河间、后汉东平二王者，不为难矣。内可以藩屏王室，外可以威示四夷，此有国者之急务也，长久之策也。

故三代以后兴王者，今日得天下，明日封宗室，至于襁褓之子，亦皆为侯为王，分割土地，自成邦国，所以分布枝叶，庇荫根本，张大王室，壮观天下。使英豪无闲辞，无异意，谓四海之内，尽是一姓，虽有凶谋变计，不敢妄动。此前代帝王制御天下，布在简牍，验之可信。今则埋没抑压，仅同豢养，纵其痴骏，殊不教训，虽有说书官，又实虚设，是尽欲愚之而不令知善道、为善人，甚非养宗室之大义也。至于臣庶之家，有子孙弟侄者，无不孜孜教诱，使之成器，盖望立门户，主祭祀，若子孙一不肖，则家道沦落。又有负担之夫，微乎微者也，日求升合之粟，以活妻儿，尚日那一二钱，令厥子入学，谓之学课。亦欲奖励厥子读书识字，有所进益。国家富有天下，基业全盛，实祖宗艰难而致，所宜子子孙孙相承不绝，为历世之计，岂可宗室满宫而陛下未知教道，任为过恶，俾外夷轻笑，是陛下损枝叶而取孤根易摇之患。

又复思陛下任李用和为殿前副都指挥使，任曹琮为马军副都指挥使者，是任亲也。用和与琮诚亲矣，然皆异姓。异姓者尚可亲信，则宗室同姓，与陛下是骨肉之亲，反不可信哉？陛下不过谓宗室无人，臣谓今则诚未见其人，教之试之，当自有人矣。今惟朝会时，群行旅进，青盖满道，士大夫见者，方知其宗室，但出都城四门之外，不知宗室之有无，况天下乎？又况四夷乎？自上古直至周世宗，其间所历，何啻万代，至宗室不教、不试、不用，微弱之甚，未有如本朝者也。宜乎为识者之所忧，而北敌之所轻也。且如北敌有南大王萧孝穆、北大王萧孝惠、鲁王惕隐、楚王夷离毕，是其亲近甚众，臣前岁奉使，尽与之接，又询其国人，未必实有才武，而中原闻之，莫不疑其人人皆良将也，其故何哉？盖闻其名而疑其有实尔。今朝廷若能崇树宗室，使声名渐着闻北敌，北敌亦必谓南朝有人，根本牢矣，欲谋则息，欲动则止。古者有以实效济者，亦有以虚声慑者，兵家尤重先声而后实，况臣之所说，必使声实相副，愿陛下行之无疑。

其御策：

一曰：景德以前，缘边土兵，无事时留戍本州军，寇至则尽为逐路部署司抽起。缘边阙食，又却以南兵屯守，甚无谓也。夫土兵居边，知其山川道路，熟其彼中人情，复谙敌兵次第，亦藉其营护骨肉之心。且又伏习州将命令，所御必坚，战必胜也。若迁入内地，山川道路不知，人情不熟，敌兵不谙，骨肉不在州县，命令不习，又为怯弱所累，则御必不坚，战必不胜也。北敌惟惧边兵，凡闻以南兵替入内地，敌人大喜，故来则决胜而回。前年河朔有警，复寻景德初事，尽抽边兵守定州，河朔之民大恐，以为官军必败，幸而敌骑中止，不见失律，不然，丧师必矣。臣愿自今北敌若入寇，缘边土兵只在本处，不复令部署司抽移。若逐处土兵尚少，即以南兵益之；有余，则方许部署司抽起。况部署司自在近里州军，土兵可以聚而为大阵矣。臣上篇议十九城分领兵三十万出战，余十七城系近里州军，只用乡兵守之，更不出战。其逐路部署司可于十七城聚而为大阵兵矣。边兵勇悍有材武，不畏坚敌，敌骑初入，使当堂堂之锋，必能取胜。则近里州军，人心自壮，虽南兵之怯，亦颇增气局。以南兵在边，遇寇一败，敌骑乘而南，则表里震恐，虽精锐尽在部署司，亦已沮丧，安能保其全胜哉？

二曰：景德以前，北敌寇边，多由飞狐、易州界道东西口过阳山子，度满城，入自广信之西，后又多出兵广信、安肃之间。大抵敌骑率由西山下入寇，大掠州郡，然后东出雄、霸之间。景德前，二州塘水不相接，因名东塘、西塘。二塘之交，荡然可以为敌骑归路，遂置保定军介于二州，以当贼冲。厥后开道不已，二塘相连，虽不甚浩渺，而贼路亦少梗矣。然穷冬冰坚，旱岁水竭，亦可以济，未为必安之地。虽然，但少以兵控扼之，则敌骑无以过矣。自余东从姑海，西至保州一带数百里，皆塘水弥漫，若用以为险，可以作限。只是保州以西，至山下数十里，无塘水之阻，敌可以平入。敌且守盟不动，则无以先发，但用臣上篇屯兵之法，足以固守。万一渝盟入寇，用臣之策，可以转祸为福，而逞志泄忿矣。何以陈之？今敌若寇边，必由广信西而来，敌骑初入塘，缘边州军坚壁示弱，不得出兵，敌必不顾而进；将及镇、定，亦坚壁，敌必易我而懈；于是令广信、安肃、保州三城开壁会兵，声张击之而不与战，敌必分兵复御；已而令镇、定亦闭壁不与战，敌既前后受敌，必未敢长驱而南。于是，我急从沧州取海上路，以数千艘，出轻兵三万，趋平州入符家寨口，则咫尺燕、蓟矣。沧州至北界平州，水路五百里，不数日登岸，地肥水草美，不必重赍。雄、霸之间，即景德敌骑东归之路也，又出精兵二万，直抵燕京，会沧州兵捣其腹心，破其积聚，敌见两下兵入，莫之为计矣。燕地既乱，入寇者必有归心，又为王师所萦，而不能遂去。于是乘其向背之际，使沿边三城及镇、定兵合击，必大破之，追奔及燕，尽逐敌骑过山后。敌兵入界则整，若败而出寨，则纷然散失，无复行阵，易为驱除矣。以兵守居庸关、古北口、松亭关、符家寨，此四关口皆险隘，各以三千兵守之固矣。则敌骑无复南者。因其妄动，可以一举而复全燕之地，拔数郡陷蕃之族，平累朝切骨之恨，臣自谓必无遗策矣。既以兵守四关口外，西山有后来新开父牛铁脚剷窠二口，敌人以通山后八州之路，然皆险峻，不容车马，敌人凿山为径，只通行人，有雨则常坏，须修垒然后通险峻，非行兵之道。虽不加防守，尚无所害，或于口侧少伏兵车，纵敌入寇，发伏可以尽杀之。假陛下谨重，未欲举复燕之策，即请寇入之后，屯重兵于西山下，敌虽有所掠而东出无路，进退不遂，我于是以十九城之兵分布掩击，必使退败，保无深入之患。敌势既屈，与和则久，亦制戎人之一策也。

三曰：燕地割属契丹，虽逾百年，而俗皆华人，不分为戎人所制，终有向化之心，常恨中国不能与我为主，往往感愤，形于恸哭。臣前年奉使北廷，边上往复数次，边人多劝臣曰："万一入寇，我沿边土人，甚有豪杰，可自率子弟数百人为官军前驱，惟其所向而破贼，愿朝廷复取燕、蓟之地，为华人，死亦幸矣。"臣窃壮之，慰谢而遣。臣退念朝廷之力未及外御，遂虚边豪之请。虽然，臣未尝忘怀，思为异日之用。自后不辍寻访，所得颇多，将来敌若寇境，臣必能以所得边豪，令自率乡人，各成一队，或为向道，或为内应，或破阵，或攻城，大可以为王师之助矣。其始去则质其家，其成功则厚其赏，臣亦不患其谲而反为吾害也。

四曰：古者有外虞，则以夷狄攻夷狄，中国之利也。朝廷西有羌人之患，力足备御，不假求外援以自助。惟是北敌强盛，十倍羌人，异日渝盟，悉众南下，师力若不给，则祸未可涯，宜求所以牵制之术，使有后顾而不敢动，动亦有所惮，而不能尽锐以来，我力足以御之，此不可不虑。今契丹自尽服诸蕃，如元昊、回鹘、高丽、女真、渤海、蒺藜、铁勒、黑水靺鞨、室韦、鞑靼、步奚等，弱者尽有其土，强者止纳其贡赋。独高丽不伏，自谓夷、齐之后，三韩旧邦，诗书礼义之风，不减中国。契丹用兵，力制高丽；高丽亦力战，后不得已而臣之。契丹知其非本意，颇常劳其制御。高丽亦终有归顺朝廷之心。臣伏见淳化中，其国主王治以契丹兵入境，遣使元郁来朝纳款，太宗不从，但婉顺回答。又于咸平年中，其国主王诵遣户部郎中李宣古来使，真宗亦不纳，但降优诏而已。又于祥符七年，其国主王询遣工部郎中丹征古赍表来使，表称今断绝契丹，归附大国，仍乞降正朔及皇帝尊号，真宗又不许。陛下即位后，天圣二年，复曾遣使来朝，朝廷差柳植馆接，其事甚迩。前后高丽四次遣使修贡，每表必称不愿附契丹而愿附朝廷，朝廷终不允纳。虽然，观高丽款附之切，如渴者望饮，饥者望食，无一日而忘也。但略遣人翘发，则其来必矣。来即善遇之，许其岁朝京师，赐予差厚于前，使回其心；优为诏命之辞，以悦其意。他时契丹复欲犯顺，以逞凶志，我遣人使高丽激之，且约曰："契丹往年无故取高丽三韩之地，又景德间兴师深入，诛求无厌，高丽甚苦之。我先帝重惜民命，不欲数与之斗，故岁遗亦厚，于兹四十年矣。今契丹又欲背施肆毒，犯我边境。我军民共怒，皆愿死战，我不敢违众，行师有日。高丽其举兵相应，表里夹击。契丹败，则三韩之地及所得人民府库，尽归高丽，我秋毫不取，但止复晋所割故地耳。"高丽素怨契丹侵其地，又敛取过重，向者恨无大国之助以绝之，闻今之说，则欣然从命，然则契丹不足破也。或者款纳高丽，则契丹可为衅端，或以为不便。臣答曰："前岁之隙，岂纳高丽兴乱邪？"夷狄之性，变诈多端，苟欲背盟，何说不可。岂宜动自拘碍，不敢有为，直俟祸来，坐受其敝，愚者尚不肯如此，况谋谟天下之事乎。高丽果入贡，假使契丹来问，我当答以中原自古受万国贡献，矧高丽素禀朝廷正朔，但中间废隔，今却复修旧好，使我何辞阻绝，亦与契丹纳诸国之款一也。契丹安能使我必不纳高丽之贡哉？臣又思，若契丹寡弱，不足为虞，或能谨守盟誓，无凭陵中国之志，则何用远纳高丽之款，而近忽契丹之约？今契丹尽吞诸蕃，事力雄盛，独与中原为敌国，又常有凭陵之心，况前岁已生衅隙，自知不直，谓朝廷伪增金帛，后图释憾，不久又将先发以制我焉。发而谋之，谋不及矣，经营措置，今乃其时。臣又尝闻契丹议曰："我与元昊、高丽，连衡攻中原，元昊取关西，高丽取登、莱、沂、密诸州。"又曰："高丽隔海，恐不能久据此数州，但纵兵大掠山东官私财物而去，我则取河东三十六州军，以河为界。"臣闻此久矣，万一果如此说，臣谓朝廷亦无以制之。外寇如此窥中国，因循日过一日，臣不知终久如何？夫高丽累表乞贡奉，朝廷终不许，遂决志事契丹，所以为契丹用也，契丹所教无不从。朝廷若能许高丽进贡，正遂其志，则必反为我用矣，契丹何能使之耶？臣熟知高丽虽事契丹，而契丹惮之。天圣三年，契丹常伐高丽，是年，朝廷遣李维奉使，高丽杀契丹兵二十万，匹马只轮无回者。自是契丹常畏之，而不敢加兵。朝廷若得高丽，不必俟契丹动而求助，臣料契丹必疑高丽为后患，卒未敢尽众而南，只此已为中国大利也，亦愿陛下行之无疑。

五曰：镇、定西山有谷口十余道，尽通北界山后之路，景德以前，不甚迹熟，盖溪涧峻狭，林木壅遏，故敌骑罕由斯路而入，虽有来者，亦不免艰阻。臣顷闻河朔人说契丹自山后斩伐林木，开凿道路，直抵西山汉界而止。

今则往来通快，可以行师。臣亦尝细诘其由，云契丹旧亦疑朝廷有复燕之计，恐天兵渡河，直抵燕京。则敌人欲出我不意，由山后进兵，旁击镇、定，横行河朔，牵制王师也。臣料往年沿边亦曾探报，闻于朝廷。今若契丹自广信、安肃入寇，我以重兵御其锋，复有西山别众，横行背击，官军败绩，则大事去矣。此兵家切务，不可不知。当得廉干谨密者，阴往经制，如何屯戍，如何御捍，必有胜之之术，先事而定，以待其来，则保边之道也。

六曰：祁、深旧非要郡，宿兵至少，城垒迫而庳陋，不甚完葺。窃闻契丹今后入寇，知我重兵屯镇、定，不肯直南，才过保州，便取东南路，由祁、深趋冀、贝，寇澶、魏矣。冀、贝、澶、魏城大而坚，惟祁、深二垒，当广而高之，以防攻迫。誓书不得创修城池，若因而广之则无疑。又曰：敌既惮镇、定而忽深、祁，必谓二城兵分，不戒而过，我若乘其不备，使二城潜出精兵，首尾相应而击之，必大得志。此系于临时，非可预虑，然知兵者所当留意。

七曰：唐、汉以前，匈奴入寇，率由上郡、雁门、代州、定襄等路，盖当时中国据全燕之地，有险可守，匈奴不能由此路而来也。自石晋割燕、蓟入契丹，中国无险可守，故敌骑直出燕南，不复寻定襄等路。今朝廷若留意河朔，边鄙有备，敌不可得而入，须从别路以来。或虽可入寇，第取定襄等路为犄角之势，则河东不可不大为之防。或创立城池，或造作险阻，卜何地可以设奇伏，何路可以出牵制，此须预为经度，素有堤备，则临时可以御捍，应

1175

卒不至仓皇。使河朔表里相应拒寇，使不能逞其欲，兹实防边之务也。

凡此等守御十二策，总十三条，是臣庚辰、壬午年奉使契丹日，于河北往回十余次，询于沿边土豪并内地故老，博采参较，得之甚详。及于北廷议事，又颇见其情状，以至稽求载籍，质以时务，用是裒聚撰述，以副陛下委任之意，即非臣任胸臆罔圣聪，伏望陛下令两府会议，可者速行之，其未可者，更相致诘而是正之。臣必不敢持己徇私，旁拒众证，两府亦不得徒事讥病而无所发明。如此，则庶几谋行而患可弭矣。

臣闻古者明君遭患难，则退修道德，可以无咎。是故文王出羑里，纯任教化而终灭独夫；勾践脱会稽，励精武事而卒破夫差。又闻主忧则臣辱，主辱则臣死，故陈主答书勃戾而杨素下殿请死，蔡贼跋扈难制而裴度誓不两生。终之隋灭江南而裴度平淮西，有以见古之君臣所为各得其道，则未有不建功立业，声流万世者也。昨契丹背约，呼索无厌，朝廷以中国之尊，敌人敢尔，陛下有文王、勾践雪耻复绚之心，臣下亦未见有杨素、裴度死难平贼之志。如此而望排患解纷、建功立业，如古之君臣，何可得也？臣窃计北敌势方强盛，可以入寇而辄肯议和者，有谋也。谋后举事，以为万全之策也。又计中国之势，如人坐积薪之上而火已然，虽焰未及其身，可谓危矣。北敌之强既如此，中国之弱又如此，尚不急求救之之术，是欲秦之鱼烂、梁之自亡邪？臣备位枢府，夙夜忧畏，但恨未得死所，少纾国难，惟愿解臣密职，典河朔一要郡，得以拙勤经营边事，虽未敢必谓无虞，然自谓或可稍宽陛下北顾之忧矣。伏惟早赐裁择。[1]

富弼此文，范仲淹读过不止一遍。因为有之前那番辩论，此次范仲淹极其用心地细读此文。

读毕，范仲淹不禁拍案叫绝。"富弼之于河北，了如指掌啊！以此文来看，富弼必认为契丹欲南侵，一定自河北入，不会从河东入。这便是他之前坚决反对增兵河东的理由吧。只是契丹真的不会改变南侵思路吗？不行，河东亦不可不为备！"范仲淹虽然很大程度上接受了富弼的见解，但是内心依然固执地认为，自己的看法亦有可取之处。

范仲淹正自沉思，忽然李金辂来报，说富弼、余靖一起来求见。

范仲淹一愣，问道："富枢密与余台谏一起来的？"

李金辂点点头，道："两位大人是一起到大门口的，只是不知是否是在半路上遇到的。属下已经请两位大人在前堂等候了。两位大人脸色沉重，看起来出了什么大事。"

范仲淹听了，慌忙站起，说道："走！"说罢，他迈开大步，出了书房，径往前堂赶去。

到了前堂，范仲淹与富弼、余靖寒暄一番，才知道两人果然是在来的路上遇到的，忙问道："两位夤夜来访，不知为了何事？"

余靖抢着说道："范公，最近圣上每次传我召对，表情总是有些奇怪，常常露出恍惚之色。我原以为，最近灾变屡见，飞蝗为孽，

---

[1] 《续资治通鉴长编》卷一百五十庆历四年六月条。

陛下可能因此而烦心。可是，不瞒范公，余某渐渐觉得，圣上是对我等起疑心了。"

范仲淹一惊，道："你也有这个感觉？"

余靖点点头，说道："范公之前在圣上面前为君子之党而辩，自此之后，圣上对我等的态度就有了些变化，只是近来，对我等的猜忌之情，变得更加明显了。王拱辰、张方平等人，似乎也在有意同我等保持距离。而且，张方平最近似乎甚得圣上之心。他上疏对时局的看法颇为积极，认为现在契丹内部出了问题，正给了我朝可乘之机。圣上显然对张方平所言甚是满意。"

范仲淹点点头，说道："张方平有大才，他的看法亦不是没有道理，只是此时提出，显得过早了一些。契丹内部尚未毁败到那种地步。他最近的上疏，我也反复读了，确实写得精彩。"

范仲淹所说的知制诰张方平最近的奏书，其文云：

臣微闻外言，北敌不守封略，筑城鄙上，边吏谍知料阅兵马，且复遣使来。事固未审虚实，然国家与敌通已四十年，事穷必变，利尽则交疏，理之常者，顾但纾缓岁月。北方诸戎羁从于敌者，如步奚、高丽、鞑靼常内怀不服，特强役属之尔。去冬敌以众临河西，自以为拾芥之易，既而遁散以归，内羞诸戎，且疑我之纳夏人，既羞且疑，则其起辞生事，思有逞于我，岂保无他？夫兵，危事也，不当易言之。若信好可结，朝廷岂愿交兵四夷，即事至于不获已，亦在上下奋励，讲所以折冲之策，图所以式遏之算。河朔之兵，不啻三十万，边境千里，塘水占三分之二，得以专力而控其要害城邑楼橹，守在九天之上。若顿重师澶、魏、中山，坚壁而勿与战，清野以待其敝，出奇伺便，邀其重归，是不可胜在我，可胜在敌矣。且敌久与中原通，甘心豢饵，其贵人习于骄佚，其部人不练于战斗，于其本俗衰弊已甚，而又母子兄弟，内结疑隙，上下离贰，此其危乱之形，中国可乘之机会。若朝廷有意于远略，幽、蓟可图也，尚能为中原之患哉？陛下诚震其威灵，庙堂审其计议，内外文武各致其力，使敌一举而不得志，不有内变，必有外叛，诸戎势且瓦解，山后之地，天其或者使复合于中土，未可知也。臣愿陛下思患预防，考谋事先，秋气渐清，宫殿凉爽，时因燕闲，延对大臣，俾各尽其谋猷，以定其帷幄。一日有边境之急，庶几无仓卒之扰。今西疆初宁，纵不保其久，未有旦夕之虞也，其将校可任者，稍徙河北，使得与士卒相服习，渐谙土俗。至于选官吏、峙糗粮、缮器械，葺厩牧，皆当今切务而可以素备者也。备而未用，为政之常，临事纷纭，何以镇静？此皆朝廷尘熟之论，而儒生之常谈。臣忝在近班，愚虑所及，不敢自隐，惟宸鉴裁择。[1]

"你打算如何？"范仲淹问道。

"我想与孙甫等商量商量，借着灾异频见，建议圣上恩泽及于下，以消灾异而招和气。同时，我也打算恳请朝廷将我外放，别求方正、材识之人，以居谏职。"余靖急急说道。

"石介之事，牵涉到我，必然也会影响到范公，而且可能牵扯

---

[1] 《续资治通鉴长编》卷一百五十庆历四年六月条。

到欧阳永叔、孙甫等人。"富弼说道,"范公,我也准备请求外补了,前往河北。"

"决定了?"范仲淹注视着富弼。

富弼坚定地点了点头。

"你也决定了?"范仲淹扭头问余靖。

余靖也非常肯定地点点头。

"河北？"范仲淹这时又扭头问富弼。

富弼又点点头。

范仲淹沉吟片刻，说道："不瞒你说，我方才正在读你的《河北守御十二策》。河北之地，确实关系中原之安危。如是兄能前往宣抚，亦是国家之大幸。只是……"范仲淹想到正在推进中的各项新法，不禁顿感心头沉郁。

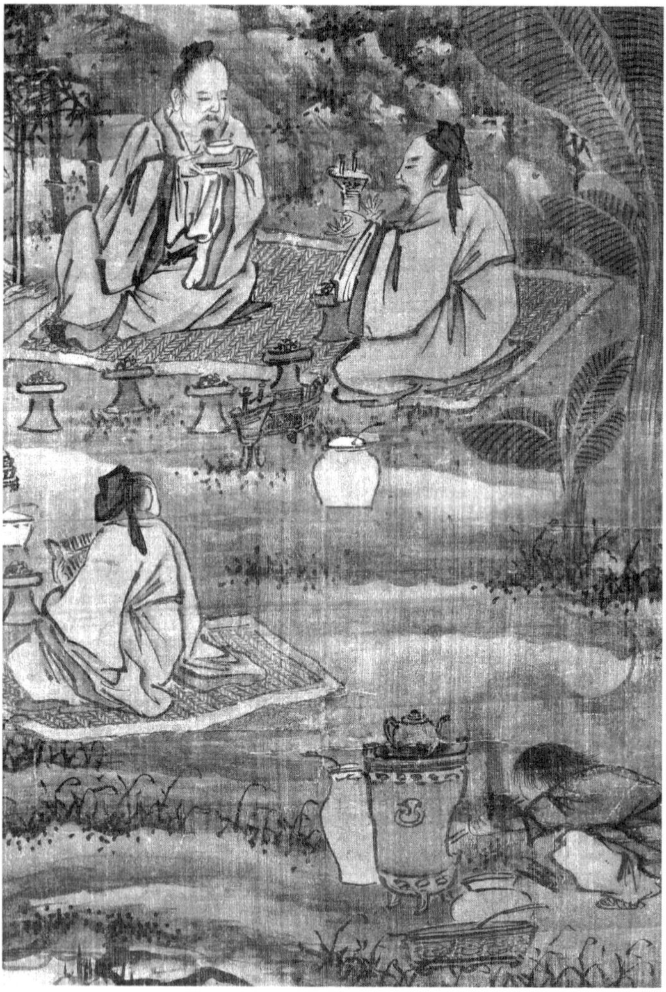

第四十九章
有无相生，难易相成

1

因为契丹、西夏集兵于河东境外，大宋河东、河北的局势也日益紧张起来。开封的大宋皇宫内，朝廷也忙着调兵遣将，为可能发生大的危机作准备。

庆历四年秋七月辛未，赵祯命知制诰田况提举河北便籴粮草。壬申，赵祯听从范仲淹的建议，任命殿中丞蔡挺管勾陕西、河东宣抚机密文字，己卯，以四方馆使、果州团练使张亢为引进使、并代副都部署兼知代州兼河东缘边安抚事。壬午，赵祯又降下空名宣头百道，下陕西、河东宣抚使范仲淹，以备赏功之用。癸未，契丹遣延庆宫使耶律元衡来告知大宋，契丹将伐元昊。契丹国书说："元昊负中国当诛，故遣林牙耶律祥等问罪，而元昊顽犷不悛，载念前约，深以为愧。今议将兵临贼，或元昊乞称臣，幸无亟许。"契丹的这封国书，说即将对元昊用兵，要求大宋不要急于答应元昊称

1183

臣。其实，契丹讨伐元昊，是因为元昊故意接纳了反叛契丹的呆儿族等蕃部，这封国书，实乃托大宋之名而行讨伐之实。但是，这份国书，却又一次给宋朝的君臣出了个大大的难题。

范仲淹此时尚未出发赴河东，急忙上疏朝廷。

上疏云：

臣窃见契丹来书，志在邀功，势将构难，还答之际，尤宜慎重。一，书中言元昊名体未顺，特为朝廷行征讨，其邀功之意，又大于前。若许他此举，将来何以礼报，此一难也。一，书中次言请朝廷绝元昊。窃观元昊所上书，削号称臣，名体颇顺，虽未为诚信，苟遣人来纳誓书，朝廷何辞以拒之？元昊昨来纳款，尚不肯言契丹指纵，朝廷岂可言契丹之意以拒其和！如无名而拒，则我自失信而从契丹之请，此二难也。一，元昊于契丹，从来未闻有不臣之状，或实于他边界曾有相伤，况止是三二百户，彼亦自可问罪，何故便要朝廷绝元昊进贡。若朝廷因而从之，苟元昊不日却谢过于契丹，契丹又纳其请，则与元昊依旧相连，我与元昊怨隙转大。朝廷一失其守，长外国轻中国之心，此三难也。一，契丹今来逼朝廷绝元昊之款，我若不敢违拒而遽从之，将来契丹却称元昊已谢过设盟，更不讨伐，却逼朝廷与元昊通和，是朝廷已失所守，岂能更抗契丹之辞！此四难也。一，朝廷若以契丹之故，阻绝元昊，大信一失，将来却以何辞与他和约，纵巧能设辞，元昊岂肯以前来所诉，屈伏于朝廷？必乘我之失，大有呼索，此五难也。一，元昊或纳誓书，既不可阻，今契丹所请，或即阻之，诚朝廷之所重也。然契丹、元昊，本来连谋，今日之情，未可凭信。臣请朝廷建捍御之谋，以待二敌，不必求二敌真伪之情。边事如此，恐误大计。

又言：

契丹来书，称朝廷曾请契丹止遏元昊，今闻名体未顺，遂举兵讨伐，又请朝廷绝元昊进贡。契丹安肯为朝廷特举大兵以讨元昊？此不可信一也。若自与元昊有隙，必行讨伐，其人使即合坚请阻绝元昊，何却只问杨守素往来次第，是无必讨伐之意。此不可信二也。余靖等言见北主亲言须指挥夏州令杨守素入南朝勾当，必是动有关报。今来敌使却言北朝并不知仔细，此不可信三也。万一契丹必有深隙，须行讨伐，必坚要阻绝元昊，岂暇问于南朝名体顺与不顺，显是契丹虚称为朝廷西征，驻重兵于云朔，如元昊以誓书未立，入寇河东，亦足相为声援，得志则享厚利。如元昊更不入寇，纳誓书于朝廷，则契丹自为因行讨伐，使元昊入贡，以此为功，而驻兵云朔，以邀重报。是契丹进退有利，而俱为我害也。臣谓朝廷今日答书则易，将来礼报必难，而专于致略，欲满敌志，则契丹大兵岂肯虚举而善退？愿朝廷熟虑此事，先且大议备边之策，然后遣使往来，使敌知我有备，无必胜之理，则亦可以遏其邀功求报之心。纵背盟好，亦有以待之，少减生灵之祸。[1]

---

[1] 《续资治通鉴长编》卷一百五十一庆历四年秋七月条。

范仲淹认为，朝廷应商议出捍御契丹和夏国的对策，以待二敌，不必求二敌真伪之情。

吴育上疏云：

> 契丹被朝廷恩腆，为日已久，不可纳一叛羌，失继世兄弟之欢。今二蕃自斗，斗久不解，可观形便，乘机立功。万一过计，亟纳贼昊，臣恐契丹窥兵赵、魏，朝廷未得元昊毫发之助，而太行东西先有烟尘之警，此不可不察也。为今之策，宜使人谕元昊曰："契丹汝世姻，一旦自绝，力屈而归我，我所疑也。若无他者，当顺契丹如故，然后许汝归款。"告契丹曰："已诏元昊，如能委谢辕门，即听内附，若犹固拒，当为加伐。"如此，则二敌不能归尤朝廷。[1]

吴育的意思是，可以派使者告诉元昊，只有他先归顺契丹，大宋才准许西夏向宋称臣；同时告诉契丹，已经令元昊向契丹归顺，如果元昊抗拒，契丹讨伐便是。

赵祯阅了范仲淹与吴育的上疏，依然举棋不定。

乙酉，赵祯下诏降渭州西路巡检、内殿崇班、阁门祗候刘沪为东头供奉官，著作佐郎、新知确山县董士廉罚铜八斤。朝廷虽令刘沪、士廉最终完成了修筑水洛城的工程，并仍以刘沪权水洛城主，但刘沪最终因违本路帅命而受罚。丙戌，赵祯下诏诸路转运使副、提点刑狱察所部知州军、知县、县令有治状者以名闻，议旌擢之，

---

[1] 《续资治通鉴长编》卷一百五十一庆历四年秋七乙未条。

假如不像推举的所言，令御史台劾奏，并坐上书不实之罪。这也是听从了范仲淹的建议。

之前，范仲淹曾上书说：

> 臣近日屡闻德音，以灾异数见，畏天罪己，此实圣帝明王至仁之体也。昨日宰臣等再奉圣旨："不须谢过，但自行事。"此又济时责实之要也。臣等敢不惶恐，思竭诚志，以副宵旰之意。臣观自古国家皆有灾异，但盛德善政及于天下，人不敢怨叛，则虽有灾异，而无祸变。如其德衰政暴，兆民怨叛，故灾异之出，多成祸变。陛下今既畏天之戒，上忧宗社，下忧生灵，固已得尧、汤之心矣，如更行尧、汤之事，使天下受赐，其有灾异，适足增陛下之盛德。臣待罪辅臣，经年无状，四方多事，未敢引退，恐负君亲擢用之意。臣窃观自祥符年后，以至今日，火不炎上之灾，已十数度，又累有地震之异，今夏蝗秋潦，人多妖言，虽陛下修德罪己，自可以动天地，感鬼神，而念及生民，若不遑处。臣请行此数事，少助陛下救生民之万一，惟陛下裁择。
>
> 一，委天下按察使省视官吏，老耄者罢之，贪浊者劾之，昏懦者逐之。是能去谬吏而纠慢政也。至于激劝善政之术，即未着明。其官吏中，有畏上位之威，希意望进，或矫修廉节而争为猛政。求集事之名者，务为暴敛；求尽公之称者，专用深文。政尚虚声，人受实弊，资产竭于科率，举动触于刑宪，生民困苦，善人嗟痛，此天下怨叛之本也。秦以天下怨叛而亡，汉以救秦之弊而兴，臣请诏诸

路按察官，除常程纠察举荐外，于辖下知州军、知县、县令中，别选洁己爱民、显有善政，得百姓心如倚父母者，各具的实事状，举三两人，特与改官再任，或升陟委用。如此，则天下官吏知陛下忧赤子之心，各务爱民求理，不为苛政，足以息生民之怨叛也。如所举不实，仰御史台弹纠，当议重行贬黜。今别进呈唐时选刺史、县令条目，便乞约附施行。

一，天下官吏，明贤者绝少，愚暗者至多，民讼不能辨，吏奸不能防，听断十事，差失五六。转运使、提点刑狱，但采其虚声，岂能遍阅其实，故刑罚不中，日有枉滥。其奏按于朝廷者，千百事中一二事尔，其奏到案牍，下审刑、大理寺，又只据案文，不察情实，惟务尽法，岂恤非辜。或无正条，则引谬例，一断之后，虽冤莫伸，或能理雪，百无一二。其间死生荣辱，伤人之情，实损和气者多矣。古者一刑不当而三年大旱，着于史册，以戒来代，非虚言也。况天下枉滥之法，宁不召灾沴之应耶？臣请诏天下按察官，专切体量州县长吏及刑狱法官，有用法枉曲侵害良善者，具事状奏闻，候到朝廷，详其情理，别行降黜。其审刑、大理寺，乞选辅臣一员兼领，以慎重天下之法，令检寻自来断案及旧例，削其谬误，可存留者着为例册。

一，今诸道常平仓，司农寺管辖，官小权轻，主张不逮，逐处提点刑狱多不举职，尽被州府借出常平仓钱本使用，致不能及时聚敛，每有灾沴及遣使安抚，虽民委沟壑，而仓廪空虚，无所赈发，徒有安抚之名，且无救恤之实。又国家养民之政，本在务农，因民之利而利之，则朝廷不劳心而民自养。臣请选辅臣一员兼领司农寺，力主天下常平仓，使时聚籴，以防灾沴。并诏诸路提点刑狱，今后得替上殿，并先进呈本路常平仓斛数目，方得别奏公事。移任者亦须依此发奏后，方得起离。仰司农寺常切纠举，及委辅臣等速定劝农赏罚条约，颁行天下。

一，天下茶盐出于山海，是天地之利以养万民也。近古以来，官禁其源，人多犯法。今又绝商旅之路，官自行贩，困于运置。其民庶私贩者徒流，兵梢盗取者绞配，岁有千万人罹此刑祸。是有司与民争利，作为此制，皆非先王之法也。及以官贩之利，较其商旅，则增息非多，而固护其弊未能革者，俟陛下之睿断尔。臣请诏天下茶盐之法，尽使行商，以去苛刻之刑，以息运置之劳，以取长久之利，此亦助陛下修德省刑之万一也。[1]

范仲淹还上疏说：

周制，三公分兼六官之职，汉以三公分部六卿，唐以宰相分判六曹。今中书，古天官冢宰也；枢密院，古夏官司马也。四官散于群有司，无三公兼领之重，而二府惟进擢差除循资级，议赏罚检用条例而已。上不专三公论道之任，下不专六卿佐王之职，非法治也。臣请仿前代，以三司、司农、审官、流内铨、三班院、国子监、太常、刑

---

[1] 《续资治通鉴长编》卷一百五十一庆历四年秋七月丙戌条。

部、审刑、大理、群牧、殿前马步军司,各委辅臣兼判其事。凡创置新规,更改前弊,官吏黜陟、刑法轻重、事有利害者,并从辅臣予夺。其事体大者,二府佥议奏裁。臣愿自领兵赋之职,如其无辅,请先黜降。[1]

对于范仲淹这个建议,宰相章得象等都表示坚决反对。但是,赵祯似乎依然是锐意改革的。八月辛卯,他下诏命参知政事贾昌朝领天下农田,范仲淹领刑法,如有重大事情,可以直接上报朝廷商议处置。

可是,没过几日,赵祯又收回成命。范仲淹力主扩大二府大臣权力的建议,终于没有得到皇帝的认可。

一日,辅臣奏事垂拱殿,赵祯说:"北敌受礼云州,恐怕会袭击我河东,两府应立刻作些准备啊。"

退朝后,富弼上疏云:

> 臣误荷奖擢,无所施设,致此外患,上烦圣虑,闻命震惊,不遑启处。然退自思念,仅得粗略,窃谓契丹必不袭河东,其事有九:无名,一也;动称王师,不肯窃发,二也;河北平坦,可以长驱,必不由河东险阻而来,易入难出,三也;河北富实,河东空乏,必不肯击虚乏,而惊我备富实之地,四也;河北无备,河东有备,以北敌萌南下之心久矣,临事必不肯舍无备而攻有备,五也;若欲乘我不测而入,当行诡道,出于仓卒,必不肯先报云

---

[1] 《续资治通鉴长编》卷一百五十一庆历四年八月辛卯条。

州受礼，六也；契丹始与元昊相约，以困中国，前年契丹背约，与中国复和，元昊怒契丹坐受中国所益之币，因此有隙，屡出怨辞。契丹恐其侵轶，于是压元昊境筑威塞州以备之。而呆儿族累杀威塞役兵，契丹又疑元昊使来，遂举兵西伐，验之非诈，今必无会合入寇之理，七也；契丹惜燕地，如人惜心腹，若袭河东，岂不防攻燕为牵制之术？于今不闻备燕，八也；契丹自得燕、蓟，不复由河东侵逼，九也。臣验此九事，故知契丹不袭河东必矣。今臣但论目下不为河东之患，过此以往，则非臣所知。

臣谓契丹异日之祸，独在河朔，河东只可为牵制之地。所以臣近奏河北守御之策，因乞守一要郡，自行其事。下二府议之未合，只欲且令田况往彼按臣所说，此乃平时悠悠所为，非今来确乎至急之意也。河朔一二年来，虽名为设备，其实未堪御寇。乃是张备豫之虚声，适足重敌人之奸计，为患愈大，不可不思。臣前岁奉使契丹，理当无所增赂，盖为朝廷方尽力西鄙，未遑北事，于是忍羞自屈，岁益所入，聊以款兵缓祸，而望雪耻于后也。臣今所乞，必愿俞允，不惟训兵备敌，以安元元，至于身羞国耻，庶几可刷。[1]

这一次，赵祯似乎很爽快地接受了富弼的请求。八月甲午日，赵祯下诏，令枢密副使富弼为河北宣抚使。

---

1 《续资治通鉴长编》卷一百五十一庆历四年八月甲午。

2

秋风刚起的时候,范仲淹带着家眷,在李金辂、赵圭南、原郭京和周德宝道长的陪同下,离开了京城,往河东、陕西巡边。在范仲淹出发前,周德宝道长的短期云游结束,恰好回到京城,便也跟随范仲淹出行了。

这一日,范仲淹一行来到郑州地界。在郑州的城门前,范仲淹勒住马,盯着城门默然不语。众人见他若有所思,也不敢打扰。过了片刻,范仲淹方说道:"走,咱们先去城内驿站安顿下来。"

进城时,守门士兵查验了牒文,慌忙去报上司。郑州当地官员得报,匆忙出来迎接。陕西、河东宣抚使、参知政事范仲淹行边路经郑州,当地官员岂敢怠慢?于是,在当地官员的安排下,范仲淹一行很快在驿站安顿下来。

范仲淹知道,吕夷简致仕后,寄居于其子吕公绰在郑州的府邸。他从当地官员口中打听到了吕公绰的府邸所在。

次日清晨,范仲淹叮嘱李金辂和原郭京、赵圭南在驿站护卫好夫人,自己带着纯祐和周德宝备了一些点心作为礼物,前去探望吕夷简。

"父亲,那吕夷简多次为难你,为何还要去探望?"纯祐有些不解,在去吕府的路上忍不住问道。

"纯祐,你可能不知,为父年轻时曾经很是仰慕吕相啊。"范仲淹淡淡一笑。

"后来呢?"

"后来,为父入朝为官,与吕相之间确实发生了不少龃龉。现在回头看,那些都不重要了。吕相在相位多年,对朝廷也是有贡献的，也不易啊。为父还有很多地方要向他讨教呢。"

"只是……吕相如此对待父亲，父亲这样做，岂非让世人看轻了？"

"纯祐，你可知道，为父对吕相确实也有感激之情啊！你想，若不是吕相举荐为父知开封府，为父又怎能有机会处理开封府那么多难事呢？又怎能有机会为开封府的百姓们纾解忧难呢？当时，吕相可能确实想将为父支出朝廷，但也确实给了为父一个干事的好机会啊！为父对此一直是感激的。即便仅仅是为了这个，为父也该去看看他。纯祐，你要记住，人，要学会感恩。"

"是，父亲，纯祐记住了。"

说话间，三人已经走到了吕公绰府邸的大门前。

范仲淹缓步走上台阶，一个年纪挺大的门房迎了过来。

"老丈，劳你去传报一下，对吕公说，范仲淹前来探望他了。"

"请范大人稍后。"那老门房听了呆了一下，匆匆忙忙转头跑入府内。看来，他似乎知道范仲淹的身份。

过了一会儿，只见大门内那个老门房扶着一个老人，颤悠悠地往外走来。那老人头戴乌巾，身上穿着米黄色的大袖襕衫，腰间系着褐色的皮带，皮带上垂挂着一块和田佩玉。他一只手搭在老门房的手臂上，另一只手挂着一根细细的木头拐杖。昔日的紫衣宰相，如今看上去像一位远离红尘的居士。

"吕公，你如何亲自出来了？"范仲淹见出来迎接的老人正是吕夷简，慌忙迎了上去。

"哎呀，是希文啊。"吕夷简看着范仲淹，眼中带着诧异，脸上露出了笑容。

"吕公别来无恙啊！"

"还好,还好,快进府说话。这两位是——"

"这是周德宝道长,这是犬子纯祐。纯祐,快来拜见吕公。"

范纯祐不冷不热地向吕夷简鞠了一躬,周德宝也向吕夷简施了礼。

"好啊,一表人才啊,一表人才啊!来,进去说话,进去说话,道长,你也请进!"吕夷简热情地说着,一边由老门房扶着,颤巍巍地领着范仲淹、纯祐和德宝道长往府邸里走去。

到了前堂,吕夷简请范仲淹等在堂内坐定,又吩咐仆人上了茶水和点心。

寒暄一番后,吕夷简说道:"希文啊,说实话,老朽没有想到你会来探望啊。"

"吕公,仲淹既然路过郑州,又知吕公在此处,怎能不前来探望啊!仲淹得吕公数次举荐,仲淹是心存感激的。"

"客气啦,客气啦!"

"再说,仲淹与吕公也是早就有缘分了。吕公早年曾在西溪种过牡丹,仲淹早年曾在西溪监过盐仓啊。"

吕夷简听范仲淹说起西溪,缓缓抬起头,目光变得有些朦胧。他显然是追忆起昔日的时光了。

"西溪是好地方啊!这都多少年过去了?很久了呀,很久了。"吕夷简轻轻叹了口气。

"是啊,好多年了。"

"可惜公绰不在府中,若不然,老朽倒是要让他来见见希文。希文啊,老朽冒昧问一句,你为何急急求巡边啊?"

吕夷简这么一问,范仲淹心知,这位致仕的昔日宰相,依然没有忘记关心朝廷大事。

"吕公，西边之事，需要人去处理啊。"

"处理边事，难道不是在朝廷中更加方便一些吗？"吕夷简说这话时，口气虽然平淡，但是眼中精光一闪，现出犀利的神色。

范仲淹心中一凛，暗想："难道这是吕公在提醒我不成？"他略略犹豫了一下，说道："有些事情，还需人亲自去处理才好。"

"多年前，老朽读过你写的《帝王好尚论》《近名论》，知你对道家的思想也是有参悟的。不过，总的来说，是重儒轻道吧。"吕夷简突然转换了话题。

"没有想到吕公还记得。请吕公指教。"范仲淹感到有些奇怪，吕夷简为何突然提起这个话题？

吕夷简此时已经收敛了眼中的精光，突然扭头对周德宝说道："近日老朽重读《道德经》，觉得有些话言简意深，虽与儒家大异，却颇有深意。可惜老朽愚钝，难以深解，今日恰好向请教啊。"

"哦，不知是哪几句？"周德宝微微一愣，问道。

"譬如这句：有无相生，难易相成，长短相形，高下相盈，音声相和，前后相随。此句如何解？"

"此句……说的是天地万物，'有'和'无'是相互转化的，任何事物，长短也好，高下也好，音与声，前与后，都有相呼应的一面，或有相对立的一面。"

"嗯，很有深意啊！希文啊，你不觉得，这句话很有意思吗？"吕夷简似笑非笑地看着范仲淹。

范仲淹迟疑了一下，说道："吕公，是啊，天地之间，阴阳变异，也是常事啊。"

吕夷简突然剧烈地咳嗽了几下，接着长长叹息了一声，方才说道："老咯，老咯！老朽不中用咯。不瞒希文，老朽真的怀念在朝廷的时候啊。"说着突然泪光闪动，身子微微哆嗦起来。

"吕公，你赶紧喝口水。"范仲淹心中一颤，轻声说道。

"好，喝口水。"吕夷简将木头拐杖小心翼翼地靠在茶几上，用拿拐杖的那只手颤巍巍地端起了茶杯，微微低下头，探着脖子，小心翼翼地从茶杯中喝了一口茶。

消瘦的、皮肉松弛的脸上，散布着黑色的老人斑。一双浑浊的眼睛陷在浮肿的眼泡中。鬓角苍白的头发，从乌角巾的下缘稀疏地露出来。灰红色的嘴唇，在茶杯的边缘颤动着。枯槁的身形，在宽大的襴衫之下，显得更加脆弱、更加单薄。

范仲淹盯着吕夷简小心翼翼地喝茶水，心中不觉涌起了哀伤。

"吕公，仲淹有一些问题，正想向吕公讨教呢。不知吕公可有时间？"

"好啊，好啊，不用说什么讨教，老朽甚是乐意与希文你聊聊啊！"

吕夷简的眼中，再次露出了精光。

范仲淹这才打开话匣子，从吕夷简年轻时的一首诗拉开了话题……

在吕公绰的府邸，致仕的前宰相同在位的参知政事，以出人意料的方式会面了，并且二人还相语终日。范仲淹很清楚，要说自己和吕夷简在彼此面前做到了完全的坦白,那是不可能的。但是,这样一番长谈,能够涉及两人对政治、文学、人生的诸般看法,已经甚是难得了。

到了傍晚时分,范仲淹起身告辞。吕夷简也不挽留,又由先前那个老门房扶着,颤巍巍地亲自将范仲淹、范纯祐和周德宝送出了大门。

范仲淹告别吕夷简,走出十多步后,忍不住回头看了一眼,却发现吕夷简由那老门房扶着,还在大门口静静地立着。

此刻,年轻时在泰州西溪盐仓写过的一首诗突然从范仲淹的记忆深处涌了出来。他不禁轻声吟道:

阳和不择地,海角亦逢春。
忆得上林色,相看如故人。[1]

"父亲……"范纯祐见范仲淹神色有些恍惚,不禁有些担心。
"不知哪个春天,可以再回西溪去看看啊!"范仲淹叹了口气。
"西溪?"
"为父天禧年间曾在那里当过小官。纯祐,你可晓得,吕公曾在西溪种过牡丹?"范仲淹说道。

---

[1] 《范仲淹全集》之《范文正公文集卷第四·西溪见牡丹》。

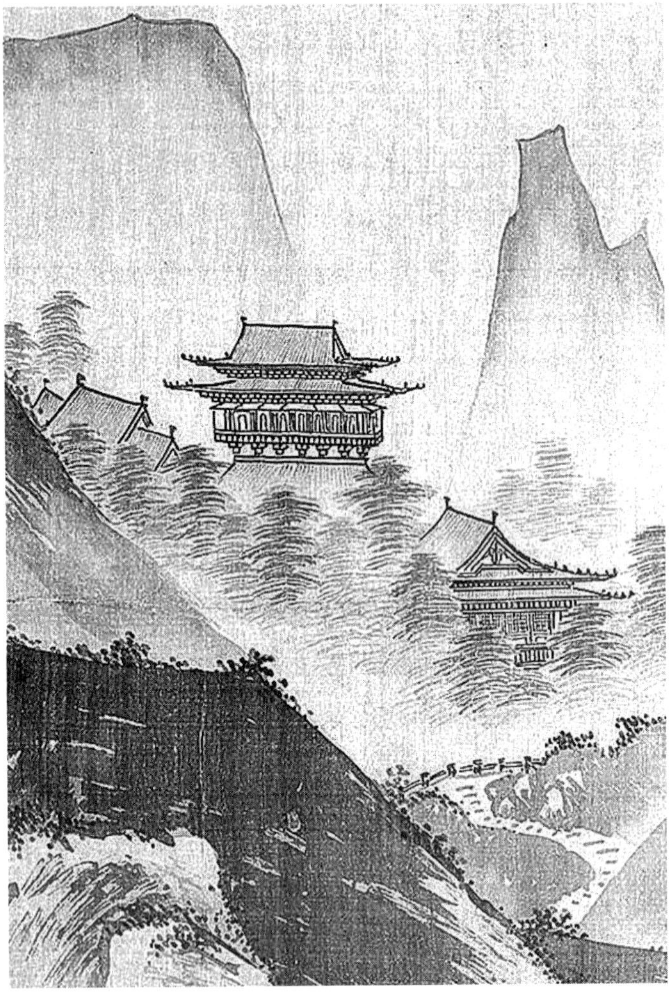

第五十章
保州军之乱

1

"不好,保州、广信安肃军反了!"韩琦放下一份上表,扭头对富弼说道。

富弼一惊,问道:"何时发生的?"

"八月初五。"

"八月初五?那天正是陛下准许我宣抚河北之日。"

"这可凑巧了。"

"究竟发生了什么?莫非是因赏赐不均?"对于保州军,富弼是很了解的。

保州、广信安肃军,自五代以来,别领兵万人,号缘边都巡检司,也称天策先锋,乃是一支令契丹闻风丧胆的尖兵。该军以知州军为使,置副使二人,部卒分为三部,随时待命出援邻道。太祖朝时,天策先锋深得重用,立下很多军功。直到本朝,朝廷每次下令天策先锋出巡，都会拨给钱粮加以优待。最近，州将不复出，而以朝廷下派的内侍为副使，每次出巡由副使带领，出巡的部卒偏得廪赐，军中因为分配不均，多有怨言。此刻，富弼想到此事，才有此一问。

韩琦听富弼这么问不禁微微一愣，说道："诚如你所料，保州军反，正有这方面原因。"

"事情是如何发生的，上表中可有说到？"

"大略有说。此前，为了平军中分配不均的怨言，通判保州秘书丞石待举献计于都转运使张昷之，请合三部兵，轮番出巡，每季一出，即别给钱粮，其余皆不再给。并且，请以武臣代内侍为副使。当时，杨怀敏方任边事，尤其对巡检司不满。于是云翼卒扬言叛乱。这事曾有报文呈枢密院，杜枢密认为不宜大惊小怪。没想到，今日竟有此事。军中怨言起来后，知州、如京使、兴州刺史刘继宗心不自安，于是下令将军中所置的教阅器仗都没收了。某日，都监韦贵与石待举弯弓赌酒，韦贵趁着酒劲儿谩骂石待举说：'徒能以减削兵粮为己功。'韦贵随后率人劫持刀兵入牙门。石待举带着家眷上城，出东门入无敌营，正碰上刘继宗也带着家眷来了。于是，石待举列无敌兵守关城，率神卫招收兵入东门，以拒乱兵。然而，面对乱军，石待举、刘继宗转斗不敌，又上城去躲避，随后又被迫下了城。刘继宗渡城，溺水死，石待举藏鹿角中，却为乱卒所杀。乱军怨恨石待举，竟然斩其首立在城门，以箭攒射。乱军又疑走马承受刘宗言与石待举同议，也将刘宗言杀害了，还逼迫缘边巡检都监王守一为首，王守一坚决不从，也被杀死。于是，乱军拥韦贵据城以叛。目前附近州军得到消息，已经发兵去平叛了。只是，未经朝廷之令，各军还不敢有大动作。据报文说，最初礼宾副使兼阁门通事舍人、知广信军刘贻孙与走马承受宋有言临城劝说叛兵，本来有打算投降的人，可是未等计决，诸路各进军讨伐，于是城中固守拒命。"

富弼听罢，不禁暗暗叫苦，说道："如今契丹于我境外集结大军，保州军又在此时作乱。今日已经是初九日，我看，赶紧报给杜枢密吧。若是耽搁了，恐出大事。"

"当然！"韩琦一边说，一边站起身，拿着那份上表去枢密院内议事厅找杜衍。富弼跟着韩琦，也往内议事厅走去。

数日后，皇宫内出现了流言。流言称，石介、富弼在背后参与策动了保州军叛乱，所以富弼才在这个时候主动请求宣抚河东。流言传到富弼耳内，富弼大惊。"这一谣言的制造者，必然便是之前制造石介伪书之人。看样子，此人是想将我和石介置于死地啊！"富弼不敢大意，立刻写了辨谗谤札子呈给皇帝。札子呈上后，赵祯没有给出任何回应。富弼不觉愈加心惊。

2

保州军叛乱的事情，似乎也成为推动大宋进一步制定对西夏和契丹政策的因素之一。八月乙未，翰林学士承旨丁度，学士王尧臣、吴育、宋祁，知制诰孙抃、张方平、欧阳修，权御史中丞王拱辰、侍御史知杂事沈邈等经过数次聚议，终于对如何回复西夏和契丹达成共识。他们请张方平执笔，联名上疏。疏云：

中书、枢密院聚厅召臣等宣示契丹来书并朝廷答书，臣等窃谓契丹、元昊相攻，虚实未可知，今来书大意，且言以元昊不顺朝廷之故，遂成衅兴兵，恐深入讨伐之后，元昊却归朝廷，乞拒而不纳。今答书便云于元昊理难拒绝，则是不从北鄙之请，坚纳西人之盟，得新附之小羌，违久和之强敌。如闻契丹见屯兵甲，近在边陲，万一得书，违情生怨，回戈戎境，有以为名。夫患有迟速，事有重轻，此朝廷不可不审度也。若阻契丹而纳元昊，则未有素备之策，绝元昊而从契丹，又失绥怀之信，莫若以大义而两存之。臣等谓宜降诏与元昊，言昨许再盟，盖因契丹有书来言彼是甥舅之亲，朝廷久与契丹结和，不欲伤邻国之意，遂议开纳。今却知国中招诱契丹边户，亏甥舅事大之礼，违朝廷纳款之本意，当须复顺契丹，早除嫌隙，则誓书封册，便可施行。仍乞于契丹回书中言已降诏与元昊，若其悔过归顺贵国，则本朝许其款附；若执迷不复，则议绝未晚。如此，则于西人无陡绝之曲，于北鄙无结怨之端，从容得中，不失大义，惟陛下裁择。[1]

这份联名上疏给出的答复西夏与契丹的建议，基本上就是之前吴育给出的建议，也就是说，给元昊降诏，告知其只有先重新归顺契丹，大宋才能与其正式达成议和；同时给契丹回书，告知其大宋已经降诏元昊，若元昊悔过归顺契丹，则大宋许其称臣；若是元昊执迷不悟，那时大宋再拒绝其议和之请。

余靖也就此事上了一份长长的奏书，表达了自己的想法。其奏书云：

---

[1] 《续资治通鉴长编》卷一百五十一庆历四年八月乙未条。

伏闻契丹耶律元衡来聘，道路传言，专报西征之事。臣虽愚陋，窃用忧之。且敌人当无事之时，尚可穷巧极诈，乘我之怯，以恣无厌之求，况今用兵之际，岂得默而无请？臣窃料敌人之意，不出数策：一曰借兵于我，同力剪除；二曰见乏资粮，欲假边粟；三曰军兴费广，先借数年之资；四曰元昊与贼连谋，不宜更通和好。其他狡计，不可详知，此皆目前所宜预备者也。

敌人背约，妄起事端，不当但务偷安，每事轻许。我守盟誓，拒之有词。若只有借兵之言，最可理夺。伏缘景德之誓，共约休兵，只如元昊负恩，扰我边鄙，本朝调发卒乘，数年于兹，未尝假北敌之兵议诛讨。今若夹山部落亡入我境，则当竭力，同共驱除，境外之师，无名可出，此则借兵之谋不可许也。若以资粮为词，亦当坚拒。伏缘国家封疆至广，军马至多，内有朝廷百官之奉，外有宾客四方之事，赋入有常度。但缘爱惜生灵，不忍争战，故割自奉之金帛，以资兄弟之国。一国之财而供二国之用，固无余羡以副非意之求，此又借粮之议不可许也。若云先借岁聘之数，尤当阻之。伏缘契丹每言此来再结盟好，不同向前，固宜谨守诚信，以敦万世之约。况近岁新添金帛，割剥已深，山泽之利，岁计犹有不足；桑蚕所产，民力固亦无余。比要两国安宁，是用不惜所有，今伐一小族，便此过求，若更有大事，如何应副？侵凌之势，无时暂已，国家之物有限，强敌之求无厌，欲望不危，必不可得，此又预借岁物不可许也。若云元昊怀贰，与贼通谋，同盟之国，所宜共嫉，惟此一事，最难处置。从之则权在敌人，不从则强兵在境，酌今之势，不能不从。伏缘北敌，本参和议，彼既有隙，势难两交。若谓元昊已有好意，不可拒绝，臣恐纳元昊而疏耶律，则敌人移兵于我矣。臣愚以谓元昊之论未定，犹可缓之以顺北敌之请，其余不可从也。

臣伏读唐史，窃见回鹘于唐朝有收复两京之功，每岁止赐绢三万匹。今来契丹岁取我物五十万，其害深矣。伏乞朝廷密敕边臣，严设武备，傥或敌人过分求索，不宜轻许，以重取国辱。庙堂之上，固有谋猷谏诤之官，惟忧阙失，望朝廷裁之。[1]

余靖上了一封上疏后，觉得尚未尽言，于是再上一疏。疏云：

伏睹耶律元衡已朝见讫，中外臣僚，但闻报西征事，又知河东边奏警急，并无不忧惧。虽北边事宜，云征夹山部落，且夹山小族，而契丹举国征之，事势甚大，恐似别有谋者。臣窃思之，朝廷于西北大事，前后处置失错，所以敌人乘衅，肆其凭陵，今者使来，必此之故。切缘元昊累世称藩，一日僣叛，招携出讨，当自图之，而乃屈中国之威，假契丹之援，借人之势，权在他人，此谋始之失也。臣去年在敌中，敌主亲与臣言梁适去时，云河西事了，遣人来谢。及以元昊表示臣，俾知元昊畏伏之意。又与臣言候干元节信使硕日，请仔细报来。及臣归朝，首言此事，只缘夷简病退，梁适差出，便乃隐讳，云无此言。

---

[1] 《续资治通鉴长编》卷一百五十一庆历四年八月戊戌条。

暨干元节信使萧孝忠来，屡问馆伴张锡，锡终不与言元昊商量次第。朝廷当元昊叛时，则遣使告之，及其和约欲就，则问而不对，必疑朝廷有异议矣。此始末不同之失也。

臣曾具奏陈，拟其所谋四事：一曰借边兵，二曰借边粟，三曰假数年之物，四曰绝元昊之和。遥度敌情，在此而已。必若假借财物，拒之有词，惟与元昊绝和，最难处置。臣窃计之，逊词以谢北敌，缓词以款西戎，苟纾岁月之祸，诚当今可施之策也。然臣愚虑兵祸自此起，不宜处置更有失错。今若徇北敌而绝西戎，亦有兵祸，纳西戎而违北敌，亦有兵祸。二敌连谋共为矛楯之势，北人才去，西人必来，拒纳之间，动皆有碍。择祸就轻，守之以信，使曲不在我，即其要矣。

必若弃元昊以为外虞，坚绝其约，使北人不能反覆而邀功，此最久安之策，恐谋者不能终之。且元昊所有抗中国者，僭尊号，改年名，不称臣，不奉表，此其倔强之势也，今皆舍去而归我矣，三年谋之，而一朝绝之，及其既去，北敌使至，将又招之，倔强之性，岂不怀忿？此起兵之祸也。契丹所以取重于中国者，亦欲成和好之事，专与夺之权也。今西戎偃蹇而不从，朝廷沉吟而不报，及其使我绝之，而遽即成之，桀骜之气，岂不怀怒？此亦起兵之祸也。然而彼欲举兵，而使我绝约，皆北人之狡谋耳。

臣窃料北人因弋猎之势，为举兵之名，欲邀成功，以德于我。若报之曰："天下之民一也，本朝之兵，尚不忍令其战斗，以趋死伤之祸，况邻国之兵，冒白刃而不忧其伤，非所以为心也。宁失一小蕃，不可烦兄弟之国。萧使硕日，曾达此诚，且未尝乞师，无烦大举。若元昊自有衅隙，违忤北朝，今之出师，非复预议。又元昊使来每称北朝之意，早缘名体未顺，难以从之。近者称本朝正朔，去羌人僭伪之号而称臣矣。只以事要久远，故须往覆商量。今若事体准前，固当拒绝，但业已许其每事恭顺，则受其来归，若来而拒之，则似失信。且中国以信自守，故能与四海会同，傥失信于人，谁复信其盟约？若北朝怒其叛而伐之，南朝因其服而舍之，共成德美，亦春秋之义也。"敌虽强悍，固当闻此而悛心矣。惟重币轻使以给之，使其有邀功之心，则必缓图我之患也。

臣又闻前岁北人解甲后，幽州亦遭掠夺财物，迫夺妇人，发掘坟墓，燕人苦之。今河东近边恐有冲突，须作提备，以戒不虞。臣常观北朝气陵中国，捃拾事绪，以起衅端，归于强弩相射，利剑相击而后已，不可不早备也，惟陛下图之。[1]

赵祯看了余靖的奏书，召二府大臣议后，认为余靖的建议甚好。于是，在戊戌这日，赵祯下诏，以右正言、集贤校理、同修起居注余靖担任右谏议大夫、史馆修撰，作为回谢契丹使。朝廷拟定了回复契丹的诏书，诏书说：若是因为元昊于北朝失事大之体，则契丹自宜发兵问罪；如果说是因为元昊不向大宋顺服，则无烦契丹出师。延州有奏报，元昊已遣杨守素带着誓文入我大宋，倘若元昊

---

[1] 《续资治通鉴长编》卷一百五十一庆历四年八月戊戌条。

方面不依初约，我大宋尚可以拒绝其请和；如果元昊对于之前的约定能尽遵承，则我大宋亦难以拒绝其请和也！

3

且说杜衍、韩琦和富弼等将保州军乱之事上报皇帝后，赵祯下诏遣入内供奉官刘保信快马加鞭赶往保州军查明情况。谏官孙甫力言，之前曾经有上表提醒保州军有可能兵变，当时枢密使杜衍认为不可小题大做；如今保州军乱，杜衍是有责任的。孙甫本是杜衍所举用的，如今弹劾杜衍，让很多大臣感到意外。不过，杜衍知孙甫乃刚正不阿之人，对其弹劾自己，也不以为忤。赵祯颇嘉许孙甫的正直无私，但是认为之前杜衍只是误判，并不能因此而处罚杜衍。

八月庚子，赵祯又命知制诰田况前往保州城下与其他将官一起处置叛军，并准许其便宜行事，随后又赐保州归降人员、兵士特支钱。八月壬寅，朝廷降敕榜，招安保州叛军。因为担心出兵保州平乱引起契丹误会，赵祯又下诏令知雄州王德基发牒文告知契丹，因保州兵乱，宋朝方面正派军捉杀，请契丹方面不用因此误会大宋对契丹有所行动。癸卯，赵祯又下诏，令右正言、知制诰田况为龙图阁直学士、知成德军，充真定府、定州路安抚使。田况上报说，保州缘边人户中有人散布谣言，说军贼作乱，将引契丹兵马入界，认为其中必有奸人想摇动边境的民心。田况乞求朝廷下诏缘边安抚使，密令捕缉那些煽动民心之人，并且法外施行，暗中处置。赵振同意了田况的建议。

为了尽快平乱，赵祯又下诏以右正言、知制诰欧阳修为龙图阁直学士、河北都转运按察使。让欧阳修出使，却是宰相晏殊提的建议。虽然晏殊推荐了欧阳修为谏官，但是对于欧阳修频频力谏，渐觉烦扰，于是借这个机会将其支出朝廷。

"不要在河北待久了，有事一定要尽快告知朝廷。"赵祯对欧阳修说。

"陛下，谏官的责任，乃是在朝廷内依据所掌握的各种情报，向陛下谏言，臣在外任按察使，若还以言官身份上谏，乃是越职罪也。"欧阳修说道。

"无须多虑，假如有事确需向朝廷报告，不可以在朝内外作为托词。"赵祯道。

谏官蔡襄、孙甫知道令欧阳修出使的动议始自晏殊，便找到晏殊，恳请他劝皇帝收回成命，将欧阳修留在朝内。可是，赵祯都已经作出了决定，晏殊哪里肯答应？当即便拒绝了蔡襄、孙甫。蔡襄、孙甫被拒，只能怏怏而退。

欧阳修出使河北后，赵祯以右正言、集贤校理、同修起居注余靖为知制诰，仍知谏院。大约同一时间，赵祯皇帝以右正言、直集贤院、知晋州尹洙为起居舍人、直龙图阁、知潞州；以秘书丞、馆阁校勘、知谏院蔡襄为直史馆、同修起居注。

保州军之乱还未平定，赵祯忧心如焚，于是又请大臣上言献策。蔡襄向皇帝建言云：

> 保州军士闭城作乱，杀党中懦弱十余人，指为首恶，以要朝廷招安。臣与臣修、臣甫已有论列，欲令知定州王果引兵随榜入城，尽行诛戮。不闻施行。窃以天下内外之兵百有余万，苟无诛杀决行之令，必开骄慢叛乱之源。今州兵杀官吏，闭城门，从而招之，使传于四方，明朝廷有

畏众不杀之恩，官吏有触事可持之势，何惮而不为！议者若谓今日北敌妄生衅端，不可便于极边之地张皇其事，为敌人所窥，是不知制兵之权，而昧威戎之略也。夫中国为北敌所轻者，本由朝廷威令不行，今以劲兵入城诛三千叛卒，以绝天下祸乱之萌，而敌人咫尺，必将悚动，安虑其窥乎！况事机不可失，惟陛下特发睿断而行之。[1]

"知定州王果引兵随榜入城，尽行诛戮？"赵祯看着蔡襄的奏书，紧紧攒起了眉头。他并不想大开杀戒，因此对于蔡襄的建议，从内心深处是抵触的。

这日夜晚，赵祯一个人踱步到内东门小殿外，仰头望向飘浮着云团的夜空暗想，诸州已经发兵到保州城下，难道就不能劝降吗？

赵祯心念一动，便令人去传两位宰执前来。

过了约半个时辰，章得象、晏殊匆匆赶到了内东门小殿。

"陕西、河东宣抚使范仲淹出忻州、代州，正向陕西而去。他提出，请以泾原路参谋郭固随行，教习军阵。朕以为可以不增兵，但请参谋随行教习军阵还是可以的。卿家以为如何？"赵祯没有从保州军的事情说起，而是先提起了范仲淹的事情。

"要不要再问问杜枢密？"章得象道。

赵祯嘴角微微一动，并不作答。

章得象瞧见赵祯的表情，赶紧说道："陛下既然已经决定，臣觉得亦无不可。"

"嗯。对了，范仲淹在忻州、代州时，张亢的侄儿张恭陪着他

---

[1] 《续资治通鉴长编》卷一百五十一庆历四年八月条。

走了几处地方。这张焘也是个人才。仲淹写诗说其人'强记及敏力，一一如精神'，卿家要多多留心关注。"赵祯看了看章得象和晏殊，淡淡说道。

"是！"两位宰相都答道。

章得象接着说道："听说张焘一路上，常常与仲淹说起江南的好处。也许是张焘之说，勾起了仲淹思念南国之情。仲淹作了一首诗，诗云：

数年风土塞门行，说着江山意暂清。
求取罢兵南国去，满楼苍翠是平生。[1]

赵祯轻轻抿了一下嘴唇，幽幽说道："仲淹的诗，倒是流传得快啊。求取罢兵南国去，满楼苍翠是平生……嗯，且不说仲淹了。朕想借契丹国母生日之机表达善意，派右正言、秘阁校理孙甫为契丹国母生辰使，以如京使夏防副之；太常少卿、直史馆刘夔为契丹生辰使，以崇仪使杨宗让副之；盐铁判官、祠部员外郎、秘阁校理张瑰为契丹国母正旦使，以内园副使焦从约副之；开封府推官、监察御史刘湜为契丹正旦使，以东头供奉官、阁门祗候李士勋副之。卿家以为如何？"

他还是没有提起保州之事。

"陛下英明，如此定可使契丹知我大宋的美意。"章得象说道。

赵祯又点点头，接着沉默了一下，说道："对于朝廷来说，还有一件迫在眉睫的事。一定要尽快平定保州军乱！朝议已经令诸道兵

---

[1]《范仲淹全集》之《范文正公文集卷第六·与张焘太博行忻代间因话江山作》。

集于保州城下，可惜缺少一位大统领。两位宰执以为，何人适合去统领？"他终于提起了保州军之事。

宰相章得象略微夸张地往一边歪过头，停顿了片刻，方才扭过头来看着皇帝说道："陛下，臣以为富弼可以。"

"富弼？"赵祯沉吟了一下，瞥了一眼晏殊。

晏殊嘴角抽动了一下，沉默不语。

"富弼确实是上选。晏殊，你没有意见吧？"

"臣没有意见。"晏殊慌忙回答道。他暗想，富弼是自己的女婿，皇上这么问，我又岂能说不行啊！

"嗯，甚好。"

于是，赵祯便下诏河北宣抚使富弼立即前往保州，以节制诸军，督促平乱。不过，赵祯左思右想，还是希望尽可能避免屠城，于是又再降敕榜招安，仍令田况等暂且退兵，先选人带着敕书入城，若城内开门投降，则抚存之；如城内依旧拒命，则再行进攻。那时，对叛军及其在营同居的骨肉，一律处死。

4

知定州王果率兵至保州平乱，攻城甚急。这时赵祯的诏书和招安敕榜到了，王果便只得依令前往城前招安。

无奈，城内叛军只是不肯降，呼道："如果能让李步军来，我们便投降。"李步军，即真定府路都部署李昭亮。

王果只好将叛军诉求急报朝廷，于是赵祯下诏遣李昭亮前往。

这一日，李昭亮赶到保州，与田况一起劝降叛军。不料，叛军再次反悔，依然不降。

右侍禁郭逵急了，跳过壕沟，到了保州城下，向城头呼道："我郭逵，乃班行也，你们放下绳索来，我上城头与你们交涉。"

城头果然放下绳索，郭逵二话不说，攀绳登城，对叛军说道："我身为班行，难道就不知道珍惜性命吗？如不是相信朝廷必讲诚信，怎愿上城来同尔等交涉！朝廷知道你们并非乐于为乱，你们落入今日境地，皆因为将官没有好好对待你们。如今陛下圣明，赦免你们的罪行，又以禄秩赏你们，还派两制大臣奉诏书来告谕你们，你们怎能还心存怀疑？难道连诏书也不信，以为两制大臣会胡说八道，欺瞒你们吗？"当时负责围城的是田况。田况在朝内任知制诰，又被称为外制大臣，与称为内制大臣的翰林，合称两制大臣。所以，郭逵说是朝廷派两制大臣来告谕的。

诸叛军见郭逵面不改色，振振有词，不觉都为之所动。

突然有人说道："果真如此，请再使一二人登城为人质，我们才信你。"于是从城头再次放下绳索。

郭逵一不做二不休，请城下再派几人上城交涉。王果当即征募几位死士，登城而上。

待多人登上城楼为质，叛军才相信了郭逵的话。于是，城楼上的叛军，争着将兵器投下城楼。不多时，城内叛军投降了两千余人，很快开门接纳官军。

王果率军入城后，捕获拒不投降的叛军共四百二十九人，下令杨怀敏将他们尽数坑杀了。随后，王果将之前投降的两千余人，分隶诸州。

富弼赶到保州军后，与当时担任都转运使的欧阳修碰面。富弼担心事情还会有变化，于是与欧阳修秘密商议。夜半时分，富弼屏去近卫，问欧阳修："我担心两千降卒生变，想令诸州约定一日，同时诛杀这些降卒。永叔以为如何？"

欧阳修大惊，道："祸莫大于杀害已经投降的将士！况且，也没有得到朝廷的命令，万一诸州中只要有一处不从，恐怕便生出大事。还有……"

"还有什么？"

"难道宣抚没有听到谣言，有人说宣抚是保州军乱的策动者。如果宣抚要诛杀所有降卒，恐怕更会有人说宣抚想杀人灭口啊！"

富弼听了，心头一震，顿时大悟，已然惊出了一身冷汗，说道："永叔一语点醒梦中人也！"

两千降卒因欧阳修的一句话，侥幸躲过一劫。

九月辛酉那天，朝廷收到了田况报告保州军乱平定的奏书。

终于还是平定了！赵祯大大舒了一口气。他心里可怜那些因保州叛乱而遭难的人，于是下诏，保州官吏死于乱兵而无亲属的人，都由朝廷负责殡殓；官军中因不从叛军而被害或战没的人，优赐其家，同时下诏，近城民田遭蹂践者，罢免其租。河北都转运按察使、工部郎中、天章阁待制张昷之，落职知虢州，降转运按察使、刑部郎中、直史馆张洧为工部郎中、知汝州，提点刑狱司勋员外郎王仪知泽州，缘边安抚使兼知雄州、四方馆使、荣州刺史王德基为西上阁门使，同提点刑狱东头供奉官阁门祗候王秉、安抚都监东头供奉官阁门祗候赵牧并为西头供奉官，走马承受、入内西头供奉官宋有言为入内殿头。大名府路都部署程琳因为曾调发兵马赴保州平叛，真定府路都部署李昭亮、缘边都巡检杨怀敏曾领兵至保州，都免于责罚。

赵祯又下诏将知定州、皇城使、贺州刺史王果降为知密州，原因是他在攻保州城时，损失了很多兵马，而且还杀害了不少投降的叛军。富弼想到自己曾经想要斩杀两千降卒，不禁暗暗心惊。

保州叛军投降后，李昭亮曾将叛卒女眷分隶诸军，自己私纳了数人。保州通判冯博文等人便也仿效，私纳了叛卒的女眷。都转运使欧阳修得到消息，经查证后立刻逮捕了冯博文并将其投入监狱。李昭亮惶恐不安，悄悄将叛卒女眷放了。欧阳修并不罢休，向朝廷上疏，弹劾李昭亮私纳叛卒女眷。赵祯却只是置之不问。

不久后，赵祯为了奖赏平保州之功臣，又以龙图阁直学士、右正言、知成德军田况为起居舍人，步军副都指挥使、感德军留后李昭亮为淮康军留后、知定州，以洛苑使、普州刺史、入内侍押班杨怀敏领通州团练使。

右侍禁郭逵因为在劝降保州叛军时有英勇表现，赵祯特晋升其为阁门祗候。为了安抚保州，赵祯又升保州无敌第五指挥为云翼指挥。

如此，保州军乱之事终于尘埃落定。

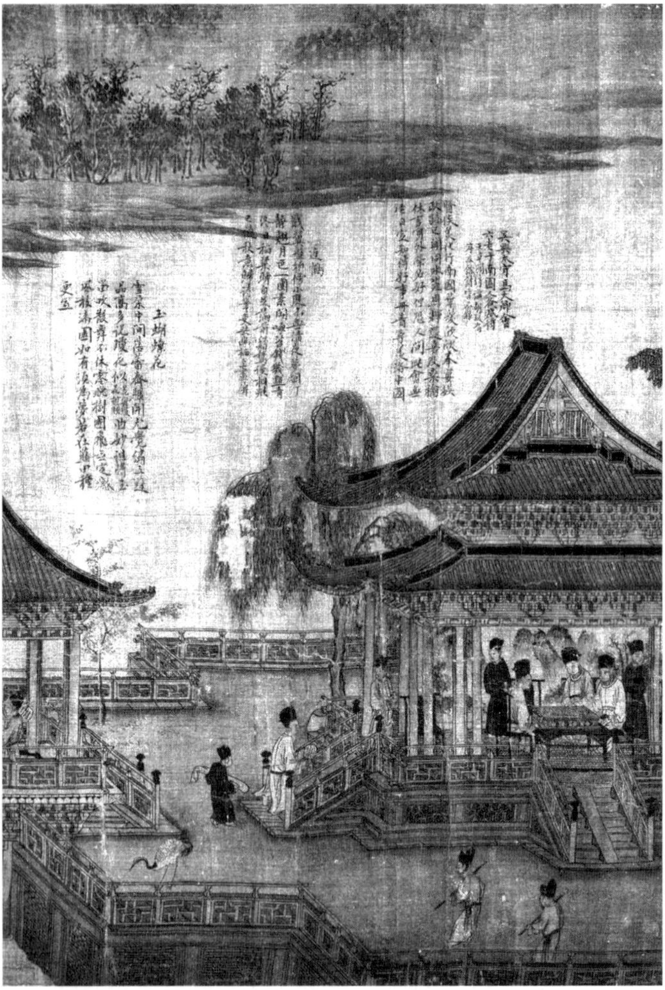

第五十一章
宋夏议和终达成

1

九月戊辰，郑州急奏，太尉致仕许国公吕夷简卒了。

得到吕夷简去世的消息时，范仲淹正在巡边途中。听闻噩耗，范仲淹回想起多年来在政事方面的交往与冲突，也回想起不久前在郑州与吕夷简见面交谈的情景，不禁感慨万千，提笔写下《祭吕相公文》。文中有句云：

> 富贵之位，进退维艰。君臣之际，始终尤难……保辅两宫，讦谋二纪。云龙协心，股肱同体……得公遗书，适在边土，就灵不逮，追想无穷，心存目断，千里悲风。[1]

---

[1] 《范仲淹全集》之《范文正公集卷第一十·祭吕相公文》。

在开封皇宫里，赵祯看了郑州急奏吕夷简去世的消息，不觉呆住了，眼中立刻流下泪来。他对正在身边的章得象、晏殊说道："自朕初立，太后临朝十余年，内外无间，天下晏然，夷简之功为多也。夷简于天下事，屈伸舒卷，动有操术。如今还能有忧公忘身如夷简的人吗？"

章得象听了赵祯的话，慌忙躬身垂首。

"如今，西贼内衰，和议主动权渐渐为我所掌握。可惜，吕夷简没有看到这一天啊！"

晏殊愣了愣，说道："陛下节哀，休要伤了心神。"

赵祯扭头看了看晏殊，耳朵微红，微微点头道："朕要赠夷简太师、中书令，谥文靖。"

"是！陛下放心，臣这便去办。"晏殊说道。

过了数日，孙甫、蔡襄上奏弹劾晏殊，言章懿诞生圣躬，为天下主，而晏殊曾经被诏志章懿墓，却隐瞒不写此事，又奏论晏殊私自役使官兵修饬私宅。

赵祯看了孙甫、蔡襄的奏书，想起生母一世无名，不禁万分内疚。他心知当时章献太后临朝，晏殊不可能将此事写入章懿墓志里，但是孙甫、蔡襄以此事弹劾晏殊，作为皇帝，他又该如何处理呢？至于说晏殊私自役使官兵修饬私宅，那也有点牵强，他也知道，晏殊那次修饬私宅，是从其甥杨文仲那里借的官兵，乃辅臣照例宣借的。可是，这又能如何呢？

庚午，赵祯迫于压力，将刑部尚书、平章事兼枢密使晏殊罢为工部尚书、知颍州。

朝廷中枢发生变动的同时，荆湖方面又起了风浪。这一段时间，湖南蛮族叛降反复，朝廷也是为此事伤透了脑筋。赵祯下诏，以淮南江浙荆湖制置发运使、工部郎中、直昭文馆徐的为度支副使、荆湖南路安抚使。之前，徐的自淮南受诏前往湖外招辑叛蛮，到了那里，刚住了两日，蛮酋便相继出降。三司因为郊祀接近，便请皇帝召还徐的操办相关事务。等徐的返回，蛮酋复叛，于是又派遣徐的前往安抚。徐的一路奔波，不幸卒于桂阳。

丙子日，赵祯下诏，以殿中侍御史、荆湖南路体量安抚王丝为侍御史、广南东路转运按察使，兼本路安抚。

当初，朝廷派遣王丝安抚湖南，随后又改派徐的。谏官欧阳修不满王丝行事苛刻，上言说："臣尝患朝廷虑事不早，及其临事，草草便行，应急仓皇，常多失误。昨湖南蛮贼初动，自升州差刘沆知潭州，授龙图阁学士，令其专门负责处理蛮事。刘沆未到湖南，又差遣杨畋做提刑，也令其专门处理蛮事。杨畋未到，又差周陵为转运使，同样令其专门处理蛮事。周陵差敕未到，又自朝廷差遣王丝安抚，又令专了蛮事。王丝方在路上，朝廷又自淮南遣徐的前往那里，又令专了蛮事。臣恐朝廷任人不一，难责成功。况且，一旦数人一时到了湖南，不相统制，凡于事体，见各不同，那时究竟听谁好呢？假若所遣皆是才者，则用才不必人多；若遣派的都是不才之人，虽多，却足以为害。此臣所谓临事仓皇，应急草草之失也。今刘沆自守方面不可动，杨畋、周陵自是本路不可动。徐的于数人中最才，又是朝廷最后差派去的，可以专委责成。其间，唯有王丝一人在那边无用，可先抽回。近观王丝有奏请，欲尽驱荆南土丁，往彼捉杀蛮贼。臣曾谪官荆楚，对土丁颇为了解，若果如此，则必与国家生患，朝廷虽不从之，然王丝处事可见矣。若王丝到那里，默然端坐，并无所为，一任徐的等擘画，则王丝在那里何用，自可召还。若其自以身是台官，出禀朝命，耻以不才默坐，于中强有施为，窃虑徐的等不能制王丝。又州县畏王丝是朝廷差派去的，一味从其所见，误事必多。臣尚恐大臣有主张用王丝者，偏袒王丝，不欲中道将其召还，彰己知人之失，护其不才之耻，未肯抽回。臣恳请朝廷，谕徐的等专了蛮事，只令王丝至一路州军，遍行安慰讫即速还，如此则不至于坏事。"

欧阳修的奏牒通过阁门奏入，先送到了中书省，然后呈给皇帝。赵祯看了奏书，淡淡一笑，暗道："欧阳修是不知王丝之才。他识人，不如仲淹。"

中书也坚持令王丝继续在湖南处理平蛮之事。果然，王丝后来没有辜负朝廷厚望，在湖南凡十月，安抚了蛮酋之乱，随后才被朝廷迁往广东。王丝在军中十月，戎服葛履，与士卒同。当时石侦、钤景洞聚党数千，王丝督促官军全力攻破，斩首数百级，招安三千人，其余皆窜匿英、连、韶间，随后慢慢被剿灭。朝廷为了奖赏王丝的功劳，加封其为侍御史，赐金紫，充广南东路转运、按察使。

2

转眼到了十月下旬，秋风渐起，天地萧瑟。

这一日，大宋皇宫里来了两个人。一个叫杨守素，一个叫尹悦。这两人是奉了元昊之命，前来大宋议和的。议和之事，大宋一直拖着，没有正式同意元昊的议和之请。

赵祯皇帝似乎不急于接见元昊的使者。他正忙着调整中枢的官员构成。因为晏殊被罢相，他准备起用一名新的宰相。什么人接替晏殊合适呢？他想到了杜衍。之前，不少外戚私下求他封官，都被杜衍挡了回去。"外界知道杜衍驳回朕私下授予的诏令的事吗？那些向朕提出请求的人，往往因为知道杜衍不会同意而主动放弃的情况，比他实际驳回的诏令还要多。"因此，他对杜衍的正直，印象非常深刻。

甲申，赵祯下诏，枢密使、吏部侍郎杜衍依前官平章事兼枢密使。因为杜衍当了宰相，枢密使职位空出，赵祯便令右谏议大夫、参知政事贾昌朝为工部侍郎、充枢密使，资政殿学士、工部侍郎、知青州陈执中为参知政事。

对于陈执中的任命，可是颇费了周折。

赵祯想要重用陈执中，也是有原因的。之前，傅永吉因为诛杀王伦得到升迁，并有机会面君。入宫后，赵祯当面夸奖永吉，永吉推辞说："臣非能有所成，都是因为陈执中授臣节度，臣奉之，幸有成尔。"随后，他极言陈执中的优点。赵祯对永吉之让甚是欣慰，也重新对陈执中产生了兴趣，于是问："执中在青州几年了？"永吉回答道："三年了。"杜衍当了宰相后，赵祯想起了陈执中，便问杜衍："执中在青州已经挺久了，可以召他回朝廷了。"杜衍一听，便明白了皇帝的意思，于是令翰林起草召回陈执中的诏书。赵祯旋即下诏，以陈执中为参知政事。

这下谏官蔡襄、孙甫等急了。他们纷纷上疏，认为陈执中刚愎不学，若任以政，天下不幸。孙甫当时正在出使契丹，也从远方速呈奏书反对用陈执中。

赵祯没有想到，任用一个陈执中会激起如此波澜，一怒之下，对谏官们的劝谏置之不理。

蔡襄、孙甫等犹上书不止。

赵祯甚是恼怒，暗想，这次朕偏偏要用陈执中。于是，赵祯派出使者，带着敕告前往青州赐给陈执中，且传话给他说："朕用卿，举朝皆以为不可，朕不惑人言，力用卿尔。"

次日，谏官上殿，赵祯一脸怒色，说："你们是又来非论陈执中的吧？朕已召回他了。"

蔡襄、孙甫见状，只得闷头不语。

赵祯见谏官们都是一脸阴沉，知道自己方才有些失言，当即舒缓了神色，温言道："你们可有其他事情要奏吗？"

于是，蔡襄出列奏道："元昊派来的使者已至数日，听说其带来的誓书大体颇符合朝廷提出的条件。况且，余靖使北已有回奏，别无龃龉之意。臣窃以为，宜对元昊速行封册。如今，契丹举兵西向，在未分胜负以前派使者报之，度其势，必不暇他议。万一拖延下去，契丹幸而胜元昊，则其志益骄，很可能于赍谢之外另有所求，那时我朝又何以处之？故臣以为，莫如速速册封元昊。一旦报聘之礼已行，契丹虽乘间生端，则曲不在我，况存元昊之和，则契丹未敢轻绝中国而为患也。揣度事机，势不可缓，惟陛下速图之。"

当初大宋朝廷刚刚商议封册元昊，碰巧契丹使来，于是派遣余靖前往契丹，而留元昊封册不发。

余靖见契丹主于九十九泉，还奏："臣窃闻契丹国书到阙，议者纷纭，以'不请深入'为微词，不敢给元昊下誓书，缓行封册之礼，以观敌变，此皆游谈之过虑也。臣昨在敌中，预先知道了契丹主的意思。敌主亲与臣言，如大宋对元昊行封册，契丹将不会遣使深入军前，只是担心契丹军马到那边，误有杀伤，没有其他的意思。臣又详观二敌形势，唯有速行封册，使元昊得以专力东向，与契丹争锋。二敌兵连不解，此最中国之利。设若二敌交兵，虽有胜负，契丹不能止我之和，因为我之谋是早已定下的。假如契丹战胜，元昊伏罪，则我与元昊通和，契丹自以为功。又假如契丹战败，则我与元昊通和在前，固非观望。况且，契丹意在挫败元昊，哪里顾得上怨恨我朝？此皆理之必然者也。假若朝廷怀犹豫之意，谋不早定，则事久变生，于我朝极为不利也。窃以为，元昊天生凶狡，非独今日知之，且以契丹强盛，尚敢侮慢，况于中国数战屡胜，徒诱于利，他才愿意和议，岂是真正心服！若知我逗留以待其变，则翻然屈伏于契丹，而专力肆忿，为患于我，未必轻于契丹也。臣之愚虑，以谓封册元昊在二敌胜负未分以前，则元昊有以为恩，契丹无以为词。今若谋虑未定，二敌交兵，万一契丹战败，而遣使坚来止我之和，元昊亦遣使坚来求和，元昊已纳誓书不可违，契丹兵败不可违，那时更不知朝廷该何以处置？臣愚以为，趁杨守素等未出边境，先降敕命，差定夏国封册使，使其先知，以坚西贼之心，专图北敌，此则斗二敌之策也。唯早图之。"

在蔡襄、余靖等人的力谏之下，赵祯终于下定决心，从速与元昊议和，下诏令延州先移文夏人，告知议和已是定议。

当初，元昊以誓表来上，其词曰：

> 两失和好，遂历七年，立誓自今，愿藏盟府。其前日所掠将校民户，各不复还。自此有边人逃亡，亦无得袭逐，悉以归之。臣近以本国城寨进纳朝廷，其栲栳、镰刀、南安、承平故地及它边境蕃汉所居，乞画中央为界，于界内听筑城堡。朝廷岁赐绢十三万匹，银五万两，茶二万斤，进奉干元节回赐银一万两，绢一万匹，茶五千斤，贺正贡献回赐银五千两，绢五千匹，茶五千斤，仲冬赐时服银五千两，绢五千匹，及赐臣生日礼物银器二千两，细衣着一千匹，杂帛二千匹，乞如常数，无致改更，

臣更不以它事干朝廷。今本国自独进誓文，而辄乞俯颁誓诏，盖欲世世遵承，永以为好。倘君亲之义不存，或臣子之心渝变，使宗祀不永，子孙罹殃。[1]

于是，十月庚寅，大宋皇帝赵祯给元昊赐誓诏曰：

朕临制四海，廓地万里，西夏之土，世以为胙。今乃纳忠悔咎表于信誓，质之日月，要之鬼神，及诸子孙，无有渝变。申复恳至，朕甚嘉之。俯阅来誓，一皆如约。所宜明谕国人，藏书祖庙。[2]

蔡襄、孙甫反对陈执中为参知政事不成，都有外任之意。蔡襄

---

[1] 《续资治通鉴长编》卷一百五十二庆历四年冬十月条。
[2] 《续资治通鉴长编》卷一百五十二庆历四年冬十月庚寅条。

率先以亲老为由乞乡郡。赵祯心中不悦，也不劝留，旋即以蔡襄授右正言、知福州。当时，孙甫出使契丹尚未还朝，因此，赵祯暂时没有对孙甫的请求作出回复。

蔡襄外任之事，令太子中允、直集贤院兼国子监直讲石介更加忧心忡忡。不久前，富弼等出使在外，谗谤之言更多了。许多人远远见到石介便绕道而走，深恐受到牵连。虽然赵祯一直没有追查谣言所传富弼、石介谋反之事，但是石介心中哪里能够安定？这下可好，蔡襄主动申请外任，倒是让石介动了外任之心。于是，石介上疏，恳请朝廷派他到地方上当官。赵祯看了石介的奏书一言不发，旋即令他通判濮州。

石介接了调令，郁郁寡欢，带着家眷，于一个寒冷的冬日，踏上了前往濮州之路。

秀才仁弟前日領
問丙
雅候清休茲奉
命移知丹陽郡即日上道
不暇話別惟
珍愛為祝匆匆此諗
聞不宣
秀才仁弟 頓首

宋富弼書

第五十二章
未敢忘忧国

1

西夏同契丹终于大打了一仗。那日，正值天下大雪，元昊设下埋伏，奉卮酒为寿，大奏音乐，引契丹趁夜偷袭。元昊举伏兵杀出，大败契丹主，入契丹南枢密萧孝友寨，擒了鹘突姑驸马。契丹主最后只能带着数十骑匆匆败走。元昊恐契丹后面有大军埋伏，也便不追，任其纵马逃离。

这一日，范仲淹一行进入岢岚军附近的山沟里。天降大雪，范仲淹便令就地驻扎歇息，等雪停了再前行。夜里，范仲淹取出昨日刚刚收到的一封信。这封信，是庞籍从延安寄来的。信中，庞籍附上了一首柳湖诗，以及寄给滕宗谅的诗。当时，滕宗谅正贬谪在岳阳。庞籍的信与诗，勾起了范仲淹浓浓的思友之情，也让他回想起在延州的那些岁月。范仲淹捏着信笺沉吟良久，便写了两首诗，以和庞籍之诗。其一是和庞籍的柳湖诗，另一首是和庞籍写给滕宗谅的诗。

《依韵和延安庞龙图柳湖》诗云：

种柳穿湖后，延安盛可游。远怀忘泽国，真赏即瀛洲。
江景来秦塞，风情属庾楼。刘琨增坐啸，王粲斗销忧。
秀发千丝坠，光摇匹练柔。双双翔乳燕，两两睡驯鸥。
折翠赠归客，濯清招隐流。宴回银烛夜，吟度玉关秋。
胜处千场醉，劳生万事浮。主公多雅故，思去共仙舟。[1]

《和延安庞龙图寄岳阳滕同年》诗云：

优游滕太守，郡枕洞庭边。几处云藏寺，千家月在船。
疏鸿秋浦外，长笛晚楼前。旋拨醅头酒，新炮缩项鳊。
宦情须淡薄，诗意定连绵。迥是偷安地，仍当饱事年。
只应天下乐，无出日高眠。岂信忧边处，胡兵隔一川。[2]

在和庞籍寄滕宗谅这首诗中，范仲淹是担心好友滕宗谅因贬谪岳阳而愤懑，所以以诗安慰这位好友应该看开些，并且说在这多事之秋，能够偷安岳阳，何妨享受一下人生闲适之乐呢？在这个时候，他自己的情绪，也是颇为消沉的，他的思想，也是颇为消极的，流露出了放游江湖、随遇而安的心态。

写完诗，夜已深，范仲淹沉沉睡去。次日清晨，雪变小了，范仲淹走出宣抚使大帐，望着被大雪覆盖的连绵山岗出神。一个军士

---

[1] 《范仲淹全集》之《范文正公文集卷第六·依韵和延安庞龙图柳湖》。
[2] 《范仲淹全集》之《范文正公文集卷第六·和延安庞龙图寄岳阳滕同年》。

突然纵马来报，带来了元昊大败契丹的消息。

范仲淹听了，长叹道："契丹之败，可以使我朝北境稍安。而元昊已同我朝议和，亦不至于重起兵戈！"

话音未落，李金辂走到近旁禀报："大人，太常丞、集贤校理章岷派人求见。"

"好，快请来。"

李金辂答应了，不一会儿领一人来到范仲淹跟前。

"这是怎么了，为何如此焦急？"范仲淹见那人穿着一件灰色棉袍，发髻上扎着一块灰色头巾，满头大汗，面色通红，显然是急匆匆赶来的。

"范大人，出大事了！"

"你先喘口气。别急，慢慢说来。李金辂，你先下去。"

那人应了一声，抬起衣袖擦了一下额头的汗珠子，喘了口气说道："范大人，我是章校理的亲随，这次，是章大人派我星夜赶来的。我家大人听苏舜钦说，鱼周询、刘元瑜两人合计着上书告他和刘巽，把我家大人、王洙等人一并都告了。据说奏书直接呈交到了章相手中，是章相同杜相说的。杜相知道后，私下先告诉了苏舜钦大人。苏大人说，此事挡不住了，章相会直接报到皇上那里。我家大人派我来，想请范大人帮忙想想办法。"

"哦，究竟出了什么事情？"

"事情是这样的。不久前赶上进奏院祠神，苏舜钦大人按照前例，用卖旧纸废纸的公钱，召了几位歌伎，开席会宾客。受邀的便是平日的好友，其中有监进奏院右班殿直刘巽、工部员外郎、直龙图阁兼天章阁侍讲、史馆检讨王洙，太常博士、集贤校理刁约，殿中丞、集贤校理江休复，殿中丞、集贤校理王益柔，太常博士周延隽、著作郎、直集贤院、同修起居注吕溱，殿中丞周延让，校书郎、馆阁校勘宋敏求，将作监丞徐绶。当然，我家章大人也去了。太子中舍李定想要参加宴席，却被苏大人拒绝了。本来嘛，只是一个寻常宴席。不料宴席之后，鱼周询、刘元瑜便上奏劾奏了所有参加宴席的人。原来，鱼周询得知李定对苏大人怀恨在心，便令他收集苏舜钦用公钱的证据，并派人装成宴席中的侍者，暗中记录宴席中诸人的言行。据说，背后指使他们的，乃是御史台王拱辰大人。"

那人说出的这段话仿佛晴天霹雳打在范仲淹心头。他又惊又怒，说道："他们这是要打击一大片啊！"

"章大人也这么说。"

范仲淹努力让自己冷静下来，暗想："苏舜钦是杜相的女婿，王拱辰这是想要搞垮杜相，同时也打击富弼和我，阻挠新政啊！"他思忖了一下，说："这次，杜相恐怕也没有办法吧？"这句话与其说是在问，还不如说是他在喃喃自语，讲出自己的一个判断。

"是。所以杜相也很感无奈。"那人回应道。

"只是，鱼周询、刘元瑜不可能仅因舜钦宴请宾客就弹劾这么多朝廷命官吧？"

"范大人猜得不错。他们的确下功夫罗织了罪名，据说，是告苏舜钦大人监守自盗，告王洙大人与歌伎杂坐无行，告休复、约、延隽、延让等大人服惨未除而参与宴饮，至于王益柔大人，更是担了一个大罪名——谤讪周、孔！"

"这从何说起？"范仲淹不禁瞠目。

"范大人，你可不知，那王益柔大人在宴席上作歌云：'醉卧北极遣帝扶，周公孔子驱为奴！'听说，王拱辰大人笑着对亲信说：'这次可被我一网打尽了！'"

"唉，这个益柔，真是糊涂啊！"

"毕竟是酒席啊，喝多了，诗作得确实过了一些，可那都是酒席间戏语，如何便可以此问罪！"那人甚是气愤，说话间，脸涨得通红。

"这可被他们捏了把柄啊！"

"他们告王洙大人与歌伎杂坐，难道他们自个儿宴席之时就不曾与歌伎杂坐吗！"

那人说到王洙时，范仲淹脑海里浮现出多年前的一个场景。那时，刚刚三十出头的王洙，面容清秀，额头很高，正从应天府书院的台阶上跑下来迎接自己。王洙迎着风跑，风吹起他的大袍袖子，如小旗子般在风中舞动……转眼快二十年了啊！范仲淹暗暗叹了口气。

"范大人，你说，现下如何是好？"

范仲淹低头沉吟不语，过了一会儿，抬起头说道："你先回去，告诉章校理，容我再想想。"

那人见范仲淹这么说，也只好告辞而去。

那人走后，范仲淹回到宣抚大帐，几次走到书案前提笔欲书，却几次都放下了手中笔。由于悲伤、失望，他心里感到一阵阵恶心，好几次想要呕吐。一想到如今朝中王拱辰们不惜采用恶毒的手段打击政敌，他便痛心不已。怎么会变成这样呢？！如此下去，如何能够革新政治，振兴王朝，使百姓们安居乐业啊！苏舜钦、王益柔、章岷、他们都太单纯，都太随意了啊！他们还没看清楚朝廷内钩心斗角的事实，便已经被抓住了把柄，跌入了陷阱。如果这样下去，朝内终究会成为尔虞我诈的战场！他哀怒交加地思忖着，脸色煞白，心如刀绞。

"这些人多为我所举荐，王拱辰早就对此不满，这次是借机欲打击杜相、富弼和我啊。如今，皇上已因朋党之论对我深怀疑心，如果我再上奏为他们求情，岂非火上浇油！"范仲淹暗暗叫苦。

思前想后，范仲淹对周德宝道："道长，陪我冒雪去山上看看如何？"

"成，贫道陪你去便是。叫上原郭京、赵圭南两个如何？"周德宝问道。他是担心附近的安全，想多叫上两个护卫。

"如此甚好！"

于是，范仲淹二话不说，带上周德宝，又叫李金铬、原郭京和赵圭南陪同，纵马沿着一条几乎被大雪全部掩盖的山道，往前面山头奔去。

几个人骑行片刻，眼看要绕过山去，从山背后的道路上突然奔出一匹枣红马。骑在那匹枣红马上的人，身材甚是魁梧，长着一张方脸，肩头披着一件灰色的大氅，大氅上已覆盖了一层白色的亮晶晶的冰霜。

那人信马由缰，飞快地奔近范仲淹，又很快从范仲淹一行旁边经过。

便在这一刹那间，范仲淹只觉得那骑士似乎在哪里见过，却一时间想不起来。

"怎么了？"周德宝在马上侧过身来，见范仲淹神情有些恍惚，便关切地问道。

"没事，就是觉得方才那骑马之人似乎在哪里见过。"

"哦？"

两人正在说话，只听身后那由近及远的马蹄声忽又由远及近。原来方才那位骑士调转了马头，向范仲淹一行追了上来。

"前面可是范仲淹范大人？"枣红马上的骑士大声呼喊着。

范仲淹一愣，勒住马，调转了马头。周德宝亦勒马回头观望。

"正是范某！来者何人？"范仲淹有些吃惊。

"范大人，你不认得我了？我是泰州丁勤啊！"丁勤纵马奔到了范仲淹马前。

"丁勤？丁勤！你真是丁勤！"范仲淹又惊又喜。自从为了丁忧离开泰州，已经二十年没见过丁勤了。

"是我，范大人，正是我啊！"

"泰州一别，二十年了啊！你怎么会在这里？"

"大人，二十年前我不是说过，如有机会，还会再来追随范大人吗？"

"对，对，我想起来咯。那天，我告别泰州那天，你同滕宗谅、富弼、林先生一起来看望我。"范仲淹心情有些激动，脑海里浮现出二十年前的情景。

此时，丁勤已经翻身下马，走到范仲淹马前。

"范大人，不瞒你说，二十年来，丁勤一直留心着大人的消息。二十年来，我先在兴化县继续当衙役，后来又去泰州做事，可是心里总想着去追随大人。只是尚有老母在家，兄长又不在了，我不敢远离。去年，老母去世了。我听说大人当了参知政事，几次想去京城找大人，却担心大人位高权重，不会认我，便一直没敢去。最近，听说大人宣抚陕西和河东，我终于下定决心，前来追随大人。一路打听着，我知道大人近日正驻扎在汾州附近，便匆忙寻来，没想到竟然在这里遇到了大人。"

听丁勤这么说，范仲淹哈哈大笑，翻身下马，说道："看样子，离开了京城，也没什么不好的。这不，遇到了二十年未见的故人。

丁勤啊，你已经不是少年，而我，也已经白发苍苍了啊！"

丁勤跪地，慨然道："岁月无情，大人为我大宋奔波半生，无怨无悔，我丁勤，位卑未敢忘忧国，今后愿追随大人左右，以效绵薄之力！"

范仲淹闻言，本来郁闷的心情，被一股喷薄而出的激情一冲而散，顿时热泪盈眶，纵声笑道："好！好一个位卑未敢忘忧国！范某真不如你啊！起来，起来，范某感谢你啊！"

丁勤一时间有些懵懂，不知范仲淹为何有此一说。

范仲淹将丁勤扶起，望着白茫茫一片天地，胸中豁然开朗，不觉仰天而笑。

2

大宋都城开封的皇宫内，赵祯举行朝会，令诸臣商议如何处置苏舜钦等人。

枢密副使韩琦上奏道："昨日，我听说宦者操着文符，捕馆职甚急。消息传开去，朝廷内外纷纷骇然。苏舜钦等人，不过在一次醉饱后犯了小错，让有司处理即可。陛下素来圣德仁厚，为何这次竟然会派出宦者抓捕馆职要员呢？"

赵祯听韩琦这么说，不觉面露惭色。

"陛下，王益柔作傲歌，罪当诛。"宋祁瞧着赵祯的脸色，怕他因韩琦之言变了主意，便出列大声说道。

张方平眯了一下眼睛，亦站出班列，说道："宋大人所言甚是，朝廷不能没了章法，陛下不可因爱仁名而忘法制啊！"

赵祯心下犹豫，转头望向宰相章得象。

章得象只是垂头静立,没有发言的意思。

贾昌朝亦垂眉不语。

韩琦见状,冷笑一声,再次说道:"益柔少年狂语,何足深治?天下大事固不少,满朝大臣,同国休戚,放着天下大事不深议,而费尽心思攻一王益柔,诸位大臣们的用意,恐怕不是因为一首傲歌吧。"

章得象、贾昌朝、张方平、宋祁等人听韩琦这么说,一时间都瞪目怒视韩琦。

韩琦只装作没有看到。

听了韩琦的话,赵祯的耳朵和脸都涨红了。他闭起双目,叹了口气,再次睁开眼睛时似乎有所悟,冲韩琦微微点了点头。

章得象、贾昌朝等人察言观色,知韩琦之语已经打动皇帝的心,当下忍住怒气,不再言语。

次日,不待谏官们再上疏,赵祯便匆匆下诏,将刘巽、苏舜钦除名罢官,又贬王洙为侍讲、检讨,知濠州;刁约通判海州,江休复监蔡州税;王益柔监复州税,并落校理;周延隽为秘书丞;章岷通判江州,吕溱知楚州,周延让监宿州税,宋敏求签书集庆军节度判官事,徐绶监汝州叶县税。

苏舜钦等一帮才俊,虽然因韩琦力保,未判重罪,但是都被贬了官。朝中支持新政的新生力量,由此大为折损。这一事件,更进一步引发了连锁反应。那些支持范仲淹、富弼和韩琦进行整治改革的官员,渐渐在朝中被边缘化了。

戊辰,校书郎、馆阁校勘宋敏求落职,于京师差遣。宋敏求自言祖母年高,愿落职以便养祖母。

己巳,赵祯下诏曰:

> 朕闻至治之世，元、凯共朝，不为朋党，君明臣哲，垂荣无极，何其德之盛也。朕昃食厉志，庶几古治，而承平之弊，浇竞相蒙，人务交游，家为激讦，更相附离，以沽声誉，至或阴招贿赂，阳托荐贤。又按察将命者，恣为苛刻，构织罪端，奏鞫纵横，以重多辟。至于属文之人，类亡体要，诋斥前圣，放肆异言，以讪上为能，以行怪为美。自今委中书、门下、御史台采察以闻。[1]

范仲淹在邸报上看到诏书，但觉心中一片悲凉。他不是为自己的命运感到悲凉，而是为自己所推荐的诸多官员不被皇帝信任而伤心，也是为了新政未来的命运而伤心。于是，范仲淹旋即上《陈乞邠州状》，乞罢政事，知邠州。

状文中云：

> 伏望圣慈依臣前来面奏，罢参知政事并宣抚使，只差臣于邠泾间知一州，带沿边安抚使，乞不转官，仍不带招讨、部署之名。[2]

上了状书乞知邠州后，范仲淹心中对边疆防守放心不下，沉思良久后，又写了一份《奏边上得力材武将佐等第姓名事》，向朝廷举荐得力的武将。

此奏书云：

---

[1] 《续资治通鉴长编》卷一百五十三庆历四年十一月己巳条。
[2] 《范仲淹全集》之《范文正公文集卷第二十·陈乞邠州状》。

臣等在边上体量得材武可用将佐人数如后：

第一等

泾原路部署狄青，有度量勇果，能识机变。

鄜延路部署王信，忠勇敢战，身先士卒。

环庆路权钤辖、知环州种世衡，足机略，善抚驭，得蕃汉人情。

环庆路钤辖范全，武力过人，临战有勇。

第二等

鄜延路都监周美，谙练边情，及有武勇。其人累有功劳，欲乞特加遥郡刺史。

知保安州军刘拯，有机智胆勇，性亦沉审。

秦凤路郡监谢云行，勇力有机，今之骁将。

延州西路巡检使葛宗古，弓马精强，复有胆勇。其人近闻本路有赃私事发，断遣日，乞别取圣旨。

鄜延路都监谭嘉震，勇而有知，战守可用。

泾原路都监黄士宁，刚而有勇，可当一队。

鄜延路钤辖任守信，能训练，有机智。

泾原路都监许迁，训练严整，能得众情。

秦凤路钤辖安俊，勇而有辩，仓卒可使。

环庆路都监张建侯，知书戢下，可当军阵。

鄜延路都监张宗武，精于训练，可备偏裨。

数内刘拯、张建侯、张宗武虽曾改转一资，比诸将未至优异。臣等今同罪举保此三人，乞各转两资及移易差遣。[1]

---

[1]《范仲淹全集》之《范文正公政府奏议卷下·奏边上得力材武将佐等第姓名事》。

得知苏舜钦等人被贬后，知潞州尹洙上奏进言：

臣闻知贤而不能任，任之而不能终，于治国之道，其失一也。去年朝廷擢欧阳修、余靖、蔡襄、孙甫相次为谏官，臣知数子之贤且久，一旦乐其见用，又庆陛下得贤而任之，所虑者任之而不能终尔。以陛下知臣之明，修等被遇之深，岂有任之而不能终哉？盖闻唐魏玄成既薨，文皇亲为撰碑文以赐之，后有言其阿党者，遂覆其碑。近世君臣相得，未有如唐文皇与魏玄成者，间言一入，则存殁之恩不终，臣未尝不感愤叹息而不能已也。以是而论，则知之任之为易，终之实难，可不虑哉。属闻欧阳修领使河北，臣以边事之重，故不复以内外为疑。今又闻蔡襄出知福州，未审襄以亲自请，为以过斥。若以过斥，岂当进其官秩？若以亲请，则襄在京师不三四年，已再省其亲，士大夫去远方而仕京师者，孰不念其亲，岂独襄得遂其私恩哉，则襄之不当出明矣。陛下优容谏臣，在唐文皇上。修等之才，虽不愧古人，然所施为，未能少及于魏玄成，则间毁之言，不必待其殁而后发也。伏惟念知之之已明，任之之已果，而终之之甚难，则天下幸甚。然臣爱修等之贤，故惜其去朝廷而不尽其才。如陛下待修等未易于初，则臣有称道贤者之美，如其恩遇已移，则臣负朋党之责矣。

夫今世所谓朋党，甚易辨也。陛下试以意所进用者姓名询于左右，曰某人为某人称誉，必有对者曰，此至公之论；异日其人或以事见疏，又询于左右，曰某人为某人营救，必有对者曰，此朋党之言。昔之见用，此一臣也，今之见疏，亦此一臣也，其所称誉与营救一也。然或谓之公论，或谓之朋党，是则公论之与朋党，常系于上意，不系于忠邪，此御臣之大弊也。臣既为陛下建忠谋，岂复顾朋党之责，但惧名以朋党，则所陈之言不蒙见采，此又臣之深虑也。惟圣明裁察。[1]

上奏之后，如石沉大海。

辛未日，赵祯下诏以太常博士钱明逸为右正言，谏院供职。显然，皇帝已经决定为台谏注入新鲜血液了。

3

庆历四年十二月乙未，大宋皇帝赵祯册命元昊为夏国主，更名曩霄。册文曰：

咨尔曩霄，抚爱有众，保于右壤。惟尔考服勤王事，光启乃邦，洎尔承嗣，率循旧物。向以称谓非正，疆候有言，鄙民未孚，师兵劳戍。而能追念前誓，自归本朝，腾章累请，遣使系道，忠悃内奋，誓言外昭，要质天地，暴情日月。朕嘉尔自新，故遣尚书祠部员外郎张子奭充册礼使，东头供奉官、阁门祗候张士元充副使，持节册命尔为夏国主，永为宋藩辅，光膺宠命，可不谨欤！[2]

赵祯同时赐给元昊对衣、黄金带、银鞍勒马，银二万两，绢

---

[1] 《续资治通鉴长编》卷一百五十三庆历四年十一月条。
[2] 《续资治通鉴长编》卷一百五十三庆历四年十二月乙未条。

1239

二万匹，茶三万斤。册以漆书竹简，凡二十四，长尺一寸，裱用"天下乐"晕锦。又赐金涂银印，方二寸一分，文曰"夏国主印"，龟钮锦绶；金涂银牌，长七寸五分，阔一寸九分。缘册法物，都是银装金涂，覆以紫绣。约定元昊对宋称臣，奉正朔，改所赐敕书为诏而不名，但准许其自置官属。此外，同意其可以派使到大宋都城，就驿贸卖，燕坐朵殿。朝廷遣使至其国，则相见以宾客礼。又置榷场于保安军及高平寨，仍是不通青盐。

张子奭带着大宋诏书，出发前往西夏，不料，刚出京城不远，旋即有诏令其原地待命，且候契丹使到京城后，再作决定。

富弼在宣抚途中听说朝廷令张子奭候命中途，急急上奏说："若契丹使者未至，而子奭先去，则天下共知事由我出，不待契丹准许而后行也。今若候契丹使至，没有反对我册封元昊，而后方令子奭继续前往西夏，则是自以讲和之功归于契丹。真要等得到契丹许可，方敢遣使封册元昊，则中国衰弱，绝无振起之势，可为痛惜！万一契丹使知我尚未封册，词稍不顺，不可却拒元昊而曲就契丹。如此，则是朝廷不敢举动，坐受契丹制伏，而又前后反复，必然大为元昊所鄙薄。此事余靖奉使时，契丹已许我封册，如今只是自己恐怯，更思变改，臣实在是不知朝廷是如何打算的。何况，最近契丹西征大败，山前、山后都非常困弊，必不敢止我此行。伏惟朝廷，据天下之大，四方全盛，若每事听候契丹指挥，方敢施为，使陛下受此屈辱，臣子何安？臣忝预枢辅之列，实为陛下羞之，亦为陛下忧之。伏乞陛下断自宸衷，不候契丹使到阙，速令子奭行封册之恩，则天下幸甚。"

赵祯听了富弼的劝谏，方才下诏令张子奭速速前往西夏册封元昊。元昊败契丹主后，虽颇为得意，但冷静一想，心知经过多年对抗，已经无力再对宋发动战争，便欣然接受了册封。张元力劝元昊不可接受大宋册封，元昊终是不听。张元一度梦想着凭一己之力助元昊逐鹿中原，统一天下。如今元昊接受大宋册封，他知道自己的梦想是再也无法实现了，自此郁郁寡欢，不久患病逝于兴庆府。

正月癸卯，赵祯不顾杜衍、韩琦等人反对，下诏以吏部尚书、知亳州夏竦为资政殿大学士。

甲辰，赵祯又下诏以龙图阁直学士、吏部员外郎、知秦州文彦博为枢密直学士、知益州，以代蒋堂，迁蒋堂知河中府。蒋堂也是范仲淹的好友。当初，晏殊欲用蒋堂代杨日严，王举正谓不如用明镐，争论多日，还是没有结果。朝廷还是用蒋堂知益州。正赶上当时赵祯接受范仲淹的建议，下诏天下建学，汉文翁石室存孔子庙中，蒋堂因扩建其舍为学宫，选属官以教诸生，士人对此纷纷夸赞。杨日严在蜀时有能名，蒋堂不喜杨日严的做法，大变杨日严当初在蜀的种种措施。他又兴建铜壶阁，其制宏敞，但是材料准备不足，建了一半，不得不于蜀先主惠陵、江渎祠伐乔木以补建材，随后又毁了刘禅祠。蜀人因此大为不悦，狱讼也越来越多。过了些日子，蒋堂又私藏官妓，为清议所嗤。杨日严当时已经在朝中，赵祯召他问策，他从容建议，当派官员安抚之，以免生出事端。赵祯深信其言，因此不等蒋堂在蜀满一年，就徙他河中府。

与此同时，赵祯又徙知成德军、龙图阁直学士、起居舍人田况知秦州。田况是夏竦举荐的，但也是范仲淹甚为欣赏之人。

4

在环州、原州之间，大宋的属羌中，明珠、密藏、康奴三族最大，素来以敢于反抗著称。朝廷欲抚之，则骄不可制；欲伐之，则险不可入。在三族之北，有二川通往西界。

范仲淹到了此地，仔细勘察一番后，上表朝廷，建议修筑古细腰城，以断其路。

赵祯召集两府商议，同意了范仲淹的建议。于是，檄知环州种世衡与知原州蒋偕一同负责筑城之事。

种世衡当时卧病在床，得令后二话不说，即日起兵，与蒋偕会兵于古细腰城所在之地。于是，两人安排将士们连夜开始筑城。

明珠、密藏、康奴三族见大宋官员修城，便派人来问。种、蒋二人于是大设筵席，召三族酋长前来。在筵席上，种、蒋二人告知三族酋长，官军筑此城，乃是为了帮助他们抵御西贼。三族酋长闻言，知道如果没有外援，是不可能与官军对抗的，于是当场表示服从朝廷。

庆历二年三月，泾原曾经请朝廷于细腰一地建筑城寨，当时朝廷虽然同意了，但不曾兴役。那年十月，范仲淹也曾请求修城细腰，也不曾兴役。直到庆历五年（1045年）正月，在范仲淹、种世衡、蒋偕的共同努力下，细腰城终于筑成了。

细腰城虽然修成，但种世衡一病不起，死于城中。种世衡在边数年，积谷通货，益兵增馈，完全不依靠朝廷拨付粮草与军饷。他善于安抚士卒，军中有生病的将士，便派自己的一个儿子亲自前往，专视其饮食汤剂，于是军中人人愿意为他效命。种世衡死后，一连多日，羌酋有带着部下前来送行的。青涧城及环州一带，更有各族百姓画其像纪念他。

种世衡之死，令范仲淹大为悲恸。

但是，范仲淹并没有停止他的宣抚脚步。他接着又传檄蒋偕筑堡于大虫巉。堡未完成，明珠、灭藏伺间袭击，蒋偕无奈，秘密逃回，伏经略使庭下请死。

经略使王素打算赦免他，令他再去完工以自赎。狄青不满，说道："偕轻而无谋，往必更败。"

王素是知道蒋偕的胆气的。之前，明珠等族数为寇，蒋偕暗中设下伏兵，斩首四百，擒酋豪三十九人，焚帐落八十，获马牛三千。胜利之时，蒋偕正设宴会见宾客。部下将俘虏押到庭前，蒋偕下令当庭斩杀。血浆飞溅之间，宾客无不骇然废饮食，而蒋偕则笑谈自若。这时，他听狄青这么说，甚是不悦，便瞥了狄青一眼，冷冷道："若偕死了，则部署来做。"

狄青自知方才失言，于是不再说话。

蒋偕果然不负王素的信任，返回后完成了所筑之堡，又擒拿了反叛的酋长。

范仲淹将细腰城和大虫巉筑堡成功的消息报给朝廷，朝廷那边却没有任何回音。范仲淹暗暗感到不妙。

大约在范仲淹上表请求修筑细腰城时，富弼也在宣抚河北途中上奏，请求朝廷加强河北一路的防备，奏书云：

> 伏以河北一路，盖天下之根本也。古者未失燕蓟之地，有松亭关、古北口、居庸关为中原险要，以隔阂匈奴不敢南下，而历代帝王尚皆极意防守，未尝轻视。自晋祖弃全燕之地，北方关险，尽属契丹。契丹之来，荡然无阻，况又河朔士卒精悍，与他道不类，得其心则可以为用，失其心则大可以为患，安得不留意于此而反轻视哉？
>
> 臣昨奉诏宣抚，自渡河而北，遍询土人熟知祖宗以来

边防事机者，观其所说，皆有条理。谓太祖、太宗之时，契丹入寇，边兵或有丧败，而不能长驱，真宗初时，边兵亦少失，而有长驱之患者何哉？盖太祖、太宗时，屡曾出师深入攻讨，及寇至，又督诸将发兵御战，北骑虽胜，知我相继开壁，援兵四至，无退藏之惧，是以匆匆出塞，不敢长驱也。洎真宗即位，惩丧师之衄，遂下诏边臣，寇至但令坚壁清野，不许出兵。纵不得已出兵，只许披城布阵，又临阵不许相杀。贼知我不敢出战，于是坚壁之下，不顾而过，一犯大名，一犯澶渊，是故虽无丧师之失，而有长驱之患。真宗再驾河朔，幸而讲和，不然，事未可知也。

臣尝为史官，窃览国史，以土人之说参验之，大略相合。既得祖宗朝守御利害，又伏思今来事体，不及祖宗朝，其事有七。朝廷号令不一，前后自相抵牾，事有缓急，四方不能遵行，北敌苟动，必有阙误。此号令不及先朝严明，一也。自西鄙用兵，于今七年，大小凡经十余战，而每战必败，官军沮丧，望风畏怯，北敌之众，又非西贼可比，苟有变动，何由以威武取胜。此威令不及先朝震赫，二也。两府大臣，不敢主事，设有所主，断然而行，则横议群兴，惑乱圣听，以此往往破坏，暂行复止，是致朝政不举，北敌苟动，事系安危，谁敢为朝廷主张行事。此执政者不及先朝大臣主断，三也。天下民人，恩信不及，配率重大，攘肌及骨，悲愁怨恨，莫不思乱，近年凡有盗贼，应者如云，足见人心多叛。北敌苟动，大兵四集，百姓必有观衅而起者，自忧内患不暇，岂暇防外虞哉！此民心不及先朝固结，四也。朝廷费用浩瀚，财物殚竭，取于民则民力已困，取于内帑则内帑有限。今河北诸州军，惟粮储稍有准备外，其余库藏无不虚空，北敌苟动，所费无涯，今未有财用所出之计。此财用不及先朝丰足，五也。外有强敌，窃图中国，或攻或守，须得健将，今河朔止有一二人可充偏裨，五七人可以阵中役使，北敌苟动，大兵毕集，都未有将帅统领。此将帅不及先朝有谋勇而经战阵，六也。军政骤弛，士卒骄惰，居常少有钤束，不过笞箠，已谋杀害都将，相结逃背，若急有调发，使当矢石，则岂无变乱，与外寇势合为孽？昨堡塞事起，沧州兵欲劫瀛州，莫州兵欲劫顺安军，自余至城下者，无不白日劫人，殊无畏惮，其事甚近，可以为验。士卒不及先朝肃整，七也。

上件七事，尽臣目睹耳闻，不敢缄默，恐误边防大计。伏望陛下特留圣念，以先朝已试之效，而革今日因循之弊，奋自宸断，以为久长之策，不胜大幸。[1]

在这份上奏中，富弼之语对两府颇有指责。他这次上奏，与范仲淹的上奏遭遇了类似的命运，朝廷不置可否，没有任何回音。

5

庆历五年正月丙寅，朝廷下诏，以细腰城隶环州。范仲淹稍觉安慰。但是，另一件事，范仲淹知晓后，却心里百般不是滋味。已

---

[1] 《续资治通鉴长编》卷一百五十三庆历四年十二月条。

巳，三司上书称，改造锡庆院乏材费多，而若契丹使来，则锡宴之所不可少。赵祯于是下诏，复以太学为锡庆院，另外选择地方建太学。范仲淹隐隐感觉到，赵祯已经开始听取某些人的意见，慢慢放弃了一些新政的主张。

陈执中进入中书后，很快与杜衍发生了龃龉。孙甫出使契丹回到朝中，便上书请求外补。赵祯将此事交给中书处理。孙甫本来是杜衍所推荐的，杜衍有意留孙甫在朝中重用，于是提出动议，中书写上疏，一同上奏，说谏院如今缺人，恳请皇帝且留孙甫供职。

这天，杜衍拟好奏书呈上后，赵祯当时点头表示同意。杜衍退下后，让一名下属持上疏去找章得象和陈执中签署。章得象签署后，送上疏的人又带着上疏去拜见陈执中。

陈执中眯着眼，仰着下巴，抿着发紫的嘴唇，不肯签署，说："这件事，圣上无明旨，应当复奏后再看圣上旨意，现在如何能急急签署？"

送上疏的人回来向杜衍报告，杜衍大惊，心知陈执中这是在设计陷害自己，于是，匆忙取札子焚毁。

陈执中于是私下对皇帝说："杜衍关照蔡襄、孙甫二人，欲令两人留在谏院。杜衍欺罔擅权，臣后来察觉他的想法，便拒绝签署上疏。杜衍竟然焚烧上疏以灭迹。他是怀奸不忠啊！"

赵祯听了怏怏不乐，暗起罢免杜衍之意。

甲戌，赵祯下诏，以右正言、秘阁校理孙甫为右司谏，知邓州。

之前，孙甫反对陈执中执政，赵祯不听。孙甫心知陈执中上位后必图报复，便数请补外。赵祯原先对孙甫倒甚为器重，对于孙甫之请皆不许。一日，赵祯问丁度："用人以资与才，哪一标准应放在前面呢？"丁度对答道："承平时宜用资，边事未平宜用才。"孙甫于是弹劾丁度因对求大用。于是赵祯对辅臣说："丁度在侍从十五年，数论天下事，从来未尝及私，孙甫怎么会有如此之语？"丁度力求与孙甫辩。宰相杜衍说，孙甫正在出使契丹，于是此事就暂时搁置了。于是丁度暗恨杜衍，且指孙甫为杜衍门人。等到孙甫自契丹回来，丁度数次建议赵祯将孙甫外补。此时，丁度的谋划终于实现了。

这日，元昊遣使者赍表，向大宋献上夹山之战获得的契丹俘虏。赵祯下诏，令退回契丹俘虏，而只接受其上表。

知制诰余靖对赵祯说："朝廷受表却俘，此诚欲敦示大体，两存其好。臣昨到契丹，敌中君臣将元昊表状拿给臣看，其间也有诋毁本朝之语，但这不过是契丹主故意指责元昊小人翻覆，欲离间我朝与夏国，使两朝交斗，如此而已。臣以为，今亦宜使馆伴契丹使者宗睦，将元昊献俘和上表给宗睦看，并告诉他本朝不受所献，复令其送还北朝之意，使敌人知本朝知道其在夹山的败绩，而不敢分外邀求。"赵祯闻言大喜，依计而行。

枢密副使韩琦知此时乃是请皇帝将范仲淹、富弼召回中枢的好机会。但是，他知皇帝心中尚存疑朋党，如直言请召回范仲淹、富弼二人，肯定行不通。于是他上疏言：

> 朝廷已封册夏国，又契丹以西征回来告，当此之时，若便谓太平无事，则后必有大忧者三；若以前日之患而虑及经远，则后必有大利者一。请略言之。自羌人盗边以来，于今七年，小入大至，未尝挫其锋。今乘累胜之气而与朝廷讲和者，得非凡军兴之物悉取其国人，而所获不

偿所费。又久绝在边和市，上下困乏，故暂就称臣之虚名，而岁邀二十万之厚赂，非为得计耶？且契丹势素强而夏人尚敢与之抗，若使其岁享金缯及和市之利，国内充实，一旦我之边备少弛，则有窥图关辅之心，此臣所谓后必有大忧者一也。契丹昨以羌人诱致边民，遽往伐之，既不得志而还，见朝廷封册曩霄，其心必不乐。近谍者传契丹国人语云："往河西趋沙漠中，所得者唯牛羊尔，若议南牧，则子女玉帛不胜其有。"臣恐契丹异日更有邀求，或请绝西人之和，以黩盟誓，且河北兵骄不练，忽尔奔冲，则必震动京师，此臣所谓后必有大忧者二也。又昔石晋假契丹之力以得天下，岁才遗缯帛三十万，今朝廷岁遗契丹五十万，夏国二十万，使敌日以富强，而国家取之于民，日以朘削。不幸数乘水旱之灾，则患生腹心，不独在二敌，此臣所谓后必有大忧者三也。昨契丹自恃盛强，意欲平吞夏人，仓卒兴师，反成败衄。北敌之性，切于复仇，必恐自此交兵未已。且两敌相攻者，中国之利，此诚朝廷养谋观衅之时也。若能内辑纲纪，外练将卒，休息民力，畜敛财用，以坐待二敌之弊，则幽蓟、灵夏之地，一举而可图，振耀威灵，弹压夷夏，岂不休哉！此臣所谓后必有大利者一也。臣愿陛下深思，去大忧而取大利，则为天下之福。

今范仲淹、富弼往河东、河北经制边事，必有所陈。然臣久在陕西，敢陈陕西合措置事宜。鄜延、环庆、泾原、秦凤四路虽罢招讨使，而边备不可弛，请仍选有才望近臣为之主帅，特降手诏，委之久任，使其经营一方，以备羌人躝覆之变。又四路所驻兵，十分中宜留六分在边，二分令东还，二分徙近里州军，其鄜延路徙屯河中府，环庆、泾原路徙屯邠州、永兴军，秦凤路徙屯凤翔府。逐路分钤辖一员、驻泊都监二员，与逐处知州同行训练，而本路仍领之，非有事宜，不得辄抽动。其徙屯军马处，知州才望轻者，请选人代之。又逐路所抽就粮土兵，请委逐路帅臣相度，岁分两番，留一番在边，一番放归本处，不唯减节边上粮草，兼使无久戍之劳。又陕西州军经南郊赏给之后，官帑例皆空虚，今范仲淹若过陕西宣抚，则又有军间特支，徒益所费。若臣策可行，陕西亦别无处置，不必仲淹更往也。

复见诸路昨招置宣毅兵仅十一万，然朝廷物力未充，何以赡给？况间里窃发，自有巡检、县尉可捕击，若防群盗，只当益屯一路都会之地，不必每州尽要防守。其宣毅兵，欲乞除河北、河东外，其京东、京西、淮南、两浙、江南、荆湖、福建等路，每指挥可减以三百人为额，后有阙即招填之。今天下兵冗不精，耗蠹财用，陕西、河东、河北、京东州军已曾差官拣选，其余路亦请选近上内臣分往拣选，所贵冗食可蠲而经费可给也。[1]

在这封上疏中，他建议皇帝内辑纲纪，外练将卒，休息民力，畜敛财用，以坐待二敌之弊。他进一步提出，当选有才望近臣为主帅，令其久任，使其经营一方，以备羌人叛变。四路所驻兵，十分

1 《续资治通鉴长编》卷一百五十四庆历五年春正月丙子条。

留六分在边，二分令东还，二分徙近里州军。其鄜延路徙屯河中府，环庆、泾原路徙屯邠州、永兴军，秦凤路徙屯凤翔府，等等。在此之后，他方说，如果按照他的计策，则范仲淹就不必再在陕西宣抚了。这是他委婉地建议皇帝将范仲淹召回中枢。然而，韩琦的设想有一半落空了，赵祯虽然都采纳了他关于边疆的建议，却并没有召还范仲淹。

几天之后，赵祯在章得象、贾昌朝等人建议下，以右正言、知制诰、史馆修撰余靖为回谢契丹使，将余靖支出了朝廷。

在范仲淹、富弼分别巡抚边疆出朝后，朝中对于两人的非议和诽谤更多了。两人之前在朝中所推行的政策措施，不少都被搁置或受到阻挠。范仲淹更加不能自安，因此奏书乞罢政事。赵祯本来想同意范仲淹的请求，不料章得象却在这个时候说了一句话，让赵祯彻底对范仲淹起了疑心。

章得象想彻底击溃范仲淹在皇帝心中的好形象，他对赵祯说道："仲淹素有虚名，若他一请，朝廷就罢免他，恐天下谓陛下轻黜贤臣，不若且赐诏不允，若仲淹即有谢表，则是挟诈要君，之后乃可罢。"赵祯以为然，依计而行。他下诏不许后，范仲淹果奉表谢，于是赵祯愈加相信章得象所言。

且说保州军平定后，富弼自河北还朝，快要到开封时，接到皇帝口谕，令其原地待命。

原来，右正言钱明逸希察觉到宰相章得象等的用意，上疏皇帝，称富弼更张纲纪，纷扰国经，凡所推荐，多挟朋党：心所爱者，尽意主张；不附己者，力加排斥。倾朝共畏，与范仲淹同。他还在皇帝面前说："仲淹去年受命宣抚河东、陕西，闻有诏戒励朋党，心惧彰露，故假装称疾乞医。见朝廷对其别无行遣，遂拜章乞罢政事知邠州，这其实是想要稳固他自己的位置，以弭人言，欺诈之迹甚明。乞早废黜，以安天下之心，使奸诈不敢效尤，忠实得以自立。"

钱明逸上疏后，赵祯终于下了决心要将范仲淹、富弼逐出朝廷。

庆历五年春正月乙酉，赵祯下诏，以右谏议大夫、参知政事范仲淹为资政殿学士、知邠州兼陕西四路缘边安抚使，枢密副使、右谏议大夫富弼为资政殿学士、京东西路安抚使、知郓州。

这日晚上，赵祯令学士院草制，一起罢掉杜衍相位。杜衍在接到诏书之前，一直蒙在鼓里。自从苏舜卿等被斥逐，杜衍的地位也岌岌可危。至此，杜衍与范仲淹、富弼俱罢。杜衍为宰相，仅仅一百二十日。

丙戌，工部侍郎、平章事兼枢密使杜衍罢为尚书左丞，知兖州。

制辞大略如下：

> 自居鼎辅，靡协岩瞻，颇彰朋比之风，难处咨谋之地。顾群议之莫遏，岂旧劳之敢私！[1]

这份制辞，出自学士承旨丁度之笔。

于是赵祯令枢密使、工部侍郎贾昌朝依前官平章事兼枢密使，宣徽南院使兼枢密副使、保宁节度使王贻永为枢密使，资政殿学士、给事中、知郓州宋庠为参知政事。翰林学士、礼部郎中、权知

---

[1]《续资治通鉴长编》卷一百五十四春正月条。

开封府吴育为右谏议大夫。龙图阁直学士、左谏议大夫、知延州庞籍，并为枢密副使。

范仲淹被罢参知政事、杜衍被罢相后，朝中大臣又经过了一番调整，朝野内外对于新政的攻击和诽谤越来越多。赵祯一时间也是乱了阵脚，频繁更改政策。欧阳修这时已经从河东还朝，见新政受阻，局面混乱，心中愤懑不已。恰好赵祯因为有人非议保举之法，准备将其废止，于是欧阳修便以此事为由，向赵祯上疏，为保举之法辩护，更为范仲淹、富弼打抱不平。其上疏曰：

> 臣窃详臣僚上言，悉涉虚妄，盖由近日陛下进退大臣，改更庶事，小人希合，欺罔天聪，臣请试辨之。据上言者云："若令两制以上保举，则下长奔竞之路。"方今上自朝廷，下至州县，保举之法多矣，只如台官，亦是两制以上举。以至大理详断、审刑详议、刑部详覆等官，三路知州、知县、通判，选人改京官，学官入国学，班行迁阁职，武臣充将领，选人入县令，下至天下茶盐、场务、榷场及课利多处酒务，凡要切差遣，无小大尽用保举之法，皆不闻以奔竞而废之，岂独于省府等官偏长奔竞而可废？此其欺妄可知也。

> 上言者又云："遂令端士并起驰骛。"且驰骛自是小人，岂名端士？至如自来举官之法多矣，岂能尽绝小人干求？况自颁新敕以来，何人旧是端士，顿然改节？驰骛于何门而得举？乞赐推究姓名，若果无，则其欺妄可知也。

> 上言者又云："不因请托，人莫肯言。"此又厚诬之甚也。今内外臣僚无小大，曾受人举者十八九，岂可尽因请

托而得？自两府大臣而下，至外处通判以上，人人各曾举官，岂可尽因请托而举？若云其他举官不请托，只此敕举官须请托，即非臣所知也。今两制之中好人不少，繁重要害之地，皆已委信而任之，岂可不如外郡通判等，不堪委任举官？而况两制之臣，除此敕外，亦更别许举官。岂举他官则尽公，惟此敕则徒徇私请？此其欺妄可知也。

又云："每岁举一百五十人，致人多而争差遣。"臣算一人有三员举主，方敢望差遣，一百五十人，须一岁内有四百五十员两制为举主。今两制不及五十人，使人人岁举三人，则是三人共一举主，岂敢便争差遣？况有不曾举人者，或举不及三人者。乞赐检会去年终两制以上举到人数，便可知其恣情欺妄也。近日改更政令甚多，惟此一事，尤易辨明，故臣不避烦言而辨者，伏冀陛下因此深悟小人希合而欺妄也。

缘自去年陛下用范仲淹、富弼在两府，值累年盗贼频起，天下官吏多不得力，因此屡建举官之议，然亦不是自出意见，皆先检祖宗故事，请陛下择而行之。所以元降敕文，首引国书为言是也。当时臣僚并不论议，近因仲淹等出外与朝廷经画边事，谗嫉之人，幸其不在左右，百端攻击，只如此事，朝廷不复审察，便与施行。臣昨见富弼自至河北，沿山傍海，经画勤劳，河北人皆云自来未见大臣如此。其经画所得，事亦不少，归至国门，临入而黜，使河北官吏军民见其尽忠而不知其罪状，小人贪务希合，不为朝廷惜事体，凡事攻击，至今未已。况朝廷用人屡有进退，政令法度改更，如此纷纭，岂有定制。伏望陛下审察爱憎之私，辨其虚实之说，凡于政令，更慎改张。

臣检详元降举官敕意，本是于国书检用祖宗所行之法。今上言者却云因谏官论列，致差遣不定，而有更张。事涉臣身，不敢自辨。然臣在谏署日，言事无状，至今来臣僚指以为辞，岂可贪冒宠荣，不能自劾！请从黜罚，以弭人言。臣伏见陛下圣德仁慈，保全忠正之士，进退之际，各有恩意，此所以能使忠臣义士忘身报国，至死而不已也。其今后臣僚希附上言，攻击两府所行之事，乞赐辨明，择其实有不便者方与改更，庶全大体，则天下幸甚！[1]

这份奏书呈上后，皇帝没有给出任何回应。

6

范仲淹静静地坐在椅子上，眼睛盯着几步外那棵旱柳的树干，身子却一动不动。微风吹来，他已经花白的须发，<u>丝丝缕缕</u>，轻轻地颤动。

周德宝坐在他旁边，眯着眼睛，一言不发地看着远处的天空出神。

"德宝兄，你的须发可真是都白咯。这么多年，你一直跟着我天南海北奔波，仲淹感激不尽，却无以为报。你本可做一个山中

---

[1] 《续资治通鉴长编》卷一百五十四二月条。

人，自在逍遥，我真是耽搁了你的修行啊。"范仲淹突然开口说道。

"希文兄何出此言？入了这滚滚红尘，何尝不是一种更高明、更艰难的修道？"

"我这人啊，一直在这红尘中奔波，可这颗心啊，有时却想着山中的清净，世外的逍遥。你说，咱俩这心思啊，倒也相映成趣。"

"我看希文兄终是不愿做个山中人的。你看你，整日里忧心忡忡的样子，这天下事、天下人，你即便是终日操心，又能改变多少呢？"

"说得也是。不过，总得有人操心啊。"

"朝廷罢了希文兄参知政事之职，希文兄也可少操点心了。"

"不瞒你说，我之前上奏请辞朝廷不许，如今真被罢了心里倒空落落的。倒不是留恋官职，只是觉得很多想法之后恐怕再也无法实现了。"

"那希文兄为何要一再请辞呢？"

"陛下已经对我失去信任，勉强戴着那顶官帽，也终是无法成事，如再不辞，岂不是贪恋那高官厚禄了！"

"那希文兄有何打算？"

"朝廷已经派我知邠州，我相信，不管到哪里，我也还是可以为朝廷分忧，为百姓做些事情的。"

周德宝听范仲淹这么说，扭头看了他一眼。只见范仲淹一动不动地注视着前方，眸子闪闪发亮。

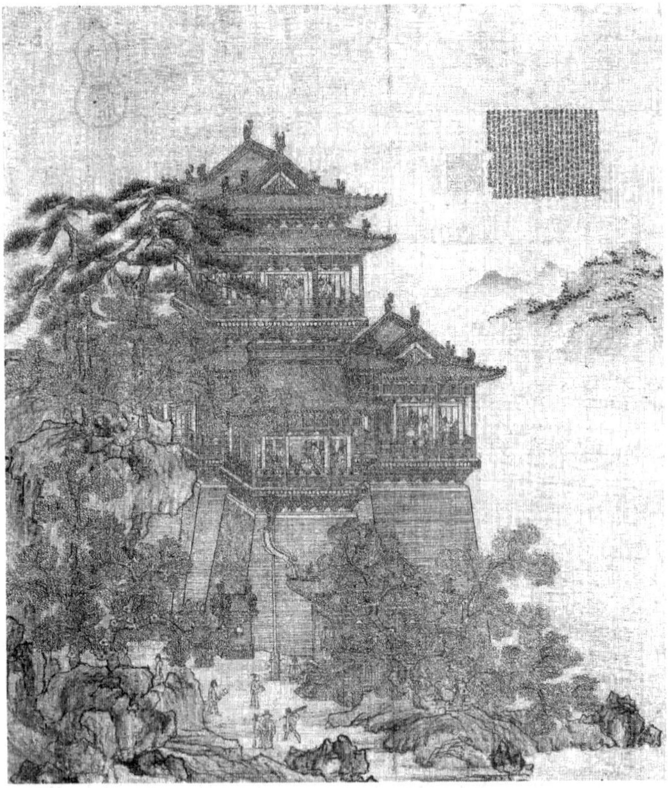

尾声
徐州快到了吧

真是又闷又热！范仲淹坐在马车中，听着一阵阵蝉鸣声从车窗外传来。他抬手将车窗的帘子掀起，眯起眼睛看着窗外。纯祐、李金辂正行在马车的一侧，丁勤和周德宝骑马行在马车前头，原郭京、赵圭南骑行在马车的另一侧。棠儿和纯粹在后面那辆马车内。路边是一排旱柳。旱柳那边，是一片开阔的绿色田野。夏日的田野显得有些单调。田野里，有几个农人正在劳作。其中有两三个农人听得辚辚车声，都直起身子，一边擦汗，一边往马车这边看来。范仲淹看着眼前这单调的景色，心底却感到一阵温暖。离徐州应该不远了吧。真是岁月不饶人啊，我为何感到这般疲惫？这场大病，真是去若抽丝啊。一个念头闪过他的心头，圣上批准我从青州调任颍州，这是圣上的仁心顾念啊。单调的景色还在眼前慢慢移动着，疲惫感更加飞快地袭来。他缓缓将身子靠在马车的背板上，困倦地闭起双眼。眼前的景色消失了，脑中却更加活跃起来。

这七八年过得可真快，真是一眨眼就过去了。邠州、邓州、荆南府、杭州、青州，这七八年，可真是宦游四方了。夫人啊，你若不是随我四处奔波，也不会这么早就走了。你可知道，几个孩子多么想念你吗？你可知道，张棠儿后来也归了我范家。棠儿啊，也是苦了你了，跟着范某，一世辛劳，四处奔波！纯粹今年虚岁七岁了吧。嗯，应该是七岁了。可怜几个孩子，这几年来，与咱俩聚少离多。纯祐啊，爹爹对不住你啊。你跟爹爹征战沙场，你不应科举，你在西夏人眼皮底下修成大顺城，是大功劳啊。可惜，爹爹罢参知政事后，你迫不得已，只能荫守将作监主簿，后为司竹监，又以非好而解职去，一直侍奉在爹爹左右，爹爹真是耽误了你啊！纯仁、纯礼，还有爹爹的两个宝贝千金，爹爹很想念你们，什么时候咱能团聚啊。你们可知道，咱全家一起在邓州的那三年，是爹爹最快乐的三年。可是，只有短短的三年啊。孙沔现知徐州，我得顺道去看看他。到了颍州，还有很多事情要做。是啊，也得办个学校。育人育才，乃是千年大计。要是宗谅兄还在该多好啊！子野兄、师鲁兄、清臣兄也都乘鹤去了啊！我的仲温兄也不在了。若是你们都还在该多好啊！子野兄，你是在我被罢参知政事那年秋天走的。那年秋天的风很冷。我给你写祭文的时候，手不停地哆嗦。我现在还记得，当年我得罪了吕相，被贬往南方，你专程赶到都门为我饯行。仲淹怎么会忘记呢！"余谪于江南兮，靡贵贱而见嗤。公慷慨而不顾，日拳拳以追随。何交道之斯笃，曾不易于险夷……"哎呀，宗谅兄、师鲁兄都是庆历七年走的，离现在竟然已经六年多了。这会儿想起来，怎么便如昨日一样？师鲁兄，你走后，我给稚圭写了一封信，将你离世前后的情况都同他说了。你平生大节，立身行事，我已经请稚圭和永叔执笔，可以传之不朽。你的孩子们，我、稚圭和永叔都分禄以赠。你放心，他们都不会因贫失所的。这些事情，都是你走之前我答应过你的。清臣是哪年走的呢？是了，是在皇祐元年十月。这也转眼快三年了。那时我还在杭州。杭州大灾那段日子，可真是难熬。不过，终于还是熬过来了，百姓们也终于得救了。清臣啊，皇祐二年时，两浙大饥，杭州亦是饿殍遍野。为了救灾，我力推荒政三策，大兴土木，以工代赈，同时大兴佛事，吸引四方旅客到杭州游玩。我还在杭州高价收购粮食吸引各地富商往杭州运粮，然后待粮食足够时开仓赈灾，平抑粮价。清臣兄，你可知当时我的心有多累吗？因为几乎没有人理解我的做法啊。那时我就想起咱们有一年一起过中秋的情景。我想啊，若是你当时还在，我想你一定会懂我的，一定会的！不管怎样，百姓得救了，杭州得救了。那年，仲温兄长，你也走了啊。还有世衡，你为何也走得那么早呢？这一念及你们几个，仿佛就在眼前啊。我为你们几个写的祭文，墨迹仿佛都没有干！垂训[1]兄啊，李迪相公啊，你们是先后走的，仲淹也给你们写了祭文。人生百年，真如梦幻。元昊啊，任你野心勃勃，威风一世，终究也逃不过人之大限。你是哪一年被你的儿子宁令哥弑杀的？嗯，应该是庆历八年吧。这也许是你的报应吧。但是，仲淹亦为你感到悲哀啊！"七百里山界，飞沙与乱云。虏骑择虚至，戍兵常忌分。"范尚书你可知道，你写的这句诗，仲淹甚是喜欢。从这诗句看来，你亦非完全不懂兵法啊，只是你的诚意，你的宽恕之心，被元昊无耻地利用。可是，在无情无义的时间面前，在流逝不回的岁月之中，元昊与你相比，究竟谁才是真正的赢家，哪里说得清？元昊逆天暴物，穷兵黩武，落得个被子弑杀的下场。那张元，野心勃勃，为一己私欲，助纣为虐，致宋夏战士流

---

[1] 即杨日严，杨日严字垂训。

血千里，沙场殒命，他自己终是落得个黄粱梦碎，饮恨异乡。虽然你败于元昊，但是你的气节，你的品德，无愧为邦之伟人啊。你走后，令郎请我为你作墓志，还赠我厚礼，仲淹只留下一卷《道德经》作为纪念，其他的礼物，仲淹都拒绝了。这事，你不要生气哦。仲淹为你写墓志，非为礼物，乃是敬重大人的气节与品质啊！

石介啊，你生性洒脱不羁，可是坏就坏在你这个性上。那首诗，可害苦你自己了。可恨那个夏竦，竟然诬陷你与富弼谋反。在你病死两年后，竟然还说你未死逃亡契丹，预谋再次聚众谋反。他竟然还想开棺验尸，妄想构设大狱。石介啊石介！你若是有几分收敛，学术之成就，亦可比张载、李觏吧。富弼、文彦博、苏才翁、杜衍兄，你们都是范某的知己啊，若是没有你们，这七八年范某岂能过得如此舒心？还有我的韩老弟，你可知范某心里多么感激你吗？若是没有你的举荐，范某如何能够实现心里的抱负？只是可惜了，可惜了啊，你、我与富弼等推动的新政，终于都被小人们给毁了！没有想到，在我之后，你也很快被罢了枢密副使之职。有时，我这心底还真是有些怨皇上啊！皇上年少登基，英明仁厚，可怎么就偏偏在这节骨眼上对忠君爱国之臣心生疑窦！罢了罢了，这些话，我也只是想想。不过，即便我不与你说，你也应该能够体会到我的心思吧。稚圭兄啊，咱们推动的新政虽然败了，是的，败了，但是，咱们奉行的大道不会败的。而且，咱们在各地办的府学、书院，已经为国家社稷培养了许多人才。咱们倡导的教育，推行圣人之道，决不会因为政治革新的一时失败而失败。因为咱们所倡导的道，咱们所推崇的精神，已经在这世上散播流传，已经在天下士人的心中生根发芽！江山代有才人出，今后自然会有行大道之人，心忧天下，先忧后乐。王安石，嗯，王安石这个年轻人很有见识。稚圭兄,以后你可要多多关心啊。我跟你说过吧?嗯,说过的。心忧天下,先忧后乐。子京兄,我是在哪年应你之邀写了《岳阳楼记》来着?庆历六年,对,就是庆历六年九月十五日写的。此文我甚是喜欢,便是现在我也能背啊——

庆历四年春,滕子京谪守巴陵郡。越明年,政通人和,百废具兴,乃重修岳阳楼,增其旧制,刻唐贤今人诗赋于其上,嘱予作文以记之。

予观夫巴陵胜状,在洞庭一湖。衔远山,吞长江,浩浩汤汤,横无际涯,朝晖夕阴,气象万千,此则岳阳楼之大观也,前人之述备矣。然则北通巫峡,南极潇湘,迁客骚人,多会于此,览物之情,得无异乎?

若夫淫雨霏霏,连月不开,阴风怒号,浊浪排空,日星隐曜,山岳潜形,商旅不行,樯倾楫摧,薄暮冥冥,虎啸猿啼。登斯楼也,则有去国怀乡,忧谗畏讥,满目萧然,感极而悲者矣。

至若春和景明,波澜不惊,上下天光,一碧万顷,沙鸥翔集,锦鳞游泳,岸芷汀兰,郁郁青青。而或长烟一空,皓月千里,浮光跃金,静影沉璧,渔歌互答,此乐何极!登斯楼也,则有心旷神怡,宠辱偕忘,把酒临风,其喜洋洋者矣。

嗟夫!予尝求古仁人之心,或异二者之为,何哉?不以物喜,不以己悲,居庙堂之高则忧其民,处江湖之远则忧其君。是进亦忧,退亦忧。然则何时而乐耶?其必曰:先天下之忧而忧,后天下之乐而乐乎!噫!微斯人,吾谁与归？[1]

先天下之忧而忧，后天下之乐而乐，难道不正是吾辈所求吗？子京兄，可惜你也不在了啊！

微斯人，吾谁与归？子京兄啊，此时你听到我心里的话了吗？

战鼓声响起来了。是元昊又带兵来偷袭了吗？来人，快传鄜延六将来。鄜延路都监朱吉、梁绍熙，延州都监许迁、周美、郑从政、张建侯，尔等听令！葛宗古、狄青、世衡，你们怎么也这么快就来了？好啊！好啊！来得正好，这次元昊休想得逞！不对啊，元昊不是已经归顺了吗……

我怎么听到海浪的声音了呢？难道这不是波涛一次又一次卷向岸边发出的响声吗？前面是兴化捍海堰吗？对，一定是了。那

---

[1] 《范仲淹全集》之《范文正公文集卷第八·岳阳楼记》。

不就是大海嘛！真是无边无际的大海啊。你这向着无尽的远方延伸的、深不可测的大海呀，休要猖狂！你这青黑色的波涛无尽的大海呀，休要逞凶！我必修一道捍海堰，我岂容你伤害万千百姓！子京，来，咱们一起干！子京，你别靠得太近了，海浪可会把你卷走的。哈哈，你说你不怕？范某也不怕！丁勤，丁勤，快让他们回撤！不，海浪太大了。那些民夫，得让他们撤回来！快让他们撤回来！不，你休要逞凶！你再怎么深不可测，范某也不怕你！范某一定要修成这道捍海堰……

白发苍苍的范仲淹在马车内闭着眼睛，半梦半醒，恍恍惚惚地想着。

徐州快到了吧？徐州可是我出生之地啊……

徐州快到了吧……

后　记

　　《范仲淹》这部长篇历史小说，我是从2021年年底开始动笔创作的。其时，拙作《大宋王朝（1—8）》已经全部完稿，并于2021年11月由作家出版社出齐。

　　在《范仲淹》这部小说动笔之初，我便确定了一些重要的创作目标。

　　我希望这部小说故事要好看。在叙事的风格与节奏方面，我力求富有一定的变化，要使笔下的故事有时像涓涓的细流，有时像壮阔的大江，有时清新简洁，有时沉郁繁复。我希望能够在创作上探索这种变化，以此呼应小说中主人公范仲淹及一些主要人物曲折多变、悲喜交加的人生，折射小说中那个诡谲多变、波澜壮阔的时代。

　　我希望这部小说的艺术真实，是基于"三个真"而创造的。其一，人真，即这部小说的主要人物是真的，是写入史册的真实的历史人物。这就是说，除了小说主人公范仲淹之外，我还要以文学文本塑造一些主要的人物，比如韩琦、富弼、吕夷简、欧阳修等，他们都是史册里的真实人物。其二，事真，即这部小说里反映的主要历史事件是真的，是史册里有记载的真实的历史事件。它们发生的具体时间、地点都是有史载的。其三，言真，即这部小说里出现的历史人物说的话，要符合历史真实。这个目标，就给文学创作提出了很高的要求。在创作纯文学文本的同时，我决定从史书、文集中大量引用主要人物的文章、诗词、状、疏、奏、表、议、墓志、碑阴等（尤其是主人公范仲淹留下的文字）。上述这些古文献主要参引《范仲淹全集》（凤凰出版社2004年11月版）、《续资治通鉴长编》（中华书局2004年9月版）、《梅尧臣集编年校注》（上海古籍出版社2020年9月版）等著作。通过精心构思，我使这些古文献于文学叙事中嵌入、穿插，与文学文本彼此交织交融，相辅相成（就好比创造出一个世界，让小说的主人公们进入这个世界自己来言说）。当然，作为一部长篇历史小说、一部文学作品，也必然有虚构的人、事，也必然通过"实"与"虚"的结合，才能创造出触动人心的艺术真实。我相信，通过这样的努力，与单纯的文学文本和单纯的历史文献文本相比，这部小说创造了一个更具温度的知识系统，创造了一个更加完整的世界。

我希望读者通过阅读这部小说，看到了一个栩栩如生的范仲淹，知道了他的故事，读到了他的文章，听到了他的言语，体会到了他的快乐与忧愁，触及并理解了他的思想与精神世界。如此，下次读者再读千古名篇《岳阳楼记》时，所读到的便不仅仅是一篇美文，而会看到一个曾经在历史中努力奋斗过的真实的人，以及他所生活过的那个时代。

　　经过长期艰苦的工作，这部小说终于完成了。这部小说的创作，也是我与范仲淹以及那个时代的诸多人物的一次漫长对话。在整个创作过程中，我仿佛进入了那个世界、进入了那个时代，与他们一同好好地活了一回，有时我甚至恍惚觉得我已化身为他们，在命运的大河中沉浮。我相信，接下去，许多读者将会通过阅读这部小说，加入一场跨时代的漫长对话，甚至以一种奇妙的方式，进入那个世界和那个时代。

何辉

2023年7月21日初稿

2023年8月16日定稿